문화지리학으로 본
문림고을 장흥의
가사문학

박수진 지음

보고사

머리말

　이 책은 장흥지역 가사문학의 문화지리적인 관점에 대해 연구한 결과물이다. 필자의 박사논문과 장흥지역 관련 논문 몇 편을 모아 재구성한 것이다. 이 과정에서 많은 부분을 수정·보완했다. 박사학위를 받은 지 채 2년이 못되어 책으로 출간하게 되니 허점투성이다. 이에 필자는 새롭게 정리하여 수정코자 했으나 근본적인 구성에서는 벗어나지 못했다. 한 번 작성한 글을 수정하는 과정이 참으로 어려운 일임을 새삼 깨닫게 됐다.

　책은 두 부분으로 나누었다. 1부는 장흥지역의 가사문학을 문화지리학적 시각을 통해 살펴보았다. 그간 소외되어 온 지역문학의 문화 특성을 문화지리학적 관점에서 정리해 보았다. 문학에 드러난 주제적 측면을 토대로 문화적 표상을 발견하고, 장흥지역 문화의 보편성과 특수성을 밝히고자 했다.

　2부는 장흥지역의 공간과 관련된 논문들을 하나로 엮었다. 최초의 기행가사라 일컫는 기봉 백광홍의 〈관서별곡〉을 비롯하여 장흥지역의 공간적 배경인 천관산, 금당도, 만화도 등을 소재로 한 〈천풍가〉와 〈금당별곡〉를 통해 장흥지역의 문화적 특수성을 논의했다. 이 세 편의 논문은 장흥지역 기행가사의 전개양상을 살펴볼 수 있었다.

작품의 시·공간 연구는 석사과정부터 지금에 이르기까지 줄곧 관심을 가져왔던 주제다. 이런 과정에서 공간의 특수성을 꼽다보니 저절로 지역문학에 큰 관심을 갖게 되었다. 그러나 아직도 소외된 문학이라고 여겨 지역문학 연구는 크게 이루어지지 않고 있는 실정이다. 여러 연구자들은 이 책으로 말미암아 지역문학과 지역문화에 큰 관심을 가졌으면 하는 바람이다.

　　부족한 공부라 많은 분들께 큰 염려를 끼쳤다. 이 박사학위 논문을 심사해주신 지도교수님을 비롯하여 인생의 길잡이가 되어 주신 많은 선생님들께 깊이 감사드린다. 함께 격려하며 공부했던 동학들에게도 고마움을 느낀다. 서울에 와서 생각의 틀을 크게 해준 친구들과 연구 과정에서 서로 어려움을 나눴던 동학들 역시 잊지 못한다. 항상 희생으로 따뜻하게 챙겨주시는 부모님은 언제나 나에게 큰 힘이 되었다. 이 책을 준비하면서 많은 이들의 도움을 받았다. 고맙고도 감사하다. 졸고를 흔쾌히 받아들여 예쁜 책으로 꾸며주신 보고사의 김흥국 사장님과 편집부 이경민 선생님께도 깊은 감사를 드린다.

2011년 12월에
필자 삼가 쓰다.

차 례

제2부 장흥지역 가사문학의 작품세계와 문학적 성격

제1부
문화지리학으로 본 장흥지역의 가사문학

I

장흥지역 가사문학을 바라보는 시각과 방법

　이 책은 장흥지역의 가사문학을 문화지리학적 시각을 통해 살펴보는 데 목적을 둔다. 그간 중앙 중심의 문학인식은 지역문학을 변방으로 내몰아 그 생생한 문화적 특수성과 보편성을 배제시켜 왔다. 이 책에서는 그간 소외되어 온 지역문학의 문화 특성을 문화지리학적 관점에서 정리해 보겠다.

　분석의 주 대상은 장흥지역의 가사문학 작품군이다. 그간의 가사연구는 자료 소개나 주석 작업, 장르 특성에 입각한 주제 분석에 치우쳐왔다. 개별 작품론이나 작자층 혹은 향유층에 대한 연구는 사회상황에 대한 다양한 논의를 함께 펼쳤다. 가사문학을 현장과 연관시켜 해석한 논문은 많았다. 하지만 대부분 지역 특성과 가사작품의 내용을 평면적으로 연결하는 것에 그쳤다. 필자는 가사를 바라보는 다른 시각으로 문화지리학적 연구방법 즉, 문화와 지리학을 접목시키는 연구방법을 통해 지역의 공간과 문화, 주체, 표상체계를 아울러 입체적, 역동적으로 살펴보는 접근을 시도해보고자 한다.

　특정 지역에서 생산된 문학 텍스트에서 문화지리학적 특색을 파악하는 것은 '중앙', '안(內)'과 대립되는 '외부', '밖(外)'의 한 장소로써 특정 지역을 심층적으로 살피려는 시도에 다름 아니다. 분석의 대상으로 호남, 그중에서도 장흥지역을 선정한 까닭은 호남이 가사문학의 본거지이고, 그중에서도 장흥지역은 구체적 문화지리적 특질이 오롯하고, 작품군 또한 어느 지역보다 월등하게 많이 남아 있기 때문이다. 이하 이 책에서는 장흥지역에서 발생하고 창작된 가사 텍스트에서 보여주는 '장흥지역'의 표상과 담론 등을 지리적, 문화적인 맥락에서 그 의미를 살펴보기로 하겠다. 장흥이라는 향촌공간에 작가와 작품이 참여하는 방식과 그 의미에 대해 깊이 들여다보겠다. 이 논의를 통해 지역문학의 보편성을 이해하고 더 나아가 '장흥'이라는 특수성에 대한 이해를 높일 수 있기를 기대한다. 이 연구는 주변부로 문학사의 전망을 확대하는 의미도 있다.

특별히 장흥지역의 가사작품은 보편성과 특수성을 포괄하는 작품들이 다수 존재한다. 다시 말해 장흥지역의 가사문학은 현실비판의 모습을 보이며, 중앙 집권층들에 대한 어리석음과 사회적, 도덕적 비판을 모두 논하고 있는 경우가 많다. 또한, 이 지역은 같은 성씨끼리 모여 사는 전형적인 동족집단을 이루고 있는 마을을 형성하고 있다. 이러한 전형적인 동족집단에서는 지역의 특성을 부각시키고자 하여 '가사'라는 특수한 문학 장르를 통해서 동족집단의 윤리의식을 고취시키고자 했다. 따라서 필자는 이러한 작품들을 통해서 장흥이라는 지역에서 어떻게, 왜 가사작품들이 형성하여 발달하게 되었으며, 그 지역의 문학에는 어떤 특징들을 가지고 있는지 논의코자한다.

우선, 필자가 갖는 의문을 풀기 위해서는 많은 지역 가운데서도

왜 호남지역에서 이러한 많은 시가문학들이 발달, 형성하게 되었는
지 살펴볼 필요가 있다. 평면적인 의미에서 살펴볼 때, 호남지방에
서 시가문학이 발달한 이유는 지형적·지리적 조건과 관련이 있다.
호남지방은 기후가 온화하고 토질이 비옥하여 생산물이 풍부한 지
리적 환경과 빼어난 자연 환경의 아름다움을 갖추고 있어서 예술과
문학이 발달한 고장이라고 말한다. 역사적으로는 마한, 백제, 후백
제의 근거지였으며, 전라도와 충청도 지역을 포괄한 백제문화권에
속했다. 백제는 678년에 걸쳐 한강 이남의 남한산성, 공주, 부여로
남하를 거듭해 영산강과 서남해안 일대의 마한세력을 편입하여 독
자적인 문화를 정착시켰다. 호남문학은 이러한 지형적·지리적인 의
미에 뿌리를 두고 있다.[1] 또한 서사문학보다 서정문학이 주류적 정
서를 이룬 것도 같은 맥락에서 이해된다. 산문보다는 운문이 주류를
이룬 호남지방은 서사적 진행이 요구되는 이야기조차 노래의 양식
인 판소리로 불려졌다. 이 지역사람들은 그들 나름대로의 다양한 시
가 장르를 개발하거나 기존 시가 장르의 규범을 새롭게 재창조하여
이 지역의 문학풍토와 관련된 문인들의 글쓰기 방식을 완성하였다.
운문에 국한되지 않고 산문의 경우에도 유사한 현상들이 나타나는
데 이 또한 호남문학의 특성과 관련된다.[2]

  이러한 호남지역 가운데서도 '장흥'은 지리적으로 전라남도 남해

---

1) 이해준, 「호남지역의 역사와 문화」, 『호남사회의 이해』(풀빛, 1996)에는 호남문화
   가 백제보다는 마한의 전통을 이은 문화라는 설도 있었다. 그러나 그 문화는 고고학적
   으로 추측될 뿐이다. 전정구, 「호남지역 문학작품에 나타난 글쓰기의 특징」, 『현대문
   학이론연구』 26호(현대문학이론학회, 2005), 263면.
2) 전정구, 「호남지역 문학작품에 나타난 글쓰기의 특징」, 『현대문학이론연구』 26호
   (현대문학이론학회, 2005), 263~264면.

안의 중심부로 서울의 정남쪽에 위치하고 있어 '정남진'이라고도 불린다. 지형적으로는 동서가 짧고 남북이 긴 형상을 하고, 산수가 풍요로운 고장으로 알려졌다. 장흥의 세 면은 육지이고, 한 면은 바다로 농업과 어업이 공존한다.3) 또한 자원이 풍부하고, 이름난 산들도 많아 장흥 탐진강 주변은 많은 누각과 정자들이 있다.4) 다른 특징으로는 동족마을5)을 형성하고 있다는 점이다. 동족마을은 호남지역 이외 지역에도 많이 존재하며, 장흥의 동족마을은 '방촌'이라 부른다.6) '방촌'은 장흥위씨 무리들로 이루어져 유교적 전통이 계승된 마

---

3) 장흥군, 「1장 자연환경」, 『장흥군지』, 41면.

4) 양기수, 『문림고을 장흥』(장흥문화원, 1999), 15면. 향촌에서의 문화 활동은 벼슬살이의 일과 후, 밤에 이루어지는 서울의 놀이 문화와는 그 성격이 달랐을 것이다. 낮에 주로 이루어진 향촌 사림의 문화생활의 장소로는 당(堂)과 정(亭)을 세워 이루어졌으며, 그곳에서의 문화 활동은 교육과 강학, 자기 수양, 시가활동, 연회 등이 있다. 이힐한, 「향촌사회의 문화공간과 가사향유」(경남대학교 석사학위논문, 2001), 10면에서 재인용하였다.

5) 동족마을에 대한 용어는 연구자마다 개념과 시각에 따라 다양하게 사용해 왔다. 동족부락, 동족촌락, 동족마을, 씨족부락, 동성촌락, 동성마을, 집성촌 등이 그러하다. 1990년대 들어서면서 정승모는 종족촌락, 고석규는 동족마을, 정진영은 동성촌락, 동성마을로 혼용하였다. 정진영은 동성마을이라는 개념을 채용하면서 촌락내의 조직과 씨족조직이 일치하거나 지배적인 영향력이 일치할 때, 수적인 위세나 선조의 권위가 존속되는 경우 그 자손들의 사회적 경제적 권위가 보장되는 마을로 정의하였다. 또한, 이해준은 동족마을이라는 개념을 채용하면서 대체로 하나의 지배적인 동성 동족 집단이 특정마을의 주도권을 가지고 집단적으로 거주하여 온 마을로 정의하였다. 이해준, 「동족마을의 형성과 조직」, 『조선시대 촌락사회사』(민족문화사, 1996), 285면, 오영교, 『조선후기 사회사연구』(혜안, 2005), 113~115면에서 재인용하였다. 이글에서는 '동족마을'로 통칭코자 한다.

6) '방촌'이라는 마을 이름은 순수한 우리말 곁마실(곁에 있는 마을)을 한자음으로 부르는 것이다. 장흥군의 고려시대 이름이었던 수령의 치소(治所) 곁에 있던 마을이라는 의미로 사용하였고, 조선 초에 이곳에 장흥군의 새로운 치소가 마련되자 그곳에서 거주하던 마을 사람들이 현재의 방촌 일대로 옮기면서 마을 이름도 그대로 옮겨와서

을이다. 방촌 같은 동족마을은 신분과 지역에 따라 반촌과 중인촌, 민촌 또는 역촌, 점촌 등으로 구분된다.[7] 필자는 장흥 동족마을의 형성요인을 토대로 어떤 문중문화가 발전, 계승되었는지 알아보겠다. 그리고 그때 창작된 가사작품이 어떤 방법으로 장흥사람들에게 영향을 미쳤는지 지리적(지형적)·사회적·문화적 관점에서도 살피고자 한다.

 '장흥'은 지형적, 지리적 특징으로 서정적인 시가문학이 형성된 고장이다. 물론, 장흥사람들은 시가작품을 형성·발전시킨 자질과 능력을 갖추고 있었다. 이에 그네들은 아름다운 자연을 유람했고, 이는 기행 관련 작품들로 발전하게 되었다. 반면, 장흥은 지리적으로 중앙과 먼 거리에 있다. 장흥사람들은 중앙사람들에 비해 문화적인 측면에서 많은 소외감을 느끼게 되었다. 이러한 특징은 현실비판 현상을 드러내게 되었다. 사회적으로는 동족마을이 형성, 발달하여 그들만의 교훈과 도덕을 목적으로 한 작품들을 창작하게 되었다.

 장흥은 예전에도 그랬고, 현재도 유명한 작가들이 많다. 소설가를 비롯하여 시인, 평론가에 이르기까지 많은 문학인들이 존재한다. 소설가로는 송기숙, 이청준, 한승원 등이 있다. 그들의 대표적인 작품은 송기숙의 〈녹두장군〉, 한승원의 〈아제아제바라아제〉, 〈포구〉, 〈불의 딸〉, 이청준의 〈눈길〉, 〈선학동 나그네〉 등이다. 이 많은 작품들의 배경은 장흥이다. 또한, 시인으로는 이대흠, 김제현, 김영남,

---

 사용하였다고 한다. 『전통문화마을 장흥 방촌』(장흥군 방촌마을지편찬위원회, 1994), 60면.

 7) 정진영, 「조선후기 동성촌락의 형성과 사회적 기능」, 『조선시대 향촌사회사』(한길사, 1998), 306면.

장흥군에 위치한 한승원의 시비   많은 문인들의 형성으로 이루어진 천관산문학공원

위선환 등이 있으며, 그들 역시 많은 작품들을 남겨 선인들의 문학적 명맥을 이어가고 있다.

이처럼 장흥은 예전부터 현대에 이르기까지 문학적 정서를 지닌 고장으로 많은 작가들이 배출되었다. 장흥은 지형적·지리적으로 아름다운 자연을 자랑하면서도 이러한 요인으로 발생한 사회적·문화적 현상에는 많은 연구가 이루어지지 못했다. 따라서 필자는 작품을 지형적·지리적으로 접근하고, 이를 통해 작품에 드러난 사회적·문화적 현상으로 장흥을 재조명코자 한다.

1. 장흥지역 가사문학의 기존 연구

1) 장흥의 풍광(風光)을 노래한 경우

장흥지역 가사문학에 대한 개별적인 연구는 적지 않다. 하지만 장흥의 지역적 특성을 문학과 연결시킨 문화지리학적 연구는 없었다.
그러므로 이 논의와 관련된 연구사를 검토하기에는 무리가 따른다.

장흥지역 가사연구는 자료 소개, 주석 작업 및 작가나 작품의 서지
적 사항을 다룬 논의들이 대부분이었다. 이후에는 다른 작품과 비
교·고찰한 논문들이 나타났고, 이 논의들은 학계나 대중에게 널리
알려진 작품들이 주를 이루었다. 하지만 그 외의 작품은 연구되지도,
언급하지도 않았다. 따라서 본 연구는 지역적 특성을 다룬 문학과
문화의 연관성을 찾아 특정지역에서 작품들의 창작 원인을 살피고자
한다.

지금은 문학작품과 연관된 문화지리학적 연구는 없다. 하지만, 장
흥지역을 토대로 한 작가 및 작품들에 대한 개별적인 논의를 중심으
로 한 연구사를 검토하겠다.

첫 번째 작품은 기봉(岐峯) 백광홍(白光弘)의 〈관서별곡(關西別曲)〉
이다. 이 작품은 우리나라 최초의 기행가사로 알려졌고, 이주홍[8])이
처음 연구하였다. 그의 연구에는 〈관서별곡〉의 작자와 더불어 〈관
서별곡〉을 논하였다. 그러나 〈기성별곡(箕成別曲)〉과 〈향산별곡(香山
別曲)〉의 두 편으로 잘못 인식하여 이상보[9])가 이를 바로 잡았다. 기
봉 백광홍의 〈관서별곡〉은 '최초의 기행가사(紀行歌辭)'라는 명예에
도 많은 연구가 이루어지지 못했다. 이 작품 연구는 김동욱을 비롯
하여 정익섭, 고경식 등이 그 뒤를 이어 연구하였다.[10]) 그 이후 〈관

---

8) 이주홍, 「〈관서별곡〉-실전을 전해 오는 고전가사의 내용여하」, 『국어국문학』 13
  (국어국문학회, 1955).
9) 이상보, 「〈관서별곡〉 연구」, 『국어국문학』 26집(국어국문학회, 1963).
10) 김동욱, 「〈관서별곡〉 고이」, 『국어국문학』 30집(국어국문학회, 1965).
   정익섭, 「호남지방의 가사고」, 『전남대 논문집』 9집(전남대학교, 1963).

서별곡〉은 다른 기행작품들인 〈관동별곡(關東別曲)〉, 〈관동속별곡(關東續別曲)〉과 작품 형태를 비교하는 연구가 이루어졌다. 또한 〈관서별곡〉과 〈관동별곡〉의 형태나 내용, 전승양상 등을 비교하는 작품들이 성행하게 되었다.11) 그러면서 〈관서별곡〉은 최초의 기행가사라는 점에 초점을 두어 텍스트에 드러난 공간을 세분한 논의가 이루어졌다.12) 따라서 〈관서별곡〉이 최초의 기행가사라는 문학사적 의의는 많은 연구를 진행시켰다.

두 번째 작품은 청사(淸沙) 노명선(盧明善)의 〈천풍가(天風歌)〉다. 기봉 백광홍의 〈관서별곡〉의 뒤를 이은 기행가사로 알려졌다. 하지만 청사는 그 당시 유명한 작가도 아니었고, 작품의 특징이 뚜렷하지도 않았기에 많은 연구가 이루어지지 못했다. 〈천풍가〉는 '장흥 천관산'을 유람한 글이다. 이 작품은 이종출13)이 처음 학계에 소개하였다. 그는 작품 전문을 소개하고 서지사항을 언급하여 작품을 알리는 것을 목적으로 하였다. 그 이후 유정선14)이 작품의 창작시기

고경식, 「〈관서별곡〉과 〈출관사〉」, 『국어국문학』 36집(국어국문학회, 1967).

11) 이병기, 「〈관서별곡〉, 〈관동별곡〉, 〈관동속별곡〉의 형태적 고찰」, 『국어문학』 17집(전북대, 1975).

전일환, 「송강사가와 그 이전 가사의 비교 연구」(전북대 석사학위논문, 1979).

박덕구, 「〈관서별곡〉과 〈관동별곡〉의 비교연구」(영남대 석사학위논문, 1994).

김영훈, 「관서별곡과 관동별곡의 비교연구」(목포대 교육대학원 석사학위논문, 1999).

박 미, 「〈관서별곡〉과 〈관동별곡〉의 비교연구」(조선대 석사학위논문, 2003).

12) 김성기, 「백광홍의 〈관서별곡〉과 기행가사」, 『고시가연구』 14집(한국고시가문학회, 2004).

졸 고, 「〈관서별곡〉에 나타난 공간인식」, 『동방학』 16집(한서대 동양고전연구소, 2009).

13) 이종출, 「미발표가사, 〈천풍가〉 해제」, 『한국언어문학』 4집(한국언어문학회, 1966).

를 17~18세기 초로 보아 18세기 기행가사들과 비교했으며, 조선 후기 기행가사의 변모라는 측면에서 자연 경관을 고찰했다. 또한, 이지영[15]은 다음 등장한 기행가사인 〈금당별곡(金塘別曲)〉과 비교하여 유람행위와 의미를 규명했다.

세 번째 작품은 수우옹(守愚翁) 위세직(魏世稷)의 〈금당별곡〉이다. 이 작품은 '금당도'의 풍경을 유람하고, '만화도'를 거쳐 돌아온 경관을 그린 작품이다. 이 또한 〈천풍가〉와 마찬가지로, 이종출[16]이 처음 학계에 소개했다. 그는 〈금당별곡〉을 소개할 때 가첩에 적힌 대로 '삼족당 위세보'를 작가로 추정했다. 그러나 이후 삼족당의 문집 기록을 확인하고 삼종형이 되는 '위세직'의 작품임을 밝혔다. 이후 연구로 김석회[17]는 조선 후기 호남지방 향촌사족층 문학의 사회적 성격을 밝히는 작업에서 〈금당별곡〉과 〈천풍가〉를 비교·분석했다. 또한, 박일용[18]은 〈금당별곡〉에 드러난 선유체험(船遊體驗) 양상과 의미를 송강 정철의 〈관동별곡〉과 대비하여 더 심층적으로 분석했다.

네 번째 작품은 존재(存齋) 위백규(魏伯珪)의 〈자회가(自悔歌)〉이다. 이 작품은 효를 중시하면서 집안사람들의 화목을 도모하고 결속하

14) 유정선, 「〈천풍가〉 연구」, 『이화어문논총』 15집(이화여대 국어국문학과, 1997).
15) 이지영, 「기행가사 〈금당별곡〉과 〈천풍가〉의 대비적 연구」, 『한국언어문학』 39집 (한국언어문학회, 1997).
16) 이종출, 「위세보의 〈금당별곡〉고」, 『국어국문학』 34, 35 합병호(국어국문학회, 1967).
17) 김석회, 「≪위문가첩≫을 통해 본 조선후기 호남지방 향촌사족층 문학의 사회적 성격」, 『존재 위백규 문학 연구』(이회문화사, 1995).
18) 박일용, 「〈금당별곡〉에 그려진 선유체험 양상과 그 의미」, 『한국기행문학 작품연구』(국학자료원, 1996).

는 데 목적을 두었다. 이종출[19]은 ≪삼족당가첩(三足堂歌帖)≫에 수록
되어 있는 작품 중의 하나라며, 작품 전문과 함께 작가, 내용, 형식
등을 언급했다. 다른 논의에서 김석회[20]는 위백규의 여러 작품들
중에서 주로 사실적인 경향의 작품들을 '생활시'라 하여 집중적으로
고찰했고, 〈자회가〉는 향촌사족층의 노년 현실을 반영한 사회성 생
활시라고 했다. 최상은[21]은 위백규가 지은 작품들을 토대로 한시,
시조, 가사 등의 작품에 드러난 정서와 현실인식 지향을 살폈다. 그
외에도 작품을 통해 박명희[22], 안혜진[23] 등 많은 연구자들이 선생
의 삶을 재조명했다.

　다섯 번째 작품은 〈권학가(勸學歌)〉이다. 이종출[24]은 ≪위문가첩≫
의 여러 작품들과 함께 작품을 소개하고 있다. 〈권학가〉의 작자는
알려지지 않았다. 하지만, 일부 학자들은 위백규의 작품이라 한다.
그 이유는 ≪위문가첩(魏門歌帖)≫의 맨 끝에 실려 낙장으로 존재하기
때문이다. 그러나 이러한 사실을 정확히 밝혀 놓은 논의는 없다. 그
렇기에 작가는 어떤 특정 인물이 아닌 '향촌사족'이라는 논의가 많
다. 이외에도 ≪위문가첩≫에는 〈궐리가(闕里歌)〉, 〈경독가(耕讀歌)〉,

19) 이종출, 「위백규의 가사 〈자회가〉에 대하여」, 『사대논문집』 4집(조선대, 1973).
20) 김석회, 앞의 책, 1995.
21) 최상은, 「18세기 시가의 정서와 현실인식 지향」, 『반교어문연구』 24집(반교어문학
　　회, 2008).
22) 박명희, 「존재 위백규의 현실인식과 시적 형상화」, 『고시가연구』 18집(한국고시가
　　문학회, 2006).
23) 안혜진, 「위백규 〈농가구장〉의 권농가적 특성과 그 의의」, 『한국시가연구』 21집(한
　　국시가학회, 2006).
24) 이종출, 「〈권학가〉, 〈궐리가〉, 〈경독가〉, 〈독락가〉, 〈담락가〉」, 『어문학논총』 7집
　　(조선대 국어국문학연구회, 1966).

〈독락가(獨樂歌)〉, 〈담락가(湛樂歌)〉를 포함하여 5편의 작품을 실어
작품의 형식과 내용을 드러냈다.

  여섯 번째 작품은 〈초당곡(草堂曲)〉이다. 이는 지지재(止止齋) 이상
계(李商啓)의 작품으로 〈인일가(人日歌)〉와 함께 문집에 전한다. 이종
출[25]은 〈초당곡〉과 함께 〈인일가〉 전문을 언급하여 내용을 분석하
였다. 이후에는 이상계의 도덕적 관념에서 지은 〈인일가〉와 은일적
혹은 풍류적 관점에서 지은 서경적인 〈초당곡〉를 언급한다. 〈인일
가〉는 향촌사회를 배경으로 그 사회의 규칙을 전파하고자 창작된
작품인 반면, 〈초당곡〉은 벼슬에 뜻을 이룰 수 없는 향촌사족의 안
타까운 심정을 드러낸 작품이다.

  다음 작품은 현실비판가사로 알려진 〈합강정선유가(合江亭船遊歌)〉
이다. 이 작품은 〈합강정가(合江亭歌)〉라고도 부른다. 이 역시 ≪위문
가첩≫에 실려 있고, 이종출[26]이 학계에 처음 소개했다. 그는 이 작
품을 19세기 말엽에 호남지방을 배경으로 한 작품이라 했다. 그러나
윤성근[27]은 이본의 대비, 저작연대, 작자, 사회·지리적인 측면에서
문학사적 위치를 발견하고자 했다. 〈합강정선유가〉는 서민 작가의
의식이 녹아 있으며, 서민의 현실을 세세히 그려 〈기음노래〉와 함께
서민문학의 대표적인 작품으로 거론됐다. 또한, 이 작품은 많은 이본
들이 존재하는 것으로 밝혀짐에 따라 여러 이본들을 대조하고 분석
한 연구도 이루어졌다.

---

25) 이종출, 「지지재 이상계의 가사고」, 『국어국문학』 33집(국어국문학회, 1966).
    이종출, 「〈초당곡〉과 〈인일가〉」, 『맥』 8집(조선대 이부대학 학생회, 1968).
    이종출, 『한국고시가연구』(태학사, 1989).
26) 이종출, 「〈합강정선유가〉고」, 『어문학논집』 7집(조선대 국어국문학회, 1966).
27) 윤성근, 「〈합강정가〉 연구」, 『어문학』 18집(한국어문학회, 1968).

마지막 작품은 이중전(李仲銓)의 〈장한가(長恨歌)〉이다. 보통 하나의 작품은 일관된 하나의 주제를 나타낸다. 하지만, 이 작품은 전반부와 후반부의 주제가 다르다. 전반부는 작자의 기구한 생애를 윤리적 사상에 근거하여 읊었다면, 후반부는 금강산의 탐승(探勝)을 염원하는 작자의 소망을 읊었다.[28]

장흥지역 가사문학의 기존 연구들은 작품 내용에 초점을 맞춰 작품의 주제, 구조적인 측면을 분석했다. 즉, 작품에 대한 배경 설명 없이 작품만을 분석한 경우라 할 수 있다. 이에 필자는 장흥지역 가사문학의 주제적인 특성과 관련하여 작품에서 살펴볼 수 있는 이외의 배경적인 요소들을 찾아 '문학'에서 '문화'로서의 연구 영역으로 넓히고자 한다.

2. 장흥지역 가사문학의 개념과 현황

먼저, 필자는 구체적으로 장흥지역 가사문학에 관한 정의를 논의코자 한다. 장흥지역 가사문학의 개념을 설정하기 위해서는 우선, '주체', '대상', '표현방식'의 세 요소들로 나누어 본다.

첫 번째는 '주체'이다. 이는 사물의 작용이나 어떤 행동의 근본으로 어떤 작용이나 행동을 끌어내는 근원이 된다. 그러므로 '주체'는 행위를 하는 인물이어야 한다. 이 논의에서는 '장흥'이 주된 공간이기에 '주체'는 그곳에서 태어나고 거주한 사람이 된다. 반면 그곳에

---

28) 정익섭, 「우곡의 〈장한가〉고」, 『한국언어문학』 24집(한국언어문학회, 1986), 194면.

서 태어나기만 하고, 거주하지 않은 사람의 작품은 장흥지역 가사문
학이라 할 수 없다. 왜냐하면 주체가 직접 장흥지역을 체험해 보지
않았고, 기타 지역과의 다른 지역적 특색을 논하기 어렵기 때문이
다. 이와는 반대로 장흥에서 태어나지 않았지만, 그곳에 거주하는
사람의 작품이라면 장흥지역 가사문학이라 할 수 있다. 그 이유 역
시 반대로 생각해 보면 된다.

두 번째는 '대상'이다. 대상은 어떤 일의 상대 또는 목표, 목적이
된다. 따라서 주체가 다룰 수 있는 '장흥'의 풍물, 지리, 사회, 문화,
사람 등 상대되는 모든 것을 포함한다. 지역을 말하는 지리적, 지형
적인 것이나 지역의 대표성을 나타내는 풍물, 민속, 사회적·문화적
인 것들, 그리고 사람에 이르기까지 모든 것이 주체의 대상이 된다.

마지막으로 정의를 설정하는 요소 중에 없어서는 안 되는 것이 '표
현방식'이다. 가사 장르는 표현방식에 의해 좌우되기 때문이다. 가사
형식은 표기상 한글이어야 한다. 물론 한자 혹은 한문형식을 지니고
있는 것도 있다. 그러나 기본적으로는 한글을 중심으로 한다. 형식은
3·4 혹은 4·4조의 음수율이 있어야 하며, 4음보 율격을 지닌 장편
연속체인 텍스트여야 한다. 또한, 반드시 작가의 생각과 느낌, 이미
지가 포함되어야 한다. 이러한 표현양식을 통한 '가사(歌辭) 양식'의
제한이 없다면, 가사로서의 의미도 사라질 것이다.

위의 세 요소들을 종합하면 장흥지역 가사문학을 구체적으로 정
의할 수 있다. 즉, 장흥지역의 가사작품은 '장흥의 지역적 특색을 아
는 사람이 장흥의 풍물, 지리, 사회문화 등 문화에 관한 것들을 주제
로 자신의 생각과 느낌, 이미지 등을 가지고 4음보 율격, 3·4조 혹
은 4·4조의 양식으로 장편연속체로 형상화한 것을 말한다. 여기서

언급한 주체, 대상, 표현방식의 모든 조건이 만족될 때에야 장흥지역 가사문학이라 할 수 있다.

하지만 주체와 대상 중 어느 하나만이라도 위의 요소들을 만족한다면 넓은 의미에서 장흥지역 가사문학의 범주에 넣을 수 있다. 다시 말해, 주체가 장흥에서 태어난 사람이 다른 지역에서 가사작품을 창작했다면 넓은 의미에서 장흥지역 가사작품인 것이다. 또한, 장흥에서 태어난 사람이 아니더라도 그곳의 대상을 언급한 내용과 장흥의 특성을 드러낸 가사작품이라면 넓은 의미로 장흥지역 가사문학이라 할 수 있다.

그렇다면 〈관서별곡〉과 《위문가첩》[29]의 작품들은 장흥지역 가사문학이라고 말할 수 있을까? 〈관서별곡〉은 주요 공간이 '관서지방'이고, 창작자는 장흥 사람인 백광홍이다. 지역적 특성을 언급한 부분은 어긋나지만, 장흥 출신 작가인 백광홍의 작품이므로 넓은 의미에서는 장흥지역 가사문학 범주에 속한다. 그러나 장흥의 공간을 다루지 않은 《위문가첩》의 작품들 역시 작자가 알려진 경우는 뚜렷하게 장흥지역 가사문학이라고 언급할 수 있다. 하지만, 작가가 알려지지 않은 작품은 지역적 특색을 반영했다면 그 작품들 역시 장흥의 가사작품이라고 보아야 한다. 즉, 넓은 의미로 장흥지역 사람들이 창작한 작품이라면 그 지역적 특성을 드러내기 때문에 장흥지역 가사문학이라 볼 수 있다.

《위문가첩》은 장흥 위씨 집안에서 내려오는 가첩이다. 《위문가

---

29) 《魏門家帖》은 이종출이 《三足堂家帖》이라고 불린 이후에 근래에까지 통용되었다. 그러나 그 후에 장흥지방의 위씨일문에 전해져 오고 있는 가첩이라는 뜻으로 위문가첩이라고 지칭한 것이다. 김석회, 앞의 책, 1995, 311면.

첩≫에 실려 있는 작품은 장흥 위씨들의 작품이거나 그들과 관련된
작품들이다. 이 작품들은 장흥을 비롯하여 영암, 순창 등 지역적 배
경이 매우 다양하게 드러나 있다. 그러나 작가가 밝혀지지 않은 작
품과 장흥지역 출신 작가의 작품이 아닌 경우도 있다. 〈만고가(萬古
歌)〉와 〈합강정선유가〉, 〈권학가〉가 그러하다. 첫 번째 작품인 〈만
고가〉는 영암 출신인 박이화의 작품이다. 그는 장흥 출생도 아니고,
장흥에서 거주한 것도 아니며, 〈만고가〉의 공간이 장흥을 드러낸 것
도 아니다. 그러나 ≪위문가첩≫에 〈만고가〉가 있는 이유는 ≪위문가
첩≫의 기록자가 검열적 교정자로서, 흥미 위주의 개작자(改作者)로
서 간여했다는 추측 때문이다.[30] 그러나 필자가 〈만고가〉를 장흥지
역 가사문학의 범주에 포함되지 않는 이유는 대상이 장흥지역을 나
타내고 있지 않고, 장흥과 연관이 없는 다른 지역의 작가임이 확실
하기 때문이다. 장흥지역 사람이 교정자 혹은 개작자로 간여했을지
라도 원래 작가가 정확하게 표기되어 있는 한, 장흥지역 가사문학이
라고 볼 수 없는 것이다. 그러므로 본 논의의 정의에는 해당되지 않
기 때문에 제외한다.

　두 번째 작품인 〈합강정선유가〉의 공간적 배경은 '합강정'이다. 실
제 '순창'과 '인제'에 있는 누정 이름에 '합강정'이 있다. 그러나 장흥
과의 연관성을 따져보면, 강원도 인제보다는 전라도 순창이 더 설득
력이 있다. 또한, 작품 속에 언급한 '정민시(鄭民始)'는 실제 전라감사
를 맡았던 인물이기에 순창이라는 것이 더 타당하기 때문이다. 작품
의 주요 공간은 전라도 순창의 '옥과현(玉果縣)'이다. 하지만, 창작자

---

30) 김석회, 앞의 책, 1995, 316면.

는 작자 미상인 장흥사족이라 했다. 그러므로 이 작품 역시 넓은 의미로 장흥지역 가사문학이라 할 수 있다.

3. 연구 대상 및 작자층 검토

본 연구의 주 대상은 장흥지역 가사문학 작품들이다. 전라남도의 가사문학에서 장흥지역 가사문학은 담양 다음으로 많은 작품들이 존재한다. 필자는 장흥지역이 단순히 소유한 작품이 많아 연구 대상으로 삼은 것은 아니다. 장흥지역은 많은 작품이 있음에도 지역성을 토대로 한 개괄적인 연구들이 없다. 그러므로 장흥지역 가사문학의 지역문학적인 특징들이 어떤 문화지리학적 표상들을 이루었는지 살펴보겠다. 이글은 특정 지역으로 '장흥'을 설정하고, 넓은 의미로써 정의의 개념을 연구 대상으로 삼고자 한다. 본 연구 대상의 작품 이름과 작자층, 창작연대, 유형별로 구분하면 다음과 같다.

번호	작자명	작품명	창작연대	유형	수록집
1	백광홍(白光弘) (1522~1556)	〈관서별곡〉 (關西別曲)	1555년	기행(紀行)	《기봉집》 (岐峰集)
2	위세직(魏世稷) (1655~1721)	〈금당별곡〉 (金塘別曲)	1707년 이전	기행(紀行)	《위문가첩》 (魏門家帖)
3	노명선(盧明善) (1707~1789)	〈천풍가〉 (天風歌)	18세기 초	기행(紀行)	《위문가첩》 (魏門家帖)
4	향촌사족(鄕村士族) 장흥관산(長興冠山)	〈임계탄〉 (壬癸嘆)	1733년경	현실비판 (現實批判)	필사본(筆寫本)
5	위백규(魏伯珪) (1727~1798)	〈자회가〉 (自悔歌)	1787년	교훈(敎訓)	《위문가첩》 (魏門家帖)

번호	작자명	작품명	창작연대	유형	수록집
6	향촌사족(鄕村士族)	〈합강정선유가〉 (合江亭船遊歌)	1792년	현실비판 (現實批判)	《위문가첩》 (魏門家帖)
7	이상계(李商啓) (1758~1822)	〈인일가〉 (人日歌)	1808년경	교훈(敎訓)	《지지재유고》 (止止齋遺稿)
8	이상계(李商啓) (1758~1822)	〈초당곡〉 (草堂曲)	1808년경	강호(江湖)	《지지재유고》 (止止齋遺稿)
9	향촌사족(鄕村士族)	〈권학가〉 (勸學歌)	19세기 초	교훈(敎訓)	《위문가첩》 (魏門家帖)
10	이중전(李中銓) (1825~1893)	〈장한가〉 (長恨歌)	19세기 초	교훈(敎訓)	《우곡집》 (愚谷集)

필자가 연구 대상들의 창작 시기는 16~19세기이다. 물론 지금도 많은 작품들이 창작·계승되고 있다. 하지만, 필자는 창작 시기가 알려지지 않은 작품을 제외하고 16~19세기의 작품들로 제한하여 모두 21편을 연구 대상으로 삼고자 한다.[31] 그 이유는 최초의 기행가사라고 알려진 기봉 백광홍의 가사 작품이 처음 16세기에 그 면모를 드러냈고, 가사작품이 문집에 나타난 시기가 19세기였기 때문이다. 장흥지역 가사문학의 전성기는 17~19세기의 작품으로 8편에 이른다. 장흥지역의 가사문학이라 말할 수 있는 작품들은 18~19세기에 가장 번성했고, 또한 가장 쇠퇴했다. 물론 지금까지 창작되는 작품들도 있지만, 이 작품들은 장흥지역의 지역성을 반영하지 못하기에 16~19세기 초반의 작품으로 연구 대상을 제한코자 한다. 연구

---

31) 장흥군에서는 2004년에 이르러『장흥의 가사문학』이라는 책을 간행하였다. 이 책에는 〈관서별곡〉을 비롯하여 29편의 작품이 수록되어 있다. 물론 이 부분에는 겹치는 작품도 여러 편 전한다. 김석중·백수인, 『장흥의 가사문학』(장흥군, 2004).

대상으로 삼은 10편 가운데 작자층이 밝혀진 경우는 7편에 불과하다. 백광홍, 위세직, 노명선, 위백규, 이상계, 이중전이 그러하다. 필자는 시대순으로 생애 및 교우관계를 살펴보겠다.

가장 빠른 시기의 인물은 백광홍(白光弘)이다. 백광홍은 1522년(중종 17)에 장흥 기산리에서 삼옥당(三玉堂) 세인(世仁)과 광산김씨(光山金氏) 사이에서 장남으로 태어났다. 선생은 본관이 수원이고, 자(字)는 대유(大裕), 호(號)는 기봉(岐峰)이다. 젊은 시절의 자세한 기록은 전하지 않는다. 선생은 장흥에 귀양 와서 13년간 머물면서 영천(靈川) 신잠(申潛)에게 학문을 배웠다. 또한 신잠이 태인군수로 있을 때, 그곳에 가서 일제(一齋) 이항(李恒)을 만나 본격적인 학문의 길에 들어섰다. 이때 김인후나 양응정 등과 함께 교유했다. 선생은 석천(石川) 임억령(林億齡), 하서(河西) 김인후(金麟厚), 율곡(栗谷) 이이(李珥), 고봉(高峰) 기대승(奇大升), 송강(松江) 정철(鄭澈), 청련(淸蓮) 이후백(李後白), 백호(白湖) 임제(林悌)와 같은 당대 군현들과 인연을 맺고 시를 주창하기도 했다.

선생은 28세(1549년) 때 부명(父命)으로 과거에 응시하여 사마양시에 급제했고, 3년 뒤인 1552년에는 대과에 급제하여 홍문관정자에 제수되었다. 호당 시절에 왕명으로 영호남 문사들이 한 자리에서 시예를 겨루었다. 그때 「동지부(冬至賦)」 한편으로 학문과 문예를 인정받아 장원에 뽑혔다. 상으로 받은 《선시(選試)》 10책이 지금까지 문중에 전한다. 그는 왕의 총애가 두터웠고, 1555년에는 평안도평사가 되었다. 그러나 이듬해 가을에 병이 들었고, 고향으로 돌아오던 길에 부안 처가에서 세상을 떠났다. 선생의 문집은 간행까지 험난했다. 임병양란을 겪으면서 집안에 남아 있던 유고(遺稿)는 대부분 없어졌고, 남은 것도 거의 없었다. 선생이 돌아가신 300년이 지난 1846년에는 후손이 홍직필(洪直弼)의 서문과 묘갈명을 받아 유고 상하(上下) 2권을 묶어 문집으로 만들었다. 1860년 고부에서 문중 사람이 간직해 온 선생의 친필인 〈시산잡영(詩山雜詠)〉, 관서에 부임할 때 제현들이 써준 친필본과 〈관서별곡〉을 더해 1899년에 ≪기봉집≫을 간행했다. 여기에는 부장편(賦長篇) 9수, 오언절구 10수, 오언율시 21수, 칠언절구 58수와 칠언율시 16수, 칠언배율 1수, 칠언고시 11수, 〈시산잡영〉으로 각 체 46수와 가사작품 〈관서별곡〉 1수가 실렸다. 부록은 제현들의 수창시와 만사 등이 있고, 현재 기봉 선생의 시는 각체를 망라하여 175수가 전한다.[32] 지금 남겨진 ≪기봉집≫은 2005년에 장흥지역 올해의 인물로 선정되어 완역됐다.[33]

두 번째 인물은 노명선이다. 『광산노씨족보(光山盧氏族譜)』에 선생의 행장인 〈청사공가장(淸沙公家狀)〉이 실려 소략하게 선생의 생애를 볼 수 있다. 선생은 광산 사람으로 전남 장흥에서 태어났다. 호는 청사(淸沙), 옥천(玉川)이다. 선생의 집안은 대대로 중앙정계로 진출했던 사대부 집안이었다. 그러나 선생의 고조 때에는 지방 관리에 머무르면서 한미해졌다. 이후 부친 상충도 말단 지방관에 머무르면서 점차 가세(家勢)가 약화되었다. 그러나 선생은 문장으로 이름을 날렸다. 일찍 학문에 힘썼으나 과거공부를 하지 않았다. 또한, 후진(後進)들을 가르치는 것을 일로 삼았다. 당시 향리로 유배를 왔던 노봉(老峯) 민정중(閔鼎重)의 문하(門下)에서 잠시 수학했다. 선생의 성

---

32) 정 민, 「기봉 백광홍의 인간과 문학세계」, 『한국학논집』 38집(한양대 한국학연구소, 2004), 84~85면.

33) 백광홍, 정 민 역, 『기봉집』(역락, 2005).

품은 본래 지극히 효성스러웠다. 아버지의 상(喪)을 당했을 때는 몹시 슬퍼하며 오두막에서 삼년을 살았다고 한다. 만년에 이르러 혼자 금장산(金莊山)에서 은거하였으며, 평생 벼슬에 나가지 않았다. 아버지와 더불어 선생도 관직에 진출하지 못한 것이 집안 몰락 때문이라 한다.[34] 그러므로 선생과 관련된 문집이나 연보가 전해지는 것이 없으며, 행적 역시 여기 있는 기록이 전부다.[35]

세 번째 인물은 위세직(魏世稷)이다. 선생의 본관은 장흥이며, 자는 우경(虞卿), 호는 수우옹(守愚翁)이다. 선생은 1655년에 관산읍 방촌에서 태어났다. 선생은 처사(處士)로 살다가 1721년에 돌아가셨다. 선생은 전형적인 향촌사족이며, 숙종 때는 장흥에서 적거 생활을 했던 노봉(老峰) 민정중(閔鼎重)과 특별한 교분을 가졌다. 장흥의 향촌사족 위씨일문과 당대의 벌열이었던 삼방파(三房派) 여흥민씨(驪興閔氏) 사이의 연결고리가 되기도 했다. 선생은 위백규의 조부(祖父)인 삼족당(三足堂) 위세보(魏世寶)의 삼종형이다. 〈금당별곡〉이 처음 소개되었을 때는 '삼족당 위세보'의 작품으로 알려졌다.[36] 그러나 이종출이 '위세보'가 아닌 '위세직'으로 밝혔다.[37] 위세직에 대한 기록은 따로 없으며, 문집으로도 전해지지 않는다. 다만, 〈금당별곡〉이 삼족당의

---

34) 노형식, 『光山盧氏參議公派譜』 卷之一, (羅州郡, 光山盧氏參議公派譜所), 108~109면.
35) 유정선, 「〈천풍가〉 연구」, 『18, 19세기 기행가사연구』(역락, 2007), 283~284면.
36) 이종출, 「위세보의 〈금당별곡〉고」, 『국어국문학』 34, 35집(국어국문학회, 1967) 435~436면.
37) 위세보의 문집 《石屏集》 속에 "三從兄作 金塘別曲"이라는 기록에 의해 그의 삼종형인 위세직(1655~1721)에 의해 지어진 것으로 밝혀졌다. 이종출, 「〈금당별곡〉 해제」, 『한국민족문학대백과사전』 제4권, 205면에서 인용하였으며, 김석회, 앞의 책, 1995, 310면에서 재인용하였다.

작품으로 가첩에 실린 대로 전한다.38)

　네 번째 인물은 위백규(魏伯珪)이다. 자는 자화(子華)이며, 호는 존재 (存齋) 또는 계항거사(桂巷居士)라 한다. 선생은 영조 3년(1727년) 5월 15일에 전라도 장흥에서 태어났으며, 어린 시절 학문에 대한 열정이 남달랐다. 그는 혼자 경서(經書)를 공부하고, 마음가짐과 몸가짐을 바르게 하고자 노력했다. 25세 때(영조 27년)에 선생은 윤봉구(尹鳳九) 를 스승으로 삼았다. 이때 선생의 학문이 깊어졌고, 주로 성리학에 매진하며 과거를 위해 본격적으로 정진했다. 이 기간 중에 초시와 복시 등에 합격하였으며, 향촌의 향민 교육에도 힘썼다. 32세 때에 는 《환영지(寰瀛誌)》를 기술하는 등 성리학 이외의 학문에서도 꾸준 한 관심을 보였다. 민생 현실을 다루는 시를 짓는 등의 현실 인식도 잘 드러냈다.39) 스승인 윤봉구가 별세한 후에는 부정부패로 물든 과 거를 스스로 포기하고, 방촌(傍村)에 내려가 직접 밭을 갈며 글을 읽 었다.40) 선생은 당시 경작하면서 생활시를 지었고, 향촌 부흥을 위 해 향촌 교육에도 힘썼다. 선생의 시에는 향촌 모습을 생생하게 묘사 했으며, 궁핍한 백성들의 현실 묘사와 이를 도외시하는 위정자들도 비판했다. 또한 가문의 자제들의 모임인 '가중사시회(家中四時會)'를 결성하여 성리학적 가정의 모습을 만들고자 했다. 40대 이후 선생은 여러 작품 활동으로 자신의 내면을 솔직하게 드러냈다. 노년에 이르 러서는 다양한 저술 활동을 펼쳤고, 어수선한 향촌 질서를 바로잡는 데 힘썼다. 1796년인 선생의 나이 70세에도 불구하고, 옥과현감(玉果

---

38) 김석회, 앞의 책, 1995, 312면.
39) 위홍한, 「위백규의 시문학연구」(조선대 박사학위논문, 2005), 20~21면.
40) 《存齋全書》上, 卷之十八, 〈年譜〉, 552면.

縣監)에 제수되어 목민관의 모습을 보이기도 했다. 그러나 스스로 노약하다고 여겨 〈만언봉사(萬言封事)〉를 제작하고 사직을 원했으나 정조는 허락하지 않았다.[41] 선생은 더 늙어 병으로 어떤 벼슬에도 부임하지 못했고, 1798년 11월 25일(72세)에 세상을 떠났다. 선생은 《환영지》를 바탕으로 하여 《거병서(去病書)》, 《정현신보(政鉉新譜)》, 《사서차의(四書箚義)》, 《격물설(格物說)》 등의 많은 글들을 남겼다. 또한, 18세기 향촌사족의 한 사람으로서의 모습을 드러낸 〈연년행(年年行)〉, 〈농가구장(農家九章)〉, 〈자회가(自悔歌)〉 등의 국문시가도 존재한다. 문집은 《존재집(存齋集)》이 있고, 이를 모두 모은 《존재전서(存齋全書)》도 있다. 선생은 여러 작품을 써서 향촌사족들의 역할을 강조했다. 또한, 선생은 호남실학을 대표하는 인물로 지금도 장흥 방촌의 위씨를 대표적인 인물로 손꼽힌다. 장흥지역 가사문학 중에 작가가 밝혀지지 않은 작품들인 〈합강정선유가(合江亭船遊歌)〉나 〈권학가(勸學歌)〉 역시 선생의 작품으로 보는 견해도 있다.[42] 〈임계탄(壬癸嘆)〉을 제외한 두 작품은 위씨 문중에 전하는 《위문가첩(魏門歌帖)》에 실려 있다. 작가가 밝혀지지 않은 작품들은 18세기 향촌사족의 작품이라 하니 선생의 작품이라는 경향이 짙다. 〈권학가(勸學歌)〉 역시 유교적 덕목과 사상을 강조한 부분에서 선생의 작품으로 보기도 한다.

　여섯 번째 인물은 이상계(李商啓)다. 선생은 벼슬에 나아가지 못한 초야에 묻혀 살던 선비다. 선생의 기록은 많지 않지만 문집이 남아 있다. 선생의 자는 군옥(君沃), 호는 지지재(止止齋) 또는 관송(觀松)이

---

41) 《存齋全書》上, 卷之十八, 〈年譜〉, 557면.
42) 이상보, 『18세기 가사전집』(민속원, 1991).

다. 아버지는 종진(宗震)이며, 어머니는 남평문씨(南平文氏)이다. 본
관은 인천(仁川)이며, 남강(南岡) 이승(李昇)(1556~1628)의 7대손이다.
선생은 1758년에 출생하여 1822년까지 생존했다. 16세 때에 모친과
사별했고, 49세 때에 부친과 사별했다. 선생은 묵촌(지금의 용산면 접
정리)에서 태어났다. 청년 때에는 과거에 뜻을 두고 과업에 전념하였
다. 그러나 가세가 기울어 빈곤하게 되었고, 나이 많은 부모 봉양을
위해 가업(家業)에 종사했다. 만년에는 아양골 계곡에 초당을 짓고,
은거하면서 거문고와 독서를 하며 남은 생을 보냈다.[43] 선생은 스스
로 동약(洞約)을 만들어 향민을 교화했으며, 동몽(童蒙) 교육에도 애
썼다. 선생의 가사작품에는 〈인일가(人日歌)〉와 〈초당곡(草堂曲)〉이
있다. 노사 기정진은 '이상계의 〈인일가〉는 사람들마다 읽어 익히고
옮겨 적을 만하다'고 했다. 〈초당곡〉은 선생 노년에 지어진 작품이
라 하며, 속된 세상을 벗어나 자연을 벗 삼아 안빈낙도하는 작자의
심정을 읊었다. 이 작품은 자신의 처지에 수긍하며 벼슬에 나아가고
싶으나 쉽게 나아가지 못했던 향촌사족들의 심정을 표현했다. 선생
의 문집은 《지지재유고(止止齋遺稿)》 2권 1책이 있다. 거기에는 한시
80여 수가 있고, 2편의 가사가 전한다. 〈인일가〉는 향촌의 교화를
위해 인륜도덕을 설명한다. 반면, 〈초당곡〉은 만년에 초당을 지은
후 자연을 즐기는 기쁨을 노래한 작품으로 선생의 마지막 작품이라
전한다.

　일곱 번째 인물은 이중전(李中銓)이다. 자는 화집(和執), 호는 우곡
(愚谷)이다. 1825년 5월에 전남 장흥군 부산면 금자리 관한 부락에서

---

43) 《止止齋遺稿》, 行狀 편.

나서 1893년 7월 69세의 나이로 세상을 떠났다. 선생의 가계를 살펴보면, 증조(曾祖)는 유암처사(幽菴處士) 이광정(李光鼎), 조부(祖父)는 이창곤(李昌坤), 아버지는 이재동(李在東)이다. 기우만(奇宇萬)이 편찬한 유사와 우곡의 친척인 이수근(李守根)이 쓴 전기에는 선생의 가계를 적었다. 우곡은 연보가 없어 자세한 생애를 알 수 없다. 하지만 선생의 유사(遺事), 묘지명(墓誌銘), 전(傳), 가사작품 〈장한가(長恨歌)〉 등을 보면 대략 알 수 있다. 1~11세까지는 나라가 태평한 때라 호강하게 잘 살았고, 12세에는 어머니가 돌아가심에 할머니와 계모인 안씨 밑에서 양육을 받았다. 이때부터 서재에 들어 공부를 했으며『사략』,『통감』,『중용』,『대학』등을 읽었다. 22세 때는 아버지까지 돌아가시고 3년간 슬퍼하며 상(喪)을 지냈다. 그 후 집안의 세력이 기울어 빈한한 살림을 하여 농사에도 종사했다. 37세 때 할머니가 돌아가시고, 이어 아내를 잃어 우환이 겹쳤다. 그렇게 3년상을 마쳤고, 선생 40세에 이르러 아들 수명(洙命)이 장가들었다. 그 후 선생은 '우곡'이라는 스스로 만든 호를 사용했고, 한가로운 생활을 했다. 선생은 독서와 시를 짓는 것을 즐기며, 동몽훈학(童蒙訓學)에 힘썼다. 또한, 아름다운 자연을 다니면서 유유자적(悠悠自適)하게 일생을 보냈다. 선생의 유고는 《우곡집(愚谷集)》 한 권이 있고, 그 책에는 〈장한가〉가 수록되어 있다. 〈장한가〉는 가사문학에서 특색 있는 작품으로 꼽힌다. 대체적으로 한 작품에는 하나의 주제를 내포하고 있다. 그러나 이 작품은 전반부와 후반부로 나눠져 있다. 전반부는 작자의 기구한 생애를 그린 도덕적인 면을 언급한 반면, 후반부는 자연의 아름다운 풍경을 바라는 작자의 소망으로 읊었다. 한 작가의 생애가 가사라는 문학형식을 통해 노래되었다는 것과 율조의 흐름이 유창하

여 읽는 사람으로 하여금 흥취를 자아내게 하는 것이 이 가사의 묘미
인 것이다.[44)]

백광홍, 노명선, 위세직, 위백규, 이상계, 이중전은 모두 장흥 사
람들이다. 조선 전기에 나타난 호남 시단은 호남지방의 사림계(士林
系) 인사들이 대부분으로 출신 성분과 학문적 지향이 공통점을 띠고
있다.[45)] 그러나 조선 후기에 향촌사족들은 대부분 문학을 담당했
다. 그러므로 가사문학의 주요한 작가층인 향촌사족들의 이념이나
세계관을 파악하기 위해서는 그들의 문학을 살피는 것이 매우 중요
하다. 왜냐하면 문학에서 작가의 윤리의식이나 교훈, 세계관이 지역
적 특성과 깊은 연관이 있기 때문이다.

백광홍을 제외한 다른 작가들은 대부분 향촌에 머물렀던 사족들이
다. 향촌사족들은 벼슬을 맡아 중앙에 진출하지 못하는 상황이었으
므로 사회적, 경제적 기반을 향촌에 기댈 수밖에 없었다. 그러나 16~
17세기의 재지사족들은 향촌사회에 대한 그들의 지배권을 확보하기
위한 수단으로 토호적인 전통을 지닌 사족세력들을 결속하여 명부를
만들었다. 이 같은 재지사족의 향촌지배는 양란 이후 사회경제적 변
화와 함께 점차 위축되었고, 양반신분층의 권위 축소와 자체 분열현
상은 사족들의 향촌지배를 불가능하게 했다. 17세기는 중앙 정계의
정치적 혼란은 향촌사회세력의 분열을 불러왔다. 이처럼 향촌지배권
이 위협받게 되자 사족들은 그들 나름의 자위적인 대책을 강구하게

---

44) 정익섭, 앞의 논문, 1986, 194면, 196~197면.

45) 이해준, 「조선중기의 호남사림과 임억령」, 『석천 임억령의 문학과 사상』(광주광역
    시편, 1995), 36~38면.

되었고, 그 구체적인 형태로 서원을 건립했다. 이러한 서원 건립은 문중의 힘을 결집하여 위협을 방어하기도 하고 지위를 보강, 확보하기도 했다.46) 그러나 18세기는 사회경제적으로 큰 변화가 일어났다. 그 내용은 생산력의 발전과 상품화폐경제의 발달, 사회신분제의 변동 등이 있다. 이 사회경제적 변화는 말단 사회조직에서부터 시작되었다. 즉, 백성 생활의 장소인 촌락 또는 향촌사회에 보다 구체적으로 반영되었고, 이는 촌락사회의 신분구성 변화와 이에 따른 다양한 세력의 등장으로 향론의 분열 등으로 나타났다.47)

일반적인 향촌사족들은 정치적, 경제적으로 몰락한 계층이었다. 작자들의 행장(行狀) 기록을 살펴 그 근거를 찾고자 했으나 경제적 상황을 단정하기에는 어려운 부분이 많았다.48) 그러나 향촌사족들은 대부분 관직에 진출한 경험이 없었고, 일생을 향촌에서 보낸 인물이 많았다는 보편적인 특징이 있었다. 지역적으로는 다른 지역보다도 호남 출신 작자들이 향촌사족이 많았다. 이는 아마도 지리적·정치적인 이유 때문일 것이다.

4. 논의의 방향과 기대되는 성과

이글은 본격적 분석에 앞서 기존의 개념들을 다시 정립하고자 한다. 지역문학의 개념을 새롭게 하고, 특정지역인 '장흥'만의 특징을

---

46) 이해준, 『조선후기 문중서원 연구』(경인문화사, 2007), 4~6면.
47) 정진영, 『조선시대 향촌사회사』(한길사, 1997), 308면.
48) 최현재, 「박인로 시가의 현실적 기반과 문학적 지향 연구」(서울대 박사논문, 2004), 21~22면.

드러낼 것이다. 또한, 장흥의 보편성과 특수성을 언급하여 다른 향
촌지역과의 차이를 규명하고, 장흥의 지역성을 바탕으로 문학에서
발생하는 문화지리적인 특징을 논하겠다.

우선, 장흥지역 가사문학에서 말하는 지역문학적 특징을 밝히고
자 한다. 지역문학은 지역의 보편성과 특수성이 공존한다. 이글에서
는 작품의 주제를 밝혀 지역적 특성을 살피고, 그 작품들의 배경을
통해 특수성을 논할 것이다.

장흥지역 가사문학은 4가지 특성으로 나눌 수 있다. 첫 번째 특성
은 유람과 자연 풍광의 흥취다. 장흥은 산과 바다가 공존하는 공간
으로 아름다운 경치를 지닌 장흥지역만의 지형적 특성을 드러낸다.
이는 장흥과 장흥 이외의 두 공간으로 나누어 장흥지역의 특수한 풍
광(風光)을 노래한 경우와 장흥 이외의 보편적인 형상(形狀)을 노래
한 경우로 설명한다. 이 작품들은 천관산, 만화도, 금당도의 풍경을
언급하여 장흥의 특수성을 강조한다. 반면, 보편적인 특성은 장흥이
아닌 다른 공간으로 관서지방과 금강산을 소개하여 자연 공간의 신
비로움을 서술코자 한다. 공간적인 면에서는 큰 차이를 보이나 작품
의 형상화 과정과 작가 내면의식에서는 장흥지역을 유람한 다른 작
품들과는 별반 차이가 없음이 나타난다.

두 번째 특성은 유교윤리의 강화와 교양이다. 유교는 조선시대의
기본사상이다. 그러므로 공간과 관계없이 모든 지식인들은 유교를
숭상하였다. 장흥의 동족마을인 '방촌'에도 유교 문화는 왕성하였고,
그 유교문화를 바탕으로 집단에서 발생한 유교적 윤리의식을 고찰하
고자 한다. 보편적인 유교적 성격을 살펴 장흥의 방촌에서 강조한
내용들을 통해 규범들이 갖는 목적과 이유를 논할 것이다. 이글은

문중 문화를 이룬 '방촌'의 집단적 생활을 기본으로 작품에서 윤리의
식을 강화한 부분과 경계, 계몽의 유교윤리로 나누어 설명하겠다.

세 번째 특성은 부패한 관리에 대한 비판이다. 중앙과 멀리 떨어
진 지리적 특성은 지역의 특수성을 만든다. 이는 곧 중앙 관리들의
비판을 만들어냈다. 다른 지역에서 발생하는 보편적인 특징으로 장
흥의 향촌사족들은 중앙관리들의 부조리한 모습을 풍자했고, 부조
리한 관리들의 폭정(暴政)을 묘사했다. 뿐만 아니라 장흥만이 가지고
있는 특수성으로 임계년(壬癸年)에 있었던 크나큰 자연 재해를 통한
부정한 관리들의 모습을 살펴보겠다. 즉, 보편성과 특수성을 비교하
여 장흥지역 향촌사족의 특성을 부각하고자 한다.

네 번째 특성은 안빈낙도(安貧樂道)의 추구이다. 일반적으로 향촌
사족들은 관직과 거리가 먼 은거적(隱居的) 삶을 영위한다. 모든 향
촌사족들이 갖는 중앙 정계 진출의 꿈을 포기한 보편적인 내면 의식
을 드러냈다. 이에 장흥 향촌사족들의 내면 의식을 찾아 그 특수성
으로 장흥 사람들의 지역적 특수성을 언급할 것이다.

이글에서는 문학지리적 현상인 장흥의 4가지 특성을 토대로 한
문화지리적 표상을 검토하겠다. 문화지리적 표상은 장흥지역의 가
사작품들에 나타난 지역적, 문학적 특성을 결합하고, 지역문학이 갖
는 공간적 면모를 부각시켜 문화적인 부분을 논하고자 한다. 이에
장흥의 문화지리적 표상을 세 가지로 나누어 설명한다.

첫 번째는 문화 중심부로서의 자부를 중심과 주변의 위계화 현상
으로 드러내고자 한다. 고려시대 장흥은 왕비가 태어난 고장이다.
이러한 의식은 향촌사족들에게 중심부 의식을 갖게 했다. 그러다가
시대가 변하여 나라와 왕권이 바뀌었고, 장흥지역 사람들은 주변으

로 밀려 소외된 현실을 살아야 했다. 이는 시대가 변했지만, 한 공간에서 일어난 현상으로 이해된다. 따라서 시간의 변화로 이어지는 장흥 향촌사족 중심 의식과 소외된 비주류 의식으로 나누어 논할 것이다.

두 번째는 욕망의 현실화 현상이다. 특히, 하나의 공간이 어떤 표상을 나타내는지 살펴 그 관계를 나타내고자 한다. '천관산'은 '장흥'을 대표하는 하나의 공간에 불과하다. 그러나 '천관산'은 현실과 환상의 괴리 현상이 발생한다. 실제 눈에 보이는 자연의 모습과 환상/신선세계로 비유한 자연의 모습이 나눠진다. 또한, 그 주변 '방촌(傍村)'의 인위적 공간은 종속된 공간에서 발생할 수 있는 현실비판 의식으로 저항과 반발의 양상들을 논하겠다.

세 번째는 애향 의식과 긍지로 과시(誇示)의 공간화 현상을 나타낼 것이다. 고려시대 황후의 고향이었던 장흥의 모습을 회상하고, 현재 소외된 모습을 통해 천관산과 그 주변 지역의 역사적·정치적 맥락으로 연관을 맺고자 한다. 또한, 장흥의 아름다움을 살펴 고향의 자연 풍경 현상을 알아보겠다. 향촌의 기능이 강화된 원인을 밝혀 장흥 위씨 가문을 중심으로 다른 지역과의 생활상을 비교하여 그 특수성을 논할 것이다.

결론 단계는 장흥지역 가사문학의 문화지리학적 의의를 고찰하겠다. 장흥지역 가사문학의 지역문학적인 특성과 더불어 문화지리적인 표상으로 주체, 대상, 행위 등의 상관성을 살펴 장흥지역 가사문학의 의의를 설명코자 한다.

II
문화지리학적 연구방법

　공간은 일상적으로 텅 비어 있는 자리나 빈 곳을 의미한다. 그러나 지리적 개념으로는 단순히 비어있는 곳을 의미하지 않는다. 공간은 공간마다 상징과 의미로 가득 차 있는 곳을 나타낸다. 따라서 공간은 비교를 전제로 한 추상화된 자연적·인문적 지표의 일부분[1])이 된다. 또한, 공간은 단순히 대상이나 실체가 존재하고 배열된다. 뿐만 아니라 공간은 인간 주체가 여러 실천을 행하면서 헤게모니와 권력 투쟁을 벌이는 역동적인 곳이다. 그러면서 주체의 욕망과 지향성에 따라 점유하고 변화시키는 세계다. 더불어 공간은 다른 공간과 관계 속에서 자본, 권력, 상징의 차이에 의해 다른 위상을 갖는 관계의 다발을 형성한다. 이렇게 규정된 공간은 지리학과 매우 밀접한 연관이 있다. 지리학은 바로 인간의 삶에서 일어나는 공간을 연구하는 학문이기 때문이다.[2])

---

1) 이기봉, 『지리학교실』(논형, 2007), 118면.
2) 이도흠, 「서울의 사회문화적 공간과 그 재현 양상 연구」, 『기호학연구』 25집 (한국기호학회, 2009), 52~63면. 이 학위 논문은 이도흠의 이 논문과 「마당: 열림과 닫힘의 세미오시스」, 『기호학회 춘계학술대회 발표집』, 2010년 4월(『기호학연구』 27집에 재수록)에서 제시한 공간과 주체, 권력, 표상, 의미와의 관계에 대해 문화기호학적

1. 문화지리학의 개념

'문화'는 개념이 매우 다양하다. 그 중에서도 필자는 문화를 '인간과 역사의 산물(産物)'이라 정의한다. 사람이 살아가면서 만들어낸 '문화'는 한 마디로 규정할 수 없기 때문이다. 하지만, 한 민족이 살아가는 데 필요한 총체적인 생활양식을 말한다. 인간의 생활을 엿볼 수 있으면서 역사적 사실을 반영한 것이 바로 '문화'이다. 문화지리학은 문화와 지리학이 어떤 연관성을 갖고, 이 연관성이 작품에 어떤 영향력을 행사하는지 밝혀내는 작업이다. 그러므로 지리학의 개념부터 살펴보겠다.

'지리학'은 인간의 삶을 영위하는 공간을 연구하는 학문이다. 이는 인간이 살아가는 공간을 나타내는 인문, 자연현상의 분포와 상호관계 등을 연구한다. 그러므로 지리학은 지역, 공간, 장소라는 도구적 개념을 중심으로 인간의 문제를 이해하고 해결해 나가는 학문[3]을 말한다. 넓은 의미로 '지리학'은 자연지리학과 문화지리학으로 나눌 수 있다. 이 논의는 문화지리학을 다루고 있기 때문에 여기서는 문화지리학만을 언급한다. 문화지리학은 문화에 관한 아이디어를 지리학적인 문제에 적용시키는 것이다.[4] 다른 의미인 문화지리학은 문화적으로 결정된 인간 활동, 특히 문화집단이 경관의 개발, 승관의 형태,

---

관점에서 기술한 것을 이론과 방법론으로 삼아 장흥지역의 가사 작품과 장흥지역에 적용하여 그에 나타난 주체, 권력, 표상 관계를 분석한 것이다.

3) 이기봉, 『지리학교실』(논형, 2007), 104면.

4) Wagnerm P.L. and M. W. Mikesell, "The Themes of Cultural Geography: in P.L.Wagner and M.W.Mikesell(eds.) Readings in Cultural Geography(Chicago: The University of Chicago Press, 1962)", 1면. 강학순, 앞의 논문, 1990, 190면에서 재인용하였다.

경관성에 미치는 다양한 영향을 다루는 지리학의 한 분야다.5) 기존 문화지리학은 단순히 지리적인 부분을 드러냈고, 문화적 특수성보다는 지형적 특색만을 강조했다. 그러나 요즘 문화지리학은 '문화'가 발생한 공간의 다양성에 초점을 두고, 문화집단 사이의 공간적 다양성과 함께 사회의 공간적 기능을 다양성을 연구한다.6) 인간 활동은 크게 보아 정치적 활동, 경제적 활동, 사회적 활동, 그리고 문화적 활동으로 나눈다. 따라서 정치적 활동을 공간과 지리적으로 다루는 것이 정치지리학이라면, 경제지리학은 경제적 활동을, 사회지리학은 사회적 활동을 의미한다. 문화지리학은 공간과 지리적으로 다루는 문화적 활동을 가리킨다.7) 즉, 공간 문화는 문화적 요소와 지리적 요소 사이에서 발생할 수 있는 일들을 나타낸다.

　문화지리학은 인문지리학과 같은 범주로 포함한다. 인문지리학은 처음에는 역사지리학으로 바뀌었고, 이후에는 문화지리학으로 바뀌었다가 다시 인문지리학으로 바뀌었다. 역사지리학과 문화지리학은 지리학 안에서도 오랜 과거부터 시간을 다루어 줄 수 있는 대표적인 분야로 간주된다. 인간이 지닌 문화는 인간이 거주하고 있는 장소의 자연 환경이나 인문, 사회 환경의 영향을 받아 하나로 집적되어 축약된 형태로 표출되어지는 개개인의 생활양식을 가리킨다. 그러므로 문화는 인간이 태어난 후 직·간접적인 경험이나 학습에 의해 획득하는 행동, 이념, 생계 방법, 기술, 가치 체계, 사회 조직을 모두 말한

5) Mark D. Billinge, 1981, op. cit., footnote(5), 63면.
6) L. Rowntree, 1974, The Human Mosaic(New York: Harper & Row publishers), 4면.
7) 임덕순, 『文化地理學』(법문사, 1996), 19면.

다. 따라서 인간이 지닌 문화는 인간이 살고 있는 자연 환경뿐만 아
니라 민족성, 언어, 종교, 사회 현상, 경제 활동 등의 직·간적접인
영향을 미친다. 문화지리학은 바로 인간이 지닌 이러한 문화가 유·
무형으로 공간상에 어떻게 표출되어지며, 특정한 문화를 지닌 집단
또는 개개인 사이의 공간적 다양성과 기능을 연구하는 학문이다. 더
구나 지리학이 지닌 이중적 구조를 종합적으로 보여주는 학문 분야
이다.[8] 하지만 문화지리학은 '문화'를 강조하는 점에서 인문지리학
과는 약간 다르다.

2. 문화지리학적 방법론

이글은 장흥의 가사문학을 문화지리학적 방법으로 풀고자 한다.
문화지리학적 방법은 공간과 밀접한 관련이 있다. 공간은 주체 행위
에 따라 다양한 변화를 나타낸다. 공간은 공시적·통시적으로 다른
의미들을 지니게 되고, 그 의미들로 새로운 공간의 의미들을 형성하
게 된다.[9] 그러나 여러 지리서에서 언급한 공간은 변하지 않고 그대
로 존재한다. 하지만 실제적으로 나라가 변화하고, 사회도 변화함에
지명과 역할도 바뀌게 되었다.

'공간'은 정태적인 것이 아니라 인간 주체에 의해 끊임없이 변화하
는 역동적인 곳이다. 그렇다면 장흥의 문화지리학이라고 하는 개념

---

8) 이혜은, 「문화지리적 관점에서 본 도시」, 『문화지리와 도시공간의 표상』(2010년
   5월 28일 동국대 문화학술원, 한국문학연구소 학술발표요지집), 1면.
9) 이도흠, 앞의 논문, 2009, 52~53면.

에서도 주체가 있어야 한다. 그 주체는 장흥에서 태어나고 거주한 사람으로, 그 부류들은 대부분 향촌사족층이다. '장흥'이라는 공간을 배경으로 하여 장흥지역의 산물(産物)과 산천(山川)에 실천 행위를 모두 포함하는 개념이다. 그러므로 주체는 실천 행위를 하는 인물의 하나로 어떤 의미와 상징을 만들어낸다. 그런데 이러한 실천 행위는 한국어를 매개로 구현된 문화적 상징 의미체여야 한다. 그 가운데서도 장흥지역 가사문학을 강조한다면 장흥지역에서 창작된, 혹은 장흥지역과 관련된 주체와 가사 텍스트를 활용해야 한다. 따라서 필자는 장흥지역 가사 텍스트로 '장흥'이 지니는 특성이 주체, 대상, 행위 등으로 작품에서 표현된 관계를 분석하고 종합해야 한다.

첫 번째는 '주체'와 '대상'과의 관계이다. 공간은 작품에서 주체 앞에 드러난 대상이다. 이는 구체적으로 자연을 의미한다. 그러므로 대상의 자연은 주체인 인간의 대상으로 존재하는 공간을 의미한다. 자연은 지역에 따라 매우 다양한 풍경으로 표출된다. 처음 자연에 의해 생성된 '공간'은 자연 경관을 바탕으로 아름다움을 드러낸다. 한가한 생활을 즐기는 인물 혹은 그곳에 살고 있는 인물인 '주체'는 그곳의 자연 경관을 부각시키는 '자연'을 언급한다. 따라서 '주체'는 아름다운 자연을 보이는 풍경만이 아닌, 자연을 스스로 찾아다니는 행위로서의 공간으로 재창출한다. 그러므로 자연은 자연 그대로의 모습뿐만 아니라 주체 앞에 드러난 대상으로서의 공간으로도 형성돼야 한다. 대부분 자연이라는 대상은 주체와 함께 존재하며, 이는 자연·유람의 공간으로 표출되는 것이다.

두 번째는 '주체'와 '행위'와의 관계이다. 공간에서 주체는 행위를 하고, 각 주체들의 행위는 권력을 형성한다. 공간에서 권력을 형성하는 요인은 '계급'과 '신분', '성별', '나이', '지식', '자본'이다. 이 여섯 범주에서 상층에 속한 자들은 하층에 속한 자들에게 권력을 행사한다. 하지만, 하층에 속한 자들은 복종하는 중에도 이상 세계의 공간을 품고 공간을 구현하고자 끊임없이 저항한다. 그러면서 기억 투쟁과 인정 투쟁, 권력과 헤게모니 투쟁을 벌인다.10) 계급사회의 경우는 공간상 권력은 더욱 노골적으로 나타난다. 그 중에서도 조선시대는 계급사회였고, 유교사상이 강한 나라였다. 따라서 위의 여섯 범주 가운데서도 '계급'과 '신분', '성별'은 권력을 형성하는 데 가장 큰 비중을 차지한다. 그 가운데서도 가장 우위의 요인은 '계급'과 '신분'이다. 그 이유는 조선시대가 계급사회였기 때문이다. 신분상 가장 큰 권력을 가진 '주체'는 왕이고, 그 다음은 '양반'이다. 신분의 순서는 '왕→양반→중인→천민'으로 나눈다. 성별은 유교사상 가운데 '남존여비(男尊女卑)'가 만연했기에 남성이 여성보다 위에 있다. 이러한 높은 권력이 있으면 '자본'은 부가적으로 뒤따른다. 그러나 꼭 그런 것만은 않다. 하지만, 가장 큰 권력을 가진 주체가 되려면 신분과 성별 이외에도 '자본'과 '나이'가 많아야 한다. 그 이유는 '자본'은 권력을 부리기에 꼭 필요한 요소였고, '나이'는 조선시대 유학의 덕목 중에 하나였기 때문이다. 조선은 유학의 성행으로 '삼강오륜'의 덕목 중 어른과 아이는 서로 차례가 있음[장유유서(長幼有序)]을 강조했다. 따라서 '나이' 또한 많아야 '권력'이 높아진다. 이와 반대로 가장 낮은 권력은 신분은 천민이고, 성별은 여성이다. 거기에 자본도 없고, 나이도 어려야 한다. 이러한 권력은 높으면 높을수록 많

---

10) 이도흠, 앞의 논문, 2009, 55면. 이글에서는 '마당'을 '공간'으로 대체하였다.

은 공간을 소유한다. 그런 과정에서 권력이 낮은 사람들은 권력에 반발하여 불만을 표출하기도 한다. 조롱이나 풍자는 권력이나 계급이 낮은 사람들이 높은 계급의 사람들을 비난하고 비판하는 것이다. 그러나 이 작품들은 '장흥'의 가장 낮은 신분의 사람들이 쓴 글이 아니고, 천민이면서 여성의 글이 아니라는 점을 염두에 둘 때, 그 지역을 이루는 향촌사족들의 사회상을 반영해야 한다. '장흥'은 중앙과 멀리 떨어진 지리적 특성을 살린 지배세력이 권력을 행사하는 공간으로, 지배와 소유의 공간으로 그려진다. 그러므로 이 공간은 주체들에 의한 현실비판공간으로서 역할을 담당해야 한다.

세 번째로는 '주체'와 또 다른 '주체'와의 관계이다. 주체는 또 다른 주체를 주관하기도 한다. 행위에 의해 만들어진 계층은 또 다른 주체와의 관계를 형성한다. 하나의 공간은 주체들이 생성한 공간을 형성하고, 그 공간을 맡아 책임을 나누어 공간을 주관한다. 이는 '주체'가 권력을 만들어 행사하는 공간이다. 하지만, '주체'들은 공간에서의 책임을 맡아 분배한다. '장흥'의 작은 공간에서 지켜야 할 규범들과 윤리들은 그들의 삶에서 필요한 요소들을 통해 사회를 이루어 공간을 형성한다. 그 윤리나 규범들은 그 나라가 형성한 것들을 바탕으로 한다. 왜냐하면 그 공간이 나라에 종속된 개념이며, 주체가 만든 규범과 윤리가 나라의 기반을 두고 있기 때문이다. 결국 그 주체가 만든 규범과 윤리는 행위가 되고, 그 행위의 주체는 또 다른 주체와의 관계를 만들어낸다. 그러므로 주체들은 규범이나 윤리들을 만들어 지켜내야 한다. 하지만, 주체들이 규범과 윤리를 지켜내지 않는다면 하대를 당하거나 처벌을 받기도 하며, 심지어는 그 사회 혹은 나라에서 쫓겨날지도 모른다.

모든 '공간'은 주체와 대상, 행위, 또 다른 주체에 따라 끊임없이 변한다. 공간은 주체의 행위에 따라 본질을 형성하며 다양한 위상을 갖는다. 똑같은 마당이라도 그 마당에서 놀이를 하면 공동체가 연대를 맺는 장(場)이 되고, 마을굿이나 밀양백중놀이 등을 할 때 신내림한 신대나 농신대를 꽂으면 신과 인간이 만나는 제의(祭儀)의 성소가 된다. 또한, 신랑과 신부가 예를 치르게 되면 혼인의 터가 된다. 동헌 마당도 평소에는 공사(公事)를 처리하는 곳으로 엄격한 신분질서를 유지하고 상층이 하층을 지배하는 공간이 된다. 하지만, 탈춤이나 판소리를 공연하는 순간, 하층이 상층을 풍자하고 비판하는 공간으로 상층이 하층의 풍자와 비판을 허용하여 사회통합을 이루고 지배를 강화하는 공간이 된다.[11]

장흥도 마찬가지다. 마을의 경치 좋은 곳에 누정을 지어놓고 아름다움을 본다면 풍류 공간이 될 것이고, 마을의 안녕과 번영을 위해 그들이 모여 지켜야 할 윤리를 논한다면 배제(排除)와 규율(規律)의 공간이 될 것이다. 또한, 엄격한 신분 사회로 조선 상층 관료들의 부정부패에 대한 불만을 토로한다면 현실 비판의 공간이 될 것이다. 이처럼 한 공간에도 또 다른 주체, 대상, 행위에 따라 그 의미는 다양하게 변화한다. 인간은 몸의 메커니즘과 참조 체계, 혹은 자신의 이해 관계나 타인과의 관계에 따라 기억의 흔적을 재구성하여 공간을 추상화한다. 공간의 기억은 존재여부를 만들고, 공간의 흔적은 주체를 형성한다. 공간이 시시때때로 변하듯, 주체와 대상에 따라 끊임없이 변화한다.[12] 주체는 대상이나 행위로 다른 의미 공간들을 형성하

---

11) 이도흠, 앞의 논문, 2010년, 108면.
12) 이도흠, 앞의 논문, 2010년, 99면.

고, 그 공간들은 다시 구조를 형성한다.

장흥은 하나의 작은 공간이다. 하지만 주체와 대상, 행위에 따라 그 의미들은 다양하게 변화한다.13) 뿐만 아니라 공간은 혼자 사용하는 곳이 아니다. 그러므로 주체와 대상, 행위는 함께 소통하고, 누려야 한다. 그렇지 못하면 공간은 그 효용성이 사라져버리게 된다.

문학에서 공간은 지리적, 사회적, 문화적인 공간을 모두 포함한다. 기본적으로 지리적 공간이 있어야 하고, 지리적 공간이 생성된 이후에는 사회적 현상을 통해 공간은 변화하며, 그 과정에서 사회적 공간이 형성된다. 그러므로 문학 속에서 재현되는 공간표상은 사회적 공간으로 의미를 드러내야 한다. 그러기 위해서는 지리적 공간과 문학적 공간표상 사이의 관계를 밝혀야 할 것이다.

장흥지역의 가사문학이 주체, 대상, 텍스트로 이루어진다면 장흥지역의 문화현상은 주체, 권력, 표상체계로 설정할 수 있다. 그러므로 주체는 장흥지역의 공간을 대상에게 특정 행위로 권력을 형성한다. 자신의 생각과 감성을 표상으로 텍스트를 만들고, 텍스트와 행위는 다시 공간에 의미를 부여한다. 그러므로 필자는 장흥지역의 가사문학 텍스트를 중심으로 각각 '주체', '권력', '표상체계'로 분석하여 '장흥'에서 일어나는 문화적 현상을 종합하고자 한다.

---

13) 이도흠, 앞의 논문, 2009년, 53면.

Ⅲ
지역문학의 개념과 장흥지역의 특성

'중앙'은 사방의 중심이며, 그 중심이 되는 중요한 곳을 가리킨다. 지금 서울은 대한민국의 수도로 중앙이고, 한국을 대표하는 도시로 동경(憧憬)의 공간이다. 서울과 경기도 지역은 '중앙'이라 특수성 때문에 많은 연구가 이루어졌다. 이와는 달리 지역은 학문 연구에서조차 소외되어 본격적인 연구도 이루지 못했다. 지역의 가사작품들 역시 주목을 받지 못했고, 제대로 된 연구조차 이루어지지 않았다. 그러나 예전에 비해 요즘은 지역성을 강조하여 소외된 문학, 이방인의 문학 등 주변에 눈을 돌리고 있는 추세이다. 그 덕분에 많은 지역문학 연구들이 이루어졌다. 하지만, 아직까지는 서울이나 근교 지역을 중심으로 한 중앙문학에 관심이 많기 때문에 지역문학에 더 많은 관심이 필요하다.

문학에서 지역성 연구는 매우 중요하다. 한 시대와 사회를 반영한 중앙문학, 권력의 문학은 필요하다. 하지만 중앙문학만이 그 시대와 사회를 반영하지는 않는다. 따라서 큰 변수가 되는 그 이외의 다른 문학인 지역문학은 매우 중요한 역할을 한다. 그러므로 이글에서는 지역문학의 필요성을 논하고, 지역, 공간에 대한 다양한 가사작품들을 다루어 지역문학의 면모를 드러내고자 한다.

1. 지역문학의 개념

'지역'은 어느 범위의 토지나 전체 사회를 어떤 특징에 의해 일정하게 나눈 공간 영역을 의미한다. '지역'은 '지방', '향토'라는 말과 함께 서울이 아닌 곳을 지칭하기도 한다. '향토'는 조상 대대로 살아오고 있다는 전통을 강조한 의미로 '내 고장'을 뜻하며, 태어나 자란 고장을 친근하게 한 표현이다. 그런 반면 '지방'은 중앙과 맞서는 말로, 권력적인 위계를 은연중에 함축한 중앙에 대한 종속 개념을 떠올리게 한다. 그러나 '지역'은 중앙을 굳이 전제하지 않고도 쓸 수 있는 중립적인 용어이다. '지방'은 중앙을 상대로 한 수직적 공간 개념이고, 결코 국가를 넘어설 수 없다. 하지만, '지역'은 상대가 없는 수평적 공간 개념이며, 국가라는 경계에 아무런 영향을 받지 않는다.[14] 따라서 중앙문학의 반대 개념인 경우라고 볼 때, 지방보다는 지역의 개념이 더 정확하다.

지역문학은 지역에서 창작되고 계승된 문학, '지역의 문학'을 말한다. 지역문학과 지방문학을 혼돈해서 사용하는 경우가 많다. 그러므로 먼저 지역, 지방의 개념을 정리하고, 우리가 생각하는 지역문학, 지방문학은 어떤 것인지 생각해 보자. 필자는 필자 나름의 지역 개념을 정리하고 난 후, 지역문학을 논한 여러 학자들의 견해를 살펴보겠다.

지리학에서 '지역'은 공간을 일정하게 끊어 읽는 단위[15]를 말한다. 공간을 끊는 단위는 다시 '여기'와 '저기'로 나뉜다. '여기'와 '저

---

14) 고석규, 「지방사란 무엇인가」, 『지방사연구입문』(역사문화학회, 민속원), 14~15면.
15) 이기봉, 『지리학교실』(논형, 2003), 105면.

기'는 일반적으로 인지되는 거리상의 차이를 나타낸다. '여기'와 '저기'의 기준은 중심에 의해 결정되고, 그 중심은 '나(我)'가 된다. 나와의 거리에서 비롯되어 가까운 곳은 '여기'이고, 먼 곳은 '저기'이다. 따라서 '지역'의 개념은 기본적으로 '여기'와 '저기'가 다르다는 인식에서 형성되고,16) '여기'와 '저기'의 차이는 공간의 분별을 나타낸다.

'여기'와 '저기'는 '어떻게'가 아니라 '왜' 다른지를 생각해야 한다. 그 기준을 생각해 보면 간단하다. 실제적으로 '여기'와 '저기'는 보이는 관점이 다르기 때문이다. 물론, 다름의 기준 자체가 어느 한 가지라고 말하기는 어렵다. 그러나 비슷한 구석이 있더라고 '여기'와 '저기'는 엄연히 다른 것이다. 또한, 이는 말하는 주체가 거리를 포함하고 있음을 나타낸다. 말하는 주체가 가까운 곳을 언급하면 '여기'를, 먼 곳을 언급하면 '저기'를 의미한다. 그러나 지리학에서 말하는 '지역'은 단순한 거리를 포함하는 의미인 '여기'와 '저기'의 개념과는 다르다. '지역'은 지리적, 생태적 생활조건을 반영한 중립적인 개념어17)를 나타내기 때문이다. 그러나 여러 학자들이 주장하는 논의는 사람들의 '여기'와 '저기'는 주체인 '중앙'이 된다. 중앙은 중앙과 중앙이 아닌 곳으로 이분화되며, 중앙이 아닌 곳은 지역으로 구분된다. '중앙'은 '여기'가 되고, '중앙이 아닌 그 이외 지역'은 모두 '저기'가 된다. 왜냐하면 주체인 내가 중심을 이루고 있기 때문이다. 이분법적 구조로 형성된 '여기'와 '저기'는 곧 '중앙'과 '지역'의 대립 양상

16) 이기봉, 앞의 책, 2003, 106면.
17) 박중렬, 「지방문학의 개념 범주와 연구방향」, 『고시가연구』 17집(고시가학회, 2006), 191면.

을 나타낸다. 그러나 이분법적 구조는 중앙의 특정한 공간에 사는
사람들이 특별한 '우리'라는 개념으로 사용하여 때로는 중앙과 경계
되는 공간의 고립을 초래하기도 한다.

 '지역'은 일정한 경계를 갖지만, 명확하게 일정한 경계를 나눌 수
는 없다. 그러나 어떤 근거에 의한 경계가 나누어져 지역의 의미를
설명한다. 그렇다면 경계의 구분은 어떻게 나눠야 하는가? '지역'은
하나의 공간 단위로 구분되고, 이 지역은 등질적인 성격을 가져야
한다. 그렇지 못하면 '지역'이 아니다. 그러므로 '지역'의 설정 기준
이나 속성 등은 매우 다양하게 나타난다.[18] '지역문학'은 어떠한가?
'지역'의 개념을 토대로 발생한 '지역문학'은 서울을 제외한 다른 공
간에서 발생된 문학을 의미한다. 이는 지방의 개념으로 '지역'과는
차별성을 요구한다. 그러나 그 기준도 중앙과 다른 지역이라는 대립
관계를 나타내는 이분법적 개념이다. 필자는 지역문학이 독립된 특
정 지역의 문학이라는 개념을 드러내고, 보편적 공간에서 그 지역만
의 특수성을 언급하여 하나의 문화 형성 공간으로 새롭게 인식하고
자 한다.

 다음은 지역문학을 정의한 여러 학자들의 견해들이다. 우선, 안동
준[19]은 지역문학을 넓은 의미로는 지역의 문학이라 하고, 좁은 의

---

18) 이기봉, 앞의 책, 2003.
19) 안동준, 「지역문학의 뜻매김과 갈래체계」, 『배달말교육』 27호에서는 다음과 같이
   논하고 있다. 보는 사람의 각도에 따라 달라지지만, 크게 달라지지는 않는다. 1) 지역
   의 정체성과 특수성을 드러내는 문학, 2) 지역적 정신과 지역적 삶의 원리가 적용된
   문학, 3) 그 지역의 삶의 모습, 그 지역 사람들이 살아왔던 역사와 그 속에 숨쉬고
   있는 정신을 그 바탕에 깔고 있는 문학, 4) 지역의 문제를 제재로 하는 문학, 5) 지역의
   주체적 시각을 바탕으로 쓰여진 문학, 6) 지역의 구체적인 자리에 서서 생활세계의
   성찰, 변화를 이끌어 내는 실천문학이라는 개념으로 사용하고 있다.

미로는 그 지역 출신 작가의 문학작품 또는 오랫동안 그 지역에 거
주한 작가의 문학작품이라 한다. 양영길20), 김대현21), 김현정22),
김창원23) 등의 연구자들은 서울 즉, 중앙에서 발생된 문학으로 지
역문학과는 상대적인 의미로 이중적 구조를 나타냈다. 즉, 중앙과
차별된 의미로 소외된 느낌을 주는 문학을 지역문학이라 한 것이다.
그러나 박중렬24)은 '지역 = 지방 = 향토'의 개념으로 설정하였다. 하

20) 양영길, 「지역문학사 서술 방법론」, 『영주어문』 3집(영주어문학회, 2001), 190면.
   지역문학은 기존의 문학과 달리 보편성보다는 삶의 터전이라는 지역적 특수성을 문
   제로 삼았다. 그 지역 공동체 삶의 총체성 위에서 지역의 정서와 문제의식이 숨을
   쉬고 있으며, 그 지역의 표층을 흐르는 역사와 복류하는 역사를 엿볼 수 있는 작품이
   지역문학의 주류를 이루어야 한다는 점이다.
21) 김대현, 「지역문학연구에 대한 몇 가지 문제」, 『동방한문학』 21(동방한문학회,
   2001), 지방을 서울에 대해 상대적으로 쓰는 말이어서 지방문학이란 수도문학이 아닌
   변방의 문학이라는 인식이 깃들어 있는 말이다. 즉, 지방이라는 표현이 서울과의 이분
   법적인 상대적 용어로 사용하여 변방의 문학이라는 인식이 깃들어 있다고 논하였다.
22) 김현정, 「지역문학에 대한 소고-소수자 문학과 관련하여」, 『경계와 소통, 지역문
   학의 현장』(국학자료원, 2007), 지역문학이 변두리문학이라는 시각이 아직도 지배적
   이라고 말하며, 소외된 무리들, 주류에 끼지 못한 주변에 머무는 무리들로 보는 시각
   이 아직도 많다고 언급하였다. 지역문학은 기본적으로 소수성의 문학이라고 하여,
   주류에서 소외된 비주류라는 입장에서, 권력을 지향하는 어떤 것에 반한다는 의미에
   서 그러하다.
23) 김창원, 「지역문학 연구의 방법과 방향-조선후기 근기 지역 국문시가를 예로 하
   여」, 『우리어문연구』 29집(우리어문학회, 2007). 조선후기 近畿지역 국문시가를 예
   로 들어 지역문학적 시각이 왜 필요한가에 대해 언급하였다. 지역문학의 관점에서
   중앙 중심의 획일주의를 극복하는 대안 중의 하나라고 보고, 지역성의 개념을 다시
   설정하였고, 그 인식 방법에 대해서도 논의하였다.
24) 박중렬, 「지방문학의 개념 범주와 연구방향」, 『고시가연구』 17집(고시가학회, 2006)
   은 지방자치제의 시행으로 지방문화의 관심이 높아진 것에 대해 논하며, 지역이라는
   개념보다는 지방에 초점을 맞췄다. '지방문학 = 지역문학 = 향토문학'이라는 개념으
   로서의 지방문학을 논하며, 이에 지방문학의 개념을 범주화하여 방향에 대해 제시하
   였다.

지만, 이 의견에서 필자는 지역과 지방의 차이를 나누어야 한다고
생각한다. 그 이유는 중앙이 '지역'에 포함되지만, '지방'에 포함될
수 없기 때문이다. 여러 연구자들은 지역과 서울을 이분법적 관계에
놓고 그 범위를 서로 대등하게 보려 했지만 대체적으로 잘 이루어지
지 않았다. 따라서 필자는 이를 위해 지역의 개념부터 다시 설정·
정리코자 한다.

2. 향촌 장흥의 특성

'향촌'은 중앙과 대립되는 개념으로 '지방 촌락'을 의미한다. '향
촌'은 중앙 정치에서 물러나 살거나 정치에 뜻이 없는 사람들의 현
실적인 공간[25]을 말한다. 글자에서 '향(鄕)'은 향약, 향교, 향안, 향
사당 등의 쓰임처럼 행정구역상 군현(郡縣) 단위를 말하며, '촌(村)'
은 촌락, 마을을 의미한다. 좁은 의미의 '향촌'은 행정관아와 각종
시설이 있고, 향리와 관속들이 상주하는 읍치(邑治) 또는 임내(任內)
지역으로 읍치 외각인 속현과 향, 소, 부곡 등을 의미하며, 외촌(外
村)이라 불렀다.[26]

이렇게 형성된 향촌사회는 '정(亭)'과 '당(堂)'이 있다. 그곳은 학문
적, 문화적 활동의 장소로 유교적인 교육과 문화 및 향촌사회에서
정치, 사회, 문화적 모임과 논의가 이루어졌다. 즉, 향촌사회에서의

---

25) 최재남, 『사림의 향촌생활과 시가향유』(국학자료원, 1997), 10면
26) 정진영, 앞의 책, 1998, 24면. 정진영, 『지방사연구입문』, 「성씨와 촌락」(민속원,
    2008), 139면.

용호정(龍湖亭)

사인정(舍人亭)

정과 당은 사림들의 문화공간으로 볼 수 있다.27) 향촌의 일부를 나타
내는 문화공간 연구들은 공간 확대로 이어졌고, 문화지리학·사회지
리학·역사지리학 등 지리학 관련 연구들을 수용하여 발전하게 됐다.
　'촌락'은 자연스럽게 이루어진 마을을 기반으로 삼은 동(洞), 리
(里), 촌(村) 등을 가리킨다. 여기서는 농민들이 자연스럽게 형성한
자연촌의 모습이 아닌 국가의 지방지배 또는 재지사족의 촌락 지배
를 위한 인위적 행정단위를 말한다.28) '촌락'은 일정한 지역적 편제
만이 아니라 편제된 지역의 인간과 토지, 산천(山川) 등 공간 구조를
포괄하는 개념이다. 여기서 말하는 촌락은 농민들의 자연적인 모듬
살이의 자연촌이 아니라 주로 국가의 지방 지배를 위해 인위적으로
편제된 행정단위로서의 동, 리를 말한다.29) 그리고 이러한 '촌락'은
조선시대에 전기와 후기로 나눠지며, 일정한 차이를 나타낸다.30)

27) 박준규, 「한국의 누정고」, 『호남문화연구』 17호(전남대학교 호남문화연구소, 1987).
28) 정진영, 앞의 책, 1998, 24면.
29) 정진영 외, 앞의 책, 「성씨와 촌락」(민속원, 2008), 139면.

전통적인 촌락들은 '자연조건 = 생산조건 = 체제변화 = 의식변화'라
는 내외적인 전개와 연결되면서 변화했다.31) 그러나 '향촌'은 중앙
과 이항대립적인 공간으로 '지방', '지역'으로 사용됐다. '지방'의 사
전적 의미는 특정 방면의 땅이나 서울 이외의 지역을 말한다. 그렇
다고 중앙과 나눠지는 대칭적 의미로만 쓰이는 것은 아니다.32) 조
선시대에는 중앙집권체제로 왕권이 강화됐고, 정치, 경제, 사회, 문
화적인 부분에서 모든 것들이 서울을 중심으로 발달하게 됐다. 그러
면서 중앙에서 관직을 맡고 있는 사대부 역시 서울 혹은 서울과 가
까운 곳에 살면서 중앙의 모든 혜택들을 누리게 됐다. 반면, 서울에
서 먼 지방에서는 다양한 혜택을 누리지 못했고, 그들은 중앙 지배
세력들과 달리 그들만의 자그마한 새로운 사회를 형성했다. 그곳이
곧 '향촌'이다. 향촌사족들은 대개 같은 성씨들이 함께 모여 살았고,
이들이 모여 한 마을을 이루는 동족마을이 형성됐다. 이러한 마을
들은 그들만의 규범과 질서를 만들어 소외된 생활에서 벗어나고자
했다.

　동족마을은 그 구성원의 다수가 같은 종족관계에 있는 마을을 의
미한다. 종족은 공동조상으로부터의 출계가 상호 확인되는 동성동

---

30) 정진영, 앞의 책, 1998, 24~25면.
31) 촌락은 구체적으로 지리적 환경 및 경제적 조건을 공유한 경우, 생활 문화 공간으
　　로서 동네, 행정편제상의 里, 洞, 村의 중층구조, 혈연과 신분적인 구성체로서의 성
　　격들이 복잡하게 연결된 것이었다. 이해준, 「조선후기 촌락구조 변화의 배경」, 『한국
　　문화』 14(서울대 한국문화연구소, 1993)
32) 地方은 정치, 인위적인 경계로 지역은 자연적인 특성으로 구획된 영역으로 간주하
　　기도 한다. 이 경우에서 지방은 행정구역 등에 의해 구분된 영역으로 서울과 대립적인
　　개념은 아니다. 권내현, 「조선후기 지방사의 모색과 과제」, 『조선 후기사 연구의 현황
　　과 과제』(창작과 비평사, 2000), 300면.

본의 부계친족(父系親族)들로 구성된다. 이렇게 형성된 동족마을은
지연에 기초한 동족조직의 형성 결과로 나타난 현상이다.[33] 조선후
기 다양한 문중조직과 활동의 중심체 내지는 기초단위로서 존재했
고, 이를 통한 특정 성씨의 마을 내(內) 주도권은 더욱 강화됐다. 이
과정에서 이성(異姓)친족이나 방계친족의 지위는 감소됐고, 점차 마
을 조직에서 벗어나 완전한 동족마을로 위상을 마련하게 됐다.[34]
이러한 동족마을은 한국 농촌 특유의 사회조직, 가족제도, 경제구조
등 현저하게 영향을 받아 발생, 발달했다.[35] '동족마을'은 해방이전
부터 오늘날까지 한국사회의 특성을 이해하기 위한 연구대상으로
여겨져 많은 연구가 이루어져 왔다. 특히, 젠쇼 에이스케(善生永助)
의 『조선의 부락(朝鮮の聚落)』은 조선 동족마을의 대표적인 조사보고
서이다. 그는 '동족마을'을 동족동본의 집단이 하나 또는 한 개의 지
연을 바탕으로 일정한 지역에 공존하는 형태라 했다.[36] 장흥의 동
족마을은 구성의 다수를 차지하는 하나 혹은 두 개의 동성동본 성씨
집단이 특정마을에 대대로 거주하면서 마을을 주도적으로 이끌고
있는 경우이다. 동족마을의 형성 시기는 조선시대 전기에 성립된 동
족마을에 대해 집성촌, 지연공동체로 파악하면서 대체로 조선후기
17세기 이후 집중적으로 형성되었음을 나타냈다.[37] 동족마을 형성

33) 정승모, 『조선후기 지역사회구조연구』(민속원, 2010), 226~227면.
34) 이해준, 「조선후기 '문중화'경향과 친족조직의 변질」, 『역사와 현실』 48(한국역사
연구회, 2003), 181면.
35) 강인호, 한필원, 『住居의 文化的 의미』(세진사, 1999), 114면.
36) 박용숙, 『조선후기 향촌사회사 연구』(혜안, 2006), 174면.
37) 오영교, 「조선후기 동족마을 연구 I −구조와 운영체계」, 『조선후기 사회사 연구』
(혜안, 2005), 116면.

이 일반화되는 객관적 배경으로 상속제도의 변화, 주자가례(朱子家禮)의 보급과 예학의 발달, 종법적 가족제도의 수용 등을 들고 있다.[38] 동족마을은 농민이 점점 많아지면서 평야에 위치한 취락보다 산간 계곡지대에 촌락이 크게 발달했다. 18세기 이후에는 명문사족의 거주지가 됐다. 이러한 변화는 조선에서 탄생한 촌락의 특수성을 의미한다. 하지만 오랜 역사를 가진 동족마을은 풍수사상으로 배산임수(背山臨水)에 위치했고,[39] 이렇게 형성된 동족마을은 문중활동이 보편화되는 시기와 연관 지어 설명할 수 있다.[40]

조선시대 지방의 지배세력인 재지사족(在地士族)은 토성 사족과 타읍 출신 사족으로 나누어졌다. 이들은 서로 중첩적인 혼인관계, 자녀균분상속 등으로 차별성이 두드러지지 않았다. 그러나 조선 후기에 종법제와 적장자 중심의 상속제가 관행되면서 내외손을 아우르는 유대관계와 동질성이 점차 해체되는 한편 토성 사족에 비해 타읍 출신 사족이 학문적으로나 중앙정계로의 진출이 보다 활발해졌다. 이들은 점차 향족과 사족으로 분화되기도 했다.[41] 재지사족이 향촌 지역을 적극 개발할 수 있었던 것은 지방의 유력 계층으로 보다 용이하게 입안(立案)을 확보했기 때문이다. 그들은 개간에 필요한 노동력을 보유했고, 수전(水田)과 이앙(移秧)을 전제로 한 새로운 농법을 적극적으로 수용, 개발했다.[42]

---

38) 정만조 외, 「조선 중후기 경기북부지역의 사족변촌과 집성촌의 발달」, 『북악사론』 8, 2001.

39) 善生永助, 『朝鮮の聚落』後編(조선총독부, 1972), 46면.

40) 이해준, 『조선시기 촌락사회사』(민족문화사, 1996), 293면.

41) 정진영, 「성씨와 촌락」, 『지방사입문』(민속원, 2008), 143면.

42) 정진영, 『조선시대 향촌사회사』(한길사, 1998), 25면.

필자는 재지사족이 형성한 여러 동족마을 중 각 도의 특성에 따른 동족마을을 선택하고, 이를 통해 중앙집권에서 소외된 향촌지역의 특성들을 살펴보겠다. 또한 지역성을 바탕으로 다른 지역의 동족마을과 장흥지역의 동족마을을 비교·대조하여 장흥만의 특수성을 드러내고자 한다. 서울에서 가장 근접한 경기도에는 경기북부지역, 경상도는 하회마을, 충청도는 외암마을, 강원도는 영서지역의 동족마을을 토대로 장흥지역만의 특성을 알아볼 것이다. 동족마을은 어느 하나의 특정 성씨만 그 마을을 점유한 것은 아니다.[43] 따라서 각 지역의 특성으로 장흥지역만의 특유성을 살피고자 한다.

경기 북부지역은 시기적으로는 17세기 이후 형성된 동족마을이 대부분이었고, 지리적으로는 서울과의 인접성으로 새로운 주거지로 각광을 받았다. 때문에 정치적, 경제적, 문화적 발달을 가져왔지만, 발달이 빠른 만큼 지역도 빨리 쇠퇴했다. 경기 북부지역의 입지조건은 배산임수의 조건 외에도 서울과 가깝다는 편리한 교통으로 인해 많은 사족들의 동족마을이 형성됐다. 경기 북부지역을 재지적 기반으로 하는 사족들의 경우, 서울의 인접지역이라는 지역적 특성으로 중앙의 정치권력에 매우 민감했다.[44] 이 지역의 동족마을 입향(入鄕)은 혼인, 땅을 하사받음, 은거 혹은 사는 곳을 점쳐서 나누었다. 따라서 상대적으로 다른 향촌에 비해 향촌적 기반은 발달하지 못했다. 그럼에도 17세기 경기 북부지역의 동족마을은 안정된 생활을 했다.

---

43) 김명자, 『조선후기 안동하회의 풍산류씨 문중연구』(경북대 박사논문, 2009), 15~16면.
44) 정만조 외, 『조선시대 경기북부지역 집성촌과 사족』(국민대학교 출판부, 2004), 50~51면.

이 지역은 중앙도, 지방도 아닌 애매모호한 형태의 지역으로 남게 되었다. 이와 달리 장흥은 외진 지역이다. 중앙과 먼 위치에 있었기 때문에 소외된 지역이었다. 장흥위씨의 입향유래는 혼인을 통한 경우라 할 수 있다. 장흥위씨의 동족마을은 인천이씨와의 혼인으로 기반을 형성하여 더 발전하고 성장하게 됐다. 동족마을의 입지조건은 경기북부뿐만 아니라 장흥 역시 마을의 입지조건임을 알 수 있다.

경상도의 하회마을은 풍산류씨의 동족마을이며, 민속마을로 지정됐다. 풍산류씨는 풍산현의 토호세력으로 여러 성씨들과 함께 살고 있었다.[45] 그러나 하회마을에서 풍산류씨가 주도권을 잡았던 것은 퇴계학맥을 계속 유지하고자 하는 구성원들이 있었기 때문이다. 동족마을의 형성은 향촌질서의 유지와 유교 윤리의 보급, 예학(禮學)의 발달이 큰 원인이 되었다. 향촌조직들은 공동을 유대로 했고, 그들만의 주도세력을 키워나갔다. 장흥위씨도 마찬가지다. 여러 방법으로 그들도 유교 윤리를 보급시켰고, 예학의 발달도 불러일으켰다. 또한, 장흥 일대의 서생들이 모여 방촌의 장천재(長天齋)를 비롯한 많은 서원 및 서당에서 시회(詩會)를 개최했다. 곧 여러 서원과 서당은 장흥 지역에서 유력한 성씨들이 모이는 장소로 발전하여 활용됐다.

충청도 지역의 외암마을은 안동이씨의 동족마을이다. 외암마을은 지형적으로 지하수가 풍부하여 취수(取水)가 편리하고, 양지(陽地)로써 일조량도 높다. 북쪽은 높은 산이 있고, 서북계절풍을 막아 방풍 효과가 높아 거주하기에 유리한 조건을 갖추었다.[46] 장흥의 지형적,

---

45) 이수건, 「17, 18세기 안동지방 유림의 정치사회적 기능」, 『대구사학』 30집(대구사학회, 1995), 48~49면.
46) 김남춘 외, 「외암리 민속마을의 취락경관과 외부공간구조에 관한 연구」, 『단국대

장천재(長天齋)

특징을 꼽아보면 역시 풍수적으로 좋은 조건을 갖추고 있다. 장흥은
배의 형상으로 사람과 재화(財貨)가 번창한다고 전한다. '방촌'은 묏
자리, 집터, 도읍터의 기운이 있다는 산을 신산(神山)이라 하고, '천관
산(天冠山)'을 신산으로 선정하여 일정지역을 중심으로 발전한 방촌
의 모습을 나타냈다.47)

 강원도 영서지역의 동족마을은 원주를 중심으로 서울과 가까우면
서 치악산과 같은 심산을 등지고 있어 토성들이 본관의 토착적 기반
을 유지했다. 따라서 서울의 중앙 문화는 강원도 어느 지역보다도
빠르게 유입되는 곳이었다. 원주는 16세기 후반부터 17세기에 걸쳐

  논문집』 30집 (단국대학교 1996), 658면.
47) 이해준 외, 『전통문화마을 장흥 방촌』(장흥군방촌마을지편찬위원회, 1994), 45~
  46면.

혈연과 지연으로 공동체를 이루었다.[48] 그러나 장흥지역의 동족마을은 다른 여느 마을에 비해 조금 늦게서야 동족마을을 이루게 됐다. 17세기에 이르러서야 동족마을이 형성됐고, 서울과 먼 거리에 있어 그들 나름대로의 유계질서나 유훈(遺訓)을 만들어 동족마을의 종족적 기반을 마련했다. 실제 문중활동은 18세기 중엽 이후에 본격화됐고, 촌락 안에서 기반을 마련한 시기를 1734년경으로 보았다.[49] 향촌에서는 우위를 인정받기 위한 집단의식으로 입향 선조의 선양(宣揚)사업을 추진했다.

경기도, 경상도, 충청도, 강원도의 여러 동족마을을 중심으로 장흥 '방촌'의 특징을 비교하고자 한다. 지역마다 동족마을은 유교윤리를 바탕으로 주자가례(朱子家禮)의 보급과 예학의 발달, 종법적인 가족제도의 수용 등으로 향촌사회를 발전시켰다. 이렇게 형성된 동족마을들은 17세기에 유교윤리를 전파했다.[50] 동족마을은 대개 족적(族的) 기반의 바탕 위에 운영되는 방계와 마을을 단위로 하는 동계가 운영됐다. 이 족계의 목적은 조상에 대한 제사와 묘지 관리 등을 통해 자손들의 화합을 도모하고자 한 것이다.[51] 이 윤리적 변화는 조선 전기에 이루어졌던 재산상속의 균등한 분배가 적강자 중심으로 바뀌었고, 가족질서를 새롭게 확립했다. 이러한 사회현상은 예학을 중시하는 사회에서 발전하여 가족제도도 자연스럽게 변했다. 가부장적인 친족체제의 변화로 인한 부수적인 변동들은 상속제도를

---

48) 오영교, 위의 책 (혜안, 2005), 121면.
49) 이해준, 『조선시기 촌락사회사』(민족문화사, 1996), 293면.
50) 이수건, 「良同의 역사적 고찰」, 『양좌동연구』(영남대 인문과학연구소, 1990).
51) 오영교, 앞의 책 (혜안, 2005), 131면.

바꾸었고, 문중의식이 관심을 보이게 됐다. 그러면서 주자가례(朱子家禮)는 한 가문의 법규와 규례로 나타나게 되는 사회적 현상의 일부분에 해당하게 됐다. 중앙과 멀리 떨어져 있는 향촌 또한 예외가 아닐 것이다. 장흥지역 역시 이와 깊은 관련을 맺었다고 볼 수 있다. 즉, 장흥 방촌은 동족적 기반과 전통이 다른 어느 지역보다 강한 곳일 뿐만 아니라 흔히 결여되기 쉬운 다양하고 많은 양의 문회조직 및 향촌조직들을 간직하고 있다.[52)]

3. 장흥지역 문학의 특성

　장흥지역은 지리적, 지형적으로 풍부한 자원을 가지고 있다. 그곳은 토질이 비옥하여 생산물이 풍부하다. 이 환경적 영향은 장흥사람들의 정서에 많은 영향을 끼쳤다. 장흥사람들은 대체적으로 낙천적이며 명랑한 성향을 띈다. 그 근거로 문학 역시 서정적이면서도 정감 있는 문학이 발달하였던 것이라 한다. 이는 서정적인 시가문학의 발달을 가져왔다. 정서 함양을 높이는 감성적인 시가 창작되어 아름다운 자연을 함께 논한다. 가령, 기행가사는 장흥사람들이 그들의 고장을 유람하면서 그들의 정서를 녹여낸 시가문학으로 발달시켰다. 이는 최초의 기행가사가 장흥출신 작가에 의해 창작된 계기를 마련한 것이라 할 수 있다. 〈천풍가〉, 〈금당별곡〉 등 기행가사가 계승된 것도 이러한 이유라 할 수 있다.

　장흥의 동족마을은 시가문학이 발달한 이유와도 같다. 장흥의 '방

---

52) 이해준, 앞의 책, (민족문화사, 1996), 302면.

촌'은 장흥위씨 사람들이 무리지어 함께 살아가는 동족마을로 향촌
지역을 적극 개발할 수 있었다. 그 이유는 이들이 지방의 유력한 집
권계층으로 황무지를 개간할 수 있는 입안(立案)을 쉽게 확보했고,
개간에 필요한 노동력을 보유했기 때문[53]이다. 18세기에는 촌락이
독자적이고 독립적인 단위로 기능하고 존재하기 시작했다. 18세기
이후에는 사회경제적으로 큰 변화가 일어났고, 자연 촌락의 성장과
향촌사회의 변화는 촌락을 하나의 독립적이고 독자적인 단위로 고
정시켰다.[54] 그러나 향촌의 경제적 여건이 좋지 않았기에 자급자족
으로 경제력을 키워야만 했다.

《세종실록지리지(世宗實錄地理志)》에서 장흥위씨는 장흥도호부의
고속현 수녕의 제1성으로 기록되었고, 《여지도서(輿地圖書)》의 장
흥부 성씨조에서는 장흥위씨가 처음 기록되었다.[55] 방촌마을은 씨
족사회의 위계질서를 위해 〈계암가훈(桂岩家訓)〉을 비롯하여 다양한
책들과 규범들을 만들어 동족적인 기반을 강화했다. 이 '동족마을'
은 향촌공간에서 많이 강화되고 발달하게 됐다. 이러한 향촌사회는
동족집단의 폐쇄성과 문화중심 의식을 드러냈다.

'장흥'은 동족적 기반의 확대를 통해서 본격적인 동족마을의 문화
가 발달하기도 했다. 18세기 방촌의 위씨문중은 위백규를 통해 마을
조직을 주도했다. 선생은 방촌에서 대부분의 생애를 보냈고, 향촌
발전을 위해 힘을 쏟았다. 또한, 선생은 여러 측면에서 향촌생활을
살폈고, 향촌사족이 지켜야 할 규례와 법규를 만들어 지키게 했다.

---

53) 정진영, 앞의 책, (민속원, 2008), 147면.
54) 정진영, 앞의 책, (민속원, 2008), 149면.
55) 위씨는 장흥위씨와 수녕위씨로 나뉘는데 현재는 모두 장흥위씨로 쓰인다.

선생은 중앙집권에 대한 불만을 토로하면서 자신의 목소리로 강도 높은 비판의식을 논하기도 했다. 또한, 그는 많은 작품들을 남겼고, 자신의 생각을 가사작품으로도 발산했다. 즉, 장흥 동족마을의 유교적 의식을 확충시켰고, 현실비판 인식을 남기기도 했다. 물론 장흥이 위백규를 통해 마을의 많은 발전을 이루었다. 하지만, 향촌을 위해 힘쓴 사람들이 많았기 때문에 지금까지 위씨의 동족마을이 유지된 것이다.

이렇게 형성된 작고 소박한 장흥에 시가문학이 형성됐다. 처음에는 자연의 아름다움을 소재로 창작됐으나, 이후에는 다양한 시가문학으로 발달하게 됐다. 물론 작품들은 자연의 아름다움만 논한 것은 아니다. 18세기에는 경화사족과 향촌사족으로 분화되어 작품세계 역시 각각 다른 양상을 보였다. 특히 향촌문제에 있어 변별되는 국면들이 선명하게 포착되어 현실비판 가사라는 새로운 유형을 마련하여 향촌의 피폐한 현실을 적극적으로 알리기도 했다.56)

장흥은 지방이고, 그곳에 사는 사람들은 향촌사족들이다 보니 벼슬에 진출하고자 하는 꿈과 희망은 체념해야만 했다. 아무리 뛰어난 재능을 겸비했다 하더라도 신분적인 제약 때문에 이룰 수 없는 꿈에 대한 미련을 버려야 했다. 이에 향촌사족들은 자연의 아름다움을 즐기는 것으로 대신했다. 또한, 장흥은 중앙과 멀리 떨어진 곳이다. '향촌'은 중앙의 세력이 미칠 수 없었던 곳이었기에 그들만의 동족집단을 형성하여 기반을 확립했다. 이 이유로 향촌사족들은 항상 중앙에 불만과 소외감을 갖게 됐다. 이렇게 형성된 불만과 소외감은

---

56) 안혜진, 「18세기 가사를 통해 본 경향사족간 의식의 거리」, 『한국고전연구』 15집 (한국고전연구학회, 2007), 308면.

중앙세력에 대한 비판의식으로 성장하여 현실비판의 내용을 가사의 형식으로 만들어 중앙세력을 풍자·비판하는 자신들의 목소리를 내기도 했다.

향촌사족들은 동족마을로 하나의 작은 사회를 마련했으며, 향촌은 국가의 기본 사상이었던 유교적 윤리를 덕목으로 삼아 규범과 질서를 확립하게 됐다. 이렇게 형성된 하나의 작은 마을인 장흥은 조선시대의 문학에 큰 영향을 끼쳤다. 문학적인 부분은 작품을 통해 구체적으로 살펴보겠다.

Ⅳ
장흥지역 가사문학의
지역문학적 특징

　우리가 생각하는 풍경은 자연의 광경처럼 아름다운 것이다. 하지만, 풍경은 인간의 문화나 역사가 뒤섞여 여러 의미로 덧붙여지기도 한다. 그러므로 풍경은 인간이 항상 거기에서 살고 있는 세계, 인생을 여행하고 있는 세계를 말한다. 풍경은 자연 대상들이 그 감각적 소재로서의 존재방식을 넘어설 때 하나의 정신적 존재로서 아름다움이 성립된다. 따라서 이 풍경의 아름다움은 항상 인간과의 상호관계를 갖는 자연 속에서 표상되는 것으로, 일상생활의 장(場)을 넘어서는 곳에서 성립된다. 즉, 풍경은 자연의 풍경뿐만 아니라 문화의 풍경을 포함한다.[1]

　문화지리학의 핵심 용어는 '경관(景觀)'이다. '경관'은 눈을 통해 감각적으로 들어오는 풍경이나 경치와 다른 의미의 용어로 쓰이는 개념이다. 경관은 경관 요소들로 이루어진 하나의 총체를 뜻한다.[2]

---

1) 민주식, 「風景의 美學−풍경미의 구조와 원리」, 『미학』 31집(한국미학회, 2001), 11면.
2) 전종한 외, 『인문지리학의 시선』(논형, 2006), 274면.

'경관'의 사전적 의미는 경치 또는 특색 있는 풍경 형태를 가진 일정한 지역으로 풍경의 지리학적 특성을 나타낸다. 이는 '문화경관'을 의미하기도 한다. 이러한 경관의 속성은 문화를 이루는 지역적 특성에 따라 달라질 수밖에 없다. 즉, 지역문학은 지역적 특성을 잘 드러내듯이 경관의 의미에 특정 문화지역의 지리적 내용을 함축해야 한다. 왜냐하면 경관은 문화지역을 구분하고 분류하는 기준이 되기 때문이다.

필자는 경관을 바탕으로 한 장흥의 지역적 특성을 가사작품에서 논하고자 한다. 지역적 특징을 알아보기 위해 필자는 장흥 가사문학의 지역문학적 특징을 4가지로 구분했다.

첫 번째는 유람과 자연 풍광의 흥취다. 장흥의 지형적 특성인 3면이 육지이고, 나머지 한 면이 바다는 아름다운 자연을 유람하는 장소를 제공한다. 이는 작가가 경험한 체험과 느낀 감정들을 만들어주어 작품을 창작하게 한다. 물론, 장흥지역의 풍광을 노래한 경우도 있지만, 다른 지역의 풍광을 노래한 경우도 있다. 자연, 유람에 대한 풍취를 두 부류로 나누어 설명하고, 지형적인 아름다움을 가진 장흥을 드러내고자 한다.

두 번째는 유교 윤리의 강화와 고양이다. 유교는 나라를 근간으로 하는 윤리의식을 담은 사상이다. 예전부터 지금에 이르기까지 장흥 사람들은 동족마을을 유지하여 왔다. 이를 통해 장흥사람들의 공동체적 삶의 모습을 엿보고자 한다. 동족마을은 장흥 외에 다른 지역에서도 존재한다. 하지만, 이를 비교하여 지금에 이르는 장흥 방촌만의 특성을 발견코자 한다. 작품에 드러난 유교 윤리를 토대로 공동체 생활로 형성된 윤리의식과 계몽(啓蒙), 경계(警戒)의 윤리의식으로 나누어 특징을 뽑아 살펴보겠다.

세 번째는 부패한 관리에 대한 비판이다. 향촌이라는 특정 공간을 배경으로 그 피폐한 실정과 이로 인한 향민들의 고통을 생생하게 그려 향촌이 안고 있는 문제를 심각하게 제기한다. 또한 수취제도의 모순이나 집권층의 부정부패를 원인으로 지목하고 있어 향촌사회의 문제가 개인적 차원이 아닌 사회적 차원에 해결되어야 함을 밝혔다. 아울러 향민의 위치에서 향촌사회의 폐해를 고발하여 향민의 목소리를 적극 대변하고 있다.[3] 특히, 이러한 경향은 중앙과 멀리 떨어진 향촌일수록 더욱 심했다. 중앙에서는 지방을 관할하지 않았기 때문에 많은 관리들은 부정부패를 일삼았다. 조선시대의 장흥 역시 중앙 집권의 혜택을 받지 못한 향촌이었고, 거리 역시 먼 향촌이었기에 그 혜택은 점점 멀어졌다. 장흥의 가사문학 역시 현실비판을 주제로 향촌의 피폐한 현실을 적극 알리고자 했던 것이다.

네 번째는 안빈낙도의 추구이다. '안빈낙도'는 조선 사대부층의 생활이념이었다. 관직에서 물러나 초야에 사는 조선 사대부층은 안빈낙도를 주제로 많은 작품들을 남겼다. 특히 향촌사족들은 중앙관료들과는 달리 자연을 쉽게 접할 수 있었다. 중앙과 멀리 떨어져 사는 향촌사족들에게 자연은 삶의 일부이자 안식처이었으며, 현실비판의 공간이었다. 따라서 이 부분에서는 향촌사족들의 안빈낙도 이념과 생활문제를 논하고자 한다.

---

3) 안혜진, 「18세기 가사를 통해 본 경향사족간 의식의 거리」, 『한국고전연구』 15집 (한국고전연구학회, 2007), 310면.

1. 유람과 자연 풍광의 흥취

신분사회인 조선에서 여가를 즐기는 대부분의 사람들은 선비들이
었다. 그들은 노동에 관여하는 일반 백성과는 달리 경제적 여유가
있는 사람들이었으므로 산과 강을 찾아 풍류를 즐기며 마음을 안정
시켰다. 조선시대에는 특히 사림파 문인들이 자연에 많은 관심을 가
졌다. 사림파 문인의 학문은 성리학이며, 기본적 배경은 자연이다.
성리학에서 '성(性)'의 대상이 인간이라면, '리(理)'의 대상은 자연이
다. 그러므로 성리학은 인간과 자연의 관계를 새롭게 하여 자연에
은거(隱居)하는 것을 가치실현과 자아성찰 혹은 수양생활로 인식했
다.[4] 주지하듯이 조선시대 강호가도(江湖歌道)는 유가적 세계관에 근
거했다. 이에 작품 대부분은 선비들이 창작했지만, 조선후기에는 신
분제 변화에 따라 점점 그 명맥을 이어나가기 어려웠다. 그러나 오늘
날에는 많은 사람들이 다시 자연과 함께 사는 전원생활을 꿈꾼다.[5]

강호가도의 특징을 논한 작품군으로 강호가사와 기행가사를 꼽을
수 있다. 강호가사는 자연을 주된 소재로 삼고 자연지향적 가치관을
보여준 가사작품을 의미한다.[6] 강호는 '향촌이란 공간 범주에서의

---

4) 손오규, 『산수미학탐구』(부산대출판부, 1998), 7~27면.
5) 17세기 이후 발생한 신분제의 변화는 조선 사회의 구조를 흔들기에 충분했고, 이후
   로 강호가사의 전통은 크게 위축될 수밖에 없었다. 이 논란은 시대가 점점 흘러감에
   따라 더욱 심하게 나타났고, 20세기에 이르기까지 계속 진행되었다. 그러나 21세기에
   이르러서 웰빙이라는 생활방식으로 인해 자연에 대한 관심이 부활하게 되었다. 손종
   흠, 「강호가사의 전통과 계승방향」, 『고시가연구』 23집(한국고시가문학회, 2009),
   241면.
6) 최진원, 『강호가도 연구』(박사학위논문, 성균관대학교, 1974) ; 김흥규, 「강호자연
   과 정치현실」, 『욕망과 형식의 시학』(태학사, 1999)를 참고하였다.

재지사족의 독립적 권위가 미적으로 전화되어 나온 것'이라 하며, '협소한 공간 속의 작은 자연 경물을 통해 천리의 유행을 체현함으로써 서정 자아가 우주 본체와 합일을 이루고 있는 장면을 형상화한 것'[7]이라 했다. 반면, 기행가사는 어느 특정한 공간을 다니면서 다른 공간을 시간의 순서에 맞게 구체적으로 나열한 것을 말한다. 이는 일정한 지점(地點)을 중심으로 자연을 노래한 것이 대부분이다. 하지만 기행가사는 지점에 대한 변화의 폭이 넓어야 하는 특수성이 있다. 기행가사는 동적(動的)이며, 이야기 공간의 움직임이 매우 순차적이며 다채롭다. 공간의 이동은 시간 변화를 나타내고, 이동경로는 자연의 대상을 옮겨 변화를 갖게 하여 기행가사의 특징을 나타낸다.

강호, 기행의 특징을 갖는 장흥지역 가사작품의 주체, 대상을 살펴 그들의 관계를 알아보자. 강호, 기행가사의 주체는 장흥사람이다. 다른 지방에서 거주하고 있을지라도 장흥에서 태어나고 자란 인물이면 장흥사람이 된다. 대상은 주체인 인간 앞에서 세속(世俗), 생활(生活), 이상(理想), 은거(隱居)의 목적이나 목표가 되는 자연이다. 이러한 주체와 대상과의 관계는 '공간'에 큰 영향을 미친다. 여기서 공간은 자연을 나타내지만, 공간이 모두 자연을 말하는 것은 아니다. 즉, 주체가 공간에 의미를 부여할 때만 대상은 주체의 목적과 목표를 이룰 수 있다. 따라서 자연은 주체의 환경에 따라 더 큰 의미를 갖게 되며, 그 자연 경관은 공간의 의미를 덧붙일 때에야 비로소 지역성을 잘 반영할 수 있게 된다.

그렇다면, 장흥지역 가사문학 중 유람을 통한 자연을 논한 작품을

---

7) 김창원, 『16세기 사림의 강호시가 연구』(고려대 박사학위논문, 1997), 3면, 63면.

알아보자. 〈관서별곡〉, 〈금당별곡〉, 〈천풍가〉, 〈장한가〉가 있다. 〈관서별곡〉, 〈금당별곡〉, 〈천풍가〉는 옛 문인들의 자연 인식을 다양하게 나타낸 기행가사다. 물론 이 작품들은 강호와 기행의 의미를 모두 포함했다. 특히, 〈장한가〉는 '유람'과 '교훈'의 2가지 주제를 독특한 구조로 연결시켰다. 산 이름(山名)에 대한 역사적 비정(批正), 땅 이름(地名)의 개명과 작명, 자연과 자연의 아름다움에 대한 품평(品評), 자연의 아름다움에 대한 찬탄(讚嘆), 자연과 자신의 처지를 비교하는 등의 수많은 인식들이 어우러져 있다. 또한, 마음과 성품을 닦는 수양의 공간, 하늘과 땅 사이에 가득찬 원기를 함양하는 공간 혹은 숨어사는 공간으로도 인식했다.[8]

위에서 언급한 네 작품의 공간은 모두 다르다. 각각의 공간들은 서로 연관성이 없지만, 장흥지역 향촌사족들이 가진 그들만의 자연인식과 형상화 과정들은 〈관서별곡〉, 〈천풍가〉, 〈금당별곡〉, 〈장한가〉이 모두 같다. 그러므로 작품을 구체적으로 살펴보면서 특성을 알아보도록 하자.

1) 장흥의 풍광(風光)을 노래한 경우

'천관산'은 장흥을 대표하는 산으로 수려한 절정과 함께 신령스런 산으로 널리 알려졌다. 산의 남쪽은 다도해가 한 폭의 그림처럼 펼쳐져 있고, 북쪽은 '월출산'과 '무등산'이 버티고 있다. 또한 '천관산'은 호남의 5대 명산 중 하나로 불린다.[9]

---

8) 김남기, 앞의 논문, 2007, 31면.
9) 장흥군, 앞의 책, 1994.

'천관산' 관련 기록은 여러 문집에서도
쉽게 발견할 수 있는데 대표적인 〈천관
산기(天冠山記)〉를 비롯한 13편의 작품이
전한다.[10] 이러한 정황으로 보건대, 장
흥지역 사람들에게 '천관산'은 예전에도
지금도 여전히 대단히도 신령스러운 산
임에 분명하다. 웅장하고도 멋스러운 '천
관산'은 장흥의 중심부에 있으며, 장흥
지역 사람들에게는 애향심과 자부심을
불러일으키는 신성한 존재임에 틀림없
다. 〈천풍가〉는 아름답고도 신비로운 천
관산을 유람하고 쓴 작품이다. 장흥의
특징으로는 아름다운 자연과 장흥사람

천관사 입구

의 의식을 잘 묘사했다. 묘사한 부분은 유람에서 느끼던 흥취와 해방
감이 현실의 중압감 속에서 무산되는 결말을 보인다.

또한, 장흥의 지형적 특징은 3면이 바다로 그 주변은 많은 섬들로
이루어졌다. 그 중 유명한 섬이 '금당도'와 '만화도'다. 지금 이 섬들
의 행정구역은 완도군에 편입된 지역이지만, 조선시대에는 장흥도
호부에 속해 있었다. 따라서 이를 소재로 쓴 위세직의 〈금당별곡〉
역시 장흥지역의 가사문학이라 할 수 있다. 그 이유는 작가가 작품
을 쓸 때를 기반으로 하며, 시대와 지역은 바뀌었어도 그 시대상을
반영하고 있기 때문이다. 〈금당별곡〉은 자연의 심미적 도취 속에 유

10) 졸고, 「조선시대 천관산의 공간인식 양상」, 『온지논총』 20집(온지학회, 2008)에
   자세히 소개하였다.

람의 흥취가 고조되면서 매듭지어졌다.[11]

　장흥지역에 존재하는 천관산과 더불어 금당도, 만화도의 모습은 어떻게 재현되었는지 구체적인 정황은 가사작품에서 살펴보자. 또한, 작품에 드러난 주체와 대상의 관계에 대해서도 알아보도록 하자. 다른 작품에 비해 〈천풍가〉는 많은 논의가 이루어졌다. 필자는 기존 논의들을 참고하여 논의를 재구성해 나갈 것이다.[12] 〈천풍가〉의 내용은 다음과 같다.

> 천관(天冠)은 고찰(古刹)이라 사적(史蹟)이 긔이(奇異)ᄒ다/ 딤셕봉(峯) 나린 활기 가다가 도로 도라/ 용비(龍飛) 봉무(鳳舞)ᄒ야 불국(佛國)을 밍근 후에/ 통영화상(通靈和尙) 어느 ᄭᅢ예 잇 터흘 아라보고/ 쇠막대 써진 잣최 어졔란닷 그졔란 닷

　위는 '천관사'의 창건 부분이다. 작품에서 '천관사'는 '딤셕봉' 북쪽의 중턱에 위치한 절임을 나타낸다. 천관사를 통해 천관산의 기이함을 언급한다. 또한, 영험한 절터의 기운으로 '천관사'를 더욱 위엄 있는 곳임을 드러낸다. 이 부분은 '천관(天冠)'의 지명(地名)과 '천관사'의 유래를 적었다. '천관사'는 천관산을 상징하며, 역사가 오래된 중요한 곳이다. 이에 작가는 작품의 구체적 공간으로 가장 먼저 소개하고 있다.

---

11) 김석회, 앞의 책, 2005, 312~315면.
12) 이하의 논의는 안혜진(「18세기 향촌사족 가사연구」, 이화여대 박사학위논문, 2005)을 바탕으로 유정선(「〈天風歌〉 연구」, 『18, 19세기 기행가사 연구』, 역락, 2007)과 이지영(「기행가사 〈金塘別曲〉과 〈天風歌〉의 대비적 연구」, 『한국언어문학』 39집, 한국언어문학회, 1997)을 많이 참조하였다.

천관사 대웅전

　‘천관사’의 ‘천관(天冠)’은 불교용어로, 불교와 매우 밀접한 연관성을 가진다. ‘천관’은 구슬과 옥 따위로 꾸며 만든 부처의 관을 말한다. 그러므로 천관산이라는 이름 역시 불교가 크게 번성한 때 지어졌음을 짐작할 수 있다. 천관사는 옛 절터였고, 그곳에는 기이한 유적이 많다. ≪지제지(支提誌)≫에는 ‘딤쩌봉’이라는 지명이 없다. 하지만 지금 불리는 곳과 비교해 보건대, 이곳은 천관산 꼭대기인 ‘연대봉’을 가리키는 듯하다. 작품에서 ‘딤쩌봉’은 용이 날고 봉황이 춤추는 듯함으로 역동적 기운을 연상케 한다. 이 역동적 모습은 높은 곳에서 낮은 곳으로 시상 변화를 나타냈고, 그 기이함과 영험함도 함께 언급했다. 그렇기에 필자는 구체적 지명이 존재하지 않는 ‘딤쩌봉’이 지금의 가장 높은 ‘연대봉’이라 짐작한다. 작품에 등장한 ‘통영화상’은 천관사를 창건한 스님이다. 그는 일찍부터 천관산의 좋은 터에 극락세계(極樂世界)를 염원하는 사찰을 짓고자 했다. 이 구절은 ‘천관사’를 짓

천관사 삼층석탑(왼쪽)과 오층석탑(오른쪽)

게 된 창건설화를 나열한 것이다. 여기 등장하는 '쇠막대'는 땅을 택할 때나 거처를 선정하거나 확정할 때 사용하여 절터를 확정짓는 매개 역할을 한다. 시적 화자는 산의 가장 영험한 곳에 '천관사'를 세워 그 이유를 설명했고, 천관사가 그곳에 있어야 하는 필연성을 언급했다. 따라서 이 절을 창건한 자취가 얼마 되지 않은 듯하지만, 기이한 흔적이 지금에까지 이른다는 절의 역사적 유래를 암시한 부분이다. 산의 웅장함을 드러낸 또 다른 부분을 살펴보자.

> 비회(徘徊) 빙목(聘目)ᄒᆞ야 디장봉(大壯峰)을 ᄇᆞ라보니/ 연(連)ᄒᆞᄂᆞᆫ가 자개ᄂᆞᆫ가 엄ᄂᆞᆫ 닷 잇ᄂᆞᆫ 닷/ 빅보(百步) 구절(九折)을 춘춘(寸寸)이 올나가니/ 구만리(九萬里) 장천(長天)이 막썩 긋티 다혀 잇다/ 문삼(捫參) 역정(歷井)ᄒᆞ야 자히(紫霞)의 비겻시니/ 옥황(玉皇)의 말삼이 지척(咫尺)의셔 들니난다

이 부분은 천관산의 높고도 위엄 있는 모습을 드러냈다. 시적 화자의 시선은 '구정암'에서 '대장봉[13]'으로 옮겨간다. 시적 화자의 시선 이동은 공간 이동을 나타내며, 이는 기행가사의 전형적인 특징이다. '이어짐과 끊어짐', '없는 것과 있는 것'의 대구와 대조 형식은 대장봉

---

13) 위백규, 위민환 역,《支提誌》(장흥문화원, 1992), 63면; 바로 당번동 정상이니 천주봉 서남쪽에 있다. 그 곁에 책바위가 네모나게 깎아져 서로 겹쳐 있어서 만권의 책이 쌓아진 것 같다. 봉명의 뜻은 산명 아래 나타나 있다.

의 기이하고 장엄한 모습을 형상화한다. 다음 구절의 '백보구절(百步九折)'과 '문삼역정(捫參歷井)'은 이백(李白)의 〈촉도난(蜀道難)〉을 인용했다. '백보구절'은 백 걸음에 아홉 번을 꺾였다는 뜻으로 천관산의 아주 웅장하면서도 험한 자태를 묘사했다. '문삼역정'의 '삼정(參井)'은 원래 '삼성(參星)'과 '정성(井星)'이라는 별이름이다. 시적 화자가 삼성을 만지고 정성을 지났음은 별을 만질 만큼의 높이인 산의 장엄함을 나타냈다. 즉, 인용된 두 부분은 천관산의 기이함과 장엄함을 드러낸다. 또한, 시적 화자는 힘들어 조금씩 산에 오르는 행동을 통해 쉽게 오르지 못하는 범접하기 힘든 웅장한 산임을 강조한다. 또한, '구만리(九萬里)'에서 '숫자 9'는 불완전함을 의미하여 아주 멀고도 아득히 멀리 있는 것을 나타내 규모 역시 짐작할 수 없게 한다. '자줏빛 안개'는 신성함을 연출한다. 색깔에서 자줏빛은 신비로움을 의미하기 때문이다. 따라서 '자줏빛 안개'는 아름답고 신비로움을 나타낸 천관산의 신성함을 표현한 매개물인 것이다. 마지막 구절은 옥황상제의 말씀이 가까운 곳에서 들린다 하여 하늘과 맞닿은 높음과 위엄 있는 모습을, 옥황상제의 말씀이 들린다는 신선의 땅이라는 신비로움을 통해 '천관산'을 표현했다. 이 부분은 기이하고 장엄한 천관산의 모습을 통해서 신비로움을 한층 부각시키고자 했다.

　　고로봉(古老峯) 천주봉(天柱峯) 동편봉(東便峯) 모든 봉(峯)이/ 전후(前後) 좌우(左右)의 닷토와 버려시니/ 나난 닷 뛰난 닷 틱도(態度)도 흐고/ 만타 청풍(淸風)이 건 듯 부러 호흥(豪興)을 도도오니/ 송등(松藤)의 바람굿틱 빈바회 올나괘라/ 돗틱난 소리 되고 딤틱난 돌이 된다/ 팔만경(八萬景) 이러흔 줄 뉘라셔 자셰(仔細)알가 천관산 여러 봉우리가 우뚝히 솟은 모습을 형상화한 부분이다. 시적 화자는 바위 이름을 열거하고 그 주변의 아름다운 경치를 묘사한다. 앞뒤 좌우의 여러 봉우리들은 서로 뽐내는 것처럼 다투었다고 설명한다. 세 봉우리를 제외하고 논하지 않은 여러 봉우리들의 모습은 마치 '나는 듯 뛰는 듯하다'고 했다. 높은 봉우리는 맑은 바람과 함께 신비로운 기상을 더해 시적 화자는 신선으로서의 취향을 드높이고 있다. 또한 시적 화자의 시선은 바람과 함께 소나무, 등나무 가지 끝을 살짝 스치고 지나치며, '배바회'로 향한다. 지금의 천관산에 '배바회'는 없지만, '배바회'는 '바틀바위'[14]를 의미한다. 위치상 '돗대'는 돌로 된 돛대로 '석범(石帆)'을 말하며, 바틀바위 옆에 석범이 있음에 '배바회'는 '바틀바위'임에 틀림없다. 또한, 돛대 옆에 돌로 된 당번이 있고, 당번 아래는 돌로 된 배가 있다. 돌 돛대의 서남(西南)쪽에는 석대장이 있고, 그 북쪽에는 석문주가 있으며, 그 북쪽에 석보현이 있다. '바틀바위'에서 본 풍경은 '팔만경(八萬景)'이라 하여 아름다운 경치로 볼거리가 많은 풍경을 나타낸다. 이를 자세히 아는 사람이 누가 있을까 하고 다시 묻는다. 그리고 시적 화자는 스스로 신선이라 하여 아름다운 천관산의 풍경에 흠뻑 취한 본인의 모습을 묘사한다. 이 부분에서는 자연의 경치와 풍류를 즐길 줄 아는 시적 화자의 자부심을 드러내고 있다.

　　셕면(石面)을 구버보고 만경(萬景)을 긔역(記憶)홀 제/ 부령딕(靈火臺) 져

---

14) 위백규, 위민환 역, 앞의 책, 1992, 127면; 九龍峯 東下, 아육왕탑의 西쪽에 있다. 양편에 巨岩이 二字形으로 形成되어 있는데 그 중간에 깊이 들어간 굴이 있어 흡사 배틀 같아 보이므로 이 이름을 붙였다.

문 정자(亭子) 취미간(翠微間)의 써러지다/ 암화(岩火)도 작작(灼灼)ㅎ고 송
계(松桂)도 씩식ㅎ다

시적 화자는 아름다운 경치를 보기 위해 천관산에 올랐다고 한다.
'만경(萬景)'은 끝없이 넓은 경치이며, 돌로 된 벽은 산의 험준함을
드러낸다. 시적 화자는 높은 산에 올라 그 풍경을 바라보며 자연의
신비로움을 느낀다. 작품에서 언급한 '부령대'는 '불영대'의 잘못된
표현이다. 날이 저문 '불영대' 정자는 산속 깊이 있는데, 산빛이 너
무 푸르러 그 사이에 떨어졌다 한다. 이는 아름다운 자연을 만끽하
고자 하는 염원의 마음을 드러낸 구절이다. '암화(岩火)'는 언덕에 떨
어지는 태양을 말하며, 시간적 배경인 어둠이 짙게 드리워진 저녁을
묘사한다. 그러나 어둠 속에서도 그 주변은 매우 밝고, 소나무와 계
수나무는 씩씩하다며 아름답고 신비로운 숲속 모습을 나타낸다. 이
는 시적 화자 본인이 있는 산속이 바로 신선세계임을 짐작케 한다.

> 만심디(萬心臺) 지너갈 졔 안쵸당(安草堂) ᄇ라보니 운학(雲鶴)의 지닌
> 물이 빅일(白日)의 뇌셩(雷聲)이다 연이(緣崖) 반목(攀木)ᄒ야 제일봉(第一
> 峯) 올나가니 벗 업슨 청학(靑鶴)이 쉬여 넘쟈 ᄒ난 닷 달연난 쇠쥴은 기벽
> (開闢)을 지다라고 물에 쓴 만봉(萬峯)은 휴천지(後天地)예 나리로다 선산
> (仙山)도 불힝(不幸)ᄒ다 봉수(峰燧)나 또 엇지요 봉두(峰頭)예 혼자 셔셔
> 사방(四方)을 쥬남(周覽)ᄒ니 천양(天壤)이 다 물리요 운봉(雲峰)만 뭇치로
> 다 디(臺) 우의 나든 봉(鳳)은 신공(神功)만 허비(虛費)ᄒ고 공부자(孔夫子)
> 소천ᄒ(小天下)는 천만고(千萬古)의 과연(果然)ᄒ다

이는 천관산의 웅장함을 언급한 부분이다. 시적 화자는 '만심대'
를 지나면서 시선은 '안초당'을 향한다. '만심대'는 '안심대'의 잘못

된 표현이다.15) '안초당' 산골짜기에서 흐르는 물소리는 대낮 천둥소리 같다며 웅장한 모습을 비유한다. 또한, 벼랑 가장자리의 나무들을 붙잡아야만 제일봉에 오를 수 있음으로 산의 험준함을 나타낸다. 제일봉은 지금의 최고봉16)이다. 제일봉의 '벗 없는 청학'은 시적 화자를 의미한다. 힘들게 제일봉까지 오른 시적 화자는 '청학'에 물아일체(物我一體)의 모습을 말한다. 이는 곧 본인이 신선이고, 천관산이 선계(仙界)임을 의미한다. 다음 구절은 현실세계의 초월을 형상화한 것이다. '단연한 쇠줄'은 험한 산속 풍경을, '개벽을 기다린다'는 것은 새로운 세상으로의 변화를 드러낸다. 그런 기대 속에 '물에 뜬 만봉'은 후천지의 모습을 형상화한다. 이는 천관산이 신성한 곳임을 강조하는 구절이기도 하다. 시적 화자는 구름보다 높은 정상에 혼자 우뚝 서서 사방을 둘러본다. 그 풍경은 마치 신선세계인양 하늘과 땅은 모두 물의 형상으로, 봉우리만 땅의 형상으로 나타낸다.

---

15) 위백규, 위민환 역, 앞의 책, 1992, 91면에서는 '안심대'라는 지명만 존재한다. 또한. 위의 책(장흥문화원, 1992), 97면; 안심대, 정심대, 안초당은 모두 불영대 뒷골에 있다. 여러 암자들은 숙종 甲申年(1704) 이후에 허물어졌으나 안심대, 정심대 등 數菴은 제외되었다.

16) 위백규, 위민환 역, 앞의 책, 1992, 72~74면에서는 '최고봉(最高峰)'의 옛날 이름은 옥정봉(玉井峰)이니 나라에서 봉화대를 설치하게 되자 봉수봉(烽燧峰)이라 불렀다. 천관산의 가장 높은 곳에 있는 최고봉은 동쪽을 바라보면 바다 건너로 은은히 비치는 낙안의 등광산과 홍양의 팔영산, 천등산이 보이고, 홍양의 절이도, 장흥의 금당도, 평이도, 산이도 등이 보이고 정남쪽에는 강진의 조약도, 신지도, 고금도, 완도 등을 볼 수 있다. 가장 기이한 것은 바로 남서방으로 일기가 청명하면 한라산이 완연하여 마치 책상을 대한 듯하니 탐라 동서쪽 전체의 산곡이며 맥롱 그리고 물가의 모래사장 등이 손으로 가리킬 만큼 드러나 보인다. 봉수대 북쪽 아래 백여 보 가량 내려가면 산이 서려서 오목 꺼진 곳이 있는데 그 가운데서 샘물이 솟는다. 맛이 달고 시원하여 여러 산을 두루 다니면서 물맛을 본 이들이 오직 오대산 물만이 이에 견줄 수 있다고 하였다.

'안심대' 위의 봉황은 신의 공력을 허비한 사물이다. 신성함을 드러
낸 봉황의 도움 없이도 산의 풍경만으로도 충분히 신성한 곳임을 언
급한다. 따라서 구름 가득한 '제일봉'과 봉황 없는 '안심대'는 신선세
계의 공간임을 의미한다. '공자'가 태산에 올라 천하가 좁다는 것은
시적 화자의 '호연지기(浩然之氣)'의 기상을 나타낸 것이다.

> 옥당(玉堂) 금벽(金璧)은 일역(人力)으로 ᄒ려니와 죠화(造化)ᄂ 무삼 일
> 노 편벽(偏僻)도이 삼겨 노코 암만(岩巒)의 밤이 들고 동곡(洞谷)도 고요홀
> 계 창명(滄溟)의 도든 달이 만학(萬壑)의 다 비최니 경굴(瓊窟)을 허친 소래
> 학(鶴)의 ᄭᅮᆷ 절로 ᄭᅢᆫ다 빅운(白雲) 탄 우객(羽客)이 벽봉(碧峰)으로 지니갈
> 계 철적(鐵笛) ᄒ 소래의 희산(海山)이 요동(搖動)ᄒ다

'동일암'은 화려한 풍경을 자랑한다. '동일암'은 '옥당금벽(玉堂金
璧)'으로 화려하고 멋진 궁전에 비유한다. 그러나 시적 화자는 '동일
암'의 인공적 화려함을 나타낸 궁전보다 조화옹이 만든 자연이 훨씬
아름답고 세련되었음을 부각시킨다. 이 부분의 시간적 배경은 '밤'으
로 산과 바위는 모두 고요하다. 그 풍경 또한 싸늘히 어두운데, 하늘
에 돋은 달은 높이 떠서 깊은 골짜기 곳곳마다 그 빛을 은은히 비춘
다. 은은히 달빛이 비추는 고요한 자연의 모습을 묘사한다. '경굴(瓊
窟)'은 원래 옥처럼 화려한 동굴을 의미한다. 그러나 여기서의 '경굴'
은 깜깜한 밤중의 아름다운 자연을 가리킨다. 그 가운데 고요함을
흩어지게 하는 소리의 주체는 학이다. 잠자던 학이 깨어 '벽봉'으로
날아간다. 시적 화자는 학을 '흰 구름을 탄 손님(羽客)'으로, 학의 날
갯짓 소리는 철피리[17]의 큰 소리로 비유하여 산과 바다가 흔들려 움
직인다고 묘사한다. 옥당금벽, 경굴, 학 등은 신선세계를 대표하는

매개물이 된다.

초경(初更)의 잠 못들어 오경(五更) 되도록 안자시니 창망(滄茫)혼 운무
간(雲霧間)의 화윤(火輪)이 소사나니 부싱(扶桑)의 썬난 비시 양곡(暘谷)도
못비칠 제 제 슬는〈저근듯〉블근 비시 만학(萬壑)의 능는(凌亂)혼다 계명봉
(鷄鳴峯) 빅옥계(白玉鷄)난 나래도 주죠 친다 목어(木魚) 한 소래의 자연(紫
烟)이 다 거드니 삼천계(三千界)이 명낭(明朗)ᄒ니 안저(眼底)도 씩씩ᄒ다
군산(群山)은 어득어득 신선(神仙)갓치 버려 잇고 벽희(碧海)예 썬난 비난
불사약(不死藥) 캐려 온다 진씨황(秦始皇) 예을 닛고 서시(徐市)을 보니연난
가 동남(童男) 동여(童女)ᄂ 어딕로 가든 말고 한무제(漢武帝) 구신선(求神
仙)도 진지(眞智)ᄂ 안니로다 문성오이(文成五利)난 애미(曖昧)히 주거쏘다

이 부분은 '동일암'에서 해 뜨는 풍광을 묘사하고 있다. 시적 화자
는 오경[새벽 3시~5시]이 되도록 잠을 못 이룬다. 이유는 집으로 돌
아가야 하는 생각 때문이다. 시적 화자는 천관산의 아름다운 풍경을
계속 감상코자 한다. 이에 시적 화자는 잠들지 못하고 아침을 맞아
해 뜨는 경관까지 지켜보며, 창망하고 구름이 많은 사이에 해가 솟
는 장면을 묘사한다. '화륜(火輪)'은 불 바퀴로, 태양을 의미한다. 동

17) 철적(鐵笛)은 조선 순조·헌종시대의『진찬의궤(進饌儀軌)』를 보면 그 당시 진찬
에 철적이 편성되었음을 알 수 있다. 현재 창경궁 안에 있는 유물관에 3개가 진열되어
있는데, 모두 취구(吹口) 1, 청공(淸孔) 1, 지공(指孔) 6으로 대금과 같은 제도를 갖추
고 있다. 그 중 하나는 순금으로, 정교하고 찬란한 꽃무늬 장식이 부각(浮刻)되어
있어 궁중에서 사용되던 악기로 추측된다.『한국민족문화대백과』(한국학중앙연구
원, 2010). 주희(朱熹)의 〈철적정서(鐵笛亭序)〉에는 "무이산중의 은자인 유군은 철적
을 잘 부는데, 구름을 뚫고 돌을 찢는 소리가 난다.[武夷山中隱者劉君 善吹鐵笛 有穿
雲裂石之聲]"고 한다. 주희의 〈철적정〉에는 "劉少豪勇游俠使氣, 晚更晦跡, 自放山水
之間, 善吹鐵笛, 有穿雲裂石之聲"이라 한다. 철적은 옛날 은자(隱者)나 고사(高士)가
잘 불었다고 전한다.

쪽에서 뜨는 해는 동쪽 저 먼 곳도 비치지 못할 만큼 작다. 하지만, 시간이 흘러 해는 어느새 많은 골짜기에 자그맣던 붉은 빛이 어지럽게 비친다. 이 부분은 해돋는 모습이다. '계명봉 빅옥계난 나래도 조죠 친다' 에서 '계명봉'은 '계봉'[18]을 의미한다. '계명봉'과 '백옥계'의 지명은 새벽을 알리는 닭과 해 뜨는 동쪽 봉우리를 연결시켜 두 사물을 연상케 한다. '목어(木魚)'는 불경을 읽을 때 치는 목탁으로 불교와 연관성을 드러낸다. 그 목탁소리는 자줏빛 연기라 하여 시각과 촉각을 함께 사용하여 신성한 공간임을 알린다. 또한 '삼천계(三千界)'는 불교용어이며, 모든 우주를 가리킨다.[19] 시적 화자는 모든 세계가 밝아 눈 아래 세상 역시 굳센 모습으로 형상화한다. 많은 봉우리는 아직 어둑하나 형상은 신선의 모습으로 의인화했다. 산은 다시 구름 속에서 배의 모습을 연상케 하여 진시황과 한무제의 설화[20]

---

18) 위백규, 위민환 역, 앞의 책, 1992, 127면: 〈보유편〉의 〈계봉〉에는 玉溪 蓮花 兩洞 사이의 연이은 봉으로서 바위가 모여 봉우리들이 이루어졌다고 한다.

19) 삼천계는 삼천대천세계(三千大千世界)를 줄여서 하는 말로, 고대 인도 사람들이 우주를 '삼천계'라 했다. 즉, 삼천대천세계는 일불국토(一佛國土)를 일컫는다.

20) 진시황은 방사 서복의 바다 한가운데 삼신산이 있어 신선들이 살고 있다는 말을 믿고 동남동녀 오백 명을 보내 신선과 불사약을 구해오도록 했다. 이전 국책에는 형왕에게 불사약을 헌상했다는 기록이 있고 이후로는 한무제가 이소군 난대의 말을 믿고 높은 누각을 건립하여 신선을 찾았다는 기록이 있다. 또한 〈사기〉, 〈봉선서〉에는 한무제가 신선을 찾았다는 이야기가 상세히 기록되었다. 그 내용은 봉래, 방장, 영주 세 섬 중에 신선이 살고 있어 불사약을 구할 수 있다. 이는 실로 황제가 되니 이제 신선이 되려 한다는 일종의 그칠 줄 모르는 인간의 욕심을 잘 나타내는 것이다. 한무제는 후에 "천하에 어찌 신선이 있을 수 있겠는가. 요망스런 일이로다. 절식하고 약을 먹으면 병을 줄일 수는 있을 것이다."라 했다. 따라서 신선은 일종의 망상으로 옛사람들의 우언을 사실로 잘못 믿고 있었던 데서 비롯되었다. 박덕규, 《중국 역사이야기 3》(일송북, 2005). 정병헌 외, 『우리 선비들은 역사와 전통을 어떻게 이해했을까』(사군자, 2004).

를 통해 불로장생을 꿈꾼다는 내용을 인용한다. 불로장생을 염원하는 진시황과 신선이 되기 바라는 한무제로 인해 천관산이 신선세계임을 나타낸다. 또한, 삼신산을 찾아 나선 문성과 오리의 설화[21] 역시 천관산의 신성성을 강조하는 내용이다.

> 고읍(古邑) 방촌(傍村)은 무능도원(武陵桃源) 아니런가 금선딕(琴仙臺)
> 청원딕(淸遠臺)는 운무간(雲霧間)의 싸 잇다 문수암(文殊庵) 도라드러 거북
> 봉(龜峯) 도라보니 계수전(溪水前) 천연(千年) 거북 등 쬐인지 오릭거다 산
> 화(山花)는 작작(灼灼)ᄒ고 사경(四境)을 비져닌다 팔십구(八十九) 암자(庵
> 子)을 못본딕 반이 눕다 홍진(興盡) 비닉(悲來)ᄒ니 회포(懷抱)도 ᄒ고 만타
> 천연(千年) 만고(萬古)의 밋 빗츤 의구(依舊)ᄒ다

방촌의 자연경관을 나타낸 구절이다. '반야암'에서 내려온 시냇물은 산밖 고을 '방촌'에 흐른다. 여기서는 실제 장흥위씨 집성촌의 지명인 '방촌'에서의 지역성과 현실성을 고려하고 있다. '방촌'은 살기 좋은 곳으로 신선이 사는 무릉도원임을 형상화한다. '반야암'에서 흘러 들어간 복숭아나무(桃花)는 시적 화자가 살고 있는 방촌을 '무릉도원'으로 만들었다. 무릉도원을 보여주는 예로, '금선대'와 '청원대'의

---

21) 제나라와 연나라의 선비들은 신비하고 괴이한 말에 깊이 현혹되고 또한 이를 높이 여겼다. 제나라의 위왕(威王)과 선왕(宣王) 및 연나라의 소왕(昭王) 때부터 사신을 보내 삼신산을 찾게 하였으니, 진(秦)과 한(漢) 때의 송무기(宋無忌)·정백(正伯)·교극(僑克)·상선(尙羨)·문자고(門子高) 같은 무리는 연나라 사람이고, 문성(文成)·오리(五利)·공손경(公孫卿)·신공(申公) 등의 무리는 모두 제나라 사람이다. 옛날 태공(太公)이 제나라를 다스리며 도술을 닦았더니, 뒷날 그 땅의 사람들이 도술 부리는 것을 매우 좋아하게 되었다(강태공이 동방신교를 지나족에게 전하였음을 말함). 곧 이것은 또한 태공이 세상의 풍속을 그렇게 이끈 것이므로, 연나라와 제나라의 선비들이 어찌 괴이한 말들을 좋아하지 않았겠는가. (〈규원사화 단군기〉에서 인용)

구름과 안개가 짙게 쌓인 모습을 나타낸다. 시적 화자는 문수암 근처에 '거북봉'이 있지만 《지제지(支提誌)》에는 '거북봉'이라는 이름이 전하지 않는다. 거북봉과 이름이 비슷한 '구암'22)이 있는데, '거북바위'라 한다. 시적 화자는 '문수암'을 돌아들어 '거북봉'을 바라보며, '문수암'에서 본 '거북봉'을 설명한다. 시냇물 앞에 있는 천년된 바위의 유래와 형상을 언급한다. 또한, 산에 피는 꽃과 사방의 산 풍경은 꽃들로 이루어진 주변 풍경을 아름답게 묘사한다. 자연이 이룬 풍경은 사람들이 만든 암자로 아름다움을 더하여 자연과 인간의 조화로움으로 멋진 풍경을 드러낸다. 예전의 89개 암자들은 천관산이 불교의 근원임을 알게 한다. 무엇보다도 시적 화자는 아름답고 멋진 천관산을 3일 동안 모두 유람하지 못함을 안타까워한다. 그러나 아름다운 천관산의 곳곳을 못본 것도 반이 넘는다고 하지만 천관산의 세세한 부분까지 언급한다. 시적 화자는 '흥함이 다한 뒤에 반드시 슬픔이 찾아온다'며 아름다운 자연을 본 즐거운 마음과 돌아가야 하는 아쉬운 마음이 대조를 이루어 안타까움을 더한다. 또한, 시적 화자는 마음에 품은 뜻을 못 이룬 안타까움을 돌아가야 하는 마음으로 대치시킨다. 이런 까닭에 오랫동안 변함없는 산을 통해 그 마음을 달래고자 한다.

    틱산(泰山) 정상(頂上)의 옥경(玉京)이 지척(咫尺)이라 화려(華麗)흔 문장(文章)은 과긱(過客)의 진적(陳蹟)이요 결승(絕勝)흔 산수(山水)난 후인(後

---

22) 위백규, 위민환 역, 앞의 책, 1992, 122면; 龜巖의 내용은 다음과 같다. "古記에 鯤魚가 化(鯤魚가 변화여 鵬이 된다는 뜻)하여 三足 鼈(자라)로 변했다고 들었는데, 어느 때 이곳으로 옮겨왔던가. 마신 바람 六鰲의 壽(六龜壽)에 사양하지 않으니 높이 솟은 그 등 복어와 흡사하네."

人)의 호사(豪奢)로다 소박(素朴)흔 이 닉 몸이 글자도 못흐며는 요수(樂水)
요산(樂山)흔달 인지(仁智)을 어이 알니 빈발(鬢髮)이 호빅(晧白)흐고 긔역
(氣力)이 쇠진(衰盡)흐니 공밍(孔孟) 안증(顔曾)은 쑴의도 못보니 서방(西
方) 미인(美人)은 소식(消息)이 언제 오고 석실(石室) 운산(雲山)의 옥담(玉
潭)이 천이로다

　시적 화자는 '천관산'의 높고 위엄 있는 모습을 태산에 비유한다.
태산의 정상은 옥황상제가 사는 옥경(玉京)과 가깝다고 한다. 또한,
'화려한 문장'은 천관산의 아름다운 풍경을 소재로 많은 작품들이
창작되었음을 나타낸다. '과객(過客)의 진적(陳蹟)'은 천관산을 지나
는 사람의 늘어놓은 자취로, 옛사람들은 산을 찾는 풍류를 즐겼다고
한다. 이러한 '천관산'을 옛사람의 풍류공간뿐만 아니라 후인들의
호사(豪奢)공간으로 형상화한다. 예전뿐만 아니라 지금, 후대에 이
르기까지 대대손손 전해질 자연 경관의 아름다움에 뿌듯함을 느낀
다. 이는 시적 화자도 천관산을 찾은 과객으로 훌륭한 문장을 남기
고자 하는 소망도 담고 있다. '소박한 모습'은 청렴결백한 본인의 생
활상을 의미하고, '글자를 못함'은 스스로 글재주 없음을 의미하거
나 벼슬에 진출하지 못한 자신의 상황을 나타낸다.
　다음 구절에서는 《논어(論語)》의 〈옹야편(雍也篇)〉인 '지자요수(知
者樂水), 인자요산(仁者樂山)[지혜로는 자는 물을 좋아하고, 인자한 자는
산을 좋아한다.]을 인용한다. 유학의 가르침인 《논어》의 인용은 벼
슬하지 못한 아쉬움과 더불어 자연을 벗 삼는 향촌사족의 모습을 강
조한다. 그러나 시적 화자는 스스로 '산과 물을 좋아한다(樂山樂水)'
하여 인자(仁者)이면서도 지자(知者)임을 나타낸다. 하지만 글을 못
하면 인지(人知)의 깊은 뜻도 모른다며 학문의 소중함을 전한다. 위

의 예는 시적 화자가 유교적 소양이 있음을 의미한다. 이는 나이 들어 기력이 약한 상황에도 벼슬 진출을 포기하기 어려웠던 심정을 토로한다. '공맹안증(孔孟顔曾)'은 유학의 네 성현인 공자, 맹자, 안회, 증자를 말한다. 시적 화자는 성현들을 꿈에서 보지 못해 아쉬워하는데 이는 유생(儒生)으로서의 본분을 잊지 않겠다는 의미이기도 하고, 벼슬하지 못한 한계를 느낀다는 의미이기도 하다.

다음 구절의 '서방미인(西方美人)'23)은 주나라의 성덕을 나타내는 임금을 가리킨다. 시적 화자는 주나라 때와 같은 성덕이 온 나라에 퍼지기를 바라고 있으나 현실은 그렇지 못하다. 여기서 시적 화자는 성현들이 쓰이지 못한 세상과 자신이 쓰이지 못한 세상을 비유하여 비판적 태도를 드러낸다. 한편으로 낭만적인 '석실운산(石室雲山)'이 도리어 현실적인 소외와 유폐를 상징하는 말로 변모한다. 시적 화자는 저무는 인생, 영영 멀어져 버린 벼슬길들을 안타까워하며 귀로에 접어든다. 마지막 구절은 시적 화자의 내면의식과 갈등양상을 알 수 있는 구절이기도 하다.

> 초려(草廬)의 도라드니 다시곰 바래보니 만 이십(萬二十) 이 청산(靑山)이 역문안 니련느다 청산(靑山)을 못니저서 다시 또 보잣더니 포의(布衣)로 미양(每樣) 오니 산수(山水)도 붓글업다

---

23) 《詩經》,〈邶風〉, 簡兮: "簡兮簡兮, 方將萬舞, 日之方中, 在前上處, 碩人俁俁, 公庭萬舞, 有力如虎, 執轡如組, 左手執籥, 右手秉翟, 赫如渥赭, 公言錫爵, 山有榛, 隰有苓, 云誰之思, 西方美人, 彼美人兮, 西方之人兮.": 익히고 익히어 만무 춤을 추려 하네. 해는 높아 중천인데 맨 앞줄에 나섰네. 당당한 저 사람들 공정 뜰에서 만무 추네. 힘은 호랑이 같고 말고삐 실 다루듯 하네. 왼손엔 피리 잡고 오른손엔 꿩깃 들고 붉게 상기된 그 얼굴 공께서 술잔을 내리시네. 산에는 개암나무 진펄에는 도꼬마리 누구를 기다리나. 서방의 미녀 저 미녀 서쪽에 사는 미녀라네."

'초려(草廬)'와 '포의(布衣)'는 시적 화자의 상황을 드러낸 단어다. '초려'는 초가집을 나타낸다. 부유하지 못한 가난한 향촌사람을 대변하는 사물로, 자신의 집을 가리킨다. '포의'는 벼슬 없는 선비로, 본인을 의미한다. 시적 화자는 집에 돌아와 벼슬 없고 가난한 자신을 한탄하지만 다시 청산을 잊지 못해 천관산에 오르기를 소망한다. 그럼에도 그는 천관산에 올 때마다 변함없는 자신의 모습이 부끄럽다고 하여 자신의 처지를 원망한다. 이는 본인뿐만 아니라 벼슬하지 못한 여러 향촌사족들의 심정을 대변한 것으로 보여진다.

다음은 〈금당별곡〉을 살펴보자. 〈금당별곡〉은 장흥도호부에 속한 금당도와 만화도를 배경으로 한다. 〈금당별곡〉의 공간은 같은 장흥의 공간이지만, 〈천풍가〉와는 다른 공간을 나타낸다. 〈천풍가〉의 주요 공간은 '천관산'이며, 〈금당별곡〉의 주요 공간은 '금당도'와 '만화도'이다. 하지만, 두 작품 모두 주체가 바라본 대상은 모두 '자연'이다. 〈천풍가〉와 마찬가지로 〈금당별곡〉도 현실인 자연을 환상의 선계(仙界)로 표현하였다. 이는 시적 화자가 '금당도'와 '만화도'를 선계로 묘사하며 본인도 신선에 비유한다. 작품에 나타난 신선세계에 대해 구체적으로 살펴보자.

> 강산풍월(江山風月)이 한가(閑暇)흔지 여러 해여 분분셰사(粉粉世事) 나
> 오슬여(나도슬여) 풍월주인(風月主人) 되랴 흐야 명구선경(名區仙境) 반세
> (半世)를 늙어 잇다

'강산풍월(江山風月)'은 '자연'을 나타낸다. '자연'은 사람의 발길이 닿지 않은 한가함을 보이며, 이는 시적 화자의 한가로움을 자연의

한가로움에 비유하여 설명한다. 시적 화자는 어지러운 속세에서 벗
어나 자연과 함께 하는 '풍월주인(風月主人)'이 되고자 한다. 이때, 시
적 화자가 바라본 아름다운 풍경은 신선세계로 대체된다. 이 지역의
'명구(名區)'는 자연의 아름다움을 간직한 곳으로 널리 이름난 공간이
된다. 또한, 시적 화자가 살아온 반 세상동안 자연과 함께 살았음을
드러낸다. 이 구절에서 시적 화자는 자신의 고향 땅을 매우 자랑스럽
게 생각하며, 그 자랑스러운 마음은 무릉도원을 향한 신선세계의 풍
경으로 표현한 것이다.

> 전산(前山) 아츰 비얘 봄빛이 빼여나니 산화(山化) 피은 곳이 흥미(興味)
> 도 하고만타 학우(鶴友)의 신선(神仙)들을 이 째예 만나보아 황금단(黃金
> 丹) 여지내여 삼동계(參同契) 뭇쟈 ᄒ야

　이 부분은 금당도에 유람하는 동기를 밝히고, 신선세계의 풍경을
그렸다. 시적 화자는 비갠 후 봄빛이 한층 완연해진 앞산을 보고,
금당도의 여행길을 재촉한다. '앞산의 봄빛'은 풍월주인이 된 시적
화자의 흥미를 자극한다. 그는 신선 친구인 학을 맞이하는 반가운
기색을 여실히 잘 드러낸다. 여기 등장하는 '황금단'은 신선이 먹는
알약24)이다. 이는 시적 화자와 신선이 하나됨을 나타내며, 시적 화
자 역시 신선임을 의미한다. 시적 화자는 신선들을 만나 그들과 함께
삼동계를 묻기 위해 금당도로 떠난다며 여행 동기를 서술한다. 이
부분을 통해 시적 화자의 내면의식을 알 수 있다. 시적 화자는 다음
으로 갈 곳을 신선세계로 받아들이고는 그곳을 가는 것이 바로 신선

---

24) 임기중, 〈金塘別曲〉, 『한국가사문학주해연구』권 4(아세아문화사, 2005), 176면.

들을 만나는 것이라고 믿는다. 이는 시적 화자가 현실을 초월하고
싶은 화자의 강한 욕망에서 비롯되었다고 볼 수 있다. 이는 곧, 시적
화자가 신선임을 의미하는 구절인 것이다.

> 평사(平沙)의 닷슬 주고 치하(彩霞)을 햇쳐 보니 밋 알에 물 우희 그 스이
> 천척(千尺)이라 긔상(氣象)이 만천(滿天)이라 파능(巴陵)이 이갓든가 대굴
> 은 그 일홈이 이졔보니 과연(果然)ᄒ다 연하(烟霞)와 흠긔 ᄂ려 셕노(石路)
> 로 올나가니 경화뇨초(瓊花瑤草)ᄂ 곳곳의 깁퍼 잇고 옥뎐금깅(玉殿金莖)은
> 골골이 널러 잇다

'금당도'에 도착하는 부분으로, 시적 화자가 제일봉 정상에 오르
는 여정을 묘사하고 있다. 길은 풀과 꽃들로 가득하고, 산과 바다
사이의 거리는 넓기도 넓다. 기상은 하늘에 가득한 아름답고 신비한
느낌을 연출한다. 산에 오를수록 안개와 노을이 함께 내려 있고, 아
래 돌길은 깎아지는 절벽의 모습이 마치 신선세계인 듯하다. '경화
뇨초(瓊花瑤草)'는 옥(玉) 모티브로, 신성함과 고결함을 나타내는 색
채와 화려하고 사치스러운 광경을 묘사한다. 이는 인간의 상상력에
서 나올 수 있는 신성함을 모두 동원했다. '요초(瑤草)'는 신선세계의
풀이다. '옥전금경(玉殿金莖)'에도 신선세계를 나타낸 옥 모티브가 있
다. 따라서 이 배경은 3번의 옥 모티브를 사용하여 '금당도'가 신선
세계임을 가리킨 것이다.

> 반산(半山)의 흘러쉬여 제일봉(第一峰) 올라가이 일진션풍(一陣仙風)이
> 양액(兩腋)의 빅기 부러 표표상몌(飄飄雙袂)예 심신(心身)이 청냉(淸冷)ᄒ
> 니 봉구 소식(蓬丘消息)을 거의 안니 드올소냐

시적 화자가 제일봉에 오르는 모습이다. 산 정상은 '제일봉'이며, 제일봉에 오르고 쉬기를 반복하여 산의 험난함을 말해준다. 제일봉에 올라간 시적 화자는 몸과 마음이 맑아졌다는데, 이유는 멀리서 불어온 시원한 바람 때문만은 아니다. 한바탕 신성한 바람은 양쪽 겨드랑이에 비스듬히 불어온다. '봉구(蓬丘)'는 '봉래산'을 말한다. 봉래산의 소식을 거의 매일 듣고 산다며 시적 화자는 '제일봉이 곧 봉래산'이라 생각한다. 즉, 시적 화자는 '제일봉'에 오른 느낌을 신성함이라 표현한다. '금당도'가 신선세계이므로 그곳에서 시적 화자 역시 신선이 된다.

> 애쟝(牙檣)을 다시 쏨며 만화도(萬花島)로 ㄴ려간이 산음셜야(山陰雪夜)의 ㅈ유(子猶)의 호흥(豪興)이라 셕강츄월(石江秋月)의 빅야(白也)의 시졍(詩情)이라 지낸 경(景)도 됴컨이와 밤 경(景)이 더옥 됴타 사변(沙邊)의 자던 구로(鷗鷺) 됴셩(潮聲)의 졀로 ㅅㅣ여 삼강연월(三江烟月)의 흥긔 놀자 우ㄴ 쩟 슈져(水底)의 노던 샹애(湘娥) 요슬(瑤瑟)을 ㅅㅣ아틀 졔 남풍오현(南風五絃)의 셩음(聖音)을 젼ㅎㄴ 듯 괴예승뉴(扣枻乘流)ㅎ야 흥(興)겨워 머물을 졔

위는 '만화도'의 여정을 그리고 있다. '산음설(山陰雪)'은 중국 송대의 유의경(劉義慶, 403~444)이 편찬한 『세설신어(世說新語)』[25]를 인용한 부분이다. 이는 왕희지의 '흥겨움'을 강조한다. 왕희지는 '흥(興)'을 강조하여 그리운 친구를 만나러 가는 과정에서 느끼는 '흥

---

25) 진나라 왕희지가 산음에 살고 있었는데 밤에 폭설이 내리자 친구인 대규가 생각나서 밤새 배를 저어 섬에 있는 그 집 문앞까지 가서는 보지 않고 그냥 돌아왔다. 사람들이 그 까닭을 묻자, 왕희지는 "내가 흥이 나서 갔다가 흥이 다해 돌아왔는데, 하필 대규를 만나볼 필요가 있겠는가"라 하였다. 후대에는 친구를 방문한다는 뜻으로 쓰였다. ≪世說新語, 任誕≫ 한국고전번역원(http://www.itkc.or.kr)에서 발췌하였다.

(興)'만 즐기면 된다고 한다. 시적 화자도 왕희지처럼 천관산을 오르는 즐거움만 있으면 된다고 강조한다. 이는 일의 과정을 중요시한 경우로, 과정만 즐거우면 그 뿐, 결과는 중요하지 않음을 언급한 구절이다. 시적 화자는 왕희지의 호흥(豪興)과 이태백의 시정(詩情)을 연상하여 자신의 감정을 드러낸다. 시적 화자는 밤 풍경의 아름다움을 노래한다. 달밤 모래 주변에서 잠자던 갈매기와 백로들은 파도소리에 깬다. 하지만 시적 화자는 그 파도소리를 음악으로 삼는다. 자연을 대하는 시적 화자의 모습을 엿볼 수 있다.

〈천풍가〉는 장흥을 대표하는 산인 '천관산'을 노래한 가사작품이다. 장흥의 중심에 위치한 '천관산'은 장흥지역에 사는 사람들의 안식처이기도 하다. 하지만, 〈천풍가〉의 '천관산'은 신성성을 돋보이게 하는 환상적인 공간을 연출한다. 또한, 장흥사람들이 자주 찾는 지역 공간인 '천관산'은 지역 주민들에게는 '큰 안식처'라는 인식이 작용했다. 〈천풍가〉에서 '천관산'은 속세와는 다른 모습으로 작품 곳곳에서 신선세계를 비유하여 상징하는 단어들을 많이 사용했다. 그러나 이 작품의 시적 화자는 모든 향촌사족을 대변하여 벼슬에 나아가지 못한 안타까움을 잘 드러내고 있다. 〈금당별곡〉도 마찬가지다. '금당도'와 '만화도'를 유람하면서 '주체'인 장흥의 향촌사족들은 대상인 자연을 통해 신선과 함께 노니는 환상적인 공간으로 형상화한 부분이다. 그러므로 〈금당별곡〉과 〈천풍가〉는 주체와 대상과의 관계를 살펴볼 때, 두 작품은 수평선상에 놓이게 된다. 이 과정들로 장흥 공간에서 장흥 향촌사족이라는 '주체'가 '대상'으로 바라본 '자연'은 체념 공간이면서 동시에 소망의 공간으로도 형상화된 것이다.

2) 장흥 이외의 풍광을 노래한 경우

장흥지역 가사문학임에도 불구하고 다른 지역을 논한 작품이 있다. 〈관서별곡〉과 〈장한가〉가 그러하다. 〈관서별곡〉은 장흥사람 백광홍이 관서지방을 두루 유람하면서 지은 가사작품이고, 〈장한가〉역시 장흥사람 이중전이 주변의 산천을 소요한 감상과 금강산을 유람코자 한 가사작품이다.

〈관서별곡〉의 창작배경은 다음과 같다. 기봉 백광홍은 명종 10년(1555)에 서도의 백성들을 돌보라는 임금의 명령을 받고 평안도 관찰사로 떠난다. 이에 변방의 적이나 재해를 막을 준비를 하고는 그 험하고 쉬운 것을 두루 살펴 노래와 풍속을 채집하여 〈관서별곡〉을 지었다[26]고 한다. 〈관서별곡〉은 기행가사의 묘미라 일컫는 송강 정철의 〈관동별곡〉에 큰 영향을 준 작품이다.[27] 이에 반해, 〈장한가〉는 특별한 제작 동기가 없이 자신의 삶을 회고하며 포부를 노래한 작품이다. 작품은 후학(後學)에 대한 교훈과 근농(勤農)을 강조하며 금강산을 유람코자 하는 소망을 담았다. 이 작품의 앞부분에는 작가의 생애를 바탕으로 후학들을 위한 도덕적인 교훈을 나타냈고, 뒷부분에는 금강산을 유람코자 하는 소망을 드러내 서로 이질적 주제를

---

26) 〈關西別曲〉의 저작동기에 대해서는 졸고, 「〈關西別曲〉에 나타난 공간인식」, 『동방학』 16집(한서대 동양고전연구소, 2009)에서 자세히 언급하였다.

27) 〈관서별곡〉과 〈관동별곡〉을 비교한 논문은 많다. 그 가운데서도 이상보는 〈관서별곡〉이 〈관동별곡〉보다 25년 전에 제작되었고, 〈관동별곡〉의 모체였다고 규명하였다. 이상보, 「〈관서별곡〉 연구」, 『국어국문학』 26(국어국문학회, 1963), 93면. 그 외에도 김동욱, 「〈관서별곡〉 고이」, 『국어국문학』 30(국어국문학회, 1965). 김현기, 『〈관서별곡〉과 〈관동별곡〉의 비교연구』(고려대 교육대학원 석사논문, 1976). 박덕구, 『〈관서별곡〉과 〈관동별곡〉의 비교 연구』(영남대 석사논문, 1994) 등에 〈관서별곡〉과 〈관동별곡〉의 관계를 규정하였다.

언급했다. 그렇다면 장흥이 아닌 다른 공간을 중심으로 한 두 작품의 자연 풍광을 살펴 주체와 대상의 관계를 알아보겠다. 먼저 〈관서별곡〉을 살펴보자.

> 감송정(感松亭) 도라드러 대동강(大同江) ᄇ리보니 십리파광(十里波光)과 만중연류(萬重烟柳)ᄂ 상하(上下)의 어리엿다 춘풍(春風)이 헌소ᄒ야 주선(舟船)을 빗기보니 록의홍상(綠衣紅裳) 빗기안자 섬섬옥수(纖纖玉手)로 녹기금(綠綺琴)니이며 호치(皓齒) 단순(丹脣)으로 채연곡(采蓮曲) 브르니 태을진인(太乙眞人)이 연엽주(蓮葉舟)ᄐ고 옥하수(玉河水)로 ᄂ리ᄂᄃᆺ 셜미라 왕사미감(王事靡監)흔들 풍경(風景)에 어이ᄒ리 연광정(練光亭) 도라드러 부벽루(浮碧樓)에 올나가니 능라도방초(綾羅島芳草)와 금수산연화(錦繡山烟花)ᄂ 봄비슬 쟈랑ᄒ다

시적 화자가 관서지방으로 가는 여정을 나타낸다. '감송정', '대동강', '연광정', '부벽루', '능라도', '금수산', '풍월루', '칠성문' 등 실제 지명을 언급한다. 시적 화자는 실제 지명들을 이용하여 풍경을 묘사하며, 이는 현실성을 강조코자 한 것이다. 또한, 작품의 시적 화자는 '감송정'에서 그곳의 경치나 풍경을 드러내지 않고, '대동강'을 바라보며 자신의 감정들을 나열한다. 이는 앞 장면과의 연결성을 보이려는 의도로 지명을 사용하여 공간의 이동 경로를 보여준 경우다. 이러한 공간 변화는 다른 기행가사에서도 흔히 볼 수 있는 기행가사의 특징이기도 하다.

강 물결이 널리 퍼져 있는 모습과 안개 사이의 버드나무가 겹겹이 쌓인 모습으로 아름다운 대동강을 묘사한다. 봄바람이 부는 물가에 아리따운 젊은 여인들의 모습과 듣기 좋은 음악이 함께 어우러져 아름다운 풍경을 더욱 아름답게 부추긴다. 이는 시각, 청각적 이미지

를 이용하여 시간적 배경을 나타낸 것이다. 시청각의 결합은 자연의 아름다움을 한층 더 높여준다. 그리고 이 부분을 통해 나라 일과 아름다운 풍경 사이의 고민 양상으로 안타까움을 드러낸다. 시적 화자는 '부벽루'에 올라 멀리 보이는 '능라도'와 '금수산'의 모습을 감상하며 봄빛을 연상케 한다. 봄날의 아름다운 산수(山水)는 시간적 배경과 자연의 풍취를 한껏 고취시키는 장면이기도 하다.

> 누대(樓臺)도 만흐고 산수(山水)도 하건마ᄂᆞ 백상루(百祥樓)에 올나안즈 청천강(晴川江) ᄇᆞ라보니 삼차(三叉) 형세(形勢)난 장(壯)홈도 가이없다 ᄒᆞ믈며 결승정(決勝亭) 닉려와 철옹성(鐵甕城) 도라드니 연운(連雲) 분첩(粉堞)은 백리(百里)에 버려잇고 천설(天設) 중강(重崗)은 사면(四面)에 빗겻도다 사방거진(四方巨陣)과 일국웅관(一國雄觀)이 팔도(八道)이 위두(爲頭)로다 이원(梨園)의 곳피고 두견화(杜鵑花) 못다진제 영중(營中)이 무사(無事)커늘 산수(山水)를 보랴ᄒᆞ야 약산동대(藥山東臺)에 술을 실고 올나가니 안저(眼底) 운천(雲天)이 일망(一望)에 무제(無際)로다 백두산(白頭山) 닉린물이 향로봉(香爐峯) 감도라 천리(千里)를 빗기흘너 대(臺)압츠로 지닉가니 반회굴곡(盤回屈曲)ᄒᆞ야 노룡(老龍)이 쇼리치고 해문(海門)으로드난닷 형승(形勝)도 ᄀᆞ이업다 풍경(風景)인달 안니보랴

이 부분에 드러난 공간 역시 지명과 누정의 실제 이름을 사용하여 현실성과 역사성을 함께 강조한다. '백상루', '청천강', '결승정', '철옹성' 등에는 누대도 많고, 자연 광경 역시 아름다운 곳이라 언급한다. 이는 각 공간에서 보이는 자연풍경을 읊어 아름다움을 묘사한 부분이다. 시적 화자가 처음 도착한 곳은 '백상루'다. 시적 화자의 시선은 '백상루'에서 '청천강'으로 옮겨간다. 그 풍경은 세 갈래로 갈라진 산과 널리 퍼진 강물로 나타내며, 그 모습은 가히 웅장하다.

'감송정'의 풍경은 좋고 멋진 장관이 펼쳐져 있다. 시적 화자는 임금의 명령을 잠시 접어둔 채 본인의 욕망에 흔들리는 모습이 역력하다. '철옹성'은 '약산 동대'의 모습을 더욱 아름다운 공간으로 꾸며주는 역할을 한다. 이 구절은 관서지방의 아름다운 광경의 한 부분으로 여러 누대들을 언급한다. 위에서 언급한 세 공간은 자연, 산수의 풍취를 느낄 수 있는 공간으로 스스로 자부하고 있다.

다음 구절의 공간적 배경은 '약산 동대'이다. 배 밭에는 꽃이 피어 있고, 두견화는 다 지지 않았을 때라고 하여 봄날의 풍경임을 묘사한다. 시적 화자는 화려한 봄날, 관영(官營)에 일이 없음은 두 가지 의미로 해석할 수 있다. 첫 번째는 '태평한 관서지방'으로, 복잡한 일이 없이 자유롭고 한가로이 아름다운 자연을 감상코자 한다. 그만큼 관서지방이 평안한 곳임을 의미한다. 두 번째는 사람들이 아름다운 자연을 구경하러 가서 관아에 일이 없음을 나타내기도 한다. 이는 아름다운 자연을 지닌 관서지방을 의미한다. 시적 화자는 산수를 구경하러 나서며 그 대표적인 공간으로 '약산 동대'를 설정한다. 시적 화자는 산수를 구경하며 흥을 한층 더 돋우기 위해 술을 싣고 동대에 오른다. 약산 동대에서 바라본 풍경은 '운천(雲天, 구름 하늘)'이라 하여 끝없이 펼쳐진 풍경을 묘사한다. 이에 시적 화자는 구름에 떠 있는 듯 하다며 그 모습에 놀라움과 즐거움으로 표출한다. 또한, 백두산에서 내려오는 물은 향로봉을 감돌아 흐르고, 이 물줄기가 길게 이어진 그 모습을 '千里(천리)를 비껴 흐른다'고 나타낸다. 물줄기가 동대 앞으로 흘러가는 모습을 형상화한 것이다. 또한, 그 모습이 마치 늙은 용이 꼬리를 치며 육지와 바다 사이에 있는 통로로 들어가는 듯하다고 비유한다. 여기서 시적 화자는 장엄하고 신비한 자연의 모습에 상상의 동물인 용으로 묘사한다. 이 풍경과 지세(地勢)는 신비한 모습을 연출하고 시적 화자는 아름다운 풍경을 즐기고자 하는 염원을 비유적으로 드러낸다.

〈관서별곡〉은 관서지방의 화려하고 아름다운 장관을 은유와 인용으로 나타냈다. 대부분의 조선조 사람들은 성리학적 현실 위주의 세계관과 가치관을 중시했다. 이에 그들이 지향하는 산수(山水)는 더 이상 학문과 수양을 위한 현실 생활공간이 아니라 상상과 이상의 공간으로 신선세계를 나타냈다. 이렇듯 우리나라 기행가사의 효시라는 〈관서별곡〉은 자연과 풍류의 공간으로서 '자연'을 나타냈다. 하지만 정작 그 산수에서 느낄 수 있는 것은 자연의 아름다운 모습을 드러내기보다 현실 생활공간이면서도 자신들의 세계관을 구축한 선계(仙界)의 형상을 여실히 보여준다.

두 번째 작품은 〈장한가〉다. 이 작품의 주제는 서로 이질적이다. 따라서 두 부분으로 나누어 살펴보겠다. 첫 번째 시적 화자는 은거의 공간에서 독서와 훈학(訓學)을 즐기며 산천(山川)을 소요하여 '자연관과 풍류를 드러낸 공간'으로 '자연'을 나타낸 부분이다. 두 번째 시적 화자는 금강산을 두루 여행하고 그 아름다운 풍경을 적어 '소망과 염원을 드러낸 공간'으로 '자연'을 나타낸 부분이다. 금강산과 관련된 부분은 작품의 전체적인 상황과는 맞지 않는다. 그렇다고 이 구절을 다른 곳에서 붙인 것 또한 아니라고 하니 작가의 의도라고 볼 수밖에 없을 듯하다.[28] 그렇다면 〈장한가〉에 드러난 유람의 양상을 살펴보자.

---

28) 이에 관련된 내용은 정익섭, 앞의 논문, 1986, 212면에 자세히 언급되어 있다.

　자호우곡(自號愚谷) 당호(堂號)써서 벽상(壁上)의 붓쳐시니 우곡(愚谷)이
라 하난 쓰슨 다름이 아이로다 늬가 근본이란지라 산곡거(山谷居)키 맛당
하다 뒤으로 송죽전(松竹田)과 압푸로 상마장(桑麻場)은 선세유장(先世遺
庄) 그가온듸 수간모옥(數間茅屋) 더욱조타 천석(泉石)의 깁푼밍세 미록
(麋鹿)으로 벗슬삼어 번화한 세상사(世上事)을 분외(分外)에 쩌저두니 시비
(是非)난 종류수(從流水)요 부귀난 여부운(如浮雲)이리 효친충군(孝親忠君)
못한몸би 달은일을 알을소냐 종일여우(終日如愚) 안저시니 허소이비 완연
(宛然)하다 산수(山水)나 노릭하고 풍월(風月)이나 을퍼보며 임조(林鳥)나
흐롱하고 구송(邱松)을 만저보니 곡곡(谷谷)이 흐른물은 세속(世俗)말을 싯
처가고 봉봉(峰峰)이 들은안기 선경(仙境)이 여긔로다

　이 부분은 시적 화자의 한가로운 생활로 자연과 벗 삼은 모습을
그리고 있다. 시적 화자는 '우곡(愚谷)'이라 스스로 호를 짓고, 자신
의 집 위에 당호(堂號)로 부친다. '우곡(愚谷)'의 호는 '스스로 근본'임
을 가리키며, 산속에서 은거함이 마땅하다는 호연(浩然)의 기상을 드
러낸다. 시적 화자는 뒤로는 소나무와 대나무 밭과 앞으로는 뽕나무
와 마로 된 '자연'에서 더불어 살고자 한다. 이 '자연'은 선대에서 후
대로 전하는 것이며, 그 가운데서 수간모옥(數間茅屋)을 으뜸이라 한
다. 시적 화자는 자연을 즐길 뿐만 아니라 자연 속에서 독서하며 살
고자 하는 염원을 담았다. 옳고 그름은 흐르는 물을 따르고, 부귀는
뜬 구름과 같다며 세상의 이치보다 자연의 중요성을 깨닫고자 한다.
시적 화자는 '효친충군(孝親忠君)'의 유교적 이념을 강조하며 그 외에
다른 것은 알지 못하니, 종일 앉아만 있는 자신의 모습을 허수아비
에 비유한다. 산수나 풍월을 읊어 세속의 더러움을 흐르는 물에 씻
고, 자연에서 신선처럼 살고자 염원하는 내용이다. 시적 화자는 세
속에서 추구한 옳고 그름과 부귀를 단념하고, 자연을 느끼는 모습에

서는 삶의 이치를 느끼게 한다.

> 가자서라 가자서라 구경하러 가자서라 무슨구경 가자난가 산수(山水)구
> 경 가자서라 만고대성(萬古大聖) 공부자(孔夫子)난 태산(泰山)에 올으시고
> 천인기상(千仞氣像) 증점(曾點)이난 기수(沂水)에 목욕(沐浴)ᄒ고 술잘먹던
> 이태백(李太白)은 채석강(采石江)에 완월(玩月)하고 글잘하던 소동파(蘇東
> 坡)난 적벽강(赤壁江)에 유선(遊船)하니 여아자(如我者) 미묘인생(微渺人生)
> 안이놀고 무엇할이 청춘(靑春)에 구경턴덜 와유강산(臥遊江山) 히볼거슬
> 이제야 만각(晩覺)이라 명산대천(名山大川) 놀아보자

시적 화자는 금강산을 유람하고자 하는 의도를 드러낸다. 첫 문장
은 청유형의 문장을 이용하여 민요풍의 성격을 나타낸다. 이 문장의
궁극적 목적은 산수를 구경하자는 것이다. 공부자(孔夫子)는 태산에
오르고, 증점(曾點)은 기수에 목욕하며, 이태백(李太白)은 채석강에
가고, 소동파(蘇東坡)는 적벽강에서 배를 타고 놀았다는 내용을 인용
하여 옛 선인들이 산수자연을 즐겼음을 언급한다. 시적 화자 역시
미묘한 인생으로 산수를 구경코자 한다. 이는 시적 화자가 봄날의
풍경을 즐기고자 함이다. 그러나 빨리 깨닫지 못한 아쉬운 마음도
함께 언급한다. 옛 성현들이 즐긴 풍류는 모두 다르지만 모두 명산
대천(名山大川)이라는 훌륭한 자연에서 놀아보자며 자연 유람을 하고
픈 시적 화자의 마음을 담는다.

> 천관산(天冠山)은 월출산(月出山)은 전일(前日)의 올나보고 지리산(智異
> 山) 백운산(白雲山)은 이왕(已往)에 놀아쏘다 강원도(江原道) 금강산(金剛
> 山)은 천하명산(天下名山) 일어시니 죽장망혜(竹杖芒鞋) 차자가서 한번구
> 경 못할소냐 중화(中華)사람 하난말도 원일견지(願一見之) 하여시니 본국

(本國)에 몸이나서 한번구경 못할소냐 팔만구암(八萬九菴) 만이천봉(萬二千峰) 포문(飽聞)한제 올이로다 가다가 못가거든 인가(人家)차자 자고가식 풍속(風俗)도 들아보고 세정(世情)도 살펴보아 인인천심(人人淺深) 촌촌후박(村村厚薄) 이도 쪼한 구경이라 열어날 가고가서 금강산(金剛山) 다닷거든 단발령(斷髮令)에 털얼 슨코 세신암(洗身岩) 저을싯처 진념(塵念)을 소척(消滌)후의 유점사(楡店寺) 차자가서 소승(少僧)불너 질을뭇고 노승(老僧)불너 경처(景處)물어 팔만구암(八萬九菴) 조흔경(景)을 낫낫치 다본후에 선연(仙緣)을 더우잡어 경상일층(更上一層) 봉(峰)이올나 만이천봉(萬二千峰) 봉봉경(峰峰景)을 차례로 구경알제 옥경선자(玉京仙子) 만나거든 일석담화(一席談話) 하여보세 동자(童子)야 손임오시거든 구경갓다 일너서라.

　시적 화자는 자신이 보았던 천관산(天冠山), 월출산(月出山), 지리산(智異山), 백운산(白雲山) 등 전남의 대표적인 여러 산들을 나열한다. 그리고는 천하(天下)의 명산인 금강산에 가보지 못한 안타까움을 표출한다. 작품에서 언급한 '천관산'은 시적 화자의 고향인 장흥을 대표하는 명산(名山)이다. 또한, '월출산', '지리산', '백운산'은 모두 매우 아름다운 경치를 지닌 산으로 그려진다. '월출산', '백운산'은 각각 전남 영암과 광양에 위치한 산이다. '지리산'은 전남, 전북, 경남에 걸쳐 있으며, '방장산', '두류산'이라고도 부른다. 세 산들은 모두 전남에 위치한 산으로, 시적 화자는 전남에 위치한 명산들을 두루 돌아볼 만큼 산을 한가한 생활을 즐기며 좋아한다. 따라서 글속에 우리나라의 최대 명산인 금강산에 가보지 못한 아쉬운 마음과 가고자 하는 염원을 담는다. 특히 시적 화자는 금강산에 가야만 하는 당위성을 강조한다. 그 이유로 중국인도 멀리서 금강산을 찾는데, 우리나라 산을 못가는 것은 말할 여지가 없다고 한다. 시적 화자는 먼 길이라도 꼭 금강산에 가고자 하는 염원과 의지를 표현한다. 또

한, 여러 날 동안 지나는 마을의 인심을 살펴 세상의 한가로움을 만
끽하는 모습을 통해 시대 민중의 생활상을 언급한다. 시적 화자는
'금강산'의 봉우리에 올라 속세의 더러움을 씻은 후에야 유점사(楡店
寺)를 찾는다. 곧, 그곳이 신선세계임을 의미한다. 그리고 에피소드
로 절에서 있었던 일을 설명한다. 시적 화자는 절의 두 스님께 물음
을 청한다. 젊은 스님은 총명하기에 길을 묻고, 노승께는 천리를 보
는 연륜이 있기에 경치를 묻는다. 그리고 시적 화자는 금강산의 아
름다운 경치를 모두 본다. 그 후에는 더 높은 곳의 봉우리에 올라
만이천봉의 봉우리들을 차례로 구경한다. 신선의 인연을 잡았다고
표현하여 유점사부터 만이천봉에 이르는 공간을 모두 신선세계로
묘사하고 있다. 또한, 만이천봉에서는 옥경선자(玉京仙子)를 만나 이
야기를 나누고자 한다. 심부름하는 동자에게는 손님이 오면 구경 갔
다고 전하라는 당부를 남긴다. 시적 화자는 옥경선자와 만날 수 있
음을 나타내고 스스로 신선임을 강조한다.

〈관서별곡〉과 〈장한가〉는 장흥 출신 작가가 창작했기 때문에 의
의가 있는 것은 아니다. 작품에 드러난 자연 인식의 측면에서 속세
와 차별화된 신선세계의 모습으로 형상화한 부분이나 신선세계의
모습을 '산'을 매개로 형상화 한 부분은 장흥지역을 소재로 한 다른
작품들과 같다. 이는 곧 자연을 대상으로 창작된 글은 16세기부터
19세기까지 단절되지 않고 계승되었음을 나타낸다. 비록, 장흥이 아
닌 다른 지역을 유람한 내용이라도 작품을 쓴 작가들의 의식세계는
최초 기행가사인 〈관서별곡〉의 '백광홍'이 형성했고, 필자가 연구대
상으로 삼은 마지막 작품인 〈장한가〉의 '이중전'에 이르렀음을 알
수 있다. 즉, 이 작품군은 한 시대에만 머무르지 않고, 계승되었음

을 의미한다. 이는 시적 화자의 내면의식에는 작가 나름의 고향에 대한 자부심을 담은 수단이기도 하다.

〈관서별곡〉, 〈금당별곡〉, 〈천풍가〉에 나타난 주체와 대상의 관계를 살폈다. 세 작품은 제목만으로도 작품 '공간'을 알 수 있었다. 작품 '공간'은 모두 다르지만, 지역적 특성을 바탕으로 기행가사의 면모를 살폈다. 기행가사의 효시 작품인 〈관서별곡〉은 〈관동별곡〉에 가장 큰 영향을 주었고[29], 〈금당별곡〉에도 많은 영향을 끼쳤다.[30] 이 논의는 기행가사 작품들의 구성이나 자연 인식 양상들은 지역적 특성을 막론하고 다양한 방향으로 발달, 계승되었음을 나타냈다. 이러한 기행가사에서 시적 화자는 아름다운 자연의 모습뿐만 아니라 지명의 유래와 주변 배경들도 언급했다. 그러므로 작품 대부분의 자연 공간들은 신성함을 중시하는 16~17세기 기행가사의 특징을 잘 드러냈다고 볼 수 있다. 그러면서도 장흥지역뿐만 아니라 작품에 등장하는 공간들의 아름다운 공간으로 다양하게 표현했다. 따라서 위 작품들은 '인간'과 '자연'의 관계를 살펴 공간을 형상화한 작품들이라 하는 것이다.

2. 유교 윤리의 강화와 고양

향촌사족 가사는 유교적인 성향이 짙다는 특징이 있다. 유학의 근본사상을 논한 가사 장르는 도학가사(道學歌辭), 교훈가사(敎訓歌辭)

---

29) 박 미, 앞의 논문, 2003. ; 박덕구, 앞의 논문, 1994.
30) 박일용, 앞의 논문, 1996.

등이다. 조선시대 유교가 근본적 배경이었으므로 유교는 교훈가사
와 도학가사에 깊은 영향을 미쳤다.[31) 도학가사는 표면적으로는 재
도적(載道的) 성격이 강하다. ≪도학가≫류의 윤리 덕목은 자아의 개
인정서가 아니고 이미 사회적으로 공인된 가치관이다. 그러므로 도
학가사는 문학작품이라기보다는 무미건조한 교훈서가 되기 쉽다.
그러나 조선 후기에 들어와서는 교훈적 성격이 강하지만, 당대인의
삶을 형상화하는 방식의 하나였다는 관점에서 접근해야 한다.[32) 가
사에서 교훈이라는 요소는 다양한 단계나 요소들에 보편적으로 관
여하거나 존재할 수 있다.[33) 그 중에서도 향촌사족 가사의 특징은
현실비판과 교훈·도덕을 목적으로 하는 가사작품이 창작되었다는
것이다.[34) 즉, 교훈·도덕가사는 대부분 교화(敎化)를 목적으로 가족
이나 친인척, 혹은 제자나 아랫사람을 대상으로 쓴 글이다. 그 이유
는 같은 마을에 살고 있는 사람들을 교화하고 감화시키는 데 목적이

---

31) 조선조는 유교를 통치이념으로 삼았기 때문에 지배계층은 유교적 이념으로 무장되
    었고, 이를 사회구성원 모두에게 확산, 보급시키기 위하여 혼신의 노력을 기울였다.
    그들은 이러한 제도를 지속시켜 안정된 사회질서를 지탱하기 위해 오상이라 하는
    인, 의, 예, 지, 신을 최고의 가치덕목으로 표방하고 삼강오륜 등을 그 실천 덕목으로
    내세우게 된다. 따라서 사대부들은 유교 이념을 교육받게 되고, 그 윤리와 도덕을
    실천궁행하면서 가사와 같은 문학작품을 창작함에도 문이재도(文以載道)의 관점을
    견지하기에 이르렀다. 이 유형의 가사작품들은 사대부들의 성향과 사회적 요구에
    따라 창작된 작품이라 할 수 있다. 그러므로 이런 작품들은 유교적 이념에 대한 배경
    의 이해 없이는 접근하기 곤란하다. 조선영, 『가사문학과 유학사상』(태학사, 2002),
    22면.
32) 최상은, 「도학가사의 교훈과 정서」, 『가사문학의 이념과 정서』(보고사, 2006), 206면.
33) 조규익, 「교훈의 장르론적 의미와 교훈가사」, 『고시가연구』 23집(한국고시가문학
    회, 2009), 325면.
34) 안혜진, 「18세기 향촌사족 가사연구」(이화여대 박사학위논문, 2004)에 자세히 언
    급되었다.

있었기 때문이다. 조선 후기 문학 담당층은 사족(士族)이었고, 이들의 세계관이나 가치관은 유교윤리가 대표적이었다. 따라서 이 작품들은 향촌사족들의 가문 몰락을 막거나 자신들의 지위를 높이기 위해, 혹은 향촌구성원들을 감화(感化)시킬 목적으로 창작되었다.[35] 그러므로 향촌사족들인 주체들은 '장흥'의 공간에서 유교적, 교훈적 행위들을 통해 작품으로 완성된다. 그것이 교훈, 도덕가사이다.

조선시대는 유교를 기본사상으로 수용했다. 그렇기 때문에 많은 사대부들은 교훈을 주제로 삼은 노래들을 많이 창작했다. 교훈·도덕가사 가운데 장흥가사는 〈자회가〉, 〈인일가〉, 〈권학가〉가 이에 속한다. 위백규의 〈자회가〉는 회갑을 맞이하여 불효(不孝)를 참회(懺悔)하는 심정으로 지은 가사[36]다. 이는 형제간의 화합과 효를 중심으로 후손들을 교육하고자 하는 목적으로 쓰였다. 이상계의 〈인일가〉는 위백규의 〈자회가〉와는 다른 성격을 갖는다. 인일(人日)[37]은 초 7일에 동족 사람들이 모인다는 의미다. 이를 통해 동족간의 화합을 결의코자 한다. 또한, 생계유지와 납세(納稅)를 목적으로 한 치산(治産)을 강조[38]하여 지은 작품이다. 〈권학가〉는 위의 두 작품과는

---

35) 박연호, 「조선후기 교훈가사연구」(고려대 박사학위논문, 1996).
36) 김석회, 앞의 책, 1995, 319면.
37) 『중국대세시기』II(국립민속박물관, 2006), 260면. "初七日謂之人日 是日天氣淸明者則人生繁衍 按東方朔古書 歲後八日 一日雞 二日犬 三日豕 四日羊 五日牛 六日馬 七日人 八日穀 其日淸明 則所生之物育 陰則災" "초7일을 인일이라고 한다. 이날 날씨가 청명하면 사람들의 일이 번성한다고 한다. 살펴보건대 동방삭의 점서에 새해가 시작된 다음 8일간에 대하여 첫째 날은 닭날, 둘째 날은 개날, 셋째 날은 돼지날, 넷째 날은 양날, 다섯째 날은 소날, 여섯째 날은 말날, 일곱째 날은 사람날, 여덟째 날은 곡식날이라 하여, 그날이 청명하면 해당하는 사물이 잘 자라고 청명하지 않으면 재해가 있게 된다고 하였다."
38) 박연호, 앞의 논문, 1996, 35면.

달리 학문을 권장한다는 내용을 담고 있다. 따라서 세 작품에서 드러난 유교적, 교훈적인 면모를 드러낸 행위를 집단 윤리의식의 강화와 경계·계몽(啓蒙)으로의 유교윤리로 나누어 좀 더 구체적으로 살펴볼 것이다.

1) 집단 윤리의식의 강화

조선사회에서 예(禮)의 문제는 항상 중시되었다. 16세기~18세기에 이르기까지 예제의 보급과 정착과정은 이 시기 사회이념이나 사족들의 경제력 확보와 일정하게 연계되면서 빠른 속도로 적용되었고, 그 결과 가부장적 친족체제의 변화, 문중의식의 변화로 나타나게 되었다.[39]

동족마을은 가부장적 친족체제의 변화로 생성된 것으로 대체로 하나의 지배적인 동성동족 집단이 특정 마을의 주도권을 가지고 집단적으로 거주해 온 마을을 말한다.[40] 동족집단 자체에서 그들은 규범과 도덕을 만들어 지키고자 했다. 유교적, 교훈적 행위는 동족집단에 의해 형성된다. 이 동족집단은 대체적으로 '문중(門衆)'의 형태로 나타나며, 이 '문중'은 동족 사이의 결속 범위, 양상에 의해 결정되

---

39) 16세기 사람들은 그들 중심의 향촌질서 재편과 지배력 강화를 도모하면서 향약과 소학의 보급을 강력하게 추진한 주체였다. 그들의 지위 상승으로 《주자가례》가 사족들의 관심 대상이 되었다. 16세기 중엽의 예에 대한 관심과 연구는 16세기 말에 이르러 대부분의 학자들에게 주목받게 되었다. 17세기에는 4대봉사와 주자가례와 같은 사당제가 채택되었으며, 17세기 중반에는 주자가례에 입각한 의례체계를 완전히 이해하였다. 17~18세기의 사례서들은 전반적인 가례를 대상으로 하고 있었다. 이해준, 『조선후기 문중서원 연구』(경인문화사, 2007), 21~23면.

40) 이해준, 위의 책(경인문화사, 2007), 26면.

며, 촌락조직이나 향촌사회는 규범과 도덕적 행위로 질서 있게 유지
된다. 이로 말미암아 문중문화(門中文化)를 형성하는 계기를 마련하
게 된다. 그 예로 장흥의 가사문학 가운데 그들만의 생활을 토대로
한 그들의 집단이 어떤 영향을 미쳤는지 작품을 통해 살펴보자.

> 아비는 하늘 되고 어미는 짜히 되샤 피슬을 느하 내어 이 몸이 삼겨시니
> 빈셜워 길너 낼 제 슈고도 긋지 없다 집잘리 알흔 빈는 눌 위ᄒ여 알흐시며
> 아들이라 깃부신가 므슴 일을 보랴시고 몰은 잘이 날을 주고 저즌 자리 올
> 마가며 낫분 밥을 덜러 주고 오는 즘을 놀나 씌여 빈곱풋가 졋즐 주고 치울
> 넌가 품의 안하 오좀 쏭의 내을 맛고 코춤조차 됴히 보니 천상의 봉인 듯
> 구름 속의 학인 듯이 안ᄌ면 안ᄒ시고 나가면 도라보니 어이흔 이 슬랑이
> 그대지 깁돗던고 세 슬의 품의 나고 열 슬의 문의 나이 샹흘가 염녀ᄒ고
> 병들가 근심ᄒ며 파려할가 밥넘녀 얼을런가 옷 넘녀 쥬야 렬 두 째을 흔신
> 들 니줄손냐

〈자회가〉의 첫 부분이다. 시적 화자는 부모와 자식의 관계를 나타
낸다. '아비는 하늘, 어미는 땅'에 비유하여 나를 세상에 태어나게
한 부모의 은공(恩功)을 표현한다. 그 중에도 어머니의 사랑을 기리
고 있다. 부모는 귀한 아들에 대한 지극하고 정성스러운 사랑을 보
여준다. 모든 부모님들은 자식을 곱게 길러주시지만, 자식들은 그
은혜를 모른다. 이는 부모의 아낌없는 사랑을 보여주는 것으로 태어
나서 장성할 때까지 여러 상황들을 예로 설명한다. 젖은 자리를 옮
겨 마른 자리를 내주고, 나쁜 밥을 덜어주며, 오는 잠을 깨어 배고픈
아이에게 젖을 준다. 또한 추울까 품에 안아 주며, 똥오줌의 냄새를
맡고, 미운 짓을 해도 좋게 보는 등으로 아들에게 좋은 것을 주시려
는 어머니의 지극한 사랑을 잘 드러낸다. 시적 화자는 자식을 하늘

의 봉황, 구름 속의 학에 비유하여 귀하고 귀하게 길러주신 부모의 사랑과 정성을 비유적으로 설명한다. '세 살이 되어서야 어머니 품에서 떠나고, 열 살이 되어서야 문밖으로 나가니' 모든 것은 걱정과 근심투성이다. 즉, 상할까 염려하고, 병들까 근심하며, 먹지 못할까 걱정하고, 추울까 우려한다. 시적 화자는 세상을 살아가는 모든 것이 효와 연결되어 자식들의 염려와 걱정들로 드러난다.

> 어늬 다시 쟝가 들려 힝여 깃붐 볼랴더니 제 안해 말이 든이 늘근 사람 쓸듸 업너 제 주식 나흔 후의 사랑이 옴단 말가 천금 굿든 이 한 몸이 나온 듸을 전혀 닛저 하늘의셔 써러진드시 싸희겨 소산드시 집안의 두 늘근이 큰 짐으로 알아보이 말 것치면 셩을 내고 닐 것치면 탓을 하이 닙는옷 먹는 밥을 딴식구로 아든 말가 불샹홀샤 져 늘근이 눈 어둡고 귀 어두어 남의 눈의 귀인 업고 내 몸 쥬체 할길 업다 닙고 먹고 쓰올 것슬 내 손으로 못하거니 설푼 밥 시근 국이 드순 마슬 보올넌가 무근 소홈 널온 비옷 바람 서리 막을넌가 혀염업슨 손주들은 지룩은 무슴닐고

〈자회가〉의 2번째 항목이다. 주체인 아들이 장가든 후의 상황을 나타낸다. 정성스럽게 길러주신 부모의 은혜를 잊고 불효하는 모습을 언급한다. 부모의 은혜보다 제 식구 챙기기에 더 바쁘다. 부모는 아들을 장가보내 오순도순 함께 사는 기쁨을 꿈꾸지만 현실은 그렇지 않다. 아들은 늙은 부모의 마음은 헤아리지 못한다. 아들 역시 부모가 되어 자식에게 지극한 사랑을 드러내지만, 부모에게 받은 사랑은 금새 잊어버린다. 시적 화자는 늙은 부모를 '두 늙은이'로 표현하고, '큰 짐'에 비유한다. 부모가 말해도 화를 내고, 일해도 탓을 하며, 입는 옷과 먹는 밥을 딴 식구 대하듯 '큰 짐'이 돼버린 불쌍한 모습을 나타낸다. 게다가 몸은 늙고, 눈과 귀 또한 어두워져 남의

눈에는 볼품없고, 몸조차 주체할 길 없는 부모의 모습을 보여준다. 또한, 부모는 늙어서 입고, 먹고, 쓰는 것 모두 스스로 하지 못함에 자식은 설익은 밥과 식은 국, 베옷 등으로 부모를 봉양한다. 그러나 이 사물들은 모두 희생적인 사랑을 나타내는 사물이 아니다. 부모는 어릴 때 주었던 사랑을 잊은 자식들에 대한 서러움을 토로한 것이다. 부모는 아들을 장가보내고 서로 의지하며 살아가는 모습에 기쁨을 느끼지만 꼭 그렇지만도 않다. 이는 자식과 부모의 사랑을 대조적인 모습을 보여주는 부분으로 스스로 '큰 짐'이라 비유하고, 서러운 마음을 절실하게 표현한다. 늙은 부모는 세월이 지나는 것만으로도 서럽다고 하며, 금이야 옥이야 키운 자식들의 냉대로 인한 서러움은 더욱 서럽고 슬프기만 하다.

성인도 사름이고 나도 아니 사름인가 사름으로 굿치 삼계 져2 엇지 성인 된고 효즈도 사름이고 나도 아니 사름인가 스람으로 굿치 삼계 겨는 엇치 효즈 된고 아희 제 싸엿던들 힝혀나 밋츨 것슬 불효즈 되온 닐은 무슴 일로 닐을런고 하늘이 시기신대로 부즐어코 조심ㅎ여 술 먹기 투면 당긔 사름 치기 나기 시롬 계집 통간 지믈 도적 의복 치례 음식 욕심 졀졀이 춤고 춤아 이 흔몸이 사름 되면 내 몸이 졀로 놉파 눔의 눈의 구인 이셔 기리는 말 죠흔 닐흠 부모님긔 도라가리 만일의 그리 안녀 내 몸이 즘싱 되면 그리 안녀 셜운 부모 다시곰 셜움 짓쳐 공산 두견셩어 우는 거시 넉시리라

〈자회가〉의 7항의 한 부분이다. 이는 집단적 윤리의식을 강화시키는 요인으로 효행(孝行)을 권장한다는 내용이다. 어떤 다른 것보다도 효를 우선해야 함을 강조한다. '성인과 효자, 나'는 모두 같은 사람이나 부르는 명칭이 다르듯이 인품 또한 다름을 나타낸다. 그리고는 뒤늦게 깨우친 불효(不孝)를 반성하고 원망의 마음을 표현한다.

시적 화자는 불효의 항목들을 적어 경계의 대상으로 삼고자 한다. 사람의 장단점을 논하기, 남과 다투기, 술 먹기, 경제적 욕심(의복, 음식욕심), 투전, 도박, 간통, 도둑질, 낭비 등의 내용을 세세히 적고, 하지 말아야 할 것들에 대해 당부한다. 이 행위들이 모두 불효임을 의미한다. 부모에게 잘하는 것만 효가 아니라 올바른 몸가짐도 효라 하여 자신을 살피는 일 또한 강조한다.[41] 시적 화자는 경계의 대상을 조심하면 자신의 행동을 통해 효도할 수 있음을 나타내며, 행동과 효의 연관성을 설명한다. 자신의 행동이 부모와 연관되었음을 드러내 '행동을 신중히 하라'고 경고한다. 따라서 시적 화자는 행동을 통해 바르고 정직한 모습을 보여야 함을 언급한다.

> 어와 이 흔몸을 내 몸으로 아지 말라 보는 것도 부모의 눈 듯는 것도 부모의 귀 말ᄒᆞᆫ는 것도 부모의 닙 먹는 것도 부모의 닙 손발 다리 풀과 머리 수염 ᄀᆞᆫ는 터리 낫낫치 부모의 ᄉᆞ리라 듕흠도 듕훌시고 내라셔 조심 안여 ᄂᆞᆷ의 손의 샹ᄒᆞ면 비셜위 낫톤 슈고 슬드리도 원통훌셔 다시곰 허망코 손발을 슬허 놀녀 먹을 것 젼혀 업셔 뉘리ᄒᆞ야 굴머지면 부모의 가슴 우희 무근 풀 뉘 쌜흐리 힝ᄉᆞᆯ 조심ᄒᆞ고 ᄆᆞᄋᆞᆷ을 곳게 먹어 헛긔신 좀 과기강을 다 쓸어 잡아두면 힝혀나 우리 부모 적시 이셔 깃불넌가 힝여나 하나님도 죄나 아니 주실넌가

시적 화자 스스로 느꼈던 본인의 못된 행동을 염려한 부분이다. 향촌사회이다 보니 국가적 관점보다는 문중의 단결화에 힘썼다. 그러므로 그들은 나라의 근간(根幹)이 되는 기본적인 윤리를 지키되, 동족마을에서 만든 윤리적 특성 또한 배제할 수 없게 한다. 하지만,

---

41) 박연호, 앞의 논문, 1996, 61면.

향촌사족들은 나라의 기본적 사상들로 향촌의 규범과 질서를 만들어 집단 윤리를 강조하는 도구로 사용한다. '신체발부(身體髮膚)는 수지부모(受之父母)라[내 몸은 부모에게로부터 받은 것이다]'하여 몸을 상하지 않도록 당부한 신체의 소중함을 강조한다. 따라서 자신의 몸을 보살피는 것부터가 효의 시작이라며 실천의 중요성도 언급한다. 그러나 마지막 부분은 그동안 불효한 부모를 기쁘게 하지 못한 마음을 고백하며 앞으로 잘 하겠다는 다짐도 함께 드러낸다.

> 공버든 ᄒᆞ날께서 현우(賢愚)을 제금녤가 성선(性善)은 둗 같으되 기품(氣稟)은 각각(各各)닳녀 그릇친 바 물욕(物慾)이요 히로온 것 혈기(血氣)로다 인심(仁心)은 위태(危殆)ᄒᆞ고 도심(道心)은 잔미(殘微)한데 무지(無知)한 어린사람 자포자기(自暴自棄) ᄒᆞ고만다 귀(貴)ᄒᆞᆫ 스람 되여나서 그 아니 이둘손야 성인(聖人)은 못되여도 군자(君子)ᄂᆞᆫ 지어하리 희로애락(喜怒愛樂) 본성중(本性中)애 성녜기를 우선참소 셩낸 ᄭᅳᆺ틴 쾌(快)ᄒᆞᆫ 닐이 평생(平生)을 그릇치닉 식색(食色)은 천성(天性)이되 주색(酒色)은 삼가ᄒᆞ소 벌성(伐性)에 광약(狂藥)이오 망신(亡身)ᄒᆞᆯ ᄶᅵ로다 천성(天性)으로 생긴 사람 자작(自作)으로 그릇치네 유여(有餘)홈이 귀(貴)ᄒᆞᆯ것가 간난(艱難)이 천할소냐

〈인일가〉의 한 부분으로, 인간의 성품을 논한 내용이다. 인간은 현명하고 우둔함의 구별 없이 성품은 본래 착하다는 맹자의 성선설(性善說)을 강조한다. 그러나 기품(氣稟)은 사람마다 서로 다르다고 언급한다. 사람을 그르친 것은 물욕(物慾)이고, 해로운 것은 혈기(血氣)라 하여 물욕과 혈기를 삼가라 한다. 그렇지 않으면 인심(人心)은 위태하고, 도심(道心)은 힘이 약하고 미천해져 스스로 포기하게 됨을 충고한다. 이는 성인은 못되어도 군자는 되어야 한다며 도(道)의 중요성을 강조한다. 시적 화자는 인간의 본성인 희노애락(喜怒哀樂) 가

운데서도 우선 화를 참으라 하고, 후에는 주색(酒色)을 삼가라 훈계
한다. 화 끝에는 평생 그르칠 일이 있고, 주색 역시 그 끝에는 망신
이 따른다며 삼가야 할 행위를 하나씩 나열한다. 이는 훈계와 도심
경각(道心警覺)의 내용을 소개하고 삼가야 할 것들을 하나하나 가르
친다.

> 신지(身地)도 보지 말고 거지(居地)로 가지마라 제사람 제된후(後)애 만
> 맥(蠻貊)애도 행(行)홀서라 제빙(諸憑)이 되 따이되 순(舜)임금이 나시도다
> 역산(歷山) 구진비에 누역색갓 바슬가니 사람 아는 도당씨(陶唐氏)가 ᄒ날
> 님께 천거(薦擧)ᄒ야 두딸로 사외삼아 만승위(萬乘位)를 전ᄒ시고 벽루(僻
> 陋)한 누항(陋巷)중에 안씨자(顏氏子)의 간난(艱難)보소 일단식(一簞食) 못
> 이기여 외쪽박이 자조 빈다 요하인(堯何人) 순하인(舜何人)되고 불개기락
> (不改其樂) 길거하니 대성(大聲)이 칭찬(稱讚)ᄒ고 천추(千秋)애 흠앙(欽仰)
> ᄒ다

‘순임금’과 ‘안씨’의 고사(故事)를 인용하여 두 선인(先人)들의 사람
됨을 묘사한다. 시적 화자는 그들의 사람됨을 사모했다. 중요한 것
은 천하고 가난한 것이 아니라 ‘사람됨’이다. 태어날 때부터 어느 누
구도 귀천(貴賤)과 빈부(貧富)의 차이가 없음을 나타낸다. 다만, 스스
로 사람됨이 성실하고 충직한 사람이 귀한 사람인 것이다. 시적 화
자는 두 인물을 예로 설명한다. 첫 번째는 순임금이다. ‘역산(歷山)’
은 중국의 지명이며, 순임금이 왕이 되기 전까지 밭을 갈았던 곳이
다. 요임금은 순임금의 사람됨을 알아보고 천거(薦擧)하여 사위로 삼
아 왕에 오르게 한다. 비록 순임금은 농부였지만 만승(萬乘)의 지위
에 오른 인물임을 나타냈다. 두 번째는 ‘안회(顏回)[42]’이다. 안회는
빈한한 생활을 하면서도 가난하고 어려움을 즐겨 그의 사람됨을 칭

송했다. 안회의 인품은 누구에게나 공경받을 만하며, 오랫동안 길이
전한다고 한다. 사람됨은 한 순간에 이루어지거나 사라지지 않음을
강조한 부분이다.

　　금곡(金谷) 조흔터에 석숭(石崇)의 유여(有餘)보소 푸른구실 빅셕으로 고
흔겨집 쏟바사고 산호수(珊瑚樹) 육칠주(六七珠)며 김보장(金步帳) 오십리
(五十里)에 교기(驕氣)도 과(過)ᄒ더니 촉(燭)불노 지흔밥을 못ᄃ먹고 멸망
(滅亡)하니 백년(百年)을 탐(貪)한부귀(富貴) 천고이소(千古貽笑) 쑨이로다
이소(貽笑)될닐 구(求)치말고 흠앙(欽仰)홀일 ᄒ랴ᄒ면 부귀(富貴)을 구(求)
ᄒ다가 몯어드면 해(害)만되고 선사(善事)을 구(求)ᄒ랴면 못홀비 업슬식라

　시적 화자는 중국의 거부(巨富)인 석숭(石崇)의 고사를 인용한다.
'석숭'은 중국 진나라 때 큰 부자로, 항해와 무역을 하여 많은 돈을
모은 인물이다. 그는 형주(荊州)지방에서 자사(刺史)의 직책에 올랐
고, 학문과 시에 능했다. 그가 모은 재물은 상인들의 재산을 뺏거나
권력자들에게 아부해서 얻은 것들이 많아 도덕적으로 정당치 못한
것들이었다. 후세에 '석숭'은 부자를 비유하기도 한다. 또한, '금곡

---

42) 공자 이후로는 성인이 나지 않았다고 하는데 이는 틀린 말이다. 주자(朱子)는 안자
　(顔子)를 논하면서 탕(湯) 임금·무왕(武王)보다 훌륭하다 하였고, 정자(程子)는 증자
　(曾子)를 논하면서 그가 성인의 경지에 이르지 못했다는 것을 어떻게 아느냐고 하였
　는데, 여기에 대해서는 이미 정설(定說)이 있다. …… 또 성인의 지위는 이미 상품(上
　品)에 이른 것이므로 마치 천상 사람[天上人]과 같아서, 땅 위에 사는 사람으로서는
　헤아릴 바가 아니다. 그러나 상품 중에도 고하(高下)가 있으니, 탕(湯)·무(武)는 요
　(堯)·순(舜)에 미치지 못하고 문왕(文王)은 태백(泰伯)에 미치지 못하고 이윤(伊尹)·
　유하혜(柳下惠)는 각기 한 편[一偏]만을 얻었지만 역시 다 성인의 동배(同輩)이다.
　만일 송(宋) 나라 제현(諸賢)들을 공자·맹자·안자·증자보다 못하다고 한다면 그럴
　수 있겠지만, 그들이 화지(化之)의 경지에 이르지 못했는지 어떻게 알겠는가? 『성호
　사설』 7권, 인사문(人事門), 안·증·주·정(顔曾周程)

(金谷)'은 석숭이 애첩 녹주와 풍류와 쾌락을 즐긴 곳이다. 석숭은 관리와 문인들을 '금곡'에 초대해 연회를 베푸는 일이 잦았다. 그러나 석숭은 51세에 손수의 모함으로 죽게 된다. 석숭의 고사는 정당치 못한 욕심으로 얻은 부귀는 오래 유리될 수 없고, 결국 비웃음만 당한다는 교훈을 남긴다. 이는 인생무상(人生無常)을 나타낸 말이기도 하다. 시적 화자는 석숭처럼 살지 말기를 당부한다. 이 부분은 '부귀의 헛된 꿈'보다 '차라리 좋은 일을 구하라'는 교훈적 내용을 담고 있다.

성인(聖人)이 이쯧아라 오륜(五倫)으로 가라치니 제일(第一)에 부자유친(父子有親) 친자(親字)뜻 지중(至重)ᄒ다 엄경(嚴敬)만 전주(專主)ᄒ면 소원(疏遠)키 ᄋ조쉬며 슬하(膝下)에 멀니놀아 한온(寒溫)도 못살피니 나많은 저 노인(老人)은 뉘와의 지한단말가 니우제 갈듸업고 동내(洞內)애 올리업서 널따란 빈 방안에 쩐진더시 앉었으니 主人업는 고객(孤客)이오 손도아닌 독부(獨夫)로다 친애(親愛)는 아니ᄒ고 삼특(三特)으로 봉양(奉養)ᄒ들 그것이 효성(孝誠)이며 그것이 윤정(倫情)일가 가세(家勢)되로 봉양(奉養)ᄒ고 지성(至誠)으로 친애(親愛)ᄒ소 제이(第二)애 군신유의(君臣有義) 신의(臣義)을 알건마는 공명(功名)이 박명(薄命)ᄒ야 청운(靑雲)에 기약(期約)업서 초야(草野)애 허노(虛老)ᄒ니 충의행(忠義行)키 어렵도다 상하평(上下坪) 공사전(公私田)을 깁피 굴고 자주미여 상부모(上父母) 하처자(下妻子)의 기한(飢寒)도 면케ᄒ고 왕세(王稅)도 건기(愆期)믈고 관곡(官穀)도 추시(趁時)ᄒ면 전리(田里)애 사는 백성(百姓) 그도 쏘흔 직분(職分)이라 제삼(第三)애 부부유별(夫婦有別) 인륜(人倫)의 으뜸이라 이성(二姓)으로 배합(配合)ᄒ야 정지(情地)가 무간(無間)ᄒ니 침변(枕邊)애 곡청(曲聽)말고 이불 밋티 사모(私謀)말소 부부(夫婦)에 법(法)이 일우면 가방(家邦)도 어(御)거ᄒ리 제사(第四)에 장유유서(長幼有序) 서자(序字)뜻 들어보소 년세고하(年歲高下) 달으거든 노소분의(老少分義) 업슬손야 남으어론 뉘섬기면 남으소년(少年) 날섬길리 차차로 경장(敬長)ᄒ면 풍화(風化)의 미사(美事)로다 제

오(第五)에 붕우유신(朋友有信) 인륜(人倫)의 성사(盛事)로다 사람이 벗이
업고 벗잇서도 신(信)업스면 평생(平生)에 신(信)이업스 어버인들 섬길손야
회포(懷抱)을 알이업서 성덕(成德)키 어렵쏘다 익우(益友)도 세슬두고 손우
(損友)도 세슬두고 오륜(五倫)에 신(信)잇으면 오행(五行)에 토(土)갓도다
인의(仁義) 예지중(禮智中)에 신(信)업시 될손야 책선(責善)도 발키하고 연
락(燕樂)도 중(重)히ᄒ소 관포(管鮑)의 죠흔의(誼)가 이젠들 업슬손야 삼천
위의(三千威儀) 삼백례(三百禮)에 이다섯시 강령(綱領)이라 힝하고 힘남거
던 학문도 ᄒ사이다

이는 성인의 뜻을 기리는 부분으로, 유교의 기본이 되는 도덕지침
인 삼강오륜(三綱五倫)을 강조한다. 오륜은 사람이 행해야 하는 기본
적인 실천윤리 5가지를 말한다. '부자유친(父子有親)', '군신유의(君臣
有義)', '부부유별(夫婦有別)', '장유유서(長幼有序)', '붕우유신(朋友有
信)'이며, 예를 들어 구체적으로 설명하고 있다. 그 첫 번째가 '부자
유친'[아버지와 아들 사이에는 친함이 있어야 한다]이다. 다섯 가지 실천
윤리 중 가장 으뜸이 되는 행위다. 여기서는 '친함(親)'에 초점을 둔
다. 부자(夫子)의 관계가 엄격한 공경만을 오로지하면 두 인물 사이
는 소원해지기 쉽다. 집안의 기세로써 성의대로 모두 봉양하고, 정
성을 다해 친애하는 것이야말로 진정한 '부자유친'임을 나타낸다.
두 번째는 '군신유의'[임금과 신하 사이에는 의가 있어야 한다]이다. 여
기는 '의로움(義)'을 강조한다. 하지만, 공명(功名)이 탄탄하지 않음
에 기약이 없다고 하여 높은 지위에 이르지 못한 안타까움을 언급한
다. 또한, 나이 들어 늙어 있음을 한탄하는 어조로 '초저녁에 허하고
늙으니 충성하기 어렵다'고 한다. 관료들만 의를 강조하는 것이 아
닌 모든 백성, 전리(田里)에 사는 농사짓는 백성들까지도 직분이 있
음을 의미한다. 시적 화자는 직분에 따라 행하면 의를 지킬 수 있음

을 강조한다. 세 번째는 '부부유별'[부부 사이에는 분별함이 있어야
한다]이다. 시적 화자는 인륜(人倫)의 으뜸이라 한다. 부부는 두 다
른 성(性)이 하나로 합하는 것이고, 서로 몸 둘 곳이나 마음 붙일 곳
이 같음을 나타내 부부의 금슬을 의미한다. 이는 곧 하나의 마음으
로 서로를 존경하라는 뜻이다. 그 구체적인 예를 들어 잘 때는 곡하
는 소리를 내지 말고, 이불 속에서는 사적인 말을 말라고 당부한다.
부부의 법이 집안의 법으로 다스려질 것임을 강조한다. 네 번째는
'장유유서'[늙고 젊은 사이에는 차례가 있어야 한다]이다. '서(序)'는 나이
의 높고 낮음을 포함한다. 늙고 젊은 사이에 '의(義)'가 있는 것처럼
어른을 섬기면 소년이 나를 섬긴다는 의미이다. '차례'의 중요성을
말하며, 아름다운 일이라 한다. 다섯 번째는 '붕우유신'[친구들 사이
에는 믿음이 있어야 한다]이다. '믿음(信)'은 인류의 성대한 일이라 하
여 그 중요성을 나타냈다. 벗에는 믿음이 있어야 하고, 그 믿음이
없으면 어버이도 섬기지 못한다고 언급한다. 즉, 모든 것의 처음과
끝이 '믿음'에서 이루어짐을 드러낸다. 그러므로 위의 다섯 가지 법
령이 가장 기본이 되고, 기초가 되는 것이라 한다.

> 서오(西塢)의 이쯧알아 이묘음 설시(設施)ᄒ니 일가친척(一家親戚) 묘은
> 중(中)에 니웃친고(親古) 더욱좃타 영석재(永錫齋) 삼간방(三間房)에 술이아
> 닌 정(情)이로라 백씨는 훈(壎)을불고 중씨(中氏)난 호(箎)을불고 거문고 퉁
> 소솔래 잡된 것이 화목이라 두어라 날마당 인일(人日)이면 사람될가 ᄒ노라

〈인일가〉의 마지막 부분으로, 첫 구절은 모임의 형성 배경을 설명
한다. 모임의 구성원은 일가친척으로 화목을 목적으로 한다. 또한,
모임 공간은 '영석재(永錫齋)'이다. 첫 부분의 '서오'는 서쪽 마을을

뜻하며, 시적 화자가 살고 있는 곳을 의미하기도 한다. 일가친척이 모두 모였지만, 시적 화자는 그 가운데 이웃친구가 더욱 좋다고 한다. 멀리 떨어져 어쩌다 만나는 친척들보다는 가까이 살면서 자주 왕래하며 서로 돕는 친한 사이가 더 좋다는 뜻이다. 영석재[43]의 세 칸 방에 일가친척들이 모여 정다운 분위기를 연출한다. 그곳에는 술은 없고, 정(情)만 가득한 일가친척들의 돈독함을 언급한다. 일가친척이 모인 풍경은 음악과 함께 정다운 모습들을 연출하지만, 흥청망청 노는 분위기는 아니다. 큰 형은 질나발을 불고, 둘째 형은 긴 대를 분다. 나머지는 거문고와 퉁소소리로 음악을 만들어 함께 연주하여 화목함을 나타내고자 한다. 이렇게 날마다 사람들이 모이는 7일이 되면 좋겠다는 시적 화자의 염원을 담고 있다. 이는 가족의 화목을 나타낸다. 그렇게 된다면 우애는 더욱 돈독해져서 일가친척들은 이웃에 사는 방촌사람들과 더불어 가족의 화목함을 드러낼 수 있게 된다.

위백규의 장흥위씨와 이상계의 인천이씨의 문중 사이에는 서로 연관이 없어 보이지만, 매우 밀접한 관련이 있다. 이 증거는 이상계의 문집에서 찾을 수 있다. 문집에는 위백규의 동생과 아들을 비롯한 위씨들의 차운시(次韻詩)가 실려 있다[44]고 전한다. 이 두 집안은 어떤 관련성 때문에 이상계의 문집에 장흥위씨들의 시들이 전하고

---

43) 영석재(永錫齋)는 청강 이승(1556~1628)을 추모하기 위해 인천이씨 후손들이 주체가 되어 세웠다고 전해진다. 현재는 이승을 주벽으로 9인의 위패가 모셔진 사당이 있다. 영석재는 정면 5칸, 측면 2칸의 단층으로 된 팔작집이다. 이는 지금의 장흥군 용산면에 위치하고 있다. 양기수, 『문림고을 장흥』(장흥문화원, 1999), 84면.
44) 김창원, 「18~19세기 향촌사족의 가문결속과 가사의 소통」, 『19세기 시가문학의 탐구』(집문당, 1995), 324면.

있을까? 이는 인천이씨와 장흥위씨의 관계를 통해 알 수 있다. 향촌
사회에는 세력을 키우기 위해 두 가문의 결속(結束)을 반드시 해야
했고, 이는 두 집안의 혼인의 관계로 연합했다. 이렇게 형성된 새로
운 집단은 기존의 집단에 속해 하나의 집단이 되었고, 사람들은 서
로 결속하여 집단의 윤리의식을 강화시켰다. 이는 넓은 의미로 중앙
집단과의 대립적인 양상을 드러내고자 했던 것이며, 좁은 의미로 향
촌 집단의 연대성을 키우기 위하고자 했던 것이다. 위백규와 이상계
의 집안은 서로 사돈지간으로 이중전 역시 인천이씨로 이상계와 종
친인 밀접한 관계임을 나타낸다. 〈장한가〉 역시 교훈적 윤리를 잘
드러내고 있다. 작품을 살펴보자.

  시화년풍(時和年豊) 호의호식(好衣好食) 군부지은(君父之恩) 조흘씨고
십일세(十一歲)을 지낸후의 병신액년(丙申厄年) 당(當)히쑤나 가운(家運)이
불행(不幸)턴가 신세(身勢)가 기구썬지 유월망(六月望) 월익일(越翌日)의
자모상사(慈母喪事) 만나서라 차례업난 이닉몸이 거상예절(居喪禮節) 알을
소냐 압어소존(壓於所尊) 부명(父命)으로 삼년(三年)을 기닌후의 조모슬하
(祖母膝下) 기러날제 무육지은(撫育之恩) 난망(難忘)이라 애지중지(愛之重
之) 조흔의식(衣食) 호강자제(子弟) 아동(童)이다 성선(聖善)하신 우리계모
(繼母) 고금(古今)속에 드무도다 사랑하야 거두기을 기출(己出)에서 더하도
다 일거무교(逸居無敎) 근금수(近禽獸)난 녓성인(聖人)의 명훈(明訓)이라
엄부형(嚴父兄)의 명(命)을 바다 서재(書齋)예가 입학(入學)할제 사략통감
(史略通鑑) 빈온후의 중용대학(中庸大學) 일거보니 성현(聖賢)의 기푼말삼
대강(大綱)인들 알을소냐 가운(家運)이 불행(不幸)턴가 신세(身勢)가 기구
썬지 유월망(六月望) 월익일(越翌日)의 자모상사(慈母喪事) 만나서라 차례
업난 이닉몸이 거상예절(居喪禮節) 알을소냐 압어소존(壓於昭尊) 부명(父
命)으로 삼년(三年)을 기닌후의 호천명지(呼天明地) 창황중(蒼黃中)의 돈절
방소(頓絕方蘇) 설운지고 익고익고 이닉팔자 이일이 어인일고 불효(不孝)
로다 불효(不孝)로다 조실부모(早失父母) 불효(不孝)로다

자신의 개인적인 경험을 구체적으로 드러낸 〈장한가〉의 일부이
다. 이는 본인뿐만 아니라 집단사람들에게 당부하는 말이기도 하다.
어릴 때에 시적 화자는 좋은 옷과 좋은 음식으로 부유한 삶을 살았
다. 그는 일찍 어머니를 여의고 할머니와 계모 밑에서 자란 상황을
묘사한다. 시적 화자는 할머니와 계모 밑에서도 어머니가 돌아가시
기 전에 누렸던 좋은 음식과 의복으로 많은 사랑을 받았음을 나타낸
다. 또한 자신의 계모는 성선(聖善)하셨다고 표현한다. 자신이 낳은
자식들보다 사랑하기를 더 했다며 계모의 사랑을 드러낸다. 그리고
시적 화자는 아버지의 명령에 따라 학문의 길에 들어선다. 『사략(史
略)』, 『통감(統監)』, 『중용(中庸)』, 『대학(大學)』 등을 배우고 읽으니 성
현들의 말씀을 대강 알겠다며 공부의 소중함을 깨닫는다. 그러다가
22세 때는 아버지마저 돌아가셔 조실부모한 자신의 상황에 매우 서
러워한다. 그러면서도 시적 화자는 일찍 부모를 여읜 것이 불효라며
효를 베풀지 못한 자신의 한스러움을 표현한다. 이 부분은 유교적
기본 덕목인 삼강오륜을 근간으로 효의 중요성을 강조한다.

〈자회가〉와 〈인일가〉는 장흥에서 출생하고 자란 장흥사람이 주체
가 되어 그들의 집단윤리를 드러내고자 지은 가사작품이다. 이 작품
들은 동족집단이 형성되어 집단구성원이 지켜야 할 질서와 규범을
강조했다. 위백규는 〈자회가〉를 지어 조선후기 향촌사족들이 가문
구성원의 이념적 소양을 함양하고 가족질서나 가문의 결속시키고자
했다. 작품에는 창작동기와 작가의 처지, 교훈 대상의 성격과 범위
등의 중요한 단서들을 제공해 주고 있다.[45] 또한 이상계의 〈인일

---

45) 김석회, 앞의 책, 1995과 박연호, 앞의 논문, 1996, 10면에서 재인용하였다.

가〉는 유가적 사상을 강조하여 인륜의 도덕을 세부적으로 그린 작
품이다. 이 작품은 작가가 속한 향촌사회의 경제적 몰락으로 인해
가문을 결속하고 그들을 교화를 언급한 것이다. 마지막으로 이중전
의 〈장한가〉는 다른 작품과 마찬가지로 유가적 사상을 강조하고 있
다. 그 가운데서도 인륜을 근본으로 삼아 조실부모한 자신의 상황을
구체적으로 서사하여 '효'를 권면코자 했다. 세 작품은 모두 유교사
상을 바탕으로 가문의 결속을 위해 창작되었다. 가문의 결속은 결국
향촌사회의 강화를 일으키는 원동력으로 작용했다.

2) 유교 윤리의 경계와 계몽

'경계(警戒)'와 '계몽(啓蒙)'은 모두 어떤 사항을 가르쳐 깨우친다는
의미다. 〈권학가〉는 제목에서 보여주듯 '학문을 권장한다'는 뜻을
나타낸다. 이 작품은 기본적인 윤리적 의식을 토대로 하여 일없이
한가하게 노는 아이들에게 학문에 힘쓰기를 당부하고 깨우치게 하
는 목적이 있다. 장흥 방촌의 '주체'인 향촌사족들이 또 다른 '주체'
인 그들의 자손들과 후학들을 경계코자 쓴 작품이다. 〈권학가〉의 경
계, 계몽을 드러낸 유교 윤리를 찾아 구체적으로 살펴보자.

> 무사한유(無事閑遊) 아희들아 이닉말삼 들어스라 불학무식(不學無識)
> 비금수(比禽獸)을 너의 일정(一定)을 모르는다 황천황제(皇天皇帝) 사람늘
> 제 각수기직(各授其職) ㅎ엿쩌늘 무삼 일로 너희들은 유희도일(遊戱度日)
> 무념(無念)ㅎ야 본연심성(本然心性) 방실(放失)ㅎ고 자포자기(自暴自棄) 즐
> 기는가

시적 화자는 공부하지 않고 한가하게 노니는 아이들을 불러 당부

한다. 시적 화자는 한가하게 노니는 아이들에게 배움의 중요성을 알리고자 한 것이다. 시적 화자는 배우지 않은 무식한 사람과 금수(禽獸)를 비교한다. 황천황제가 사람을 세상으로 보낼 때, 각각 책임이 있음을 강조한다. 사람은 세상에 태어났기 때문에 각각 자신의 직분이 있고, 그 직분을 다해야 할 의무도 있다. 즉, 한가하게 노는 아이들도 그들의 직분을 다하라는 당부이기도 하다. 그 의무를 다하지 못한 아이들은 야단을 맞는다. 시적 화자는 아이들이 본연의 마음을 잃고 스스로 포기하는 모습에 안타까움을 느껴 그들을 위로하는 마음을 담는다.

박혁음주(博奕飲酒) 조아ᄒ고 호협긔(豪俠氣)을 자양(自揚)ᄒ야 악의악식(惡衣惡食) 스려ᄒ며 리욕여색(利慾女色) 탐(貪)을 하면 금수(禽獸)도기 불원(不遠)ᄒ고 사람도기 어려오니 효제충신(孝悌忠信) 몰응거든 예의염치(禮義廉恥) 어이알니 문짜(文字)을 몰아거든 선ᄃᆡ명짜(先代名字) 어이알니 천황씨(天皇氏)를 몰으거든 통음(通音)을 어이알니 심즁(心中)이 무주(無主)ᄒ야 안젼(眼前)에 담이놉다

시적 화자는 인간 본연의 마음을 방해하는 요인들을 나열한다. 장기, 바둑 두기와 술을 과하게 마심, 호방하고 씩씩한 의협심이 강해 스스로 떨치는 것, 나쁜 옷과 나쁜 음식의 싫어함, 사사로운 이익을 탐내는 욕심과 여색들을 탐하고 좋아하는 것들은 모두 '본연심성(本然心性)'의 방해요인이다. 이들은 모두 인격적인 사람으로 거듭나기 어렵다며 충고한다. 술을 과하게 마시게 되면 분별 능력이 낮아져 이성을 잃기 쉽다고 언급한다. 또한, 호방하고 의협심이 강한 기상은 자양함에 앞뒤 분별없이 의협심만 강하게 표출된다. 이에 스스로

자신을 자랑하고 떨치는 모습에서 겸손함을 좀처럼 찾아볼 수 없다. 본연의 마음을 가질 때에야 비로소 사람으로 사람다운 행동을 할 수 있음을 나타낸다. 유교의 기본사상인 효제충신(孝悌忠信)을 모르면서 예의와 염치는 알지 못하고, 문자를 모르면서 선대(先代)의 이름들은 알지 못하며, 천황씨를 모르면 통음인들 알지 못한다며 기본에 충실하라 당부한다. 즉, 기본도 안 되면서 어려운 것만 하려는 후학들의 어리석음을 지적한 내용이다. 시적 화자는 마음가짐의 중요성을 강조하며, 눈앞에 보이는 것만 쫓는 젊은이들의 생활을 안타깝게 보고 이를 훈계코자 한다.

> 이제청춘(靑春) 아히달안 니욕(利慾)만 전쥬(專主)ᄒ고 듸인(大人)의 하ᄂᆞᆫ일을 망영(妄靈)도이 시비(是非)ᄒ며 문사(文士)의 ᄒᆞᄂᆞᆫ말을 외면(外面)ᄒ야 들으면서 우자(愚者)의 ᄒᆞᄂᆞᆫ닐을 영웅(英雄)이라 닐으나니 이라타 무식둔(無識群)은 셩문(聖門)의 죄인(罪人)니라 남자(男子)로 삼겨나서 식적(食賊)이 되단말가 방탕(放蕩)한 너의마암 이긔한유(一其閑遊) 용열타 기쥬침색(嗜酒沈色) 죠와ᄒ야 류희도일(遊戲度日) ᄒ거이와

이는 아이들의 경계심을 드러낸 부분이다. 이팔청춘인 아이들의 마음에는 이기심과 욕심뿐이다. 그래서 시적 화자는 아이들을 꾸짖는다. 대인(大人)의 일은 망령되었어도 옳고 그름을 따지고, 문사(文士)들의 말은 외면하여 들으면서 어리석은 자들의 일은 영웅이라는 아이들의 잘못된 생각을 고발한다. 또한, 시적 화자는 공자의 가르침에 누를 끼치는 무식한 무리들에게 충고한다. 그들이 남자로 태어났음에 큰 뜻을 품어야 한다며 밥도둑이 되는 그들에게 분노를 드러낸다. 그들의 방탕한 마음과 행동은 한가하게 노니는 행동과 대치되

며, 이는 용렬함을 부각시켜 분노하게 만드는 효과를 만들어 낸다. 또한, 후학들이 술을 즐기고 여색에 빠져 놀면서 날을 헤아리는 그들의 모습에 분노는 배가된다. 이 글의 첫 번째 목표는 학문을 권장하는 것이다. 그렇다고 학문을 권장하는 것만 강조하지는 않는다. 유교적 기본 이념들을 지키게 권면하는 것 또한 이 글의 목표라 할 수 있기 때문이다.

> 인간(人間)의 만만사(萬萬事)을 역역(歷歷)키 생각ᄒ되 사람의 ᄒ올닐이 문필(文筆)밧귀 ᄯ오잇ᄂ가 천지간(天地間) 만권설(萬卷書)을 복즁(腹中)의 가닥담고 공밍안증(孔孟顔曾) ᄒ신닐을 날마다 법바다서 정주구소(程朱歐蘇) ᄒ온후에 자자(字字)이 본바다서 작지서지(作之書之) ᄒ온후에 마암을 종사(從事)ᄒ야

이는 학문의 중요성을 언급한 부분이다. 인간의 모든 일 가운데 사람의 일이 문필임을 나타내 학문의 중요성을 강조한다. 그러나 이 글은 학문하는 후학들을 대상으로 하므로 전하고자 하는 내용이 '문필'임에 당연하다. 하늘과 땅 사이 만권의 책 즉, 많은 책을 다 읽어 머릿속에 가득 담아야 하므로 많은 책을 읽으라 당부한다. 그 중에 '공맹안증(孔孟顔曾)'인 '공자(孔子)', '맹자(孟子)', '안회(顔回)', '증자(曾子)'의 일을 날마다 본받으라 한다. 이들은 유학의 4명의 성현으로 꼽히는 인물들이며, 이들의 책을 여러 권 읽어 조선의 기본사상인 유학적 지식을 많이 쌓도록 단단히 부탁한다. '정주구소(程朱歐蘇)'는 '정호(程顥)·정(程) 형제', '주희(朱熹)', '구양수(歐陽脩)', '소동파(蘇東坡)'를 가리킨다. 이들 모두 유학의 뜻을 드높이고, 성현의 정신과 문체를 본받은 인물들이다. 시적 화자는 스스로 계획하고 실천하는 것

으로 글을 쓴 후에야 비로소 마음과 힘을 다하라 당부한다.

> 월즁(月中)에 단계화(丹桂花)을 한가지 꺽거쥐고 락교변(洛橋邊) 청운상
> (靑雲上)의 반용닌(攀龍鱗) 부봉익(附鳳翼)ᄒ면 옥당(玉堂)에 할님(翰林)이
> 오 승평세계(昇平世界) ᄒ올쎡의 만만(滿滿)한 부귀인(富貴印)을 요간(腰間)
> 의 비기차고 홍진도(紅塵道) 자믹생(紫陌上)의 승피마 의경구(承肥馬 依輕
> 裘)ᄒ야 호긔(豪氣)잇게 단일저고 불학무식(不學無識) 저인물은 도로(道路)
> 이 에워서셔 추주승풍(趨走承風) ᄒᄂ고나

시적 화자는 학문을 이루고 난 상황을 신선적 이미지로 형상화한
다. '단계화(丹桂花)'는 붉은 계수나무 꽃이다. 중국에서는 붉은 꽃이
피는 것이 '매우 귀한 일'임을 의미한다. 시적 화자는 귀한 나뭇가지
하나를 꺾고, '낙교 주변 푸른 구름 위에서 용의 비늘을 잡고 봉황의
날개에 붙는다'며 신선세계를 연상케 한다. '낙교변 청운상(洛橋邊 靑
雲上)'은 높은 명예나 벼슬을 말하며, '반용린 부봉익(攀龍鱗 附鳳翼)'
은 영주를 섬겨 공명을 세운다는 뜻이다. '옥당(玉堂)'은 홍문관이나
예문관의 검열을 의미한다. 이는 열심히 공부하면 홍문관이나 예문
관에 오를 수 있음을 비유적으로 설명한 것이다. 또한, 태평성대와
부귀영화, 명예를 한꺼번에 취할 수 있음을 드러낸다. '홍진도(紅塵
道)'는 '속세'를 뜻하며, '자맥상(紫陌上)'은 도성의 길을 나타낸다. 세
속 관직으로 향하는 길에는 살찐 좋은 말과 가볍고 따뜻한 가죽옷을
상징하는 부귀영화(富貴榮華)를 누릴 수 있음을 언급한다. 이는 학문
의 중요성을 통해 윤택한 삶을 사는 확신을 심어준다. 호기 있게 다
닐 적에도 배운 사람과 배우지 않은 사람은 확연히 다름을 드러내
배움의 중요성을 강조한다. 무식한 사람은 길을 이리저리 다니면서

도 바람에 휩쓸려 떠돌아다니는 인생임을 나타낸다. 따라서 마지막 부분은 열심히 학문한 후에 얻어지는 결과인 부귀영화, 높은 명예와 벼슬 등을 드러내 학문의 중요성을 강조한다.

다음은 〈장한가〉의 내용이다. 독특한 구조를 가진 〈장한가〉는 작가의 생애와 연관된 도덕 사상을 근거로 했다. 〈장한가〉에 나타난 경계, 계몽으로서의 유교적인 측면을 구체적 작품을 통해 살펴보자.

> 철경농상(上) 수여안저 근농(勤農)으로 일은말이 힘써하소 힘써하소 농업(農業)을 힘써하소 이식위천(以食爲天) 일너씨니 농사(農事)밧쇠 쏘인난가 근농(勤農)하면 부자되고 타농(惰農)하면 가난하리 논심구고 밧심어서 오곡(五穀)이 다익거든 우흐로 왕가부세(王家賦稅) 그직자 선영봉사(先靈奉祀) 쏘그직자 부모공양(父母供養) 그아릭로 처자(妻子)먹여 세시복랍(歲時伏臘) 당(當)하거든 팽양포고(烹羊炮羔) 집집마다 쩍치고 술비저서 자네먹소 너먹어라 함포고복(含哺鼓腹) 노소지락(老少之樂) 강구연월(康衢煙月) 잇쩌로다

세 번째 단락으로 근농(勤農)을 언급하여 농업의 중요성을 강조한다. '먹는 것으로 하늘을 삼는다'는 말은 ≪사기(史記)≫, 〈육가열전(陸賈列傳)〉[46]을 인용한 것이다. 시적 화자는 농사의 중요성을 근면과 더불어 설명한다. 농사는 부지런히 하면 부자가 되고 게을리 하면 가난해진다며 근면(勤勉)함을 충고한다. 그리고 농사의 힘씀이 부귀와 연관됨을 보여준다. 순서대로 위로는 왕에게 세금을 바치고, 다음은 선령께 봉사하며, 그 다음은 부모님께 공양하고, 마지막은 처자식을 먹인다 하여 조선의 충효사상을 바탕으로 나열한다. 복날

---

46) ≪史記≫, 〈陸賈列傳〉: '王者以民人爲天, 而民人以食爲天'; 왕은 백성을 하늘로 삼고, 백성은 먹는 것을 하늘로 삼는다.

과 섣달의 풍습으로 양을 찌고 삶아 제사 의식을 묘사하여 집집마다
장만하고 나눠 먹는 관습으로 협동하는 모습도 함께 나타낸다. 이를
통해 남녀노소 모두 배불리 먹어 배를 두드리며 즐거워하는 태평성
대(太平聖代)의 광경을 형상화한다. 이 부분은 민속과 생활을 통해
근면함과 더불어 농사의 중요성을 강조하고 있다.

앞집소년(少年) 뒤집아이 글공부(工夫)들 힘써보소 부귀필종(必從) 근고
득(勤苦得)은 글을두고 일으미라 만이익고 만이쓰면 문장명필(文章名筆)
뉘안되리 춘당대(春堂坮) 조흔과거(科擧) 장원급제(壯元及第) 놉피하야 황
은(皇恩)을 사배후(謝拜後)에 어주삼배(御酒三盃) 취(醉)케먹고 억만장안(億
萬長安) 화류중(花柳中)에 벽적화동(碧笛花童) 압세우고 홍진자백(紅塵紫
佰) 거리거리 불으난니 실닉로다 천상랑(天上郞) 지상선(地上仙)은 도방관
자(道傍觀者) 수불이(誰不羨)고 양주거중(楊洲車中) 두목지(杜牧之)며 낙양
포상(洛陽布上) 소진(蘇秦)인가 십년등하(十年燈下) 독서고(讀書苦)은 삼일
마두(三日馬頭) 등과영화(登科榮華) 도문일(到門日)을 택송(擇送)하야 선산
(先山)의 소분(掃墳)후에 국은(國恩)을 다시입어 벼슬질을 도도온다 방백수
령(方伯守令) 다지닉고 삼태육향(三台六鄕) 놉피올나 이음양순(理陰陽順)
사시(四時)난 재상(宰相)의 직임(職任)이라 식군지록(食君之祿) 공(空)이할
가 갈력진충(竭力盡忠) 하여서라 기오군어(期吾君於) 요순(堯舜)하고 제사
민어(躋斯民於) 수역(壽域)하야 가가충의(家家忠義) 인인영재(人人英才) 국
부병강(國富兵强) 그뒤에난 일체군신(一體君臣) 동심(同心)으로 북호(北胡)
을 거절(拒絶)하고 왜화(倭和)은 척파(斥破)ᄒ며 양로(洋路)을 거새(拒塞)ᄒ
야 사방(四方)이 일이업서 전국주신(轉國柱臣) 안니될가 국군(國君)난 태평
성대(太平聖代) 부모(父母)난 부귀영화(富貴榮華) 충효(忠孝)을 겸전(兼全)
ᄒ야 입신양명(立身揚名) 할거시니 부모슬하(父母膝下) 조흔시절(時節) 헛
쏘이 보닐소냐 청춘(靑春)이 헌번가면 두보오긔 어렵도다 천종록(千鍾祿)
만종록(萬鍾綠)과 유녀여옥(有女如玉) 고은계집 글가온디 잇스이 부듸공부
(工夫) 힘써하소

이는 학문을 권장하는 내용이다. 시적 화자는 모든 아이들에게 열심히 글공부하라 당부한다. 이는 공부를 열심히 해야 모든 것을 얻을 수 있다는 의미이기도 하다. 부귀(富貴)는 반드시 학문 뒤를 따르고, 부지런히 하면 꼭 이룰 수 있다는 희망의 메시지도 함께 전한다. 또한 많이 읽고, 많이 쓰면 진실로 명필(名筆)이 될 수 있다며 반복의 중요성도 강조한다. 과거에 급제한 광경을 묘사하여 아이들에게 황홀함을 느끼게 한다. 이는 곧 부모의 이름을 날리고 나라의 은혜에 보답하는 일이니 권면코자 한다. 집집마다 충의(忠義)하고, 사람마다 영재(英才)로 키워 '국부병강(國富兵强)'하며, 임금과 신하가 하나 되어 왜적을 물리쳐 나라를 지켜 '전국주신(轉國柱臣)'한다. 이는 학문을 닦아야 하는 정당성을 언급한 것이다. 집안을 위해서도, 나라를 위해서도, 부귀영화(富貴榮華)나 입신양명(立身揚名)을 위해서도 학문을 통해 이룰 수 있음을 강조한다. 또한, 시간의 중요성을 언급하며 젊은 날 시간을 아껴 공부하기를 권면케 한다. 시적 화자는 끊임없이 학문에 정진해야 함을 강조하며, 학문의 중요성을 언급한다. 이 부분은 처음부터 끝까지 모두 공부에 힘써 달라는 당부의 내용이다.

〈권학가〉는 작가 미상의 작품이다. 그러나 일부 학자들은 《위문가첩》에 실려 있기 때문에 작자를 위백규로 단정하는 경우도 있다. 하지만, 필자는 정확한 기록이 남지 않았으므로 위백규 작품이라 단정하기는 곤란하다고 생각한다. 〈권학가〉는 학문을 권장한다는 내용을 담고 있고, 이 시대에 학문이 중요한 이유를 논하고 있다. '학문'은 조선시대의 기본적인 사상을 담은 '유학(儒學)'이다. 〈권학가〉는 1차적으로 집단종족에 대한 윤리의식을 강화하기 위해 창작되었

다. 하지만 그보다도 윤리의식의 일반을 드러냈기에 〈장한가〉와는
약간 다른 측면을 나타냈다. 그렇지만 근본적으로 〈장한가〉와 〈권
학가〉는 '근농(勤農)'과 '면학(勉學)'을 강조하고 있다. 조선의 유교 윤
리의식을 바탕으로 집단 윤리의식의 강화와 경계, 계몽으로서의 유
교 윤리를 형상화했음을 알 수 있다.

3. 부패한 관리에 대한 비판

현실비판가사는 역사적 변동과 맞물려 사대부 가사의 작자층에도
다른 양상이 나타난다. 각 시대별로 창작자 및 동기, 내용 등에서
다른 성격을 나타낸다. 17세기는 전란(戰亂)으로 인한 사회 질서의
재편과 가사의 현실 대응이라는 측면에서 살펴볼 수 있다. 이 시기
의 현실비판가사의 모습은 적극적인 현실비판보다는 양반들에 의한
우회적인 형태의 소극적인 비판 양상을 보인다. 그런데 18세기는 관
리들의 폭정으로 인한 농촌 현실에 대한 고발이 현실비판가사의 주
를 이룬다. 이는 향촌에서 벌어지고 있는 폭정에 대한 구체적인 상
황 제시를 통해 현실비판가사는 지역적으로 확대되고 비판의 목소
리도 높아지게 된다. 이는 농촌 경제의 붕괴와 유리민적 삶을 형상
화한 작품들이 창작되면서 현실비판은 극에 달하게 된다. 그러나
19세기는 관념적 음유의 단계를 벗어나 민란의 현장에서 활용되기
에 이른다.[47)]
현실비판가사는 조선후기 가사의 변화를 뚜렷하게 보여주는 작품

---

47) 채현석, 『조선후기 현실비판가사 연구』(조선대 박사학위논문, 2008), 28면.

유형으로 지배계층인 사대부층에 대한 비판의식이 짙게 나타나 있다.[48] 이글에서 살펴볼 작품군들은 18세기 현실비판가사에 속한다. 18세기는 창작보다는 향유에 비중을 두었던 시기로 19세기 가사가 보다 복잡한 방향으로 전개되어 나가게 되는 단초를 제공한다. 현실비판가사는 풍자와 희화화의 극단적 방향을 택한다.[49] 18세기 가사는 담당층의 확산, 기존 유형의 확인과 신유형의 성립, 향유 양상의 다변화 같은 변모를 보이고 있다. 현실비판가사의 대표적 작품은 〈갑민가〉, 〈합강정가〉, 〈향산별곡〉, 〈거창가〉 등이다. 〈합강정가〉, 〈임계탄〉은 장흥가사에 속한다. 이 작품들은 관리들의 폭정과 농촌 현실에 대한 원망과 고발이 주 내용을 이룬다.[50]

〈합강정선유가〉는 수령과 감사에 대한 불만이 누적되어 있던 전라도 지역에서 이를 문제 삼아 가시화한 현실비판가사이다. 이 지역 농민들은 피폐해진 농촌 현실에 대한 위기의식이 고조된 상태에서 실재 인물 정민시의 순시가 잔치로 흥청거림을 보고 그에 대한 비판을 분출한 것이다.[51] 그는 전라감사 정민시(鄭民始, 1745~1800)로, 자(字)는 회숙(會叔)이다. 임자년(1792년, 정조 16년) 가을 9월 23일 '합강정'에서 그는 수십 명의 수령과 기생들을 모아 엄청난 비용으로 3일 동안 잔치를 연 사실이 실록에 전한다. 〈합강정선유가〉는 사건을 비판하는 내용을 담았다. 이 사건을 본 사람은 〈합강정선유가〉를

---

48) 윤성근, 「〈合江亭歌〉연구」, 『어문학』 18호 (한국어문학회, 1968).
　　 이능우, 『가사문학론』(일지사, 1977).
　　 김문기, 『서민가사연구』(형설출판사, 1983).
49) 채현석, 위의 논문(조선대 박사학위논문, 2008), 53면.
50) 채현석, 위의 논문(조선대 박사학위논문, 2008), 57면.
51) 채현석, 위의 논문(조선대 박사학위논문, 2008), 61면.

지어 널리 퍼뜨려 인구에 회자(膾炙)되었고, 이어서 한양 숭례문에
걸려 한양인들이 모두 보고 궁중에까지 소문이 들어가 해당자에게
유배를 내리는 일이 있었다며 창작배경을 설명한다. 그러나 문제는
9월 23일이라는 표기된 날짜 때문이다. 1792년 9월 23일은 인평대
군 묘치제(墓致祭)를 행하는 날이었고, 그 날은 국기일(國忌日)로 지정
되었기 때문이다.[52] 이 사건은 실제 역사적 내용으로 얼마나 큰 사
회적 문제로 거론되어 이로 말미암아 작품에 등장하는 해당자에게
유배를 이르도록 한 실록이 전해진다. 〈합강정선유가〉는 부조리한
관리들의 풍자적인 모습을 그리고 있다. 이 작품은 〈합강정선유가〉
혹은 〈합강정가〉라 하여 '합강정'에서 부른 노래, 혹은 '합강정'에서
배를 타고 노닐며 부른 노래로 '합강정'이라는 정자 이름과 관련이
깊다. 그러므로 이 작품은 역사적인 사실을 토대로 형상화되었음을
알 수 있다.

다른 작품인 〈임계탄〉은 제목에도 드러나듯이 임자~계축년 사이
(1732~33년, 영조 8~9)에 발생한 사건을 토대로 하고 있다. 좀 더 정
확하게는 임자, 계축년의 이름을 한 글자씩 빌려 만든 작품이다.
1731년부터 1733년까지 3년 동안 장흥지역에서 발생한 대기근과 백
성들에 대한 폭압적 수탈의 모습을 체험적 진술로 생생하게 그려냈
다. 그러나 작품은 농민들의 아픔에 대한 전언뿐만 아니라, 봉건체
제 아래에 국가와 인민의 존재방식에 대한 근원적 성찰을 촉구하고
있다.[53] 위의 두 작품의 특징을 토대로 1) 자연재해와 폭정의 두 모

52) 고순희, 「〈合江亭歌〉의 작품세계와 역사적 성격」, 『비교한국학』 6집(국제비교한
국학회, 2000), 127면.
53) 이형대, 「18세기 전반의 농민현실과 〈壬癸嘆〉」, 『민족문학사연구』(민족문학사학

습, 2) 부정한 관리에 대한 풍자로 나누어 논하고자 한다.

1) 자연재해와 폭정(暴政)의 두 모습

현실비판가사는 잘못된 현실을 바로잡고자 하는 의도를 가진다. 하지만, 작품들은 대부분 부정한 관리들의 고발을 주제로 한다. 그러나 자연재해와 관련지어 논한 작품은 그리 많지 않다. 가뭄, 홍수, 태풍 등의 피해를 입고 열악한 상황 속에서도 수탈하는 관리들의 모습은 크나큰 재해라 할 수 있다. 그러므로 자연재해는 향촌의 피폐화를 일으킨 근본적 원인이 된다. 그렇지만 자연재해로 인한 피폐한 상황은 심각하지 않았을 수도 있다. 무엇보다도 어려운 상황을 더욱 심각하게 만든 것은 폭정과 같은 인간이 만든 재앙 때문이다. 장흥 가사에 드러난 자연재해와 폭정의 두 모습을 살펴보자.

> 슬프다 백성드라 이내말 드러스라 임자계축(壬子癸丑) 무전흉년(無前凶年) 개개(介介)히 이로이라 듯고보는 이경색(景色)을 삼척동(三尺童)도 알건마는 각골(刻骨)한 이시절을 명심(銘心)하야 닛지말자 무식(無識)한 진언문(眞諺文)을 재조(才助)업시 매와내니 구법(句法)은 보잔하고 시불견(時不見)만 격어다가 장안(長安) 대도시(大道市)예 붙이로다 백성(百姓)들아 가업는 이시절(時節)을 무흥(無興)하나 보아스라 슬프다 고노인(古老人)아 일언시절(時節) 보안느냐

〈임계탄〉의 첫 부분이다. 처음부터 시적 화자는 슬픈 감정을 토로한다. 제목의 '임계'는 임자년의 '임(壬)'과 계축년의 '계(癸)'를 의미한다. '탄(嘆)'은 탄식하다는 뜻이다. 임자년과 계축년에 일어난 흉

년은 그전에는 없었던 아주 큰 기근이었다. 물론 이같은 흉년은 장
흥지역에만 발생한 것이 아니다. 그렇기에 보고 듣는 풍경이 삼척동
자도 아는 일이라 한 것이다. 이는 자연재해로 된 나라의 어려운 상
황을 미리 암시해 주는 부분이기도 한다. 시적 화자는 백성들에게
각골한 시절을 명심하여 잊지 말자고 당부한다. 또한 그는 진언문(眞
諺文)을 써서 모든 사람이 알 수 있도록 장안의 큰 도시에 붙이고자
한다. 그러면서 작품을 쓴 동기를 서술한다. 아무 것도 없는 어려운
상황을 흥(興)이 없다고 한다. 노인은 오래도록 많은 경험을 한 사람
을 나타낸다. 시적 화자가 노인에게 질문하는 이유는 아주 오래 전
에도 나라의 어려운 상황이 있었는지 확인코자 한 것이다. 그러므로
이 사건은 그 이전에 있지 않은 아주 심각한 자연재해를 의미한다.

> 산원(山原)이 불리나니 전야(田野) 다타거다 적지(赤地) 천리(千里)하니
> 황겁(惶怯)이 절로난다 시우(時雨)를 못어드니 이앙(移秧)을 어이하리 불위
> 농시(不違農時) 이말씀 인력(人力)으로 못하리라 유월망(六月望) 오는비는
> 명호만혜(鳴呼晚兮) 그러나마 제판의 픠게된 모 옴겨두고 시험(試驗)하세
> 남촌(南村) 북촌(北村) 사람 시각(時刻)을 쟁선하다 슬프다 농민(農民)드라
> 이필역(畢役) 못하야서 영악(獰惡)코 흉(凶)한풍파(風波) 피해(被害)도 참혹
> (慘酷)하다 곳곳지 남은전지(田地) 낫낫치 섯는화곡(禾穀) 이후(後)나 무병
> (病)하면 생도(生道)를 보라더니 놀납다 멸오충(滅吳虫)이 사야(四野)의 니
> 단말가 엊그제 푸른들이 백지순색(白地純色) 되거고나 강동(江東)의 안석
> 패(安石旆)을 다시조차 나라온가 천재인무노공(千載人無魯恭)하니 뉘라서
> 소재(消災)할고 이조석(朝夕) 난계(難繼)하니 후생애(後生涯) 보랄소냐 추
> 적을(秋糴乙) 펴여시들 져요역(徭役) 뉘당당옹(當糖瀚) □□이 극엄(極嚴)
> 하니 □□도(道) 어렵도다 남부여대(男負女戴)ᄒ고 가로라 정처(定處)업시
> 자연(自然)이 이산(離散)하니 촌낙(村落)이 가이업다

　자연재해 후의 상황을 묘사한다. 비는 오지 않고 폭염은 계속되며, 엎친 데 덮친 격으로 산에 불이 나서 논밭도 다 타버린다. 백성들은 가뭄, 폭염, 산불로 붉은 땅이 천리에 펼쳐지니 절로 겁이 난다. 그 때 암담한 상황을 전한다. 알맞은 때의 알맞은 날씨는 흥한 농사가 된다. 그러나 때에 맞춰 비를 얻지 못하면 농사는 망하기 마련이다. 따라서 농부들은 이앙을 어떻게 할까 하며 농사일에 근심한다. 농사를 짓는 사람에게 때에 맞게 일하는 것은 지극히 당연한 일이다. 어떤 때는 비가 와야 하고, 어떤 때는 해가 쨍하고 비춰야 한다. 사람의 손에 의한 일도 마찬가지다. 계절에 맞게 모를 심어야 하고, 거두는 것 역시 때에 맞춰야 한다. 시적 화자는 자연재해로 인해 사람이 할 수 있는 일이 없음을 안타까워한다. 그러나 지역 사람들은 열악한 상황에서도 희망을 버리지 않고 6월 보름에 내린 비에 의지한다. 이에 그들은 모를 옮겨 심어 흉년든 땅에서 잘 자랄 수 있는지 시험한다. 그러나 때를 맞추지 못한 탓에 곡식들은 영악한 풍파와 병충해로 피해가 생긴다. 그때 심었던 벼들이 자라 푸르러야 하는 땅은 심각한 피해로 흰 땅이 돼버린다. 이 현상으로 농민들은 밤낮 어려운 생활을 해나가지만, 어쩔 수 없이 모든 것을 포기하고 결국 고향을 떠난다. 이 모습을 '남자는 짊어지고 여자는 머리 위에 올려놓고 정처 없이 자연을 떠난다'고 하여 사람들이 삶의 모든 것을 포기하고 고향을 떠나는 모습으로 묘사한다.

　　□□다 기민(饑民)드라 진휼(賑恤) 기별(奇別) 들어슨다 당초(當初)에 뫼흔 곡석(穀石) 정비(精備)하야 받았더니 진휼청(賑恤廳) 모든 쥐가 각창(各倉)의 궁글 뚫고 주야(晝夜)로 나들면서 섬섬이 까먹언네 이번의 타낸 걸량

(乞糧) 공곡(空穀)으로 의포하예 적조(糴糶)맛튼 져 두승(斗升)아 너조차 무 슴 일로 공수자(孔輸子) 밋근 신(信)을 철목(鐵木)으로 삼겻거늘 무단(無端) 이 환면(換面)하고 빙공영사(憑公營私) 하나슨다 엊그제 관홍양(寬洪量)이 간탐(奸貪)코 협애(狹隘)하다 변세(變世)은 변세(變世)로다 사롬이 거북되 여 진창(賑倉)의 들어안자 모든 쥐를 살피더니 본성(本性)이 서상(鼠狀)이 라 마침내 어이 되어 창중(倉中) 진곡미(賑穀米)을 다 주어 무러가라 녁코 닢을 굴을 삼고 모야(暮夜)의 장치(藏置)하니 석서가(碩鼠歌) 일러난들 교 혈여부(狡穴餘腐) 뉘 이시리 실갓 쓴 소영감(小令監)은 진왕(秦王)의 성(姓) 을 어더 단좌소(但坐嘯) 다방부리 지휘중(指揮中)의 녀허두고 주묵(朱墨)을 천농(擅弄)하며 잔민(殘民)을 추박(椎剝)하니 져 아표(餓殍) 월시(越視)하고 사화재(私貨財) 도모(圖謀)하다 진정사(賑政事) 말게 하소 무실존명(無實存 名) 가이업다 진감색(賑監色)의 진진 창을 고븨고븨 다 채우니 기민(饑民) 아 네 죽거라 사사(事事)로 살세(殺歲)로다 이 시절 이러하니 바랠 것 없어 도야

  시적 화자가 진휼청의 부패한 아전들을 고발한다. 농민들은 당초 나라에서 받아야 하는 곡식의 양을 다 받는다. 하지만 진휼청의 모든 쥐가 창고에 구멍을 뚫어 밤낮으로 나들며 다 먹었다고 하여 쥐의 허물을 이야기한다. '모든 쥐'는 부패한 아전들을 가리키며, '걸량(乞 糧)'은 빈 곡식을 의미한다. '두승(斗升)'은 무게를 재는 물건인데 원 래 나무로 만든다. 그러나 진휼청의 '두승'은 철과 나무가 섞여 있다. 이는 두승의 무게를 무겁게 하기 위해 나무와 철을 함께 사용한 것이 다. 그리고는 아전들은 백성들에게 같은 무게의 걸량을 분배한다. 하지만, 결국 정해진 양보다 적게 주고 본인들의 이익을 챙긴다. '공 수자'는 유명한 기술자다.54) 그의 기술처럼 교묘하게 요령을 피워

_____

54) "孟子曰; 離婁之明과 公輸子之巧로도 不以規矩,면 不能成方員하고, 師曠之聰라 도 故能樂也이니다." 맹자께서 말씀하셨다. "이루의 밝은 눈과 공수자의 교묘한 솜씨

'두승'을 만들었다. 좋은 기술은 좋은 곳에 쓰여야 하나 그렇지 못했다. 부패한 아전들은 나라의 곡식으로 개인의 이익을 취하고, 이로 인해 나라의 기강은 흔들리게 된다. 사람의 마음이 편치 않으니 진휼청의 창고에 들어 앉아 모든 쥐들만 살피게 된다. 〈석서가(碩鼠歌)〉는 큰 쥐가 창고의 곡식을 먹는 광경을 그린 노래로 《시경(詩經)》〈위풍(魏風)〉의 석서(碩鼠)55)에 나온다. 그들의 본성은 '서상(鼠狀)'으로 쥐를 가리킨다. 쥐들의 특성은 늦은 밤에 활동하여 몰래 일한다. 이는 '부세(負稅)의 무거움'을 풍자하고 있다. 이는 민심(民心)이 일어나도 간교한 관리들이 부정으로 남긴 곡식은 있다는 것이다. 백성들은 길거리에서 죽어 나가고, 간악한 관리들의 뱃속은 굽이굽이 다 채워지니 서로 대립되는 모습을 그려낸다. 시적 화자는 굶주린 백성들에게 그냥 죽는 것이 낫다고 할 만큼 고된 생활을 표출하고, '일마다 죽는 해'라고 언급한다. 이는 자연재해 후에 벌어진 부패한 관리들의 폭정을 여실히 드러낸 부분이다. 관리들의 부정부패는 바로 백성들을 고통으로 이끄는 원인임을 밝혀 사회 모순을 반복적으로 설명한다.

를 가지고 있다 하더라도, 그림쇠와 자를 사용하지 않는다면 방형과 원형을 정확하게 그릴 수 없고, 음을 잘 아는 사광의 밝은 귀를 가지고 있더라도, 진정한 즐거움을 얻을 수 있었습니다. [하나라 걸왕은 이와 반대였습니다. 백성들이 그를 원망하였으나, 그는 오히려 자신을 태양에 비유하여 '태양이 없어질 때라야 나도 죽을 것이다'라고 하였습니다.] 우재호 역, 『맹자』(을유문화사, 2007), 57~58면.
55) 周나라의 통치가 문란해졌을 때 백성들이 탐관오리를 큰 쥐에 비유하였고, 그 학정을 벗어나 좋은 세상에서 살고 싶은 소망을 노래한 민요이다. 이종은 외, 「한국문학에 나타난 유토피아 의식연구」, 『한국학논집』 28집(한양대학교 한국학연구소, 1996), 15면.

도탄(塗炭)의 빠진백성(百姓) 해가(奚暇)의 눌을 뜨고 실고튼 이목숨이
질금도 질글시고 굼고먹고 그리져리 천행(天幸)으로 살아난들 부모동생(父
母同生) 어디가고 요서자식(夭逝子息) 더욱 셟다 눈의는 피가나고 가슴은
불이난다 망극(罔極)다 통곡(痛哭)이여 도처(到處)의 참혹(慘酷)하다 이몸
이 황황(遑遑)하야 심불능정정(心不能定情)하니 이살세(殺歲) 사라나셔 이
낙세(樂歲) 볼동말동

이는 불쌍한 백성들의 삶을 그린 부분이다. 도탄에 빠진 백성들은
눈 뜰 겨를도 없이 핍박과 환난에 처한다. 백성들은 질긴 목숨이 가
늘고 긴 실과 같다고 비유하여 목숨을 연명하며 살아가는 안타까운
심정을 말한다. 또한, 백성들의 배고픈 현실도 묘사한다. 그들은 굶
고 먹고를 반복하며 이리저리 천운(天運)으로 살아난다. 하지만, 다
른 가족들은 어디 가고 배고파서 굶어 죽은 자식만 있으니 더욱 서
럽다고 표현한다. 시적 화자는 백성들에게 상서롭지 못한 일이 생겨
남에 슬픔을 토로한다. 이러한 심정을 '눈에는 피가 나고 가슴은 불
이 난다'며 억울한 백성들의 마음을 대변한다. 백성들의 통곡은 극
에 달하고 도처에서 일어나는 참혹함은 말할 수 없을 지경이다. 이
런 백성들을 보고 마음을 안정시키지 못하는 것은 당연하다. 그래도
힘든 세상을 견뎠지만, 백성들에게는 즐거운 세상이 쉽게 돌아오지
않을 것을 암시하기도 한다.

애답다 우리영감(令監) 순사도(巡使道)의 면분(面分)업서 감영(監營)을
가시잔들 기마(騎馬)가 이실넌가 보션이 업섯거니 동의(冬衣)도 난득(難得)
하다 행장(行裝)이 부제(不齊)하니 읍민완행(邑民完行) 권(勸)치마라 치보
(馳報)을 자주하샤 공도(公道)만 미덧더니 공도(公道) 공도(公道)안야 인정
(人情)이 공도(公道)로다 사도제음(使道題音) 공명(公明)하샤 우리고을 낫

다하고 부비파자(負琵琶者) 기무(起舞)하니 하가자(荷枷者)도 역동(亦動)이
라 이제음(題音) 이러하니 이아니 일가소(一可笑)가 금능(金陵) 산양(山陽)
두사이요 영주(瀛州)는 압피로다 세고을 정족간(鼎足間)의 우리고을 삼겨
거늘 무어시 낫다하고 지차읍(之次邑)의 분등(分等)한고

　이는 관리들의 부조리한 정치를 나타낸다. 자연재해로 입지도 먹
지도 못한 어려운 상황에도 관리들의 폭정은 계속된다. 특히, 이 부
분은 관리들의 어리석음을 논하고 있다. 장흥 고을의 수령은 순사또
가 있는 감영에 가고자 하나 면분이 없어 가지 못한다. 순사또는 ‘배
곯은 말이라도 있어야 갈 것이 아닌가?’라며 쉽게 감영에 못가는 상
황을 열거한다. 그러나 비꼬는 말투다. 시적 화자는 영감의 행장이
가지런하지 못함을 핑계 삼아 감영에 가지 말라고 이른다. 그러나
진실로 가지 말라는 것은 아니다. 백성들이 먹고 살기가 급하니 행
장이 가지런하지 못해도 가는 것이 옳다. 하지만 타고 갈 말이 없고,
더군다나 작은 버선도 없다. 어렵게 겨우 구한 것은 겨울옷뿐이라며
어려운 상황을 논한다. 영감은 가기 힘든 상황이라고 변명을 하지
만, 이 부분은 굶주리는 백성들보다 양반의 체면을 중시하여 가기
싫은 영감의 속마음을 드러낸다. 이 상황에서 행장이 가지런하면 웃
긴 일이 된다. 백성들이 굶주림에 급히 보고하기를 여러 번 하지만,
관리들은 믿고 바르게 처리하는 사람이 없다. 나라에서는 어려운 정
도에 따라 곡식을 나눠 주지만 실상 백성에게는 돌아가지 않는다.
공의로움은 공의로움이지만, 여기서는 인정(人情)이 곧 공의로움이
된다. 따라서 관리들은 인정으로 공의로움을 판단하고, 사또가 보낸
판결서는 감영에서 공명하게 처리하니 다른 고을에 비해 우리 고을
의 상황이 더 낫다. 그러나 사실은 그렇지 않다. 이를 통해 비리로

얼룩진 관리들의 모습을 엿볼 수 있다. '비파를 짊어진 자는 일어나
서 춤추고, 칼을 쓴 자도 춤춘다'하여 자연재해로 심각한 상황에도
부정한 관리들의 탐욕에 더 힘든 상황을 비유한다. 장흥은 강진(金
陵)과 보성(山陽)의 사이고, 제주(瀛州)는 앞이라고 하여 세 고을을 솥
발에 비유한다. '그러니 무엇이 낫다하고, 그 다음 가는 순서의 나눔
이 있겠는가'라며 순서에 의미가 없음을 언급한다. 즉, 자연재해 등
급은 흉년의 등급이 아닌 인정의 등급인 것이다. 따라서 장흥은 '지
차읍(之次邑)'이라 했다. 각 읍에 어려움이 있을 때, 재해의 경중(輕
重)에 따라 등급을 나눠 나라에서 도움을 받았으나 현실은 그렇지 못
했다. 장흥은 등급으로만 본다면 기근이 심하지 않은 고을이다. 이
는 순사또의 게으르고 면분 없는 것도 있었지만, 그것보다는 재해의
실상을 감춰 '지차읍'으로 신고한 관리들의 비리를 폭로코자 한 것
이다.

아모리 연흉(連凶)인들 상납(上納)을 근치손야 행관(行關)이 연속(連續)
하야 각항(各項)밧자 정지(停止)할나 대동(大同) 결역미(結役米)와 □환상
(還上) 걸량본전(乞粮本錢) 각색보미(各色保米) 운역(運役)과 통호역(統戶
役) 향도역(香徒役)을 구별구별(區別區別) 별음(別音)ᄒ랴 일시(一時)의 독
봉(督捧)ᄒ니 이리하야 못하리라 별차검독(別差檢督) 내여코야 별차검독(別
差檢督) 주인사령(主人使令) 약정면장 안동(眼同)ᄒ니 포효(咆哮)하는 호령
(號令)소리 여염(閭閻)이 진동(振動)한다 관령(官令)을 미섯거니 명분(名分)
을 도라보랴 내정(內庭)의 작난(作亂)ᄒ니 임진왜란(壬辰倭亂) 이럿턴가 호
수차지(戶首次知) 면임차지(面任次知) 이정차지(里正次知) 일족차지(一族次
知) 다자바 수금(囚禁)ᄒ고 성화(星火)로 독납(督納)하니 영가(永嘉)적 시절
(時節)인가 하담(荷擔)은 무슴일고 어와 난리(亂離)로다 이 난리(亂離) 뉘당
(當)ᄒ리

이는 수령이 곡식을 은닉하는 장면을 묘사한 부분이다. 세금은 정해진 법에 맞게 준비하였음에도 나라에는 현실과 어긋나게 상납됐다고 고해진다. 그러므로 이를 채우기 위해 관가들이 거둬간 착취현상은 실로 엄청났다고 할 수 있겠다. 시적 화자는 아무리 흉년이 이어진다고 해도 상납은 끊이지 않았다며 괴로움을 토로한다. 관아에 필요한 갖가지 항목들을 적은 공문을 계속 보낸들 나라에서는 뜻이 받아들여지지 않을 것이라 한다. 세금에서 대동의 '결속미'와 '결량본전'은 각 군역 대신 내는 세금으로 거두는 쌀, 집집마다 부과되는 부역, 부역에 징발된 사람 등을 구별하고 조정해서 나누어 한 번에 세납(稅納)을 독촉해 거둬들이도록 한다. 결국 시적 화자는 임진왜란 때에도 크게 어렵지 않았다고 말한다. 이는 중간에서 관리들이 부정한 행위를 하는 모습을 간접적으로 언급한 구절이다. 향촌의 일을 맡아하는 관리가 면임차지, 이정차지, 일족차지들 즉, 징세 담당자를 잡아 가둬 성화로 세금을 바치도록 독촉한다. 이는 수령의 은닉을 말하며, 조사한 기준과 현실과 어긋난 상납의 현상들을 측정하여 더 많은 세금을 요구하는 관가의 착취로 이어졌음을 나타낸다. 이는 수령의 은닉을 조장하여 현실과 상납 사이의 어긋난 논의를 전개한다. 즉, 부세의 수취는 수령의 고과에 반영되기 때문에 흉년의 농민은 돌보지 않고, 수령의 이익만을 챙기려 한다. '난리로다 이 난리 누가 당하리'를 통해 부정부패의 극심한 상황을 언급한다.

〈임계탄〉은 극심한 자연재해로 인한 장흥지역 백성들의 어려움을 그린 작품이다. 시적 화자는 자연재해에 괴로워하는 백성들에게 부패한 관리의 폭정을 더한 심각한 부정부패의 모습을 보여주었다. 시적 화자는 이 백성들의 연민과 분노를 자아냈다. 시적 화자나 백성들에게 자연재해는 원망의 대상이 아니었다. 그러나 부정한 관리들은 원망의 대상이 됐다. 먹고 살 길이 막막한 가난하고도 힘든 백성들에게 자연재해가 찾아왔고, 설상가상으로 부정한 관리들의 횡포를 겪게 됐다. 그러므로 백성들의 원망은 하늘을 찌를 듯하여 진언문을 올리게 되는 지경에 이르게 됐다. 시적 화자는 현실에 대한 비판을 부정부패의 사실적인 모습으로 그려냈다.

2) 부정한 관리에 대한 풍자

부조리한 관리들의 부정한 모습은 조선시대뿐만 아니라 고려시대 및 삼국시대 그 이전의 계급사회에서부터 이루어졌다. 다만, 조선시대에는 기록의 자율성으로 인해 사건이 더 크게 부각되었을 뿐이다. 목민관은 백성을 다스리는 벼슬을 가진 사람으로, 백성에게 모범이 되어야 한다. 그러나 현실비판가사에서 그들은 대부분 탐관오리로 그려진다. 이 작품뿐만 아니라 그 이전에도 작품의 소재로 종종 등장하기도 한다. 장흥가사 중에 부조리한 관리의 모습을 보여준 작품들을 구체적으로 살펴보자.

> 귀경가자 귀경가자 합강정(合江亭) 귀경가자 시유구월(時維九月) 염이일(念二日)은 길일(吉日)인가 가절(佳節)인가 관풍찰속(觀風察俗) 우리 순상(巡相) 이늘의 선유(船遊)ᄒᆞᄂᆡ 청추성절(淸秋盛節) 즐거우나 창오모운(蒼梧暮雲) 비감(悲感)ᄒᆞ다 북궐분운(北闕紛紜) 몽외사(夢外事)라 남쥬민막(南州民瘼)늬 아둔가 음쥬유산(飮酒遊山) 조흘시고 추사방극(秋事方極) 고렴(顧念)홀가 식강통도(塞江通道) ᄒᆞ올 적의 일월공역(一月貢役) 드단 말가 착산통도(鑿山通道) ᄒᆞ올 적의 억민가식(抑民稼穡) ᄒᆞ단 말가 호원(號冤)ᄒᆞᄂᆞᆫ 저 구신(鬼神)아 풍경(風景)의 타시로다 범갓탄 우리 순상(巡

相) 생심(生心)이나 원망(怨望)홀가

시적 화자는 여러 사람에게 '합강정'으로 구경가자고 선동한다.
시간적 배경은 '시유구월 엄이일'이며, 9월 22일을 나타낸다. 그 다
음날인 9월 23일은 국기일이다. 나랏일을 하는 사람은 국기일을 몰
라서는 안 된다. 그럼에도 순상은 전날인 9월 22일에 음주와 가무를
곁들여 흥청망청 노는 모습을 묘사한다. 여기서 순상은 '정민시'를
말한다. 그러나 시적 화자는 국기일인 중양절이 좋은 날인지 묻는
다. 농민들은 추수에 다급한 모습을 드러낸다. 하지만, 관리들은 추
수에는 관심 없고 좋은 날만 찾아 놀고, 먹고, 즐기고자 하는 마음에
여념 없다. 관리들은 날씨 좋은 날, 풍속을 관찰하는 순상이 이를
핑계로 흥겨운 뱃놀이를 즐기고자 한다. 그러나 뱃놀이 하는 중양절
은 궁중 제사가 있는 엄숙한 날이다. 그럼에도 불구하고 풍속을 살
펴야 하는 순상은 뱃놀이하며, 푸른 가을의 태평한 시절을 즐긴다.
'창오모운(蒼梧暮雲)'은 창오산의 저녁 구름을 의미한다. 아황과 여영
이 순임금을 추모하는 마음을 드러낸 구절로 투신 직전 심경의 비감
함을 표현한다. '북궐(北闕)'은 궁중이다. 궁중의 어지러운 일은 꿈밖
의 일이라 하여 뱃놀이하는 모습을 묘사한다. 남쪽 고을 백성들이
병들었음을 아는지 물어 순상의 여유로운 즐거움과 백성들의 바쁘
고 원망스러움을 대조적으로 표현한다. 순상의 뱃놀이는 끝날 줄 모
르고 흥겹지만, 추수에 바쁜 백성들은 큰 고통이 된다. 이 잔치는
순상의 뱃놀이에만 그치는 것이 아니다. 순상의 놀이를 위해 농사짓
기도 바쁜 백성들에게 강을 막아 길을 만들어야 하는 일이 부여된
다. 이에 시적 화자는 잘못된 일에 따끔한 충고를 더해준다. 구체적

으로는 백성들이 해야 할 농사일을 방해하고, 강을 막고 산을 뚫어 길을 내는 일로 추수시기를 뺏겨 일손이 낭비됨을 한탄한다. 해야 할 일을 마땅히 못하고, 하지 않은 일을 하고 있는 백성들의 고단함을 드러낸다. 시적 화자는 어느 누구에게도 호소할 방법이 없으니 결국 귀신에게까지 그 원통함을 호소한다. 아름다운 자연과 더불어 살고 있지만, 원망해야 하는 원인 역시 아름다운 자연이다. 백성들은 아름다운 고장에 살고 있음을 원망하며, 범 같은 순상의 마음 또한 원망한다. 호화롭게 준비해 놓은 주전장막에 여유로운 순상의 풍정은 백성들에게 원수 같고, 어쩔 수 없는 액운의 영향이라 인식한다. 순상의 행위와 백성의 반응은 극도로 상치된다. '구경가세', '좋을시고'라고 하여 첫 부분에서는 백성들의 흥겨움을 드러내고 있다. 그러나 시적 화자는 진실로 나타내는 즐거움이 아닌 비감하고 원망스러운 정서의 역설적 표현이다.[56] 백성들은 아름다운 풍경에 살기 좋은 마을의 평안함을 느끼기보다 순상의 사치스러운 행동은 시적 화자의 원통함을 드러낸다.

소럼의 비을 타니 수상(水上)의 승경(勝景)이오 을닌옥쳑(銀鱗玉尺) 쥬어 닌여 쥬듕(舟中)의 회핑(膾烹)ᄒ니 인간의 남은 액운(厄運) 수국(水國)의 미 ᄂ고나 오리(五里)밧 쥬막(酒幕)의 낭자(狼藉)ᄒ 져 쥬육(酒肉)은 열읍관인 (列邑官人) 격기로다 쥰민고택(浚民膏澤) 안이런가 다담상(茶啖床)의 수파 련(水波蓮)은 향곡우민(鄕谷愚民) 초견(初見)이라 긔이(奇異)ᄒ고 찰난(燦 欄)ᄒ다 빅금물가(白金物價) 드단 말가 민원(民怨)이 철천(徹天)ᄒ고 풍악 (風樂)이 동지(動地)로다 종일(終日) 놀임 부족(不足)ᄒ야 병촉야유(秉燭夜 遊) ᄒ단 말가

---

56) 최상은, 「현실비판가사의 현실인식과 문학적 성격」, 『가사문학의 이념과 정서』(보고사, 2006), 279면.

감사의 사치스런 유흥을 상세하게 지적한다. 배에서는 아름다운 풍경을 즐기며, 싱싱한 물고기를 잡아 다양한 요리방법을 즐긴다. 물론, 싱싱한 물고기는 모두 순상 것이다. 잔치의 시끌벅적하고 요란한 광경은 5리 밖까지 길게 펼쳐진 술자리의 성대함으로 규모를 짐작케 한다. 그곳은 감사를 수행하는 관리들이 머물고, 그 주막 역시 널려진 술과 고기들, 잔칫상을 꾸미는 꽃인 기생들로 가득하다. 그러나 이 재물들은 모두 백성들의 피와 땀으로 일구어낸 것들이다. 관리들의 기쁨이 클수록 백성들은 더욱 더 힘겨워진다. '수파련(水波蓮)'은 잔치나 굿할 때 장식으로 쓰는 종이로 만든 연꽃이다. 하지만 여기서는 아주 화려한 꽃 장식을 의미하기도 하지만, 아름다운 기생을 의미하기도 한다. 시골에 사는 향곡의 어리석은 백성들을 주체로 본다면 '수파련'은 아름다운 외모를 가진 기생들로 보아야 할 것이다. 시골 향곡 백성들은 기생들을 처음 보고, 그 모습은 기이하고 찬란하다고 한다. 시골 향곡들에게 기생의 화려하고 사치스러운 면모는 신기하기만 하다. 사정이 이러하니 현재 부임한 관리들의 횡포는 더욱 심할 수밖에 없다. 백성들의 원망은 하늘에 사무치며, 시끄럽게 난리치는 풍악소리는 땅을 움직이는 대조적인 모습은 상황의 극대화를 나타낸다. 이는 잔치의 규모를 다시 한 번 알게 한다. 순상은 하루 종일 잔치를 벌임에도 손에 촛불 잡고 밤까지 잔치를 이어간다. 백성들을 돌보아야 하는 목민관은 백성들의 고통을 더 무겁게 하고, 심지어 그들의 재물을 빼앗기까지 한다. 이는 백성들의 고달픈 삶과 달리 관리들의 휘황찬란한 잔치의 광경을 대조적으로 보인다.

불상한 져 민전(民田)의 조분 질 널니거다 각읍관인(各邑官人) 동역시(動

役時)의 편박(便泊)좃차 무삼 일고 허다(許多)한 관인(官人) 젹기 되소촌(大
小村)의 분정(分定)ᄒ니 사방부근(四方附近) 십니니(十里內)여 계견(鷄伏)
이 멸족(滅族)커다 부자는 가(可)커니와 가연(可憐)ᄒ다 빈자(貧者)로다 석
양(夕陽)이 다 저가고 이장(里長)쵹반(促飯) 홀 졔 한쥬(寒廚)의 우난 소부
(少婦) 발굴며 ᄒ는 마리 방이품 어드 양식(糧食) 한 되는 니건마는 찬소
(饌蔬)는 어이하며 긔명(器皿)은 누기 빌고 압뒷집 보나보니 납일차증(納日
差定) 여듸로다 촌계(村鷄)도 탕진(蕩盡)ᄒ고 호슈렴(戶收斂) ᄒ단 말가 되
호(大戶)의 양(兩)이 남고 소호(小戶)의 육칠전(六七錢)이라 이 노름 다시
하면 이 빅성(百姓)이 못살 거다 한 사람의 호사(豪奢)로서 몃 빅성의 날니
넌고

　불쌍한 백성들의 삶을 그대로 묘사한다. 관리들은 백성들의 돈을
거두기 위해 백성들의 집을 수시로 들락날락한다. 밭에 난 좁은 길
이 넓게 변했다며 많은 사람들이 왕래했음을 언급한다. 관리들의 부
정한 태도를 고발한다. 또한, 각 지방의 관리들이 움직이는 것 하나
하나 파악하고 그들의 숙식까지 도맡아야 처리한다. 많은 관인들은
크고 작은 마을로 나뉘고 백성들은 그들을 접대한다. '사방 부근 십
리에 있는 개나 닭이 멸족하게 되었음'은 그들의 착취 정도를 가늠
할 수 있는 부분이다. 이는 가난한 백성들에게는 너무도 비참한 일
이다. 시적 화자는 한 예로 '차가운 부엌에서 울고 있는 한 젊은 부
인의 이야기'를 언급한다. 이장은 관리들의 대접으로 서민들에게 밥
을 재촉하는데, 젊은 부인은 발을 구르며 이장에게 호소하는 내용이
다. "방아품으로 나라에 낼 양식 한 되는 얻었지만 반찬도 없고, 장
만할 그릇도 없다"며 어려운 상황을 설명한다. 그리고 이러한 사정
은 그 마을 사람들 모두 똑같다며 경제적 어려움을 아전에게 실토한
다. 그러나 더 심각한 문제는 먹는 것뿐만 아니라 세금으로 돈도 거

뒤 간다는 사실이다. 백성들은 관리들의 호화로운 잔치로 인해 여러
백성들이 고난을 받는 모습에 시적 화자는 한탄하고도 한탄한다.

> 한 사람의 호사(豪奢)로서 몃빅싱의 날니넌고 낙토(樂土)의 싱긴 인상(人
> 生) 틱평성딕(太平聖代) 죠하여 안토안업(安土安業) ᄒ옵써니 할길 업서 유
> 리(遊離)ᄒ너 가장전지(家庄田地) 진민(盡賣)ᄒ야 어늬 말로 갈넌고 비나이
> 다 비나이다 상제(上帝)님긔 비나이다 우리 성상(聖上) 인익심(仁愛心)이
> 광명촉(光明燭)이 도야쩌샤 빗최소서 빗최소서 이 원전(員前)에 빗최소셔
> 전두풍성(前頭風聲) 들니기로 치죄니향(治罪利鄉) ᄒ다커늘 간활(寬濶)인
> 가 네겨쩌니 음식(飮食) 드림 쑨이로다

순상의 호사스럽게 잔치를 벌이는 부분이다. 관리가 편안해지면
백성들은 힘들어지게 마련이다. 그러나 정도가 지나침이 너무도 심
하다. '낙토(樂土)에서 생긴 인생'이라며 시적 화자는 장흥을 '낙토'에
비유했다. '낙토'는 '즐거운 땅'이라는 의미로 자연의 아름다움과 환
경이 좋은 곳임을 의미한다. 이 부분을 통해 작품의 작자를 추정케
한다. 첫 번째로 이색의 〈중녕산황보성기(中寧山皇甫城記)〉[57]에서 장
흥의 옛 이름을 '낙토'라 하였음을 밝혔다. 두 번째로 《위문가첩》[58]

---

57) 중녕산에 성을 쌓는 것은 나라의 근본을 공고하게 하는 일이다. 고을이 큰 바다
언덕에 위치하여 겨울에도 푸른 초목이 많다. 옛날에는 낙토(樂土)라고 일컬었다.
인종왕비(仁宗王妃)인 공예태후(恭睿太后) 임씨(任氏)가 의종(毅宗)·명종(明宗)·
신종(神宗)의 세 임금을 낳아 서로 이어서 왕위에 오르고, 장흥(長興) 고을이 옛날에
비하여 풍년이 잘 들었다. 군(郡)에서 목(牧)으로 승격하였으니, 특출한 것을 극진히
드러내어 표창한 것이다.[城中寧。固邦本也。府岸大海。草木多冬靑。古稱樂土。仁
王妃恭睿任太后。生毅明神三王。相繼卽位。長興比古有年。由郡陞牧。所以旌異者
至矣。] 李穡,〈中寧山皇甫城記〉,《東文選》卷之七十六
58) 이 책은 17세기 말엽부터 19세기 초엽 사이에 장흥과 영암, 순창을 지역적 배경으로
이루어진 것임을 알 수 있다. 특히 18세기 후반에서 19세기 초엽 장흥지방 세거사족의

에는 장흥위씨 일문에 전해지는 책이다. 그러나 이·책에는 장흥지역
을 배경으로 한 책이 다수를 차지하며, 다른 배경으로 한 〈만고가〉
와 〈합강정선유가〉가 존재한다. 작가가 알려지지 않았지만 《위문가
첩》의 기록자는 장흥위씨와 깊은 연관이 있음을 알 수 있다. 세 번
째는 '합강정'이라는 지명과의 관련성이다. 여기 등장하는 '합강정'
의 정자이름은 '진주'와 '인제', '순창'에 하나씩 있다. '진주'는 경상
남도에 위치하고 있고, '인제'는 강원도에 위치하고 있으며, '순창'은
전라북도에 위치하고 있다. 그러므로 이를 종합해 볼 때 '낙토에서
생긴 인생'은 작가를 드러내는 '장흥'과 밀접한 곳이므로, 순창이라
볼 수 있다. 그리고 장흥위씨이고, '옥과'와 관련된 사람은 '존재 위
백규'이다. 그동안 작자층을 밝히는 과정에서 〈합강정선유가〉의 작
가는 성명을 알 수 없는 '전라도 사람', '호민'으로 되어 있었다.[59]
그러나 김석회의 논문과 '장흥'을 나타내는 기록들을 종합해 볼 때,
작자는 장흥에서 태어난 인물이며, 옥과현감을 지낸 인물인 '위백규'
임에 틀림없다.

　모든 백성들은 태평성대를 좋아하여 편안한 땅과 안심할 수 있는
직업을 원한다. 하지만 '낙토'라는 땅이름과 달리 할 일 없어 떠돌며

작품이 집중적으로 실려 있는 것이 특징이며, 필체가 적어도 셋 이상인 점으로 미루어
어떤 한 개인의 독자적인 편집은 아닌 것으로 보이며, 장흥지방 사투리의 구기가
많이 배어 있는 것으로 보아 주로 음영구술을 토대로 기록이 이루어진 것으로 보인다.
여기 등장하는 〈만고가〉의 경우, 작가는 영암 구림(鳩林)의 세거사족 함양박씨의 일
원인 박이화(1739~1783)인데, 그의 《귀계집》에 부록되어 있는 낭호신사에는 순한
글 필사로 된 133행 266구의 완본이 전하고 있다. 그러나 중간에 양본이 서로 다른
것으로 보아 《魏門家帖》의 기록자가 검열적 교정자로서, 혹은 흥미위주의 개작자로
서 간여한 것이 아닌가 여겨진다. 김석회, 앞의 책(이회문화사, 2005), 311~316면.
59) 고순희, 앞의 논문(국제비교한국학회, 2000), 130면.

노닐게 된다. 자연재해로 자원도 풍부하지 않고, 더군다나 농사지은 것도 별 볼 일 없다. 백성들은 집이나 장막, 밭과 땅을 모두 팔아 밑천을 마련하고 다른 어떤 마을에서 생계를 꾸려야 할지 막막한 심정을 표현한다. 공간은 '낙토'라 불리지만, 정작 아름다운 곳은 없다. 그러므로 백성들은 상제님께 '성상이 인애심을 돋게 해달라'고 빈다. 이 마을백성들은 마을의 평안을 기원하며 간절히 원하고 또 바란다. 지방향리의 횡포로 순상이 지방에 순찰 왔음은 그들에게 큰 희망이 된다. 하지만 관리들이 잔치에 정신이 팔려 민생에 아랑곳하지 않는 모습으로 기대는 철저하게 사라진다. 머리 앞에서 바람소리가 들리나 죄를 다스려서 향촌에 이익이 된다고 전한다. 그러나 백성들은 관리의 도량 넓고 활달한 성격을 살피나 그렇지 못하다. 이에 다른 것이 없고 음식만 전할 뿐이라며 백성들의 망연자실한 모습을 표현한다.

> 식록(食祿) 조흔 우리 순상(巡相) 괄록(官祿) 조흔 우리 순상(巡相) 드르시면 병죠판서(兵曹判書) 나오면 팔도방빅(八道方伯) 공명(功名)도 자락(自樂)ᄒ고 부구(富貴)도 그지업다 일단신졀(一丹臣節) 알게되면 갈역보민(竭力輔民) ᄒ오리라 두어라 빈은망덕(背恩忘德)ᄒ면 앙급자손(殃及子孫) ᄒ오리라

이는 작품의 마지막 부분이다. 시적 화자는 순상의 모습을 풍자적으로 나타낸다. 식록과 관록이 좋음은 관직의 경험이 풍부한 사람으로 권위나 지위가 있음을 의미한다. 그러나 순상의 식록과 관록은 백성들의 고통과 핍박으로 만들어졌음을 빗대어 언급한다. 비리를 일삼는 병조판서와 고위 간직의 감사들에게 '공명과 부귀가 끝이 없

다'며 비꼬아 말한다. 그리고 시적 화자는 유학의 근간인 충(忠)을 강조한다. 하지만, 관리들은 '신하의 충심'을 마땅히 해야 할 덕목이 아닌 선택사항으로 표현한다. 시적 화자는 신하로서의 마음가짐을 깨달아 백성들을 위해 힘을 쏟을 것이라며 신하의 본문을 잊은 순상에게 비판의 소리를 남긴다. 고위직에 있는 신하는 임금을 더욱 잘 보필해야 한다. 그러나 이와 달리 개인의 탐욕만 추구하는 모습을 표현한다. 그러나 시적 화자는 임금의 은혜를 잊으면 화는 자손에게 미칠 것이라 하여 신하로서의 도리를 다하라 당부한다. 이 작품에서 비판의 대상은 '정민시'다. 그는 40살 이전에 대사성, 직제학, 5조판서, 좌우참찬을 역임했고, 잠깐 면직되었다가 관찰사, 병조판서, 장용위 대장 등을 역임하며 권력핵심에서 돌았던 인물이다. 이런 점에 비추어 볼 때, 〈합강정선유가〉의 진술은 정확한 사실에 입각해 있음이 확인된다.[60]

〈합강정선유가〉는 화려한 잔치를 통해본 부조리한 관리들의 잔악한 모습을 풍자적으로 그렸다. 목민관은 스스로 백성을 살펴야 하나 오히려 이와는 반대로 잔치를 열어 가진 것 없는 백성들을 더욱 힘들게 만든다. 이 작품은 향촌의 부조리한 현실을 고발하고 있다. 가난하고·불쌍한 백성이 피와 땀을 흘려 그들의 재산을 일구었다. 그러나 관리들은 양심의 가책 없이 백성들을 도적질하는 것처럼 빼앗았다. 이렇듯 사회비판적 현실가사는 부조리한 사회를 널리 알려서 부조리한 사회에서 벗어나고자 하는 못된 관리들을 근절코자 창작된 작품이다.

---

60) 김석회, 앞의 책, 2005, 331~332면.

〈합강정선유가〉와 〈임계탄〉은 향촌의 피폐한 실상과 집권층의 부조리를 그리고 있다. 두 작품들은 서로 부정한 관리를 비판한다는 같은 주제를 갖는다. 하지만 작품의 성격은 조금 다르다. 〈합강정선유가〉는 선정(善政)을 베풀어야 하는 관리가 백성들을 수탈하는 인물을 형상화한 작품이다. 이는 수령들의 잔치행각과 그의 부조리한 민폐들을 풍자적인 어조로 비판한다. 관리하는 감사와 아부하려는 수령들의 행태를 여지없이 비판하여 발생한 문제들에 대해 백성들은 도탄(塗炭)에 빠진 모습으로 형상화한다.

〈임계탄〉은 〈합강정선유가〉와 내용적 성격이 다르다. 〈임계탄〉에서는 두 가지 문제점을 지적한다. 첫째는 '나라의 경제적 어려움'이다. 가뭄으로 인한 자연재해로 재정적 어려움을 겪고 있는 점이 가장 큰 문제다. 둘째는 힘든 여건 속에서 '착취를 일삼는 관리들'이다. 현실비판을 드러낸 작품에서 보이는 현실사회의 부조리함을 형상화하여 그 문제점을 서술한다. 거듭된 흉년에도 아랑곳하지 않는 관리들의 착취가 관행된 것임을 묘사하여 중앙집권체제의 비리와 비판으로 바라본다. 심한 가뭄으로 흉년이었던 자연재해는 어쩔 수 없는 상황이었을지 모른다. 하지만, 이 어려운 상황에서도 관리의 횡포는 살아가기 어려운 현실에서 유랑하는 백성들의 모습을 더욱 어렵게 한다. 이 상황은 향촌 안에서만 발생하는 문제가 아니다. 그렇다고 향촌 밖에서 발생하는 문제도 아니다. 이 두 작품은 향촌문제뿐만 아니라 조선시대 현실사회의 문제를 심각하게 제기한다. 향촌사족들은 향촌사회에서의 문제들을 적극적으로 인식하고 이를 해결하기 위해 그들의 의지와 노력을 글을 통해 확인했다. 작가는 중앙세력의 견제 없는 향촌의 부정한 관리들의 모습을 통해 백성들의 생활상과 고충(苦衷)으로 표현된 향촌 안의 문제를 논하고 있다. 이것은 바로 향촌이라는 공간이 가질 수 있는 향촌공간만의 특징인 것이다.

4. 안빈낙도의 추구

안빈낙도(安貧樂道)는 고려 말에서 조선 초에 이르러 유가적 이념과 생활윤리가 확립되면서 사대부들의 정신영역에 새롭게 부각된 삶의 지표 중 하나다.[61] 이는 '풍류(風流)'와도 관련이 깊다. 조선 전기에 형성된 안빈낙도의 이념은 사대부들의 품위를 유지할 만한 경제지반과 사회적 위치를 지니고 있었다. 이러한 생활에서 우러나온 안빈낙도의 이념은 그들의 정신적 평온, 만족의 상태와 연결되어 넉넉한 자기긍정을 가능케 했다. 이러한 안빈낙도의 바탕과 의미는 임란을 거치면서 변모양상을 드러내게 되었다. 16세기말, 17세기 초에 이르러 양반관료제적 정치사회의 모순이 드러나면서 지배층 내에서도 정치현실에서 소외된 양반계층이 형성되었다. 이러한 경향은 임란을 거치면서 가속화되었는데 정치적, 경제적 기반을 상실한 채 몰락의 길을 걷게 된 향반층은 호남, 영남 등 지방의 경우에는 더욱 광범위하고 심각했다. 그리고 이들은 대부분 문관으로 현달할 기회를 얻지 못한 채 일생을 보내야 했다. 하지만, 그들은 선비로서의 제반 규범과 가치의식을 고수하고, 주자가례대로 관혼상제를 실천

---

61) 우응순, 「박인로의 "안빈낙도"의식과 자연」, 『조선 중기 시가와 자연』(태학사, 2002), 65면.

하는 등의 주자학적 세계관에 강하게 얽매어 있었다. '안빈낙도'는
더 이상 넉넉한 정신적 자긍을 동반한 관습적 용어에 그치지 않게
되었다. 종족과 붕우를 접대하는 봉제사, 접빈객을 실행하고 선비로
서의 품위를 유지할 만한 최소한의 전지와 노비도 소유하지 못한 지
방 향반에게 '안빈낙도'는 유일한 사대부적 삶의 형상으로 받아들여
진 것이다.62)

  안빈낙도의 이념을 드러낸 대표적인 작품에는 〈상춘곡〉이 있다.
〈상춘곡〉은 봄을 소재로 현실에서 밀려 나온 사대부가 지닌 현실의
결핍은 자연과 화합했고, '안빈낙도'라는 이상을 현실과 다른 자연에
서 이룩하게 되는 현상63)을 그린 작품이다. '풍류'는 처음 신라의 화
랑도에서부터 비롯되었다. 화랑도의 이념은 개인의 수양과 단련을
통한 수양방법으로 도의(道義), 가악(歌樂)으로 서로 즐기며, 명산대
천(名山大川)을 찾아 두루 다닌다고 한다. 고려 말에는 자연을 벗 삼은
산수문학(山水文學)에서 나온 은일자적 풍류가 있으며, 조선전기에
사대부의 풍류로는 오랜 전통 속에서 면면이 이어져오고 있다.64)

  장흥지역의 가사문학 가운데 〈초당곡〉이 유일한 '풍류가사'로 전해
진다. 이상계가 나이가 들어 초당에 살면서 주변의 아름다운 자연을
노래한 가사다. 〈초당곡〉의 제작연대는 정확히 알 수 없다. 하지만,
〈초당곡〉은 최소한 초당을 세운 다음에 제작되었을 것으로 추정할
뿐이다. 따라서 넓게 보면, 순조 8년(1808) 즈음에서부터 작자의 몰년

---

62) 우응순, 위의 책(태학사, 2002), 66면.
63) 윤석산, 「〈賞春曲〉 구조 연구」, 『고전문학연구』 13집(고전문학회, 1998), 72면.
64) 최영희, 「전기풍유가사의 유형 연구」, 『한국언어문학』 37집(한국언어문학회, 1996),
   3면.

(沒年)인 순조 22년인 임오년(1822)에 이르는 시점에서 지어진 것이라 추측한다. 현재 알려진 〈초당곡〉은 문헌 혹은 가첩의 형태로 현재는 4종이 전한다. 1) 작자 이상계의 문집인 ≪지지재유고≫, 2) 필사본 〈초당전곡〉, 3) 작자 종가의 가장본인 ≪분책본≫65), 4) ≪위문가첩≫66)이다. 〈초당곡〉의 첫머리는 다음과 같다.

> 초당(草堂) 느진날에 깊이 든 잠 놀라깨니 문(門)앞 버들우에 새소리 봄이로다 백화주(百花酒) 두 세 잔에 취기언지(醉起言志)하오리라

시적 화자가 있는 공간적 배경은 '초당'이다. 그리고 시간적 배경은 봄이다. 시적 화자는 '초당'에서 늦은 날, 깊은 잠에 빠진다. 늦은 날은 2가지 의미로 해석 가능하다. 하나는 '나이가 오래된'이라는 의미다. 초당이 지어진 것이 작가가 늙은 나이임을 나타낸다는 뜻이다. 둘은 '초당이 지어지고 오래된' 의미다. 하지만 새소리 때문에 깜짝 놀라 잠에서 깬다. 문 앞에는 버드나무 위에 새가 있고, 새소리는 봄을 알린다. 따라서 버들 위의 새는 봄의 객관적 상관물이 된다. 시적 화자는 초당 주변의 봄을 맞이하는 자연풍경을 묘사한다. 이 작품에 드러난 시적 화자는 한적함을 즐기고, 자연에서 풍류를 즐긴다. 이 글에서는 초당의 구조를 자세히 알 수 없다. 하지만 초당 앞의 버드나무, 나무 위의 새, 그리고 두 세잔의 백화주는 봄을 만끽하기에 충분한 소재들이며, '초당'은 자연과 더불어 있는 한적함을 더해 준다. 두 세잔의 취기(醉氣)는 글을 쓰게 된 동기를 나타낸다.

---

65) 분책본은 재래의 고본가첩에서 〈草堂曲〉과 〈人日歌〉만을 분책한 가첩을 말한다고 전한다.
66) 임기중, 『한국가사문학주해연구』 17권(아세아문화사, 2005), 106면.

하늘이 사람낼제 직업(職業)이다 있으되 혼우(昏愚)한이 인생은 제신명
(身命) 제 몰라서 망(妄)망된 어린마음 부귀(富貴)를 구하려고 천한백옥(天
寒白屋) 쑥대문(門)에 궁차익견(窮且益堅) 큰뜻으로 달아래 글을 읽고 빗뒤
애 밭을 가니 공자왈(孔子曰) 맹자왈(孟子曰)에 세월이 절로 가고 상평전(上
坪田) 하평전(下坪田)에 인력허비뿐이로다 어와 허사(虛事)로다 세사영위
(世事營爲) 허사(虛事)로다 부귀(富貴)는 안이 오고 年少만 간단말가 형역
(形役)에 얻은 것이 백발양빈(白髮兩鬢) 뿐이로다 지명년(知命年)이 되온후
(後)애 내 신명(身命) 늬알리라

　하늘이 사람을 만들고, 사람의 목숨은 하늘에 있다는 '인명재천(人
命在天)'을 나타낸다. 이는 하늘이 사람과 직분을 정한다는 의미이
다. 어둡고 어리석은 사람은 헛된 마음으로 부귀만을 구하려 한다.
'천한벽옥(天寒白屋)'은 '추운 날의 차가운 초가집'이라는 뜻으로 가
난한 생활을 일컫는다. 시적 화자는 가난한 생활에도 뜻을 세워 '주
경야독(晝耕夜讀)'했던 과거의 모습을 나타낸다. '공자왈(孔子曰), 맹
자왈(孟子曰)'은 글 읽는 소리로, 조선시대의 유교사상을 나타낸 부
분이다. 이는 과거공부에 얽매여 평생 글공부를 하며 살아온 삶을
의미한다. 시적 화자는 벼슬에 오르기 위해 공부하지만, 벼슬하지
못한 세월에 대한 안타까움을 드러낸다. 또한, 위 아래로 농사짓는
것 또한 인력 낭비임을 주장한다. 모든 일이 헛되다며 시적 화자의
심정을 표현한다. 시적 화자는 이루지 못한 일에 대한 세상일의 부
질없음을 나타낸다. 열심히 공부했음에도 과거에는 낙방했고, 부귀
또한 얻지 못하니 세월이 지남을 스스로 한탄한다. 시적 화자는 몸
으로 한 고생에서 얻은 것은 '백발의 늙음'뿐이라며 살아온 삶에 대
한 후회를 늘어놓는다. 그리고는 '지명년(知命年)', 지천명의 나이인
50세 이후에서야 비로소 자신의 명을 알겠다며 뒤늦은 후회와 깨달

음을 얻는다.

> 벽도행화(碧桃杏花) 번화지(繁華地)에 풍정(風情)이 절로 없고 녹수청산
> (綠水靑山) 깊은 곳에 구몽(舊夢)이 다정(多情)하니 부귀(富貴)는 뉘 주인(主
> 人)인고 계산(溪山)만 닉차지라 아양동(峨洋洞) 정산지(靜散地)애 구재허(舊
> 齋墟) 아리두고 백운(白雲)을 놉피쓸어 초당수간(草堂數間) 지어닉니 추하
> (楸下)애 선롱(先隴)이오 물외(物外)애 신기(新基)로다 사면청산(四面靑山)
> 일석문(一石門)을 천작(天作)으로 개국(開局)ᄒ고 두시애 두룬물은 인력(人
> 力)으로 깃단말가 쥐로 덮은 단첨(短簷)(끝)을 등라(藤蘿)로 얼거매니 순박
> (淳朴)ᄒ 것 옛지도(度)라 졸(拙)ᄒ거시 더욱죳다

초당 주변의 모습을 묘사한 구절이다. 복숭아꽃과 살구꽃이 가득
한 땅에 풍경을 초당 주변의 모습에 비유한다. 이는 곧 '무릉도원'을
의미한다. 꽃과 나무가 가득 핀 땅에서 시적 화자는 정서와 회포를
자아내지 못한다. 또한 푸르른 강산 깊은 곳의 아름다운 자연에는
지난 꿈들만이 다정하다. 세속에 속한 부귀는 다른 사람의 것이고,
아름다운 자연만이 나의 것이라 하여 속세에 대한 미련과 아쉬움을
적고 있다. '아양동(峨洋洞)'은 지금 장흥 부용산에 있는 아양동을 가
리킨다. 문헌상 드러난 아양동은 고요하고 한산한 땅이다. 옛 가지
런한 언덕을 아래 두었다고 전하며, 흰 구름을 높이 쓸어내야 지을
수 있는 곳임을 언급한다. 산속 깊은 중턱에 있으나 실제 어디인지
는 알 수가 없다. '초당'은 이상계가 1808년에 지어 여생을 보낸 곳
이다. 그곳 오동나무 아래에는 선묘가 있고, 세속 외의 새로운 터라
자부한다. 사면이 푸른 산으로 둘러싸인 초당의 풍경을 묘사하고,
돌문과 흐르는 물의 조화로움은 아름다움과 경이로움을 나타낸다.
두 사물은 어느 하나만을 충족시키지 않고, 자연과 초당의 조화로움

으로 풍경의 아름다움을 더한다.

> 니웃ᄒ야 젓틔두고 오도치(悟道峙) 돗쌔묏은 주산(主山)으로 부임(俯臨)
> ᄒ니 진록(眞綠)이 엇도던가 속려(俗慮)도 졀로업고 찍업ᄂ 두귀ᄭᅳᆺ을 석탄
> (石灘)애 다시싯고 탁조대(濯繰臺) 흐르물이 세심담(洗心潭) 도라드니 풍대
> (風臺)에 바름소릭 심신(心神)이 쇄락(灑落)ᄒ고 월대(月坮)(예) 발근달은
> 말근의미(意味) 일반(一般)이라 석로(石路)애 흘은물은 수층화계(數層花階)
> 올ᄂ매니 졀로핀ᄭᅩᆾ 두견화(杜鵑花)오 심어핀ᄭᅩᆾ 척촉장미(躑躅薔薇) 다핀가
> 지 덜핀나무 집을 둘너시니 무릉원(武陵源)이 어듸매요 별건곤(別乾坤)이
> 여기로다 도화류수(桃花流水) 흘너간들 어ᄂ어주(魚舟) 차자올가 운심부지
> (雲心不知) 집퍼거든 송하문동(松下問童) 뉘알손야 임천(林泉)애 손을싯고
> 약로(藥爐)애 향(香)을 ᄭᅩᆾ고 산건 야복(野服)으로 구름빗겨 안자시니 들니
> ᄂ니 물소래오 보이ᄂ니 묏빗시라 절벽(絶壁)애 석근듸와 석상(石上)애 늘
> 근솔은 풍상(風霜)이 몃겁(劫)인고 못큰거시 격(格)이로다 석탑(石榻)애 흐
> 튼바돌 상산옹(商山翁)이 뒤ᄃ간가 벽상(壁上)애 걸닌동소(洞簫) 왕자진(王
> 子晋)이 부다간다 시줄여진 거문고는 류수곡(流水曲)의 음률(音律)이오 종
> 기(鍾期)업시 혼자타니 산수(山水)만 아양(峨洋)이라 연하(煙霞)애 짓피든
> 병(病) 독락(獨樂)으로 다낫것다

시적 화자는 아름답고 한가한 생활을 묘사한다. 시적 화자는 자연
의 연분과 속된 세상을 대조적인 관점으로 보고, 속된 세상을 멀리하
고자 한다. 때 없는 두 귀 끝을 돌 여울에 다시 씻는다는 '탁조대(濯繰
臺)'와 흐르는 물이 마음을 씻는다는 '세심담(洗心潭)'은 '씻는' 공간으
로 더러운 속세를 자연으로 정화시킨다는 의미이기도 하다. 또한,
풍대에 부는 바람은 몸과 마음을 깨끗하게 하며, 월대(月坮)에 비친 밝
은 달은 맑은 의미로 자연의 신선함을 나타낸다. 흐르는 물과 아름답
게 피어난 꽃이 있는 풍경으로 무릉도원의 모습을 연상케 한다. 또
한, 풍류를 즐기는 사람이라면 어떤 사람이든 찾아올 만한 아름다운

풍경을 지닌 곳임을 묘사한다. 구름이 깊어 있는 곳, 구체적으로 자연의 모습을 묘사하며 홀로 자연의 은거하는 삶을 스스로 즐거워한다. 그러나 구름 같은 마음 알지 못하니 소나무 아래 있는 동자에게 묻지만 그 동자 또한 모른다. 임천(林泉)에 손을 씻고 약로에 향을 꼽은 시적 화자의 복장은 일반 백성들이 입는 평상복이다. 신분을 따지지 않고, 자연에서는 다 똑같은 사람이 된다는 작가의 의식을 담고 있다고 볼 수 있다. 시적 화자가 앉아 있는 그곳에서는 물소리가 들리고, 산빛이 보인다. 또한, 그는 절벽석상의 청죽(靑竹)과 노송(老松)을 바라보기도 하고, 상산옹이 두다가 간 바둑, 왕자진이 분 동소(洞簫)와 유수곡(流水曲)을 생각하며 홀로 자연의 은거하는 삶에 빠져 자연의 아름다움을 느끼는 스스로의 모습에 즐거워한다.

> 달아릭 술마시니 주중적선(酒中謫仙) 이아니며 문(門)압폐 버들서니 오류선생(五柳先生)이 쏘뉘신가 서책(書册)진 져아히는 학문(學文)을 ᄒᆞ랴ᄒᆞ고 폭포수(瀑布水) 빗겨건늬 달을볼바 오ᄂᆞᆫ양(樣)은 봉래산(蓬萊山) 청의동자(靑衣童子) 황정경(黃庭經)을 강(講)ᄒᆞ랴고 운한(雲漢)을 바로건늬 월궁(月宮)을 향(向)ᄒᆞᄂᆞᆫ덧 한가(閑暇)ᄒᆞ져 노인(老人)은 아히불너 꼿심의고 청산(靑山)애 섭을캐여 월하팽차(月下烹茶) ᄒᆞᄂᆞᆫ양(樣)은 영주산(瀛州山) 늘근신선(神仙) 용(龍)을 불너 요초(瑤草)갈고 적송(赤松)에 계수(桂樹)비여 화하(花下)에 연단(煉丹)홈이로다

시적 화자는 본인을 신선에 비유하여 아름다운 자연의 모습을 형상화한다. 이에 시적 화자는 경치 좋은 달 아래에서 술을 마시고, 술 마시는 가운데서 다시 시를 쓴다. 본인을 적선(謫仙), 이백이라 한다. 또한, 문 앞에 있는 버들을 보고는 오류선생(五柳先生), 도연명이라 한다. 시적 화자는 '달 아래 홀로 스스로 즐긴다'며 자연을 벗

삼는 풍류적인 모습을 이백과 도연명에, 학문하러 오는 문하생들은
월궁으로 향하는 청의동자에 비유한다. 시적 화자는 본인을 노인과
신선의 두 양상으로 나타낸다. 한가한 노인일 때는 아이를 불러 꽃
을 심게 하고, 청산에 들어가서 섶을 캐며, 달 아래에서 차를 달이는
모습으로 드러낸다. 그런 반면 신선일 때는 영주산 늙은 신선을 본
인이라 지칭한다. 그는 용을 부르고, 아름다운 풀을 갈게 하며, 적
송에 계수나무를 베어 꽃 아래에 붉게 하는 모습으로 묘사한다. 이
는 이백과 도연명, 한가한 노인, 신선을 본인에 비유하여 서로 다른
모습을 비교한다. 물론 자연의 모습도 비유적으로 아름답게 형상화
되어 있다.

> 도로여 생각(生覺)ᄒ니 인간청복(人間淸福) 늬야만타 앵화부귀(鶯花富
> 貴) 어듸잇요 수죽청한(樹竹淸寒) 쏘겸(兼)ᄒᄃᆡ 오동명월(梧桐明月) 양류풍
> (楊柳風)도 불용일전(不用一錢) 절노잇다 환해풍파(宦海風波) 위험(危險)ᄒ
> ᄃᆡ 홍진자맥(紅塵紫陌) 늘근삼공(三公) 아모리 환비(換比)ᄒᆞᆫᄃᆞᆯ 이계산(溪
> 山)을 허락홀가 공명부귀(功名富貴) 부운(浮雲)이오 종정옥백(鐘鼎玉帛) 진
> 애(塵埃)로다 구시왕사(舊時王謝) 당상연(堂上燕)은 비인심상(飛人尋常) 뉘
> 집이며 석일가무(昔日歌舞) 번화지(繁華地)애 수성한칩(數聲寒蟄) 쓴이로다
> 천지무궁(天地無窮) 이강산(江山)은 늘근늘이 업건만은 벽해상전(碧海桑田)
> 변(變)ᄒᆞᆫ후(後)애 다흘씨 잇실손야 두어라 전자전손(傳子傳孫)ᄒ야 긍구(肯
> 搆) 긍당(肯堂)하면 영석기류(永錫其類) ᄒ리로다 아히야 곳즌 또 노아라
> 취(醉)코놀개 ᄒ노라

전체 시상의 마지막 구절로 시적 화자는 욕심 없이 맑고 소박하게
한가로운 생활을 언급한다. '앵화부귀(鶯花富貴)', '수죽청한(樹竹淸
閑)', '오동명월(梧桐明月)', '양류풍(楊柳風)'은 모두 자연의 아름다움
과 한가로운 생활을 표현한다. 이는 돈을 들이지 않고서도 스스로

만들어진 자연의 경이로움을 나타낸다. 그러나 다음 구절은 이와 대조적 모습을 보인다. '환해풍파(宦海風波)'과 '홍진자맥(紅塵紫陌)'은 속세의 과거급제를 비유한다. '환해풍파'는 벼슬살이의 힘겨움을 드러내고, '홍진자맥' 역시 속세의 도성을 나타냄으로 벼슬길을 의미한다. 늙은 삼공(三公)은 좌의정, 우의정, 영의정을 가리키며, 속세의 부귀와 공명을 의미한다. 시적 화자는 부귀공명을 가진들 자연과 바꾸지 않겠다는 굳은 결심을 드러낸다. 또한, '공명부귀(功名富貴)'는 뜬 구름으로 '종정옥백(鐘鼎玉帛)'는 티끌 먼지라 하여 속세의 부귀영화로 나타난다. 또한, 류우석(772~842)의 〈오의항(烏衣巷)〉[67]을 인용해 부귀공명보다 안빈낙도의 중요성을 거듭 강조한다. '왕사(王謝)'는 '왕도(王導)'와 '사안(謝安)'으로 부귀와 번영한 사람을 가리킨다. 옛날 세도가의 집에 살던 제비가 이제는 백성들의 집은 날아든다는 것, 옛날 가무(歌舞)가 화려했던 곳에 지금은 풀벌레들의 쓸쓸한 울음소리뿐이라 한다. 이 구절은 옛날과 지금의 대조 양상을 드러내 부귀영화의 헛됨을 의미한다. 그러나 천지무궁한 자연은 선인의 뜻을 이어받아 대대손손 전하여 오래토록 누릴 수 있음을 언급한다. 그러므로 이 부분은 시적 화자가 아이를 불러 시상을 전환하며 무위자연(無爲自然)하며 안빈낙도함을 강조한다.

---

67) '오의항'은 남경의 진회하(秦淮河) 남쪽의 거리 이름이다. 왕사(王謝)는 동진 때 유명한 두 문벌로, 명문 귀족인 왕도(王導)와 사안(謝安) 일족을 말한다. 이들은 금릉의 '오의항'에 살았다고 한다. 류우석의 〈오의항〉 전문은 다음과 같다.
朱雀橋邊野草花　주작교 주변에는 들꽃이 피고
烏衣巷口夕陽斜　오의항구에는 석양이 비껴있다.
舊時王謝堂上燕　옛날 왕씨와 사씨의 집 앞에 놀던 제비
飛入尋常百姓家　지금은 어느 백성 집으로 날아 들어간다. 지영재 편역, 『중국시가선』(을유문화사, 2007), 934~935면.

소식채갱(蔬食菜羹) 이늬쓰슬 부귀(富貴)가 달늬소냐 금장산(金莊山) 취
고살리 맛담도 맛디도다 심위형역(心爲形役) 병(病)된간장(肝腸) 이제나 소
복(蘇服)하자 구룸속의 캐온약초(藥草) 어과(魚果)을 겸(兼)히잇고 창(窓)압
페 부난청풍(淸風) 고인(故人)이 자로온다 화개춘(花開春) 낙엽추(落葉秋)
난 사시(四時)을 김작하고 조출경(朝出耕) 야독서(也讀書)난 백년(百年)을
기약(期約)하늬 전천화류(前川花柳) 오일경(午日景)은 도심(道心)을 자아내
고 정상오동(庭上梧桐) 제월광(霽月光)은 천루(天樓)을 어더쏘다 송단(松端)
의 자난백학(白鶴) 팽차연(烹茶烟)을 피히가고 화음(花陰)의 짓난청침(靑
枕) 손의소식 전(傳)히서라 임자(任者)난 조흔 풍연(風烟) 임의(任意)로 주
장(主張)하니 조흘씨고 산수지락(山水之樂) 이도쏘한 성덕(聖德)이라 초당
춘수(草堂春睡) 느진잠을 싀소리예 씌달나서 산건야복(山巾野服) 조냥으로
산보한정(散步閑庭) 구룸볼바 약포화전(藥圃花田) 도라보고 아히불너 차다
리니 물외신선(物外神仙) 늬안이면 련단도사(煉丹道士) 그뉘던고 자지가(紫
芝歌) 한곡(曲)의 청운(靑雲)이 멀엇쏘다

공간적 배경은 금장산으로 안빈낙도하는 시적 화자의 생활을 묘
사한다. 꽃 피는 봄, 잎이 떨어지는 가을은 사계절을 짐작케 하고,
아침에 나와 밭 갈고 독서하는 것이 백년을 기약한다며 자연의 즐거
움을 밝힌다. 시적 화자는 자연에서 얻은 소박함으로 자신이 느끼는
최상의 행복과 즐거움을 '성덕(聖德)'이라 표현한다. 또한, 그는 홀로
초당에서 늦잠을 즐기고, 새소리에 놀라 깼으나 새를 원망하는 모습
은 보이지 않는다. 그 덕분에 시적 화자는 잠에서 깬 대신 느릿한
걸음으로 마당을 거닐고, 약밭과 꽃밭을 돌아보며 아이를 불러 차를
다리게 한다. 이는 세속 밖 신선의 모습이다. 시적 화자는 이 풍경에
노래 한 곡까지 빼놓지 않으니 이런 한가한 모습은 어디서도 발견할
수 없다.

〈초당곡〉은 장흥의 가사작품 가운데 유일한 풍류가사이다. 시적

화자는 과거에 응시하였지만 낙방할 수밖에 없었던 향촌사족의 사정을 잘 드러낸다. 그 결과로 부귀와 공명을 모두 버리고 숨어살고자 하는 심정을 표현한다. 작품의 결말은 시적 화자 스스로가 안빈낙도를 꿈꾸며 자연에 묻혀 사는 모습을 보여준다. 〈장한가〉 역시 풍류가사의 성격을 갖는다. 하지만, 단순하게 풍류가사라고 언급할 수 없는 작품이다. '수간모옥(數間茅屋)', '소식채갱(蔬食菜羹)', '초당춘수(草堂春睡)', '산보한정(散步閑庭)' 등과 같은 자연과 어우러진 단어들을 통해서는 풍류적인 모습을 엿볼 수 있다. 마지막에서는 시적 화자가 자신의 호를 갖게 된 이유와 속세에서 떠나 살면서 느끼는 자유로움 혹은 한가로움을 절실히 느낄 수 있는 부분이다.

V

장흥지역 가사문학에 나타난
문화지리적 표상

이 장에서는 문학 텍스트가 지닌 문화지리학적 표상을 어떻게 형상화했는지를 살피고자 한다. 장흥을 나타내는 문학 텍스트로서 가사작품은 많지 않다. 하지만 지역적 특징을 비롯한 문화지리학적 표상을 드러내기에는 충분하다. 따라서 이 부분에서는 장흥의 가사문학에서 그 특성들을 골라 다음 순서로 살펴보겠다.

첫 번째는 '문화 중심부로서의 자부'이다. 향촌사족들은 유가사족(儒家士族)의 신분을 유지하려는 보수적인 사고와 더불어 소외계층의 비판의식을 함께 지닌 양면적인 계층이다.[1] 이는 중심의식이 강화된 부분과 소외된 주변부로서의 모습으로 나눌 수 있다. 따라서 필자는 문학에서 드러난 장흥 공간을 현실과 문학의 공간으로 나누어 살필 것이다. 중앙과 멀리 떨어진 소외된 주변부에 살고 있음에도 불구하고, 중심지향적인 삶을 살아가는 향촌사족의 모습과 더불어 중앙집권에 영향을 미치지 못하는 소외된 주변부에서 억울한 삶을 사는 향촌사족들의 모습을 나타내고자 한다. 또한, 일상생활 공

---

1) 최상은, 앞의 논문, 2006, 260면.

간에서 생활하는 향촌사족들의 모습에서 드러나는 계층화 양상도 찾아보겠다.

두 번째는 '욕망의 현실화'이다. 위에서 살핀 작품들에서 드러난 욕망 표출 양상을 살피고자 한다. 작품은 현실세계를 반영하고 있는 반면, 현실세계에서 이룰 수 없는 소망이나 욕망을 채워주기도 한다. 따라서 이를 다시 구체화하여 문학 텍스트에서 드러난 환상과 현실 사이에서 벌어지는 괴리 공간을 언급할 것이다. 또한, 종속된 공간의 현실비판의식으로 현실에서 드러내지 못한 저항과 반발의식과 더불어 사회비판의식으로 텍스트를 분석하겠다.

세 번째는 '애향(愛鄕)의식과 긍지'이다. 이는 장흥 동족집단의 발생 배경을 통해 논할 것이다. 향촌사족들이 생각하는 고향에 대한 애틋한 마음을 담은 장흥의 모습을 언급한다. 더불어 향촌사족들이 고향에 살면서 경험한 내용들을 반영한 사회 기능의 측면을 살필 것이다. 또한, 집단촌락이 갖는 가문 중심의 생활상 등으로 문화지리적인 표상을 구체화해 보고자 한다.

1. 문화 중심부로서의 자부

조선은 중앙집권적 지배체제를 유지했다. 이러한 특성은 중앙과 변두리의 대립과 차별을 불러일으켰다. 이 중앙집권적 지배체제 혹은 봉건체제, 지방분권적 지배체제 속에서 수도는 정점에 자리 잡고 있었고, 최고 지배자로서의 경관 이미지를 나타내고 있었다.[2] 그러

---

2) 봉건체제 또는 지방분권적 지배체제에서 지방도시가 주변 마을의 지배에 대한 상

나 우리가 흔히 일컫는 '중앙'이라는 개념은 '지역', '지방'의 한 부류임을 알아야 한다. 그렇다고 여기서 우리가 중앙에서 발생한 문학을 논한다는 것은 아니다. 다만, 중앙이라는 개념 역시 지역이라는 곳에서 출발하였으니 여기 등장하는 지역도 중앙의 한 부류인 것처럼 중요한 역할을 했다는 점에 초점을 두고자 한다. 필자는 중앙과 다른 특수한 성격을 지니지 못한 변두리의 문학으로 그 시대에 일어났던 변화들을 구체적으로 살필 것이다.

중앙과 주변은 다시 안과 밖으로 대치될 수 있다. 중심을 '안(內)'이라 하고, 주변을 '밖(外)'이라 한다. 그러므로 공간에서의 '안'과 '밖'은 다시 중심과 주변으로 동일화할 수 있다. '안'은 중심이 되고, '밖'은 주변이 된다.3) 이러한 중심과 주변 사이는 표면적으로는 평등하

당한 독자성을 갖고 있는 것과 중앙집권체제에서 지방도시는 수도를 대신하는 중간자적 역할을 갖고 있다. 이렇듯 중앙집권체제 속에서 지방도시는 지배층에게 최고지배층의 지위를 부여해주는 중심지가 될 수 없다. 이러한 지방도시는 수도를 대신하는 중간자적 역할밖에 할 수 없기 때문에 지방에 사는 최고지배층의 지위는 기본적으로 수도와의 관계 속에서 획득되어야만 하는 경향이 강해진다. 이에 따라 지방도시는 최고지배층에게 꼭 살아야만 하는 그런 공간이 아니라 살 수도 있고, 살지 않을 수도 있는 그런 공간으로 변화한다. 이것은 한편으로 중앙집권체제 속에서의 지방도시가 최고지배층의 권위를 표현해야만 하는 당위성에서 상당히 벗어나게 되었다는 것을 의미하기도 한다. 또한 지방도시가 최고지배층의 정치권력을 방어해야만 하는 당위성으로부터도 상당히 자유롭게 되었다는 것을 의미하기도 한다. 그렇다고 하여 지방도시에서 마을에 대한 지배공간으로서의 성격이 사라지는 것은 아니다. 지방도시가 독자적으로 마을을 지배하던 형태에서, 수도의 전국적인 마을 지배체제에서 수도를 대신하여 마을을 지배하는 중간자적 역할로 바뀌었을 뿐이다. 이기봉, 『조선의 도시, 권위와 상징의 공간』(새문사, 2008), 40면.
3) 로트만의 문화모델은 넓은 의미에서의 문화텍스트를 다루고 있다. 그러므로 공간의 차원을 구분하지 않고 있다. 구체적으로 內/外의 대립을 집에 적용시킬 경우, 집안은 〈內〉공간이 되고 집 바깥은 〈外〉공간이 될 것이다. 그리고 시점은 가족과 집안에 있는 경우와 그 밖에서 집을 바라보는 역방향성으로 나누어진다. 이어령, 『공간의

게 보일지라도 내면적으로는 위계가 성립한다. '중심'은 대부분의 지배층이 주류를 이루며 살아가고, 그 외의 주변은 피지배층이 지배층의 위세에 영향을 받으며 살아간다. 이는 하나의 공간에서 일어나는 여러 가지 일들은 때때로 중심과 주변으로 역할을 나눌 수 있다. 이처럼 중심과 주변은 고정된 것이 아니라 상호관계에 따라 역동적으로 변한다. 작품을 통해 구체적인 예를 찾아보자.

1) 중심의식의 강화

'장흥'은 지리적으로 중앙과 먼 외진 곳에 위치하고 있다. 그러나 지리적인 것을 제외하고 사상적으로나 문화적으로는 중앙과 차이가 없다. 장흥지역에는 '향촌'이 형성되었고, 그곳 동족마을을 '방촌'이라 했다. 이 '향촌'은 시골, 향리의 개념으로 중앙과는 대립되는 공간을 의미한다. 그럼에도 불구하고 역사적으로는 중앙과 멀리 떨어진 곳이 아니다. 서로 뗄 수 없는 더 가까이 있는 공간임을 시사해 준다. 기본적으로 장흥을 '낙토(樂土)'라 하여 예부터 지리적, 지형적으로 매우 풍족한 고장임을 여러 문집들을 통해 언급했다. 이러한 중심의식의 강화는 대표적으로 고려시대 왕후가 탄생되어 화려한 고향의 이미지를 나타냈다. 다음 글은 여러 문집들에 드러난 고려시대 왕후의 탄생 배경을 논한 글들이다. 이를 통해 '장흥'의 중심의식에 대해 알아보도록 하자.

　　중녕산에 성을 쌓는 것은 나라의 근본을 공고하게 하는 일이다. 고을이 큰 바다 언덕에 위치하여 겨울에도 푸른 초목이 많다. 옛날에는 '낙토(樂

기호학』(민음사, 2000), 271면.

土)'라 일컬었다. 인종왕비인 공예태후(恭睿太后) 임씨(任氏)가 의종(毅宗) · 명종(明宗) · 신종(神宗)의 세 임금을 낳아 서로 이어 이어서 왕위에 오르고, 장흥 고을이 옛날에 비하여 풍년이 잘 들었다. 군(郡)에서 목(牧)으로 승격하였으니, 특출한 것을 극진히 드러내어 표창한 것이다. 백성들은 순박하고 다스리는 일은 간소하여 이름난 어진 이와 재주 있는 대부들로 조용히 다스릴 뿐 다른 공리심이 없는 자가 많이 이곳의 수령이 되었다. 지정(至正) 경인년 이후로는 일본 섬 오랑캐들이 몰래 침입하여 난리를 일으키고 밤에 왔다가 날이 새면 문득 달아나곤 하였다.[4]

---

4) 城中寧。固邦本也。府岸大海。草木多冬靑。古稱樂土。仁王妃恭睿任太后。生毅明神三王。相繼卽位。長興比古有年。由郡陞牧。所以旌異者卞矣。民淳事簡。名賢才大夫。靜理無外慕者。多爲之。至正庚寅以來。日本島夷竊發作亂。夜至。天明輒犇。國家輕之。不以爲慮。日增月熾。白晝深入。彌旬月橫行自得。濱海民居。於是蕩然矣。朝廷每遣大將。驅逐稍定。然勢窮事迫。移民之令出焉。長興流寓鐵冶縣。己未歲也。合入寶城郡。己巳歲也。諸侯失國。寓於諸侯。雖日禮則然矣。而其士大夫之退老于鄕者。吏之有志。民之桀鷔者。咸慣于心日。吾府銀帶已上官所治。而寄於支縣知官。如首顧居下。如懸疣附贅。豈非可恥之甚。今年春二月。府使皇甫公下車。父老陳其故。皇甫公日。是也。具告按廉使李原。李公亦日。是也。下牒傍郡。差壯士三百五十名。十七日起役。九月二十七日。訖功。城高十五尺。厚六尺。周回一千五百尺。東西二間。局鐫吪固。守者刁斗聲不絶于夜。晝則割開樵牧。以便出耕入息。民無所懼。怡然享妻子之養。北走之害絶矣。士大夫吏民之望。於是乎不缺矣。固封守。供賦役。又有餘裕。書曰。固邦本。粲不可哉。役之方興也。聞于節度使金公用貂曰。役夫無兵器近海。請撥軍官衛不然。金公差二十員來。典農副正李云起。中郎將鄭乙忠。日金吉。日郎將梁世。府人之督役者。前承奉郎宋元庇。郎將高迪。散員申得貴, 金乙寶, 邢方彦, 檢護軍高天景, 曹漢貴, 高仲鶴, 令同正任寶, 魏彦, 吳甫萬, 曹生哲, 張龍世, 金成奇, 魏宣, 姜仁德, 戶長申奉聞。供給爲頭。戶長吳因敎, 文記官曹修。揔其事功。日又城完矣。粮又急焉。故稻米二十石爲義財。使吏迭主之。存本用息。永不失墜。所以供使客也。倂著之。予以玄陵宰相。失身僞朝。罪當誅。今上議舊。降敎書爲庶人于此。玆又例賜從便。明當北上。皇甫公請記。直書如此。公爲人愷悌。民樂附之。故其事易輯云。한국고전번역원(http://www.itkc.or.kr)에서 발췌한 《동문선》 제76권에 실린 이색의 〈중녕산황보성기(中寧山皇甫城記)〉이다. 이와 관련된 부분은 《新增東國輿地勝覽》 제37권 전라도 〈장흥도호부〉 조에서도 살펴볼 수 있다.

이 글은 이색의 〈중녕산황보성기(中寧山皇甫城記)〉이다. 장흥사람
들이 문화중심 의식을 강화하게 된 것은 아마도 고려 때부터였을 것
으로 짐작된다. 자연적으로는 자원이 풍부하여 '낙토(樂土)'라 불렸
고, 사회·정치적으로는 공예태후 임씨 덕분에 왕비의 고향이라는
명분으로 중앙과의 친밀성을 유지하는 계기를 마련하게 되었다. 물
론 이러한 '장흥'의 승격(昇格)은 왕비의 고향이기 때문에 예우코자
했던 것이다. 하지만, 장흥은 중앙과는 먼 거리에 있는 지방의 작은
마을임에도 중앙집권과의 연계를 맺어 강력한 토호세력임을 드러낸
경우라 할 수 있다. 그러나 장흥이 부(府)로 승격한 이후, 그 주변의
여러 지역들을 거느리면서 중요한 역할을 했다. 그러다가 원종 때에
는 이름을 '회주(懷州)'로 고쳤고 목(牧)으로 승격했다. 이렇듯 역사
적 인식을 지닌 '장흥'에 사는 위씨문중들은 화려하게 수놓았던 고
려 때를 회상하며 토호세력의 위엄을 드러내고자 한 것이다. 그러나
이러한 세력 강화로 고려 때부터 전해오던 문화 중심의 역할이 조선
후기에 이르기까지 그대로 전해 내려온 듯하다. 그렇다면 장흥이 왜
문화 중심의 역할을 하게 되었는지 알아보아야 한다. 그 이유는 장
흥의 형성과 발전에 둔다. 다음은 ≪고려사(高麗史)≫ 15권 〈인종 4년
6월조〉와 ≪고려사≫ 88권 〈열전(列傳)-공예태후(恭睿太后)〉에 관한
글이다.

　　6월 초하루 병신일에 왕이 봉은사(奉恩寺)에 갔다. 갑진일에 소재(消災)
　도량을 천복전(天福殿)에 베풀었다. 을사일에 척준경을 검교 태사 수태보
　문하시랑 동 중서 문하 평장사로, 이공수(李公壽)를 판 이부사로, 김향(金
　珦)을 호부상서 지문하성사로, 최사전을 병부상서로 각각 임명하였다. 을
　묘일에 이자겸의 딸인 두 왕비를 내쫓고 전중 내급사(殿中內給事) 임원애

(任元敱)의 딸을 맞아들여 왕비를 삼았다.5)

≪고려사(高麗史)≫15권 〈인종 4년 6월조〉

이자겸은 자기의 두 딸을 왕에게 바쳤는데 임원후의 딸이 왕비가 될 사람이라는 소문을 듣고 아주 싫어하였다. 그래서 즉시로 왕에게 고하여 임원후를 개성 부사(開城府使)로 강직시켰다. …… 인종이 일찍 꿈에 들깨 5승(升)과 황규(黃葵) 3승을 얻었다. 이 꿈 이야기를 척준경에게 말하니 척준경은 해몽하기를 "들깨(荏-임)란 임(任)입니다. 임(任) 성을 가진 후비를 맞이실 징조이고 그 수가 다섯이니 다섯 아들을 낳을 길조이며 황규(黃葵)의 황(黃)은 임금 황자(皇)와 같으며 규(葵)는 도규(道揆)라는 규(揆)와 같으니 이른바 '황규'란 임금이 도규를 잡고 국가를 통치하는 조짐이며 그 수가 셋인즉 다섯 아들 중에서 세 아드님이 국왕으로 될 조짐입니다."라고 하였다. 왕이 이미 이자겸의 두 딸을 내보내고 인종 4년에 임씨를 선택하여 궁중에 들여오고 연덕궁주(延德宮主)라고 불렀다. 5년(1127)에 의종(毅宗)을 낳았고, 인종 7년에 왕비로 책봉하였다.6)

≪고려사≫ 88권 〈열전(列傳)-공예태후(恭睿太后)〉

이 글은 공예태후인 장흥임씨가 왕비에 오르기까지 그 과정을 나타다. 장흥임씨가 태후가 된 배경을 소개한다. 이자겸의 막강한 권

---

5) 六月丙申 朔王如奉恩寺. 甲辰 設消灾道場于天福殿. 乙巳 以拓俊京檢校太師守太保門下侍郎同中書門下平章事 李公壽判吏部事 金珦爲戶部尙書知門下省事 崔思全爲兵部尙書. 乙卯 出李資謙女二妃納殿中內給事任元敱女爲妃. 庚申 以李珍福爲右僕射鷹揚軍上將軍高公現爲兵部尙書龍虎軍上將軍林修爲殿中監左右衛上將軍又以鄭惟晃等二十人有屬駕及捕賊功賜職有差.(출처:www.krpia.co.kr)

6) 時李資謙已納兩女于王 聞其言惡之 卽奏貶元厚爲開城府使 …… 仁宗嘗夢得荏子五升黃葵三升 以語拓俊京 俊京對曰 荏者任也 納任姓后妃之兆也 其數五者 誕五子之瑞也 黃者皇也 與皇王之皇同葵者揆也 與道揆之揆同所謂黃葵者 皇王執道揆御邦家之瑞 其數三者五子之中 三子御國之兆也 王旣出資謙二女四年 選入宮號延德宮主 五年 生毅宗王遣使下詔曰 汝任氏起自德門入司陰敎受儆戒相成之道無險陂私謁之心 得純震之長男悷斯干之吉夢爰勅邇臣式將好賜 賜銀器彩段布穀鞍馬 七年 册爲王妃詔 (출처:www.krpia.co.kr)

력에 인종은 이자겸을 비롯하여 인종의 비인 그의 딸까지 몰아내게 한다. 최사전에 의해 장흥임씨는 왕비의 자리에 오르게 되고, 그로 인해 최사전의 출신지까지 장흥부에 속하게 한 일을 적고 있다. 장흥임씨 집안은 중앙 진출에 성공한 토성가문이다. 그때부터 장흥이 부각되었고, 결국 충선왕이 내세운 왕실과의 통혼권에 드는 가문에 이르는 예우까지 받았다. 그러니 그 지역사람들은 갑작스러운 제도적 변화에 불안하였을지도 모른다. 그러나 이 사건으로 왕비가 태어나고 자란 장흥이 중앙에 이목을 받게 된다. 이렇게 장흥지역의 제도들은 고려에서 조선에 이르기까지 계속 전해져 왔고, 그들은 그때에 이르러서도 자신들이 중앙집권의 한 부분이라 생각했다. 이것이 바로 문화중심 의식을 갖게 된 근본적인 원인이라 볼 수 있다.[7]

다음은 위백규가 지은 〈예예설(泄泄說)〉의 한 대목이다. 〈예예설〉은 해남지방에 귀양왔던 민형수의 귀로(歸路) 행각(行脚)에 대한 글이다. 이는 여흥민씨와 장흥위씨 사이의 세교(世交)의 변천과정을 반영한다. 장흥위씨는 17세기 붕당정치에 참여하고 있었지만, 17세기 후반 이후에는 동인계열의 위축, 북인의 몰락 추세 속에서 노론으로서의 전향을 꾀하게 된다. 그러나 이러한 전향은 삼방파(三房派) 민씨(閔氏)일문과의 결교 형태로 실현되어 간다. 노론의 영수(領首) 가문으로 벌열의 지위를 확고히 한 삼방파 중에서도 민유중-민진원-민형수-민백상으로 이어지는 여양파(驪陽派)와 장흥위씨 사이의 격차를 드러낸 글이다.[8] 그러나 여기서는 문화지리적인 특징으로서의

---

7) 長興任氏는 전형적인 문반가문이면서도 무신난에 피해를 입지 않고 오히려 무신집권기에 가세의 전성기를 맞이하여, 충선왕이 내세운 왕실의 통혼권에 드는 가문으로. 예우를 받았다. 이해준 외, 앞의 책, 1994, 71면.

중심의식을 논하고자 하므로 천관산 관련 부분만 발췌하여 수록코자
한다. 그 내용은 다음과 같다.

천관산(天冠山)은 바위로 된 묏부리들이 기이하다. 암자와 승방들도 신
비스런 승경(勝景)을 이루고 있다. 그곳은 예로부터 모든 나라에 이름이 나
서 무릇 사대부로서 남쪽에 오는 자는 으레 한번 보기를 얻지 못할까 걱정
을 했고 본 사람들마다 다 돌아가기를 잊었다. 그런 이유로 대소 관장(官
長)들이 이름을 지어 돌에 새긴 것이 봉우리마다 널려 있다. 그러나 근래
들어서는 점점 드물어져서 더러 일이 있어 이르는 자가 있어도 가마를 타
고 곧은길을 따라 산허리를 넘어 순식간에 하산을 해버린다. 이전 기미년
간에 민씨 성을 가진 자가 승지로서 해남에 귀양왔다가 몇 개월 만에 은사
를 받아 돌아갈 즈음에 천관산을 거쳐 놀고 간일이 있었다. 도천옹(陶泉翁)
은 민씨와 대대초 교분이 두터웠고, 우리 아버님도 안면이 있었기에 대략
술병을 준비해 가지고 천관사에 올라가서 마중을 하였다. …… (민씨는) 사
면의 봉우리와 능선들이며 샘과 물과 방당(房堂)들 어느 것 하나도 볼 바가
없다는 듯하였다. 가마꾼이 담배를 피우려 했으나 불도 댕기기 전에 그는
급작히 일어서서 길을 재촉했다. 대장봉에 이르러 수종드는 자가 진죽봉을
가리키며 가장 절경이라고 말했지만 들어도 들리지 않는 듯 돌아보지도 않
았다. 가마 멘 중은 바야흐로 고깃덩이를 지고 온 것만 같아 이에 이르러
승경을 구경할 뜻이 없음을 알고 곧바로 구룡봉을 향해 가니 그 빠르기가
나는 듯했다. 구룡봉에 이르러 석단(石嵌)에 부려 놓은즉 동쪽을 향하고 앉
았다. …… 의상암과 아육탑을 지나치면서 간에 승려 性聰(성총)의 시 현판
이 있음을 보고 입술을 달싹거려 읊조리는 모양을 짓다가 문을 넘어 방에
들어가서는 김선달로 더불어 다시금 입을 놀려 음탕한 얘기판을 벌였다.[9]

---

8) 김석회, 앞의 책(이회문화사, 2005), 29면.

9) 《존재전서》上 192~3면의 내용이며, 이는 다시 김석회, 앞의 책, 2005, 30~32면
에서 재인용하였다. 그 내용이 대외적인 것이 아니었기 때문에 《集》에는 전하지
않는다고 전한다.

이 글은 경화벌열인 민씨를 추수해 가고 있는 가운데 고립된 섬처럼 남아 있던 도천옹(陶泉翁) 위세옥(魏世鈺, 1689~1766)과 영이재(詠而齋) 위문덕(魏文德, 1704~1784)의 입으로 전해온 개탄적 푸념을 위백규 나름의 시각에서 정리한 세태비판의 성격을 띠고 있는 작품이다. 두 가문 사이의 세교가 있었음에도 백안시(白眼視)되고 있는 향촌사족 위씨일문과 민씨로 표상되고 있는 경화벌열 간의 암묵적이고 잠재적인 갈등이 깔려 있다.[10]

이 글은 '천관산'의 기이한 모습을 형상화한다. 자연스럽게 형성된 바위는 사람이 만든 암자에 이르기까지 광경의 기이함과 신비함을 언급한다. '천관산'은 '모든 나라에도, 사람에게도 유명한 곳이며, 남쪽에 오면 꼭 한 번씩 들렀던 곳'이라 소개한다. 즉, 예전부터 글을 쓰고 있는 당시에 이르기까지 유명한 장소였음을 알 수 있다. 중앙과 가까운 곳에 위치했어도 신성함이 없다면 어느 누구도 찾지 않는다. 천관산은 남쪽 먼 곳에 있다. 하지만, 여러 문집에서는 사람들이 남쪽에 오면 으레 천관산을 가지 못할까 염려하는 모습을 발견한다. 또한, 천관산에 왔다가 돌아가기를 잊었다고 하여 아름다운 산수에 빠진 사람들의 모습과 이름난 여러 사람들이 다녀갔음을 전하고, 그들이 돌에 이름까지 새겼음을 전한다. 따라서 천관산은 아름다운 자연을 매개로 하여 한번 거쳐 가지 않으면 안 되는 곳으로 그렸다. 지형, 지리적으로는 장흥지역 마을의 중심에 있는 천관산을 통해 작품에서 얻을 수 있는 현상으로 문화적 중심의식을 꼽을 수 있다.

---

10) 김석회, 앞의 책(이회문화사, 2005), 33면.

민씨는 민형수로, 그가 승지로 해남에 귀양왔다 돌아갈 즈음에 천관산을 거쳐 놀고 간 일이 있다고 하여 전라도에 들르면 으레 꼭 들려봐야 하는 신성한 공간으로 묘사한다. 도천옹(陶泉翁) 위세옥은 민형수와 교분이 두터웠고, 그의 마중을 위해 '천관사'에도 오른다. 그러나 민씨는 장흥을 방문한 사람들과 천관산의 용모에 휩쓸려 자연을 노래코자 한다. 그러나 민씨는 천관산의 봉우리와 능선들, 샘과 물, 방당 등 어느 하나도 볼 바가 없다는 듯 아름다운 자연풍경을 드러낸다. 또한, 구룡봉, 석단, 의상암, 아육탑을 지나치면서 실명을 거론하여 자연의 아름다움을 드러낸다. 하지만 민씨의 관심사는 오로지 음탕한 이야기밖에 없을 뿐이다.

'장흥'은 한 시대의 황후가 태어나 자란 곳이라는 점에서 '장흥'은 중앙으로서의 진출세력을 키우는 데 매우 큰 영향을 끼친다. 그럼에도 조선시대에는 장흥이 크게 성장하지 못한다. 그 이유는 시대에 따른 제도적 차이 때문이다. 고려는 지방 세력의 강화로 호족세력이 발달하지만, 조선은 지방중심주의에서 중앙집권 체제로 변화한다. 이 과정에서 두 시대 사이의 제도적 차이가 발생하고, 이는 중앙집권을 강화시킨다. 이로 말미암아 조선시대는 중앙세력의 강화와 더불어 지방의 세력이 약화된다. 나라의 변화는 제도적 차이를 만들고, 제도적 차이는 문화의 변화를 만든다. 여기에 등장한 공간은 고려시대의 '장흥'을 기억하는 '회상의 공간'으로 인식된다. 따라서, 조선시대의 장흥가사들은 고려시대의 화려한 '장흥'의 모습을 찾아가는 과정으로 그려낸다.

이렇듯 위에서 살펴본 장흥지역과 관련된 《문화지리서》 및 여러 문인들의 《문집》들을 통해 '장흥'이 중앙과는 멀리 떨어진 작은 향촌이었음을 알 수 있다. 하지만, 향촌사족들은 스스로 중심의식으로 나타나 향촌사회에 큰 영향을 드러낸다. 그렇다면, 각 작품에서 향촌사회의 중심의식이 나타난 부분을 살펴보자.

> 천만이십(千萬二十) 이 강산(江山)을 일골으로 다 보리라 부유(浮游) 물표(物表)ᄒ야 노난 듸도 하건만ᄂ 천풍산(天風山) 팔만봉(八萬峰)은 각별(各別)한 쳔지(天地)로다

〈천풍가〉의 한 구절이다. 시적 화자는 천관산 중에서도 팔만봉의 각별함을 언급한다. 또한, 천관산의 표면적 아름다움과 장엄한 장관을 드러낸다. 지리적으로 천관산은 장흥 방촌 중앙에 위치한다. 각별함은 곧 특별함으로, 이는 다른 어떤 것들과의 대조를 통해 특별함을 나타낸다. 시적 화자뿐만 아니라 장흥사람들에게 천관산은 특별한 곳이다. 또한, 《동국여지승람》에는 '산세가 몹시 높고 험하여 더러 흰 연기 같은 기운이 서린다'라 하여 '높고 험한 산세'는 장엄한 분위기를 연출하고, 동시에 '흰 연기 같은 기운'은 신비함과 신성함을 표현한다. 이를 통해 왜구의 침략을 물리친 중요한 공간임을 언급한다.

> 태산 천하(天下)을 빙목(聘目)하며 탄식(歎息)하고 영략(領略)하니 십이제국(十二諸國) 동일우(東一隅)의 우리 조선편소(朝鮮偏小)하다 지리(地利)도 죠커니와 예의지방(禮義之邦)이로다 만물(萬物)이 자자커니 대국(大國)을 부러하랴 우리나랏 팔도중(八道中)의 하삼남 더욱죠타 □□□ 죠커니와 □□□절(節) 사치한다 오십삼주(五十三州) 호남도(湖南道)의 장흥(長興)은 해읍(海邑)이라 지출(地出)도 크거니와 산해진미(山海珍味) 갖졸시고 관산(冠山) 삼긴후의 낙토(樂土)라 유명(有名)터니

이 부분은 〈임계탄〉의 내용 중에서도 우리나라의 지형과 장흥의 지리적 여건을 드러낸 곳이다. 장흥의 위치와 그 지역의 특산물이 풍요로웠던 시절을 나타낸다. '태산'은 천관산을 말한다. 천관산은 제일봉에 오르는 모습과 그 주변 풍경으로 장엄함을 표현하며 탄식한다.

태산의 제일 높은 봉우리를 올라가는데 마디마디 쉬어 올라 태산 아래를 조용히 관망하며 탄식한다. '십이제국'은 천도교에서 세상의 모든 나라를 가리킨다. 모든 나라 중에서도 동쪽 한 구석에 있는 우리나라 조선은 편벽되게 작다. 그러나 지리는 좋고, 예(禮)의 나라라 일컫는다. 작은 나라인데도 만물이 모두 갖추어졌으니 큰 나라도 두렵지 않다며 큰 위상을 드러낸다. 또한, 우리나라 팔도 가운데 하삼남(下三南)[경상도, 전라도, 제주도]를 가리킨다. '남쪽의 세 지방'은 중앙에 비해 자연경관의 매우 아름다움을 의미한다. 그러므로 전라도에 속한 장흥지역 또한 아름다운 고장임을 나타낸다. 호남의 장흥은 바닷가 마을이라며 장흥의 지형적 특징을 설명하고, 산해진미도 모두 갖추어진 '낙토'임을 언급한다. '낙토'는 더 이상 바랄 것 없는 풍족하고 평화로운 상태를 드러낸 표현인 것이다.

'장흥'은 고려시대의 화려한 '장흥'의 모습을 기억한다. 그런 반면, 고려시대와는 다른 이면적인 모습을 보여준 조선시대의 장흥은 또 다른 공간으로서의 시간의 변화를 나타낸다. 나라의 변화는 제도의 변화를 의미하고, 이는 곧 달라진 조선시대 '장흥'의 모습인 것이다. 조선시대의 '장흥'은 지역의 화려함보다는 중앙과 멀리 떨어진 후미진 곳이라는 이질적인 공간의 면모를 드러낸다. 그러나 조선시대뿐만 아니라 지금에 이르기까지 수백 년의 세월이 지났음에도 불구하

고 아직까지 그때의 그 화려함을 기억한다. 또한, 화려한 고려시대
를 회상하는 여러 선인(仙人)들의 모습을 떠올리게 한다.

　아름다운 산수를 지닌 '장흥'은 천관산을 중심으로 혹은 장흥의 지
형적, 지리적 조건을 통해 자연의 아름다움을 드러냈다. 조선시대의
향촌사족이라 일컫는 장흥 방촌의 향촌사족들은 스스로 중심의식을
강화하여 찬란한 시대를 염원하는 마음을 글속에서 잘 표현했다. 그
들의 중심의식은 조선시대의 근간이 되었던 유교의 한 측면을 반영
했다. 그러나 방촌지역 사람들에게 유학사상을 기리는 지방 작은 마
을이라는 의미보다는 예전의 화려한 때를 기억하는 조상들의 긍지를
표출했다. 그들은 고려시대처럼 다시 화려한 시절로 돌아가기를 염
원하는 심정을 표현한 것이다.

2) 소외된 주변부

　중앙집권체제에서 '지방'은 소외된 주변부에 속한다. 중앙집권체
제는 중앙에서 모든 권력을 행사하는 상징체계를 의미한다. 조선시
대는 '지방'이라는 명칭보다 '향촌'이라는 용어를 많이 쓴다. 즉, 중
앙이 아닌 '향촌'이라는 공간은 중앙과 대칭되는 개념이다. 구체적
으로 '향(鄕)'은 향약, 향교, 향안, 향사당 등과 마찬가지로 행정구역
상 군현(郡縣)의 단위를 말한다. '촌(村)'은 촌락, 마을을 의미한다.
군현 단위로서의 '향촌'은 선조 군현제의 정비와 더불어 한말에 이르
기까지 거의 변동 없이 유지되어왔다. 이를 단위로 한 지배세력 역
시 향촌의 여러 조직을 통해 종횡으로 연결되고 중첩적인 혼인관계
를 맺고 있었다. 이러한 향촌사회는 하나하나가 그 자체로서 일정한
개별성과 독자성을 갖는다. 따라서 각 향촌마다 재지사족(在地士族)

의 존재형태나 위상이 동일하지 않다.[11] 그러므로 이러한 소외된 주변부를 드러내는 요소는 지역을 바탕으로 한 토속적인 정서를 의미한다.

다음 구절은 향촌에서만 일어날 수 있는 상황을 묘사했다. 그 중에서도 중앙집권체제에 대한 불만들과 현실사회에 대한 비판으로 작품을 논했다. 작품을 통해서 향촌사족의 특징을 바탕으로 한 구절을 살펴보자.

> 만 이십(萬二十) 이 청산(靑山)이 역문안 니런ᄂ다 청산(靑山)을 못니저서 다시 또 보잣더니 포의(布衣)로 미양(每樣) 오니 산수(山水)도 붓글업다

〈천풍가〉의 마지막 구절로 향촌사족의 특징을 서술했다. 시적 화자는 천관산을 유람한 후에 산을 내려오면서 간직한 생각을 정리한 것이다. 시적 화자의 형편과 상황뿐만 아니라 그 시대의 향촌사족들의 특성을 나타낸다. 시적 화자는 푸르고 아름다운 천관산의 모습을 잊지 못해 다시 찾고자 한다. 하지만 진짜로 천관산의 모습을 잊지 못해 다시 보고 싶어 한 것은 아니다. 시적 화자 스스로 하지 못했던 공부에 대한 미련 때문이다. 벼슬에 나아가기 어려운 심정을 알고도 그럴 수밖에 없는 심정을 노래한 것이다. 그럼에도 불구하고 출사의 꿈을 포기하지 않고 천관산을 통해 풍류를 즐기고자 하는 염원을 언급한다. 또한, 이는 과거급제의 꿈을 이루지 못한 안타까움과 소외된 향촌사족의 심정을 잘 드러낸다. 시적 화자는 유교적 이상을 추구한다. 그러나 벼슬길에 나아가고자 하는 꿈을 이루지 못하고 늙어

---

11) 정진영, 앞의 책, 1998, 24면.

가는 모습에서도 쉽게 단념하지 못하는 갈등양상을 표현한다. 시적 화자는 천관산의 아름다운 경치로 강산의 풍류를 논한다. 시적 화자처럼 오랜 세월동안 준비했던 계획이 있음에도 쉽게 발휘하지 못한 소외된 주변인들의 안타까운 심정을 글에 남기고자 했다. '포의(布衣)'는 시적 화자의 신분을 나타낸다. 벼슬 없는 시골 선비로서 발전하지 못하고 매번 똑같은 모습이 '자연에 부끄럽다'고 한다. 하지만 이는 본인 스스로에게 더 부끄러울 뿐이다. 시적 화자에게 중요한 역할을 하는 천관산을 돌아보며, 시적 화자의 남다른 마음을 갖게 해준다.

> 혼우(昏愚)한 이인생은 제신명(身命) 제 몰라서 妄망된 어린마음 부귀(富貴)를 구하려고 천한백옥(天寒白屋) 쑥대문(門)에 궁차익견(芎且益堅) 큰뜻으로 달아래 글을 읽고 빗뒤애 밭을 가니 공자왈(孔子曰) 맹자왈(孟子曰)에 세월이 절로 가고 상평전(上坪田) 하평전(下坪田)에 인력허비뿐이로다 어와 허사(虛事)로다 세사영위(世事營爲) 허사(虛事)로다 부귀(富貴)는 안이 오고 년소(年少)만 간단말가

〈초당곡〉의 한 부분이다. 시적 화자는 스스로 '혼우한 인생'이라 한다. 본인도 자신의 몸과 목숨을 모른다며, '망령된 마음'은 부귀를 구하려는 사람으로 나타낸다. 시적 화자는 어리석은 마음에 부귀영화를 누리려 했던 본인을 반성한다. '천한백옥(天寒白屋)'은 추운 날의 초가집을 가리키며, 가난한 생활을 이른다. 이는 '초당(草堂)'을 의미한다. 시적 화자는 부귀에 속해 있는 세속과 단절된 한적한 곳을 '초당'이라 한다. 그리고 초당에서 다시 배우고 익히기를 권한다. 시적 화자는 궁하면 더욱 견고해지는 이치를 깨달아 물질적 풍요보

다는 달 아래 글 읽고, 비온 뒤에 밭 갈던 젊은 시절을 회상한다. '주경야독(晝耕夜讀)'을 나타낸다. '공자왈, 맹자왈'은 조선시대의 유교사상의 한 부분으로 벼슬에 진출하기 위해 필요한 공부였다. 그러나 벼슬도 하지 못하고 공부만 해야 했던 지난 세월의 안타까움을 나타낸다. 이는 모든 일이 헛되다고 여긴 시적 화자의 심정을 그대로 표출한 것이다. '부귀영화'는 오지 않고 흘러가는 세월의 안타까움과 현실의 절망을 동시에 표현하고 있다.

　　임자계축(壬子癸丑) 무전흉년(無前凶年) 개개(介介)히 이로이라 듯고보는 이경색(景色)을 삼척동(三尺童)도 알건마는 각골(刻骨)한 이시절을 명심(銘心)하야 닛지말자 무식(無識)한 진언문(眞諺文)을 재조(才助)업시 매와내니 구법(句法)은 보잔하고 시불견(時不見)만 적어다가 장안(長安) 대도시(大道市)예 붙이로다

〈임계탄〉의 첫 부분으로 시대적 배경은 임자년과 계축년이다. 이 시기에는 전에 없던 아주 지독한 흉년이 들었다. 시적 화자는 이렇게 어렵고 힘든 상황을 '각골한 이 시절을 명심하고 명심하여 잊지 말자'고 당부한다. 시적 화자는 어려운 상황을 알아주지 않는 관리들의 부정을 알리고자 진언문(眞諺文)을 쓴다. 그리고 모든 사람이 알 수 있게 장안의 큰 도시에 방을 붙여 관리들의 부정부패를 널리 알리고자 한다. 아무리 중앙과 멀리 떨어진 작은 향촌에서 벌어진 일이라해도 관리들의 부정한 행위를 바로 세우고자 그 서술 배경을 기록한다. 이는 중앙관리라 할지라도 향촌의 어려운 상황을 모른 척한 것에 대한 불만을 토로하며, 현실에 대한 비판의식을 잘 보여준다.

우리영감(令監) 신명(神明)하샤 기민호(饑民戶)을 예지(預知)하야 인구수
(人口數)을 마련(磨鍊)하야 삼등(三等)의 분정(分定)하고 정식수(定式數)로
성책(成冊)하라 엄준(嚴俊)히 전령(傳令)하니 요마(幺麽)한 존위약정(尊位
約正) 위월관령(違越官令) 뉘 이시리 칠팔구(七八九) 인는호(戶)을 이삼구
(二三口)로 초출(抄出)하고 優劣업슨 져饑民을 定數外예 물리치니 성책(成
冊)의 못든기민(饑民) 눈물지고 싀셜한들 관령(官令)메신 져면임(面任)이
가감(加減)을 어이하리 장택(長擇)셔 타온 걸량(乞粮) 종시(終始)히 일어하
면 드나마나 셜워마라 타나마나 피차(彼此)업다

  관리들은 대기근으로 말미암아 먹고 살기 힘든 가운데 살아남은
백성들에 대해 냉담하기만 하다. 이는 자연재해의 실상보다 관리들
의 비리와 고발, 백성들의 불만 등을 토로한 구절이다. 첫 구문에
등장하는 '우리 영감'은 고을의 관리이다. 시적 화자는 그를 '신명(神
明)하다'고 한다. 그 이유는 배고픈 백성들의 집도 미리 알기 때문이
다. 이는 시적 화자가 관리를 비꼬아 풍자적 표현을 나타낸 것이다.
관리들은 사람의 수를 바꾸어 다시 세 등급으로 나누고, 정해진 수
로 다시 기록하여 책을 만든다. 이 책은 어려운 시기에 나라에서 주
는 식량을 나누기 위해 만들어졌다. 그러므로 완성된 책에 이름을
올리지 못한 사람들은 구호를 받지 못하게 된다. 하지만 영감은 보
기와 다르게 준엄한 태도를 보인다. 나라를 위해, 백성들을 위해 일
해야 하는 관리들은 벼슬 승진(昇進)에만 급급할 뿐이다. 작품에서는
전령을 전하고 변변치 못한 자리를 높이는 관리들의 태도를 발견할
수 있다. 7~8명이 사는 인원을 2~3명이라고 속여 조촐하게 만들고,
정해진 숫자 외에는 적지 않으니 배고픈 백성들은 굶어야 하는 억울
한 상황이 된다. 여기서부터는 지방 관리의 횡포에 대한 내용이다.
직접 호적을 담당하는 사람이 아니라면 지방 호적을 관리하는 사람

이 사람 수를 더하고 빼는 것을 알지 못한다며 부정부패를 일삼는 지방관리들을 비판한다. 또한, 배고픈 백성들의 억울한 심정을 호소하는 장면을 드러낸다. 그 외에도 다른 지역에서 타온 곡식이 처음과 끝이 이러하다면 관리들의 탐욕과 부도덕적인 모습은 같을 수밖에 없음을 한탄하며, 장흥지역에서 일어난 기근의 현장을 묘사한다. 이 단락에서는 중앙 권력에 대한 비판과 반항의 모습도 잘 드러나 있다.

위의 모든 사건은 중앙과 멀리 떨어진 향촌이라는 '공간'을 부각시켰다. 지방의 향촌사족들은 중앙의 간섭 없이 행해지는 즐거움도 있다. 하지만, 그보다는 중앙의 무관심으로 겪는 슬픔이 더 짙게 묻어나는 부분이기도 하다. 그 중에도 시적 화자는 과거에 진출하고 싶어도 '향촌'이라는 특수성 때문에 벼슬에 나아갈 수 없는 상황을 묘사하면서 동시에 중앙관리들의 무식함으로 지방 관리들의 부정부패를 감수해야 하는 백성들의 어려움을 표현한다. 이 특성들은 향촌사족의 여러 작품에서 언급하고 있다. 중앙과 대립되는 이분법적인 사고는 향촌사회를 소외된 부류로 몰아넣게 된 계기가 된다.

'장흥'은 지리적으로 중앙과 멀리 떨어져 있다. '장흥'은 시골의 작은 공간임에도 '중심의식'을 강화하고 있는 부분과 소외된 주변부로써 다른 두 양상을 언급했다. 시간의 변화라는 전제가 포함되었지만, 결국 같은 공간에서 펼쳐지는 일들이다. 그러나 시간의 변화는 곧 공간의 의미변화를 함께 가져온다. 시간의 경과에 따라 하나의 공간은 중심과 주변으로 나뉘게 된다. 장흥지역의 가사작품은 역사적, 지형적인 특징으로 '공간'의 특성을 나타냈다. 중앙에서 멀리 떨어진 작고 소외된 작은 공간에서도 '중앙'이기에 지켜야 할 도리들을 선택하고, '주변'이기에 소외받았던 향촌사족의 모습을 드러냈다. 이 둘은 서로 대립되는 공간으로 표상화했다. '중앙'과 반대되는 개념으로 '장흥'의 공간을 서로 반대되는 공간으로 세분화했다. 현실사회에 대한 비판은 결국 향촌사회의 문제의식을 갖게 만든 원동력이 되었던 것이고, 중앙과 멀리 떨어진 후미진 작은 공간에서 일어났던 윤리적 태도는 향촌의 긍지와 자부심을 드러냈다. 이러한 향촌사족들 사이의 윤리적 태도와 더불어 현실비판의 양상은 다양한 의미로 공간을 형성했고, 다시 이질화된 면모를 꼽아냈다.

2. 욕망의 현실화

욕망은 현실에서 이루지 못할 때에 생겨난다. 현실에서 억압된 생각들은 욕망으로 표출하게 된다. 즉, 욕망은 현실에서 이룰 수 없는 소망을 드러내므로 욕망과 현실은 서로 반대되는 개념으로 본다. 그러나 여기에 드러나는 욕망은 현실과 환상 사이에서 괴리를 형성한다. 하지만 그 괴리는 현실과 환상이라는 두 측면을 하나로 통합하는 과정에서 발생한 현상이다. 따라서 이 두 관계를 통해 나타난 욕망의 현실화 과정을 살펴보자.

1) 현실과 환상의 괴리

현실에 드러난 환상공간은 신선세계를 가리킨다. 환상은 현실과는 다르다. 그렇다고 환상과 현실이 대립관계에 있다고 말할 수는 없다. 환상은 현실에서 이루지 못한 사건에 대한 욕망을 표출하는

하나의 형식이기 때문이다. 이렇게 볼 때, '환상'은 큰 의미로 눈에
보이지 않는 헛된 것을 꾸며 만든 것이라 해도 좋겠다.

장흥지역 가사작품에서는 〈천풍가〉, 〈초당곡〉, 〈금당별곡〉을 바
탕으로, 자연의 흥취를 드러내고자 한다. 이 작품들은 고향에 살면
서 향촌사족들의 특징인 처사적(處士的) 면모를 통해 신선적 풍류의
공간을 형상화했다. 그 첫 번째 작품은 〈천풍가〉이다. 유람 공간인
'천관산'을 왜 신선세계로 설명하고 있는지 구체적으로 알아보자.

청녀장(靑藜杖) ㄱᄂ 듸로 구정암(九精庵) 드러가니 첨단(簷端)의 자던
구름 석정(石井)을 더퍼 잇다 학골(鶴骨)은 어듸 가고 벽도(碧桃)만 나만난
고 단이(斷崖)을 빅기 건너 수층(數層)을 올나가니 원통(圓通) 빈 암자(庵
子)의 운학(雲鶴)이 직키엿다 옥정(玉井)의 연만(連滿)ᄒ고 가난 길로 도라
가니 영축(靈築)은 터만 잇고 수목(樹木)이 자쟈 잇다 선궁(仙宮)도 이러ᄒ
니 인세(人世)을 가지(可知)로다

이 작품의 시적 화자는 산의 여행경로를 드러내면서 '청녀장', '구
정암' 등 실제 지명을 사용하여 구체적 공간을 설명한다. 이는 실제
공간에서의 신선 이미지를 강조한 것으로 현실과 환상과의 괴리감
을 형상화했다. 구체적인 공간은 '구정암'으로 그 주변 상황을 묘사
한다. '벽도(碧桃)', '운학(雲鶴)'과 같은 단어들을 나열하여 신선세계
에 비유한다. 여기에 드러난 '학골(鶴骨)'은 수도자의 형상이며, '벽
도(碧桃)'는 선계에 있는 복숭아를 의미한다. 이 두 단어는 직접적으
로 신선세계를 가리킨다. '끊어진 절벽', '여러 층의 계단'은 천관산
의 험준함을 묘사한다. 또한, '기둥만 남은 빈 암자'는 산의 적막함
을 드러낸다. '운학'은 '벽도'와 같이 신선세계의 한 부분이다. 이 부

분은 시적 화자가 속세에서 벗어났음을 의미한다. 이는 신선세계의
동경으로 볼 수 있다. '구정암'을 지나 돌아가는 길은 화려한 모습으
로 '옥정(玉井)에 물이 가득 차 있음'으로 상상하고, 가는 길을 돌아
서는 초라한 모습으로 암자 없이 나무만 울창한 모습으로 형상화한
다. 이는 예전의 화려함과 현재의 적막함으로 대조적인 모습을 자아
낸다. 시적 화자는 '구정암'을 신선의 집이라며 현실 공간을 신선세
계로 여긴다. 이러한 신선세계의 표현은 다음 구절에 자세히 드러나
있다.

> 사양(斜陽)과 함끠 나려 의상암(義尙庵) 들려가니 빅셕(白石) 창틱(蒼苔)예
> 구름이 쥬인(主人)이다 션이(仙崖) 션졔(仙梯)의 역역(歷歷)키 지닉보니 종성
> (鐘聲)을 겨오 차자 탑션암(塔仙庵) 드러가니 암만(暗滿) 초목(草木)은 지닉난
> 곳 갓건니와 누각(樓閣)이 몇 층(層)이며 동학(洞壑)이 황홀(恍惚)ᄒ다

　이 부분은 시간적 배경과 공간적 배경을 설명한다. 시간적으로 해
지는 풍경을, 공간적으로 '의상암'과 '탑선암'을 나타낸다. 시적 화
자는 해질녘 '의상암'으로 들어가 그 풍경을 바라본다. 시적 화자는
흰 돌과 푸른 이끼에 주인이 구름이라 하여 의상암 주변의 신기한
풍경을 설명한다. '선애(仙崖)', '선제(仙梯)'는 신선세계를 드러내는
단어다. 시적 화자는 아름답고 신령스러운 풍경을 보고 '탑산사'의
종소리를 겨우 찾는다. 그리고는 '탑산사'로 이동한다. 시적 화자가
'탑산사'에 도착한 때는 '암만(暗滿)'으로 어두운 밤이다. 어두운 길
에서 시적 화자는 불빛 없어 바라본 누각의 모습을 나타내며, 그곳
에서 바라본 마을의 모습을 황홀하다 한다. 이렇듯 자연, 산수의 풍
경을 아름답게 있는 그대로 읊으면서도 구절 중간 중간에 드러나는

신선적 풍류는 천관산을 신선세계로 묘사하기에 충분하다.

> 쟝공(長空)의 긴 바람이 양액(兩腋)의 깃이 되며 탈건(脫巾) 노발(露髮)ᄒ
> 고 창포봉(菖蒲峯) 올나가니 장포(菖蒲) 푸른 닙픠 구질마다 고시 피고 굴
> 곡(屈曲)ᄒ 늘근 솔은 하날 다허 못커 잇다 山翁의 옥쟝긔(玉將棋)난 뒤다가
> 어듸 간고 옥져(玉指)로 짓던 아(樣)은 날 위ᄒ야 두고 간고 안기상(安期生)
> 보게 ᄒ야 셕면(石面)의 일흠쓰니 인간의 쑴이로다 늬 안이 신선(神仙)인가

　시적 화자가 신선임을 밝힌 구절이다. 바람이 양 겨드랑이에 불어
날개가 되고, 두건은 벗어 머리카락을 다 드러내고서야 '창포봉'에
올라간다. '두건'은 세속세계를 의미하며, 유교적 관습을 나타낸다.
'벗었다'는 것은 탈구속을 통해 자유를 지향하는 신선세계를 의미하
며, 유교적 관습에서 벗어난 자유를 상징한다. 시적 화자는 어떤 것
에서도 구속받지 않고 자연 그대로의 자유를 느끼고자 한다. 이것이
바로 그가 바라는 신선의 모습이라 짐작된다. '창포봉'은 '창포'라는
꽃 이름을 따서 붙인 지명으로 창포꽃이 많이 피는 봉우리의 꽃 맺음
을 묘사하기도 한다. 또한 많이 굽은 늙은 소나무는 하늘에 닿아서
더 크지 못했다며 웅장한 소나무를 신선세계의 이미지로 대변한다.
시적 화자는 '창포봉'에서 신선과 함께 장기를 두기도 하고, 자신의
이름을 돌에 새기기도 한다. 이 부분은 시적 화자의 신선의 모습을
드러낸 구절이다. 이러한 아름다운 풍경과 자유로운 시적 화자는 신
선세계의 신비로움을 전하는 매개물이기도 하다.

> 금수굴(金水窟) 금든 물을 슬토록 먹근 후의 심신(心身)이 상연(爽然)커
> 날 반야암(般若庵) 차자가니 도화(桃花) 쓴 시닉물은 밋 밧긔 흘너 간다 고

읍(古邑) 방촌(傍村)은 무능도원(武陵桃源) 아니런가 금선딕(琴仙臺) 청원
딕(淸遠臺)는 운무간(雲霧間)의 싸 잇다

 이 부분은 공간의 변화 양상이 다양하게 드러난다. 시적 화자는
'북바위', '배바위'를 지나 '금수굴'로 이동한다. '금수굴'에서 '반야암'
으로 가는 과정을 그리고 있다. '금수굴'은 금빛 물든 물이 흐르는
곳이다. 시적 화자는 이곳의 물을 실컷 마신 후에야 몸과 마음은 시
원해진다. 그리고 다음 장소인 '반야암'으로 이동한다. '반야암의 도
화(桃花)'는 '무릉도원의 복숭아꽃'으로 형상화하여 시냇물에 띄워져
흘러내려오는 모습을 묘사한다. 그 시냇물은 산 밖으로 흘러 고읍
'방촌'으로 들어간다. 시적 화자가 살고 있는 '방촌'에 흘러 들어간
복숭아꽃은 무릉도원을 상징하며, 꽃이 흘러간 '방촌' 역시 무릉도원
임을 나타낸다. 주변의 '금선대'와 '청원대'는 신선세계이며, 이를 강
조하는 매개체로 구름과 안개가 짙게 쌓여 있음을 표현한다. 시적
화자는 '복숭아꽃', '구름'과 '안개' 등의 객관적 상관물을 이용하여
무릉도원의 모습을 나타낸다.
 다음은 〈금당별곡〉에 드러난 신선세계의 모습이다. 시적 화자는
주변의 유람 공간을 신선공간으로 드러낸다. 〈금당별곡〉은 〈천풍
가〉와 마찬가지로 여행 일정에 드러난 공간을 풍류공간으로 나타낸
다. 구체적으로 작품을 살펴보자.

 전산(前山) 아춤 비애 봄빛이 빼여나니 산화(山化) 피은 곳이 흥미(興味)
도 하고만타 학우(鶴友)의 신선(神仙)들을 이 째예 만나보아 황금단(黃金
丹) 여지내여 삼동계(參同契) 뭇쟈 ᄒᆞ야

〈금당별곡〉의 한 구절로, 공간적 배경은 '앞산'이다. 또한 시간적 배경은 아침이다. 현실세계인 앞산을 신선세계로 묘사하고 있다. 시적 화자가 있던 앞산에는 아침이 되어 비가 내린다. 그 비로 산의 푸른 봄빛은 더욱 푸르다. 시적 화자는 세월을 한탄하고 있는 사이 봄이 된다. '봄'은 풍월주인이 된 시적 화자의 흥미를 더해주고, 학의 친구인 신선들을 만날 수 있다는 반가움을 표현하는 역할을 한다.

다음 구절에서 시적 화자는 유람 동기를 진술한다. '황금단'은 신선이 먹는 알약[12)]이다. 시적 화자는 신선 단약을 얻고, 신선들과 함께 노닐고자 하는 마음을 절실히 드러낸다. 이에 스스로 신선임을 언급한다. 더불어 신선들만 모인다는 참동계를 묻어 신선세계에서 살고자 함을 명시적으로 이야기한다.[13)] 이는 시적 화자의 내면의식을 표현한 부분이다. 이 역시 현실을 초월하고 싶은 시적 화자의 강한 욕망에서 비롯된 것이다. 시적 화자는 진정한 신선세계를 '금당도'라 한다. 〈금당별곡〉에 드러난 '금당도'의 풍경을 살펴보자.

> 평사(平沙)의 닷슬 주고 치하(彩霞)을 헷처 보니 빗 알에 물 우희 그 스이 천척(千尺)이라 긔상(氣象)이 만천(滿天)이라 파능(巴陵)이 이갓든가 대글은 그 일홈이 이졔보니 과연(果然)ᄒ다 연하(烟霞)와 흠긔 ᄂᆞ려 셕노(石路)로 올나가니 경화뇨초(瓊花瑤草)ᄂᆞ 곳곳의 깁퍼 잇고 옥뎐금깅(玉殿金莖)은 골골이 널러 잇다

시적 화자는 '금당도'에 도착한다. '채하(彩霞)', '파능(巴陵)', '경화요초(瓊花瑤草)', '옥전금경(玉殿金莖)'과 같은 단어들은 신선세계를 나

---

12) 임기중, 〈金塘別曲〉, 앞의 책, 2005, 176면.
13) 박일용, 앞의 논문, 1996, 301면.

타낸다. 시적 화자는 빛이 아름다운 노을, 옥 같은 꽃과 아름다운
풀, 옥으로 만든 집과 금으로 만든 기둥 등으로 금당도의 풍경들을
묘사하고 있다. 배가 도착하고 평평한 모래사장에 닻을 내리매 고운
빛깔의 노을이 보인다. 그 고운 빛깔의 노을은 모래알과 물 위 사이
에 높게 드리워져 있으며, 그 기상은 하늘에 가득 찼다고 한다. 이는
중국의 아름다운 풍경을 자랑하는 '파능'과 우리나라 '금당도'의 아
름다운 풍경을 비교하고자 했던 것이다. 금당도 역시 '이제 보니 과
연 그러하다'라 하여 아름다운 자연을 뽐내고 있음을 드러낸다. 즉,
뛰어난 조망을 자랑하는 중국 못지않은 우리나라의 아름다운 풍광을
소개한 것이다. '연하(烟霞)'는 하늘의 모습을, '석로(石路)'는 땅의 모
습으로 하늘과 땅의 조화로움을 나타낸다. 현실세계와 신선세계의
대립적인 모습으로 신선세계를 부각시키는 부분이다. '경화뇨초'와
'옥전금경'는 옥 모티브를 사용하여 신선세계임을 언급하는 매개체
로 활용한다. 이는 신성과 고결을 나타내는 색채의 이미지이며, 화
려하고 사치스러움을 나타낸다. '꽃'과 '풀'은 옥으로 된 것이며, 신
선세계를 의미한다. 따라서 시적 화자는 실제 현실세계를 표현하여
신선세계를 형상화한 것이다.

> 성관 월패(星冠月佩)을 숌애나 보쟈ᄒᆞ야 송근(松根)을 놉피 베고 낫잠을
> 잠관(暫間)드니 청동(靑童)이 나을 잡어 봉내산(蓬萊山) 건너 뵈니 소뇨쥬
> (松醪酒) ᄀᆞ득 부여 나 잡고 저 권(勸)홀 제 장생(長生)게 뭇쏜 말을 반튼
> 채 못들어 구고 일성(九皐一聲)의 션몽(仙夢)을 놀나 씨이 장연(長烟)이 일
> 공(一空)ᄒᆞᆫ듸 호월(皓月)이 쳘니(千里)로다 화졍(霞汀)의 멸파(滅波)ᄒᆞ고 수
> 로(水路)도 무변(無邊)ᄒᆞ다

이 역시 〈금당별곡〉의 한 구절이다. '성관월패(星冠月佩)'는 신선의 상징적 모습이다. '성관'은 별빛구슬로 만든 머리 꾸리개를 뜻하고, '월패'는 허리에 차던 패옥을 말한다. 그러나 그 모습을 '꿈에나 보자'며 현실에서는 볼 수 없는 안타까움을 언급한다. 그리고 잠깐 낮잠을 청하며 꿈을 꾼다. 꿈은 불가능을 가능케 한다. '청동(靑童)'은 청의 동자로 선계(仙界)의 인물로 '선인(仙人)'을 가리킨다. '청의동자'를 제외하고도 선인의 시중을 드는 '사동', '선동'이 있다. 이 모두는 신선 세계를 상징한다. 시적 화자는 '청의동자'와 함께 봉래산에 가며, 송료주를 마신다. '봉래산', '송료주', '장생'은 선계를 드러낸 매개물로 봐야 한다. 시적 화자는 장생에게 의견을 묻지만, 대답을 듣지 못하고 다른 소리에 놀라 꿈을 깬다. 그 광경은 '안개가 피어난 물가에는 안개로 모든 것이 비어있고, 흰 달빛은 천리같이 멀게만 느껴진다'며 안개, 달빛으로 선계를 묘사한다. 그러나 '텅 빈 풍경'과 '멀다'는 표현은 현실세계를 드러낸다. 또한, '노을 진 물가에는 물결은 없고, 물길은 끝이 없다'며 '없어진 물결'과 '끝없는 물길'은 신선세계에서 현실세계로의 귀환을 의미한다. 시적 화자는 선몽(仙夢)으로 선계를 그리고 있다.

신선세계에서 '술'과 '꿈'이라는 매개물이 등장한다.[14] 이 매개물들은 흥을 돌아주기 위해 사용되고, 환상에 한층 더 가깝게 한다. 〈금당별곡〉에는 두 가지 사물이 모두 사용된다. 시적 화자는 여정의

---

14) 이 신선세계는 꿈과 술로써 '환상성'을 표상화한다. '꿈'은 현실과 선계 혹은 초월적 공간으로 이어주는 매개체다. '꿈'은 현실의 경험과 인과적 논리성을 넘어선 초자연적 이고 상상적인 세계를 실제화할 수 있는 전통적인 환상 양식으로 사용된다. 따라서 이 꿈은 현실이 아니라 쾌락이 지배하는 상상계로의 진입을 가능케 하는 환상의 입구 이다. 심진경, 「환상문학소론」, 『한국문학과 환상성』(예림기획, 2001), 35면.

정점에서 몽유체험을 설정한 것은 현실세계를 초월한 신선세계에서 풍월주인이 되려는 의지의 확대인 듯하다. 금당도 여행은 시적 화자에게 현실과 초월(신선)세계와의 거리를 드러낸다. 이는 거리가 멀다는 것을 자각하게 해준 계기가 된다. 현실과 신선세계의 관계는 가까이 있는 듯하지만, 가까이 있을 수 없는 거리로 나타낸다. 시적 화자가 꿈속에서 노니는 장면은 금당도 유람의 현실적 의미를 화자에게 객관화하여 각인시켜주는 매개 장치이다.[15]

> 벽도행화(碧桃杏花) 번화지(繁華地)에 풍정(風情)이 절로 없고 녹수청산(綠水靑山) 깊은 곳에 구몽(舊夢)이 다정(多情)하니 부귀(富貴)는 뉘 주인(主人)인고 계산(溪山)만 닋차지라 아양동(峨洋洞) 정산지(靜散地)애 구제허(舊齊墟) 아릭두고 백운(白雲)을 놉피쓸어 초당수간(草堂數間) 지어닉니 추하(楸下)애 선롱(先隴)이오 물외(物外)애 신기(新基)로다 사면청산(四面靑山) 일석문(一石門)을 천작(天作)으로 개국(開局)ᄒ고 두시애 두룬물은 인력(人力)으로 깃단말가 쒸로 덮은 단첨(短簷)(끝)을 등라(藤蘿)로 얼거매니 순박(淳朴)ᄒ 것 옛직도(度)라 졸(拙)ᄒ거시 더욱좃다

〈초당곡〉의 일부분이다. '벽도행화(碧桃杏花)'는 무릉도원인 이상향을 의미하는 꽃과 나무를 가리킨다. 꽃과 나무가 번화하게 핀 땅은 시적 화자의 '초당'이다. 초당이 지어진 땅에서 시적 화자가 예전부터 꿈꿔 왔던 이상향을 나타낸다. '세속에 속한 부귀의 주인은 누구인가'라며 부귀한 것보다 좋은 자연과 '시냇물과 산만이 내 차지'라며 부귀한 자연에서 사는 모습을 나타낸다. 이는 욕심 없이 자연에 빠져 살겠다는 시적 화자의 각오를 드러낸 구절이다.

---

15) 〈金塘別曲〉에서 이후 부가되는 만화도의 유람 내용은 구조적인 측면에서 본다면 군더더기에 해당하는 것이라고 할 수도 있는 것이다. 박일용, 앞의 논문, 1996, 306면.

'아양동(峨洋洞)'은 고요하고 한산한 땅이라 하고, 옛 가지런한 언덕을 아래 두었다고 한다. 그곳은 흰 구름을 높이 쓸어내야 지을 수 있는 산속 깊은 중턱의 어느 한 곳이다. 이상계가 1808년에 초당을 짓고 여생을 보낸 곳으로도 전한다. 그곳 오동나무 아래에는 선묘가 있고, 그 외에는 새로운 곳이라 자부한다. 시적 화자는 사방이 온통 푸른 산으로 둘린 풍경 그대로를 적고 있다. 하나의 돌문이 있고, 흐르는 물 역시 하늘이 만든 것이라 한다. 시적 화자는 초당 풍경의 아름다움과 경이로움을 감탄하여 표현한 것이다. 즉, 이는 하늘이 만든 자연과 인간이 만든 초당(草堂)의 모습을 조화롭게 강조한다. 두 사물의 조화로움에서 오는 순박하고 조촐한 자연 풍경은 어느 하나로 충족시키지 못한다. 초당에서 얻어진 자연풍경은 두 사물의 적절한 조화로움으로 더욱 아름다운 공간으로 설명한 것이다.

기행가사와 은일가사는 신선적 흥취의 구체적 현상이 선명하게 드러났다. 장흥의 천관산을 노래한 노명선의 〈천풍가〉와 '만화도'와 '금당도'의 풍경을 그린 위세직의 〈금당별곡〉, 이상계의 〈초당곡〉은 모두 그곳의 승경과 흥취가 묻어나는 작품들이다. 작품들 곳곳에서 신선세계의 모습을 보였으며, 신선세계에서는 신선의 흥취를 발견할 수 있었다. 그러나 〈천풍가〉와 〈금당별곡〉은 유람공간이 바로 선계(仙界)의 공간임을 묘사했다. 이렇듯 이상향은 공간과 시간으로 나눌 수 있다. 공간적으로는 환상성으로 하나의 독립된 공간임을 드러냈고, 시간적으로는 현실세계의 소망을 이룰 수 없는 원망의 공간으로 압축되어 나타냈다. 이러한 공간과 시간은 시적 화자에게 문학적 상상력을 더욱 확장할 수 있게 하며, 독자의 마음과 이어지는 신선한 소재로서 삶의 의미를 더욱 다양화[16]할 수 있다.

위의 세 작품의 주체는 모두 '향촌사족들'이다. 그들은 자연이라는 대상을 통해 아름다운 자연의 모습을 발견코자 했고, 그 모습은 이룰 수 없는 현실에 대한 원망으로 신선세계를 그리기도 했다. 이러한 행위는 공간과 밀접하게 관련된 가사작품을 완성케 했다.

2) 종속 공간의 현실비판의식

향촌사족들은 사회의 불만을 드러냈고, 그들은 현실비판, 사회풍자와 관련된 작품들을 많이 남겼다. 현실비판 작품들은 대부분 작자미상이 많다. 그 이유는 아무래도 그 시대의 현실사회를 비판하는 작품이다 보니 그 시대에 불만을 가지고 있는 경우가 많았기 때문이다. 그러므로 현실비판가사를 지어 작가의 이름이 알려지거나 알려져 버린 사람이라면 중앙 관료나 그 무리들은 반역이라는 명목으로 내버려 두지 않았을 것이다. 그들은 대체로 향촌의 지식인들이다. 향촌에서 지어진 현실비판적인 문제를 다룬 작품들은 중앙에 불만이 있는 향촌사족들이 창작한 경우가 많다. 그 이유는 향촌의 문제를 정확하게 꿰뚫어볼 수 있는 능력을 지닌 사람이 창작해야 했고, 그런 사람들이 바로 향촌의 지식인들이었기 때문이다. '향촌'의 토속세력들인 향촌사족들이 아니고서야 타지(他地)에서 부임해 온 집권층의 탐욕에 시달리게 되는 향민들의 고통을 다루어 그들의 고통을 수긍하며, 부정한 관리들에게는 다시 정계에 나갈 수 없게 널리

---

16) 소재영, 「한국문학에 나타난 이상향」, 『조선조 문학의 탐구』(아세아문화사, 1997), 107면.

알리기도 한다. 이렇게 부정함을 꼬집어 낼 수 있는 공간은 지리적
으로 중앙에서 멀리 떨어진 외진 곳이나 중앙에서 소외된 곳에 위치
해야 했다. 따라서 장흥의 가사문학은 현실비판적인 사고를 드러내
기에 적합했을 것으로 보인다. 그렇다면 작품에 나타난 부조리한 관
리들의 횡포들을 살피고, 부정한 관리들에 대한 비판을 어떻게 풀었
는지 알아보자. 다음은 〈임계탄〉의 내용이다.

> 창중(倉中) 진곡미(賑穀米)을 다주어 무러가라 녁코닢풀 굴을삼고 모야
> (暮夜)의 장치(藏置)하니 석서가(碩鼠歌) 일러난들 교혈여부(狡穴餘腐) 뉘
> 이시리 실갓쓴 소영감(小令監)은 진왕(秦王)의 성(姓)을어더 단좌소(但坐
> 嘯) 다방부리 지휘중(指揮中)의 녀허 두고 주묵(朱墨)을 천농(擅弄)하며 잔
> 민(殘民)을 추박(椎剝)하니 져아표(餓殍) 월시(越視)하고 사화재(私貨財) 도
> 모(圖謀)하다 진정사(賑政事) 말게하소 무실존명(無實存名) 가이업다 진감
> 색(賑監色)의 진진창을 고뷔고뷔 다치오니 기민(饑民)아 네죽거라 사사(事
> 事)로 살세(殺歲)로다

이 부분은 관리들이 곡식으로 배고픈 백성들을 수탈하는 참혹한
장면을 그리고 있다. 창중은 진휼청이다. 진휼청의 쌓인 곡식들을
정비하려 했더니 모든 쥐가 창고에 구멍을 뚫고 밤낮으로 드나들면
서 다 까먹는다고 고발한다. 여기 등장하는 '쥐'는 부정한 관리들을
의미한다. 그들은 굶고 있는 백성들을 위한 진휼청의 곡식까지 싹쓸
이하며 영리의 목적을 취한다. 그러나 이 부정부패는 여기서 끝나지
않는다. 백성들이 배급받을 양식은 결코 그들에게 돌아가지 않는다.
그러하니 부정한 관리들의 모습에 몸서리날 만하다. 그러나 그 관리
들은 무단히 사람들을 바꾸고 공적인 일을 도모하며 자신들의 사사
로운 이익을 챙기는 모습이다. 이에 부정한 관리들은 비리와 폭정을

들키지 않기 위해 형식상 부정한 관리들은 먹을 수 없는 빈 곡식을
백성에게 나눠준다. 그리고는 창고의 진곡미는 쥐들이 다 물어갔다
고 하여 거짓을 둘러댄다. 시적 화자는 부세(負稅)의 무거움을 풍자한
다.[17] 문서를 멋대로 조작하는 부정한 관리들의 횡포와 그대로 빼앗
기는 백성들의 수탈 장면을 그린다. 또한, 굶어 죽은 시체들이 아랑
곳하지 않음에도 마치 자신의 일이 아닌 것 마냥 지켜보고만 있는
상황을 드러내기도 한다. 시적 화자는 굶주린 백성들에게 차라리 굶
어 죽는 것이 낫다고 하며, 부정부패에 찌든 관료들의 모습으로 백성
들의 모습을 드러낸다.

> 이시절(時節) 살펴보니 배배살년(倍倍殺年) 다시만나 관고(官庫)도 탕진
> (蕩盡)하니 진정(賑政)인들 미들넌가 아마도 못살인생 영결회(永訣會)나 하
> 여보세 마고 떨어 수을사고 머리 버혀 안쥬사고 고지고지 취회(聚會)하니
> 영결회(永訣會)가 락사(樂事)런가 아마도 죽글인생 영감(令監)긔 진퇴(進退)
> 마라 애닯다 우리영감(令監) 순사도(巡使道)의 면분(面分)업서 감영(監營)을
> 가시잔들 기마(騎馬)가 이실넌가 보션이 업섯거니 동의(冬衣)도 난득(難得)
> 하다/ 행장(行裝)이 부제(不齊)하니 읍민(邑民) 완생(完行) 권(勸)치마라

'임계년(임자~계축년 사이로 1732~33년, 영조 8~9)'에 일어난 대흉
년은 다른 흉년보다 곱절이나 더 크나큰 살인적 흉년임을 시사하며,
어려운 생활고를 드러낸다. 관아의 창고에는 백성들을 위해 쌓아둔
곡식은 전혀 없다. 이에 시적 화자는 관리들의 허술하고 부조리한
행정 처분을 지적하며, 나라에서 관장하는 구휼기관까지도 믿을 수

---

17) ≪詩經≫, 〈魏風〉의 「石鼠」는 큰 쥐가 창고의 곡식을 먹어치우는 정경을 그린 노래
로, 〈壬癸嘆〉에서도 쥐를 행정을 처리하는 관리들을 비유하여 부조리한 사회를 풍자
하고 있는 부분이다.

없음을 한탄한다. 시적 화자는 경제적 어려움에 오래 살지 못할 인생이라며 '영결회(永訣會)'를 결성한다. '영결회'는 영원히 이별하는 모임으로, 죽기를 각오하고 억울함을 호소하고자 하여 만든 것이다. 없는 돈에 술과 안주를 사서 모임을 갖는다. 그러니 '영결회'는 즐거운 일이 없다며 경제적 어려움에 대한 현실을 걱정한다. 기근(饑饉)에 시달린 백성들은 죽을 각오를 하고 영감께 나아간다. 그러나 애달픈 장흥부사는 순사또와 면분이 없다. 그래서 순사또를 아무리 찾아가도 영감은 백성들을 위해 구휼해 줄 도리가 없다며 부정한 관리의 무능력함을 비판한다.

　장흥부사의 발에는 신을 버선도 없다. 심지어 겨울옷도 얻기 어렵다. 그러므로 행장을 차려입고 순사또께 가는 것은 아예 꿈도 꿀 수 없는 일이다. 고을 원님의 형색은 그야말로 거지꼴이다. 그러나 실제 없어서 입지 못하는 것은 아니다. 이는 굳이 고을 백성들은 원님에게 감영에 가라는 권유를 하지 말라는 뜻으로 해석하면 될 것이다. 이 구절은 역설적인 의미를 담고 있다. 먹을 것이 없어 죽어가는 마당에 갖춰지지 않은 복장은 더더욱 중요치 않다. 그러나 백성들은 '형색이 가지런하지 않으니 가지 말라'고 언급한다. 이는 체면을 차리는 순사또를 풍자한 내용으로 형식을 갖춰야 하는 유교의 한계성을 비판하고, 실학사상을 중시하는 구절이기도 하다. 순사 또는 백성들이 가지 말라고 하는 것이 아니라 본인 스스로 가기 싫어한 행동을 반어적으로 표현한 것이다. 시적 화자는 백성들보다 본인의 체면을 더 중요시 여기는 모습을 비꼬고 있다.

　완명(頑命)이 죽준하고 천의(天意)만 바라더니 전감사(前監司) 이광덕(李

匡德)이 감진사(監賑史)로 온다하니 어와 백성(百姓)드라 이아니 석저불(石底佛)가 전왕불망(前王不忘) 이백성(百姓)이 선문(先聞)이 흔행(欣幸)이라 호남경중(湖南輕重) 거래간(去來間)의 물전감당(勿剪甘棠) 가송(歌頌)이라 죽마래영(竹馬來迎) 멋고지어 백수강장(白叟康壯) 도무(蹈舞)하니 덕택(德澤)을 광포(廣布)하니 각읍(各邑)이 균몽(均蒙)이라

'완명(頑命)'은 완고한 목숨으로 죽지 않고 모질게 살아 있는 목숨을 뜻한다. 즉, 죽을 지경에 다다랐는데도 불구하고 하늘이 지켜준 목숨으로 하늘의 뜻만 바란다고 그 소망을 드러낸다. 시적 화자는 전 감사 이광덕이 감진어사로 온다는 소문을 듣는다. 여기 등장하는 '석저(石底)'는 광주 밑에 자리하고 있는 지명이다. 시적 화자는 이광덕이 예전에 전라감사로 선정(善政)을 베푼 인물임을 드러내고 있다. 그리고 백성들은 이를 잊지 못한다고 하여 '감당나무를 자르지 말라'는 ≪시경≫의 소남(召南) 5편 감당(甘棠) 3장[18]의 구절을 인용한다. 이는 지방관의 은혜를 잊지 못해 불렀다는 노래이기도 하다. 호남의 가볍고 무거운 일들이 오고 감은 세월의 흐름을 드러내며, 그 가운데 어떤 지방관의 은혜를 묘사한다. 이광덕이 감진어사로 온다는 소문은 몇 곳에서 후한의 '곽급'에게 했던 것처럼 어린 아이들 몇 백이 각각 죽마를 타고 길가에 나와 배웅하며 절하는 모습을 언급한다. 또한, 혹시나 하는 기대감에 머리 흰 노인이나 건장한 젊은이 상관

18) ≪詩經≫, 〈甘棠〉을 인용한 부분이다. '蔽芾甘棠을 勿翦勿伐하라 召伯所茇이니라 賦也ㅣ라', '蔽芾甘棠을 勿翦勿敗하라 召伯所憩니라 賦也ㅣ라', '蔽芾甘棠을 勿翦勿拜하라 召伯所說니라 賦也ㅣ라', '甘棠三章이라'.이라 하였다. 甘棠은 杜棃也ㅣ니 白者爲棠이오 赤者爲杜라 翦은 翦其枝葉也ㅣ오 伐은 伐其條榦也ㅣ라 伯은 方伯也ㅣ라 茇은 草舍也ㅣ라 …… ○召伯이 循行南國하야 以布文王之政할새 或舍甘棠之下러니 其後人思其德이라 故로 愛其樹而不忍傷也ㅣ라

없이 모든 사람들은 그 기쁨에 춤을 춘다. 이러한 덕택은 그 고을뿐
만 아니라 다른 고을에 이르기까지 넓게 퍼져 각 고을들에 고르게
확산된다. 즉, 균등하게 서로 잘 어울러 살아갈 수 있도록 도와주는
지방관의 옳은 정치를 매우 반가워한다. 시적 화자는 바른 정치를
하는 지방관이 감진어사로 온다고 함에 기쁨을 감출 수가 없다. 기
뻐하는 모습을 통해 그 동안의 횡포와 부정부패의 모습을 여실히 보
여주고 있다.

우리고을 애매지차(曖昧之次) 불공자파(不攻自破) 업셔지게 백역(百役)
을 정감(停減)하고 진정(賑政)만 심을쓰니 감진사(監賑使)의 시인선정(施仁
善政) 이밧긔 또업거늘 산재각처(散在各處) 열읍수령(列邑首令) 수체시행
(須体施行) 몃몃치고 우리고을 센개꼬리 아모린들 황모(黃毛)되랴 원통(寃
痛)코 절박(切迫)할사 유비백성(有庳百姓) 무슨죄(罪)로 죽기는 이백성(百
姓)이요 기긔나니 아대부(阿大夫)라 애달프다 감진사(監賑使)를 고을마다
보내던들 가련(可憐)한 인명(人命)을 그대지 죽기넌가 사목(事目)을 색책
(塞責)하야 설진(設賑)으로 작명(作名)할제 임오년(壬午年) 해저을고 계축
정월(癸丑正月) 다금온다

'우리 고을'은 애매한 차례라 하여 순상의 무식하고 융통성 없는
모습을 드러낸다. 즉, 나라에 어려운 일이 있을 때는 구휼 순서를
정해서 어려운 순서대로 나라에서 도움을 주는 제도가 있다. 그러나
장흥은 어려운 처지에 처했음에도 순상의 뒤늦은 대처와 탐관오리
들의 술수로 인해 백성들을 구휼하지 못하는 상황에 이르게 되었다.
시적 화자는 흉황(凶荒)의 등급을 '지차읍'으로 정한 일에 대해 매우
억울해한다. '불공자파(不攻自破)'는 힘쓰지 않고도 저절로 해결되었
다는 뜻이다. 영리한 관리의 선출로 전에 있었던 부패한 관리들의

잘못이 저절로 없어짐을 의미한다. 모든 나라의 세금을 면제하거나 줄여주어 나라를 구휼하는 데에만 힘을 쓴다고 하여 어려운 백성들의 상황을 파악하고 이해하고자 한다. 따라서 이에 백성들은 그들을 위한 감진어사의 바른 성품에 어짊을 베푸는 옳은 정치는 이보다 더 하지 않을 것이라는 확신을 드러낸다. 예전과는 다른 모습을 묘사한다. 10개의 흩어진 읍의 수령들은 감진어사의 뜻을 본받으려는 사람이 몇몇인가 하여 어려운 상황에 있지만, 그 본질은 바뀌지 않는다는 것을 예로 설명한다. 즉, 우리 고을의 센 개꼬리는 전 수령들에, 황모는 감진어사에 비유한다. 이 구절은 아무렇게나 해도 사물의 원형은 절대 바뀌지 않음을 언급한 것이다.

> 슬프다 사름들아 하로도 못살이라 진휼청(賑恤廳)이 불휼(不恤)하니 해현청(解懸廳)이 도현(倒懸)이라 대동청(大同廳)을 근피(謹避)하야 서역청(書役廳)을 살펴보니 □고한 져환채(債)가 어디어디 싀어진고 일성중(一城中) 누락(漏落)하니 임장자(任掌者)의 生涯로다 어와 츕츕하다 쇠경도감(都監) 눈을 뜨소 복중천근(腹中千斤) 이십오(二十五)는 도서원(都書員) 네알리라 쌍남추색(雙南秋色) 백여수(百余數)는 각면서원(各面書員) 뉘 모르리 묵객흑심(墨客黑心) 병발(倂發)하니 엄이투령(掩耳偸鈴) 사재(査災)로라

여기 등장하는 사람들은 굶주린 백성들을 가리킨다. 굶주리고 굶주려 하루도 살지 못할 것이라 한다. '진휼청(賑恤廳)'과 '해현청(解懸廳)'은 백성의 고난을 구제해 주는 담당기관이다. '진휼청'은 구휼하지 못하고, '해현청'은 거꾸로 매달아 있으니 백성의 고난을 구제해 주기는커녕 도리어 백성들에게 고난을 더하게 하는 꼴이다. '진휼청', '해현청', '대동청', '서역청'은 모두 국가에서 관리하고 있는 관리 기관들이다. '대동청'을 삼가 피하고는 '서역청'을 살핀다. 그리

고 그곳에서 거두어간 물건이 어디에 쓰였는지 알고자 한다. 그러나 직무를 담당하는 관리자의 생애라고 답함으로써 부정부패가 만연한 세상임을 드러낸다. 시적 화자는 부조리한 세상에 환멸을 느끼며 답답한 마음을 표현한다. 그들이 가졌던 많은 양식 가운데서 그 1/4이나 되는 스물다섯 근은 조세 징수 담당자인 도서원이 알 것이라 한다. 이는 높은 벼슬아치들의 횡포뿐만 아니라 지방 아전의 신분에 이르기까지 못 먹고 못 입는 가난한 백성들에 대한 횡포가 계속되었음을 의미한다.

다음 구절의 '쌍남추색(雙南秋色)'에서 '쌍남'은 중국 남쪽에 있는 어떤 지방이다. '추색'은 가을빛, 가을 경치를 나타낸다. 그러나 이 구절에서는 가을에 추수한 곡식을 걷는 세금을 말한다. 즉, 우리나라 남쪽의 어느 지방에서 가을걷이로 걷은 세금 가운데 많은 수가 각 면의 서원들이 모두 도적질을 한다는 내용이다. 탐학(貪虐)한 자들의 검은 마음이 한꺼번에 일어나니 이러한 일은 사실 재앙이다. 즉, 흉년이 들어 먹을 것을 수확할 수 없는 자연의 재해를 재앙이라 한다. 하지만 부정부패한 관리들 때문에 굶어 죽게 되는 상황에 이르게 되니 이 역시 자연재해와 더불어 크나큰 재앙임을 고발하는 것이다.

> 슬프다 이런말씀 다하쟈면 가이업다 주민(周民)의 황금가(黃金歌)와 상전가(傷田歌) 일편시(一篇詩)을 유민도(流民圖) 한 가지로 이 곳에 그려 내어 니르자면 목이메고 보쟈하면 눈물나다 십습(十襲) 동봉(同封)하야 백배계수(百拜稽首)하야 님계신 구궁궁궐(九宮宮闕)의 들여볼가 하노라

〈임계탄〉의 마지막 구절이다. 위에서 언급한 자연재해와 더불어

부정한 관리들의 횡포들로 인해 굶주린 백성들의 원망을 그리고 있다. 시적 화자는 그 원망과 분노를 슬프다고 표현한다. 이 구절에서는 '이런 말씀 다 하자면 끝이 없다'고 하여 얼마나 큰 원망과 현실비판의 감정을 가지고 있는지를 보여준다. 백성들이 부르는 〈황금가〉와 〈상전가〉라는 시는 정확하게 원문이 전해지지 않는다. 이 시를 통해 흉년의 유민들의 모습을 그려냄을 알 수 있다. 그 노래와 그림을 보고 들으면 눈물이 날만큼의 참혹하고 이르면 목이 메고, 보면 눈물이 날만큼 참담하고 안타까운 현실이 떠오른다. 또한, 목이 메고 눈물이 난다. 그 풍경과 광경을 잊을 수 없기에 열 겹이나 싸서 소중히 간직하고 같이 봉하여 수없이 머리를 깊이 숙여 절하고자 한다. 다음 구절의 님은 임금이다. '그 님이 계신 넓은 궁궐에 들려볼까 하노라'며 높은 벼슬아치들 또한 부정한 세계에 빠져 백성들을 돌보지 않았으니 임금에게 직접 고하고자 하는 마음으로 직접 가사작품을 창작한다.

다른 현실비판가사인 〈합강정가〉는 장흥을 공간으로 삼지 않았다. 다만, 그 '합강정'에서 일어난 일을 장흥의 향촌사족이 쓴 작품이다. 반면에 〈임계탄〉은 장흥지역을 소재로 하고 있으며 그곳에서 일어났던 일을 이름을 밝히지 않은 향촌사족이 지은 작품이라 전한다. 사건이 일어난 공간도 중요하지만, 더 중요한 것은 이런 일들을 통해 작가의 의도가 어떤지, 이글로 무엇을 말하고자 하는지 더 중요하다. 이 글을 쓴 작자 미상의 인물은 이 글로 중앙 관료들과 거리를 두며, 그들의 횡포와 부조리로 반성과 목민관으로서의 자세를 바라는 심정으로 글을 쓰고 있다. 위에 언급한 〈임계탄〉은 그 시대의 생활상을 잘 그리고 있다. 배고픈 백성들의 모습과 흉악한 관리들의 모습을

서로 대조하며, 마치 중앙집권 세력과 향촌사족들의 권력 다툼을 묘
사하고 있는 듯하다.

　위의 두 작품인 〈합강정가〉와 〈임계탄〉은 현실비판을 목적으로
쓴 작품이다. 서민의 입장에서 현실비판은 풍자를 통한 비판을 중심
으로 한 작품이다. 그러나 여기는 사회를 비판하는 주체가 향촌사족
이기에 풍자보다는 부정부패의 모습과 백성들에게 못된 짓을 일삼
는 무능한 관리들의 모습을 적나라하게 묘사했다. 이는 어리석은 관
리들의 모습을 통한 현실을 비판한 작품이다. 이는 당시 상층에 있
던 양반과 남성을 조롱하며 풍자하고, 지배 이데올로기였던 유교에
저항하고 억눌렸던 욕망을 발산하는 등 비판과 저항의 공간을 마련
했다고 볼 수 있다.

3. 애향의식과 긍지

　애향의식과 긍지는 주로 소외된 향촌에서 일어난다. 그 이유는 자
신이 사는 마을의 위상을 높이고 권위를 드러내고자 하기 때문이다.
이러한 과시화(誇示化) 현상은 중앙집권과 대립되어 스스로 소외되
었다고 여기는 향촌사족들에게 많이 나타난다. 이는 '문중(門中)'과
관련시켜 설명할 수 있다. '문중'은 그 활동 내용상 향촌사회에서 특
정 성씨집단의 가문을 중심으로 하면서 적장자(嫡長子) 중심의 부계
(父系) 친족의식을 기반으로 한다는 점에서 시기와 성격이 다르다.
또한 활동지역 범위가 동족마을 내부이거나 몇 개의 동족마을이 연
계되어 이루어진 향촌 단위였다는 점에서 주목해야 한다.19) 이렇듯

애향의식과 긍지는 집단문화에서 드러날 수 있는 큰 특징이다. 중앙
집권에 대한 도전의식으로 집단의식이 강화됐으며, 이는 문중의 형
성과 발전을 가져온 계기를 마련하게 됐다. 따라서 필자는 동족집단
의 발전으로 인한 애향의 긍지와 자부심, 사회 기능의 강화 현상,
가문 중심의 생활상으로 구체화하여 애향의식과 긍지를 드러내는
현상을 설명코자 한다.

1) 애향의 긍지와 자부심

지리적인 측면에서 장흥의 가장 큰 자부심은 '천관산'이다. 이 천
관산은 장흥지역의 사대부들에게 고장을 대표하는 명승지로 애향심
을 불러일으키는 대상이다. 장흥지역에 세거하던 유력가문은 누정
을 경영하고 있던 곳이기도 하다. 특히 청사 노명선은 거의 일생동
안 장흥지역을 떠나지 않았던 만큼 자신의 향리(鄕里)에 위치한 천관
산에 여러 번 올랐을 것으로 짐작된다. 〈청사공가장〉에는 날마다
〈천풍가〉를 읊으면서 본인이 신선임을 즐기면서 구용봉에 솟구쳐
올랐다는 이야기가 전한다.[20]

'향촌'은 가문을 유지하고, 가문을 잘 지키는 데 큰 의의가 있다.
향촌은 17세기 중반에 형성되어 18세기에 발전하게 된다. 하지만 18
세기 후반~19세기에 이르기까지 향촌의 모습은 쇠퇴해지기 시작해
서 향촌의 의미가 무색해지게 된다. 그러나 시적 화자들은 향촌사족
으로의 불만과 사회에 대한 비판을 그들의 고향에 대한 애착과 긍

---

19) 이해준, 앞의 책, 2008, 14면.
20)1노형식, 앞의 책, 106면; 유정선, 앞의 책, 2007, 288면에서 재인용하였다.

지, 자부심으로 작품에 표출하기 시작한다. 이러한 인식들은 노명선의 〈천풍가〉와 위세직의 〈금당별곡〉에서 잘 보여준다. 작품 첫 부분은 향촌사족들로서의 아픔과 더불어 고향에 대한 자긍심이 짙게 묻어나 있다.

노명선의 〈천풍가〉 첫 부분은 시적 화자의 처지를 비유적으로 표현하고 있다. 더불어 천관산의 아름다움에 대해서도 논하고 있다. 노명선의 〈천풍가〉를 구체적으로 살펴보자.

> 공명(功名)의 빅명(薄明)ᄒ고 부귀(富貴)예 연분(緣分)업셔 탁낙(卓犖)ᄒ
> 문장(文章)이 빅옥(白屋)의 허노(虛老)ᄒ니 튱효(忠孝) 양절(兩節)을 원(願)
> 대로 못할망졍 선풍(仙風) 도골(道骨)이 셰속(世俗)애 마즐소야

작품의 첫 부분은 시적 화자의 의지 표현을 담고 있다. 여기서는 부귀와 공명에 인연이 없다고 한다. 이는 가난한 자신의 처지를 언급하고 있는 부분이면서 향촌에 살기 때문에 부유하지 않은 생활상을 드러내고 있다. 또한, 적당한 벼슬자리도 없는 자신의 처지를 한탄의 어조로 언급한다. 그럼에도 불구하고 시적 화자는 스스로 두드러지게 뛰어난 문장이라고 칭찬한다. 이는 글 쓰는 재주가 아무리 뛰어나도 향촌사족으로서 중앙에 진출하지 못한 시대상황을 언급하여 쓸쓸히 늙어가는 자신의 모습을 탄식하게 한다. 하지만, 그 중에서도 출세하지 못한 상황에 대한 안타까움을 절실히 표현한다. 이러한 안타까운 심정은 출사(出仕)의 좌절에 잘 나타난다. 하지만, 그대로 포기하지 않고 자연에서 아름다운 것들을 즐기며 안타까움을 잊고자 한다. 시적 화자에게 자연유람의 대상은 고향에 위치한 천관산

이다. 시적 화자 스스로 뛰어난 경치로써 천관산을 꼽기도 하며, 천
관산의 모습을 다시 '선풍(仙風)', '도골(道骨)'이라며 세속과 대립되
는 공간으로 신선세계를 그리기도 한다.

> 연하(煙霞)예 고질(痼疾)되고 천석(泉石)의 고황(膏肓)되여 삼산(三山)의
> 긔약(期約)못ᄒ고 오호수(五湖水)예 못갓신 졔 천만이십(千萬二十) 이 강산
> (江山)을 일골으로 다 보리라 부유(浮游) 물표(物表)ᄒ야 노난 듸도 하건만
> ᄂ 천풍산(天風山) 팔만봉(八萬峰)은 각별(各別)한 천지(天地)로다 갓 업슨
> 풍경(風景)을 듸기(大槪)만 니로리라

이 역시 천관산의 아름다운 풍경을 적고 있다. 시적 화자는 자연
을 사랑하는 마음에 병까지 얻는다. 이렇게 발생하게 된 고질병은
사회에 진출하지 못한 상황의 부정적 모습으로 표현된다. 그러나 시
적 화자는 한가로운 풍경을 즐기다 못해 병에 걸린다. 그 병을 치유
키 위해 시적 화자는 자연을 즐기고자 한다. 더불어 자연과 함께 하
고자 하는 염원이 절실히 나타난 구절이기도 하다. 예부터 '삼산오
수(三山五水)'는 산과 물이 어우러진 살기 좋은 곳이다. 시적 화자는
천관산을 '삼산(三山)'과 '오호수(五湖水)'에 비유한다. 또한 시적 화자
는 가보지 못한 중국의 유명하고 아름다운 자연의 모습을 우리나라
의 자연에 빗대어 설명한다. 시적 화자는 유명하고도 아름다운 산수
에 가보지 못한 아쉬움을 크게 나타냈다. 하지만 이보다도 '천만 이
십'이나 되는 많은 우리나라의 아름다운 강산을 다 볼 것이라는 굳
은 의지를 더 크게 드러낸다. 시적 화자는 스스로를 물표(物標)에 비
유하여 둥둥 떠다는 것처럼 놀고 싶다고 말한다. 또한, 많고도 많은
곳 중에도 '천풍산(天風山) 팔만봉(八萬峰)이 각별하다'고 하여 자연의

아름다움과 더불어 고향에 대한 애틋한 마음을 표현하기도 한다. 이 문장은 애향심을 드러낸 부분이다. 그 이유는 그곳이 우리나라 모든 강산을 볼 수 있는 곳이라고 생각했기 때문이다. 사실 그곳은 우리나라 모든 강산을 다 볼 수 있는 높고 넓은 곳이 아니다. 다만 천관산은 장흥도호부의 중심에 위치하고 있는 산이면서 장흥지방의 면모를 살펴볼 수 있는 곳이다. 그만큼 천관산은 시적 화자의 고장에서 유명한 곳임을 의미한다. 그리고 고향에 대한 자긍심을 드러내기에 안성맞춤인 곳이기도 하다. 따라서 시적 화자는 화려하고 아름다운 우리나라 금수강산의 대표적인 금강산의 '일만(一萬) 이천봉(二千峰)'에 장흥 천관산의 '팔만봉(八萬峰)'을 비유한다. 따라서 이 부분은 천관산 풍경의 아름다움을 각별한 천지라며 애향의 긍지와 자부심을 논한 것이다.

시적 화자는 향촌사족으로 벼슬에 나아가지 못하는 자신의 형편과 처지에도 고향에 있는 천관산 내부의 여러 곳을 여행한다. 그러면서 시적 화자는 천관산의 모습을 보고 느낀 감정들을 묘사했고, 자연의 아름다움을 통해 그 지역에 대한 긍지와 자부심을 표현코자 했다. 그러나 이러한 묘사는 비단 〈천풍가〉에서만 이루어진 것은 아니다.

다음은 〈금당별곡〉을 살펴보자. 이러한 기행가사의 특징은 작품 서두부분에 여행 동기를 언급하면서 시적 화자의 심정을 여실히 잘 표출한다. 〈금당별곡〉의 서론 부분을 통해 시적 화자는 애향의 긍지와 자부심을 잘 드러내고 있다.

> 일신(一身)의 병(病)이 드러 만사(萬事)에 흥황(興況) 업셔 죽림(竹林) 깁
> 픈 곳의 원학(猿鶴)을 벗슬 삼마 십년(十年) 서창(書窓)의 고인시(古人詩)
> 쌘이로다

시적 화자는 몸에 병이 깊었다고 하고, 이 모든 일에 흥미로움을 느끼지 못하는 외로움으로 자신의 심정을 표현한다. 그렇기 때문에 자연 깊은 곳에 있는 '원학(猿鶴)'으로라도 벗 삼고자 한다. 시적 화자는 실제 병에 걸린 것은 아니라 자연과 함께 살고자 하는 마음을 담고 싶었던 것뿐이다. 게다가 이는 깊은 산 속까지 들어온 시적 화자의 외로움을 절정에 이르게 하는 구절이기도 하다. 시적 화자는 십년 동안 자연과 더불어 살면서 자연을 사랑하는 병에 걸렸고, 그 병으로 인해 10년 동안 자연과 벗 삼아 살아온 시적 화자의 모습을 발견할 수 있었다. 이러한 행동으로 볼 때, 시적 화자는 선비로서 독서를 사랑하는 삶을 드러내고 있지만, 실질적으로 선비의 위상을 버리지 못하는 모습을 표현하고 있다. 시적 화자는 옛 시인들의 시구에 대한 뛰어남을 감탄하며 독서하는 선비의 모습을 잘 보여준다. 이 부분은 오래토록 자연을 사랑해서 자연과 벗 삼은 시인의 마음을 잘 나타내고 있다. 시적 화자는 유유자적하며 시를 읊조리면서 세월을 보내는 모습을 드러낸다. 또한 사람도 없고 '원학'만 있는 곳의 적막한 분위기를 외로움과 쓸쓸함으로 표현한다. 더불어 병들고 아픈 몸에 대한 시적 화자 자신의 한스러움을 보여주는 부분인 것이다.

일생호입(一生好入) 명산곡(名山曲)을 우연히 기리 을퍼 만고(萬古) 시호(詩豪)을 역력히 혀여 본이 팔선(八仙) 천재후(千載後)에 니을 이 긔 뉜게요 강산 풍월(江山風月)이 한가(閑暇)혼지 여러 해여 분분셰사(粉粉世事) 나오슬여(나도슬여) 풍월주인(風月主人) 되랴 ᄒ야 명구선경(名區仙境) 반세(半世)를 늙어 잇다

〈금당별곡〉의 서사에 해당한다. 시적 화자는 명산에 들어가는 것

을 좋아하고 더불어 '명산곡(名山曲)'은 우연히 오래 읊어 전해졌다고
한다. 이렇게 읊어진 오래되고 많은 뛰어난 시인들을 하나하나 헤아
려 본다. '팔선(八仙)'은 중국 신화의 전설적인 도교 선인이다. 이렇
게 도(道)를 터득한 신선은 천년, 오랜 시간이 지난 뒤에라도 명산곡
을 이을 사람이 있는가 묻는다. '명산곡'은 시 가운데서 가장 좋음을
나타낸다. 이는 후대에 더 이상의 명산곡이 나오지 않음을 나타내
안타까워하는 장면이다.

다음 구절에 있는 '강산풍월(江山風月)'은 자연을 통칭하는 말이다.
'자연이 한가한 지 여러 해'라며 시적 화자의 한가로움을 자연에 빗
대어 묘사하고 있다. 또한, 어지러운 세상일에 대해서는 '슬다'고 한
다. '슬다'는 '사라지다'라는 뜻으로, 어지러운 세상일에 자연과 더
불어 살고자 하는 시적 화자의 염원이 담겨진 구절이다. 시적 화자
는 아름다운 자연에서 신비스럽고 그윽한 곳에서 오랫동안 살아가
고자 한다. 또한, 속세를 버리고 자연과 더불어 살아가는 모습이 오
래되었음을 나타낸다. 이는 그의 나이 역시 젊지 않음을 짐작할 수
있는 부분이기도 하다. 이것이야말로 고향에 대한 마음을 담아 그동
안 떠나지 못하고 자연과 더불어 사는 모습임을 엿볼 수 있다.

석로(石路)애 흘은물은 수층화계(數層花階) 올ᄂᆞ7니 절로핀꼿 두견화
(杜鵑花)오 심어핀꼿 척촉장미(躑躅薔薇) 다핀가지 덜핀나무 집을 둘너시
니 무릉원(武陵源)이 어듸매요 별건곤(別乾坤)이 여기로다 도화류수(桃花流
水) 흘너간들 어ᄂᆞ어주(魚舟) 차자올가 운심부지(雲心不知) 집퍼거든 송하
문동(松下問童) 뉘알손야 임천(林泉)애 손을싯고 약로(藥爐)애 향(香)을 꼿
고 산건 야복(野服)으로 구름빗겨 안자시니 들니ᄂᆞ니 물소래오 보이ᄂᆞ니
묏빗시라 절벽(絶壁)애 석근듸와 석상(石上)애 늘근솔은 풍상(風霜)이 몃겁

인고 못큰거시 격(格)이로다 석탑(石榻)애 흐튼바돌 상산옹(商山翁)이 뒤두
간가 벽상(壁上)애 걸닌동소(洞簫) 왕자진(王子晉)이 부다간다 시줄여진 거
문고는 류수곡(流水曲)의 음률(音律)이오 종기(鍾期)업시 혼자타니 산수(山
水)만 아양(峨洋)이라 연하(煙霞)애 짓피든병(病) 독락(獨樂)으로 다낫것다

〈초당곡〉의 일부로 자연의 아름다운 모습과 시적 화자의 한가한
생활을 묘사하고 있다. 그 둘 사이의 조화로운 모습을 드러낸다. 돌
길을 따라 흐르는 물은 여러 층의 꽃 섬돌에 오르내린다. 섬돌에 핀
꽃도 저절로 핀 꽃과 인위적으로 심어서 핀 꽃으로 나누고 있다. 자
연에 의해 핀 꽃은 두견화이고, 인위적으로 심어서 핀 꽃은 진달래와
장미이다. 이는 또 잎이 피고, 피지 않은 가지와 나무들이 잔뜩 우거
진 곳을 집으로 묘사한다. 이렇게나 많은 꽃과 나무를 두고는 시적
화자는 무릉도원이 어디인지 묻는다. 이 부분은 자문자답의 형식으
로 본인이 있는 초당이 무릉도원임을 시사하는 표현이기도 하다. '별
건곤(別乾坤)'은 시적 화자의 초당을 가리킨다. 그곳에서 복숭아꽃 물
에 흐른다고 한다. 그곳이 바로 신선세계인 무릉도원임을 언급한 부
분인 것이다. 또한, 어느 고깃배 찾아올까 하여 풍류를 즐기는 사람
이면 누구든지 알고 있는 아름다운 풍경을 지닌 곳이라 한다. 구름이
깊어 있는 곳을 알지 못하니 소나무 아래 있는 동자에게 묻지만 그
동자 또한 모른다고 답한다. 임천(林泉)에서는 손을 씻고 약로에 향
을 꼽는다. 복장은 평민복으로, 신선세계에는 신분이 없음을 나타낸
다. 자연에서는 모든 사람이 평등하다는 것을 의미한다. 시적 화자
가 앉아 있는 그곳에서는 물소리가 들리고, 푸르른 산빛이 보인다.
시적 화자는 절벽으로 된 돌 위에 있는 푸르고도 푸른 대나무와 늙은
소나무의 자연을 바라보기도 하고, 상산옹이 두다가 간 바둑, 왕자

진이 불다 간 동소와 유수곡을 상상하기도 한다. 이는 홀로 있는 산수의 아름다움에 빠져 있는 스스로에 대해 즐거워하는 모습을 그린 것이다.

장흥지역 가사문학 가운데서도 위에서 언급한 〈천풍가〉와 〈금당별곡〉은 '기행'이라는 소재를 택하고 있다. 두 작가는 자연의 아름다운 곳을 선택하여 고향에 대한 긍지와 자부심을 표현하고자 했다. '기행'이라는 소재는 어떤 지역을 두루 소개하면서 아름다운 경치를 드러낸 장르다. 이러한 작품을 쓴 배경은 그 지역에 대한 애착과 긍지를 불러일으키고자 하는 의도라고 볼 수 있다. 물론, 소재로 삼은 공간은 모두 작자들의 고향인 '장흥도호부'에 속해 있는 곳이다. 그들은 때때로 아름다운 산수가 있는 풍경의 아름다움을 언급하면서도 '고향'이라는 용어를 직접 드러내지 않았다. 위의 작품들을 향촌사족의 특성에서 본다면 두 작가 역시 고향을 세속이라는 개념과는 반대되는 의미로써 고향의 아름다움을 뽐냈다고 말할 수 있다. 이는 다시 말하면, 작가의 고향에 대한 아름다움을 드러낸 작품들을 통해 다른 지방 혹은 경화세족들에게까지 작가가 속한 향촌의 관심을 불러일으키고자 하는 염원을 담고 있다. 그러나 안빈낙도의 삶을 추구하며 자연에 살고자 하는 염원을 담고 있는 〈초당곡〉은 위의 경우와는 조금 다르다. 왜냐하면 이 작품은 기행이 위주가 아니기 때문이다. 그곳에 살면서 느낀 감정들을 통해 그 고장의 아름다움을 나타냈다. 그러나 이 작품들은 곪아버린 세상에 대한 염증으로 인해 자연에 묻혀 사는 향촌사족의 마음을 담았다고 볼 수 있다.

2) 사회 기능의 강화

조선 이전의 향촌은 피지배층인 농민이 거주했다. 그런데 조선 이후에는 그들과 함께 지배층인 양반이 거주했고, 이들 양반층은 특정촌락을 중심으로 거주했다.[21] 이렇게 형성된 촌락이 바로 동족마을이다. '장흥'은 동족마을을 형성했고, 이곳이 바로 '방촌'이다.[22]

고려 말 '장흥'은 왜구의 침입이 잦아 고을을 다른 곳으로 여러 번 옮기는 수고를 겪어야만 했다. 하지만, 조선시대에 이르러서는 장흥 위씨가 장흥 '방촌'에 입촌(入村)하면서 동족마을로 성장하는 계기를 마련했다. '방촌'은 왜란과 호란을 극복하는 데 기여한 많은 충절인물들이 배출되었고, 그들의 활동은 '위백규'라는 호남실학의 선구자를 낳았다. 현재까지도 상부상조(相扶相助)하는 모습을 보여주고 있으며, 향촌에서는 자율적으로 다양한 전통들을 세워 지켜 나아가고 있다. 이러한 장흥의 위씨문중은 향촌 안의 이주 성씨로 기존 세력들에게 협력체계를 유지했다.

그러다가 점차 방촌에서 유력한 성씨로 성장하면서 향촌 안에서 일어나는 제반사(諸般事)는 물론이고, 방촌마을을 장흥위씨의 동족마을로 변형시켰던 것이다.[23] 이 방촌사회에서 동족마을이 형성되고 발전하게 된 까닭은 규범과 차례의 교본 때문인 듯하다. 문중의 유대와 생활규범을 제시한 글인 《안항유서(顔巷遺書)》의 내용 중 〈계암가훈(桂岩家訓)〉 6조의 내용을 살펴보면 다음과 같다.

---

21) 정진영, 「성씨와 촌락」, 『지방사연구입문』(역사문화학회, 2008), 145~146면.
22) 이해준 외, 앞의 책, 1994, 37~46면.
23) 이해준 외, 앞의 책, 1994, 127면.

방촌 입구에 세워진 장흥위씨 세장비

1. 농상(農桑)에 힘쓰자.
2. 제사를 받들자.
3. 형제끼리 화목하자.
4. 자손(子孫)을 가르치자.
5. 노복(奴僕)을 어루만질 줄 알자.
6. 관리를 우대하여 관청과의 마찰이 없도록 규제하자.24)

〈계암가훈(桂嵒家訓)〉은 여섯 가지 내용으로 구성된다. 위씨가문의 전통적 의식기반은 충절(忠節)과 예(禮)로 나타난다. 전통적인 유교사상이 뿌리 깊게 내려진 장흥에서도 가장 중시했던 것은 〈계암가훈〉의 첫 번째 항목인 '농상(農桑)'이다. '방촌'은 자급자족 생활로, 경제

---

24) 위의 내용은 이해준 외, 앞의 책, 1994, 118면에서 《안항유서》의 〈계암가훈〉 6조를 요약하여 서술한 것이다. 《안항유서》는 〈계암가훈〉 6조와 〈고훈요어〉 6조가 중심내용인데, 특히 〈계암가훈〉의 경우는 위덕후가 평소 '田舍保身之道'의 요체를 궁리하여 만든 것이라고 하였다.

적 측면을 강조하고 있다. 농민 스스로 농사지으면서 마을에 보탬이
되는 누에 기르는 일을 함께 한다. 이는 방촌뿐만 아니라 다른 향촌
지방에서도 자급자족을 생활화했음을 드러낸다. 두 번째 항목은 제
사를 받드는 일이다. '제사'는 전통적 유학사상으로, 유교의 기본 항
목의 하나이다. 향촌사족들은 제사를 받들고, 형제끼리 화목한 모습
을 표현해 유가 규범을 강조해 그들의 위상을 스스로 높게 드러낸다.

> 위씨들은 문(文)은 사마(司馬)에 오르고 무(武)는 임진년간 국가의 큰 난
> 리를 당하자 국왕을 돕는 자가 끊어지지 아니하니, 공을 이루어 기록할 만
> 한 큰 업적은 없다. 그러나 그 충의와 적개의 기풍이 집안과 세상에 오랫동
> 안 미쳤다. (중략) 10여대에 이르도록 큰 벼슬은 없으나 한미한 집안이 야
> 인(野人)의 편호를 벗어나 능히 선비의 뒤를 좇은 것이 이 어찌 충의와 행
> 의의 실상에 근원함이 아니리25)

위백규가 지은 《위씨충의록(魏氏忠義錄)》의 서문이다. 위씨가문들
은 문무(文武)에 큰 벼슬을 하지 못했다. 하지만 10여 대에 내려오는
동안 중앙관직에서 일하였음을 언급한다. 그럼에도 충절을 오랫동안
지켰으나 가난하고 변변치 못한 가문에서 지닌 위상을 드날리고자
한 글이다. 이렇듯 한 마을을 이루고 사는 향촌사람들은 그들마다
규칙과 윤리가 존재했다. 그 '동족부락'은 문중활동의 실체를 분명히
했다. 또한, 그들 가계의 지위를 확보하는 데 큰 힘을 쏟았다.

위백규의 〈사약(社約)〉도 마찬가지다. 이는 위씨문중의 규약이다.
위씨들은 문중 규약을 토대로 독경병행(讀經竝行)의 문중활동에 남

---

25) 위백규, 《魏氏忠義錄》, 序文, 1778; 이해준 외, 앞의 책, 1994, 117면에서 재인용
하였다.

보다 먼저 헌신한 것이 40대 초반에서 50대 초반에 이르는 기간이
었다고 볼 수 있다. 그 내용을 살펴보면 다음과 같다.

> 1. 행동을 삼가라.
> 2. 친족끼리 돈독해라.
> 3. 웃어른을 공경해라.
> 4. 집안을 화목하게 해라.
> 5. 후손을 교육시켜라.
> 6. 경조를 중히 여겨라.
> 7. 계(戒)의 규약을 지켜라.26)

이 〈사약〉은 집안에서 전해진 가훈과 유계를 통해 강조되던 '농상
에 힘쓰고 형제 사이에 화목하라'는 내용이 주를 이룬다. 〈가중사시
회(家中四時會)〉의 9가지 항목 중에 '후손을 교육시키고, 웃어른을 공
경하라'는 조목을 가장 중요하게 생각한다. 이는 동성집단의 협동부
분과 부합된다고 볼 수 있다. 〈계사(戒辭)〉는 말마다 고인의 가르침
이라며 가부장제적 규범과 관습을 강조한다. 이 글의 실제 내용은
해이한 생각 및 파탄의 현상에 대한 분석을 나타낸 것이다. 특히,
이 현상의 근원이 되고 있는 아내나 며느리들의 비판과 성토가 대부
분을 이룬다. 이는 향촌사족층의 가문에서도 가부장제적인 질서를
둘러싼 갈등이 어떻게 대두되고 작용하는지 실상을 구체적으로 드러
내고 있는 사례여서 주목되는 글이다.27) 또 다른 문헌 중에 〈사성록

---

26) 〈社約〉은 7개의 큰 항목을 정하여 그 외에 세부 조목을 나눠 가훈과 종래의 향약류
　　에서 표집하였다. 위의 항목들을 가지고 방촌의 위씨들은 경제적으로 스스로 생활하
　　는 한편 사족가문으로서의 지위를 유지하기 위한 자구적인 방안이 아니었나 생각된
　　다. 이해준 외, 앞의 책, 1994, 123면.

(四誠錄)〉은 1784년 위백규가 혈서로 작성한 서문이다. 그 내용은 위씨 선조들의 세계, 향리에 관한 것, 후손들에 대한 가르침, 위씨 문중의 가례(家禮), 덕행(德行), 효도(孝道), 교훈(敎訓)(12조), 돈목(敦睦), 선비의 지조(志操), 사우(社友), 문덕(文德) 등이다. 또한 인간 도리에 이르기까지 매우 면밀한 내용으로 모두 33가지 항목을 나누어 서술한다. 이러한 규범들은 18세기에 이르러 형성되었고, 19세기에 이르러서야 확고히 자리를 잡기 시작했다.

　　이 모임은 아비와 자식, 부부, 형제 및 아재와 조카가 한 방에 둘러 모여 술을 마시며 웃고 즐기는 자리로, 인생에서 즐거운 일이며, 한 평생 좋은 날이다. 그렇기 때문에 경계하는 말을 지어 가법(家法)을 만들었다. 무릇 사나운 매는 길들이면 순해지고, 어리석은 개나 소도 말을 한다면 알아들을 것이다. 만약 허물이 있으면 능히 고쳐 마치 먼지 낀 거울을 닦는 것처럼 하면 모든 사람이 우러를 것이다. 마치 귀한 옥을 훼손하듯이 방자하게 선(善)을 해치면 하늘 또한 그것을 두려워한다. 만약 이를 경계했는데도 행하지 않고 이를 알려 깨닫게 해 주었는데도 알지 못하여 스스로 개나 소만 못하다고 여긴다면 비록 성인이라도 또한 어찌해 볼 수 없다. 각기 그 자손들을 염려하고 그 장래를 걱정한다면 반드시 한 순간 스스로 깨달을 것이다. 그러므로 사람의 말을 기다릴 것 없다.[28]

---

27) 김석회, 앞의 책, 1995, 52~53면. 〈社約〉에서는 9개의 소단락으로 구성되어 있다. 1단락은 총론에 해당하는데 결혼에 따른 인륜적 질서의 붕괴현상을 전반적으로 언급하고 있고, 2단락에서 5단락까지는 가족관계의 각부면에 걸친 구체적인 양상들을 묘파하고 있는데, 부모에 대한 불효, 형제에 대한 불우, 아내들의 남편에 대한 잘못, 조카들에 대한 무성의 등을 개탄적인 어조로 성토하고 있고, 6단락에 이르러 이러한 현상들이 장차 어떠한 결과에 이를 것인가를 들어 구성원 모두의 자세전환을 촉구한 뒤에 7,8단락은 여기에 대한 구체적인 원인분석으로 소가족이기주의와 물질중심주의를 들고 있고, 9단락은 결론적인 당부로서 이러한 이기적이고 물질주의적인 풍습을 청산하고 인륜에 입각한 가법을 수립하자고 간곡히 호소하고 있다. 《집》 권18, 13~17면, 〈家中四時會〉 중. 김석회, 앞의 책, 1995, 54면.

윗 글은 〈가중사시회음규(家中四時會飮規)〉의 한 구절로 모임을 만들게 된 이유를 설명한 부분이다. '가중(家中)'이라는 제목의 한 부분에서도 알 수 있듯이 이 모임은 문중 사람들로 구성된다. 이것은 그들이 위계질서를 형성하기 위해 만들었던 법률 중의 하나다. 그 구성원들은 3개월에 한 차례씩 날짜를 정해 한 방에 둘러 앉아 술과 안주를 마련하고 예법을 행한다. 또한, 경계하는 말인 〈계사(戒辭)〉를 읽고 풀이하는 과정을 거쳐 집안사람들에게 모두 내용을 상세히 설명하여 알게 한다. 따라서 문중 사람들이 모인 자리에서 경계의 말을 전했음에도 실천하지 않으면 짐승만도 못하다며 '실천의 중요성'을 언급한다. 그리고는 문중들은 이를 염려하여 문중의 일원으로 책임과 의미를 스스로 깨닫게 하고자 한다.

위에서 언급한 예시들은 위씨문중의 경우로 제한된다. 위씨 사람들은 하나의 작은 집성촌을 이루어 살아가고, 그들은 그들만의 새로운 세계를 형성한다. 이는 그들이 오직 위씨문중만을 위해 만든 규약들로 하나의 부족을 이끄는 원동력이었으며, 동시에 그들은 위씨문중 자신들만의 세계를 나타냈다. 또한, 이것은 그들이 가진 '동족집단의 폐쇄성'으로 드러난다. 물론 모든 사람들에게 교훈과 도덕은 필요하다. 다만, 이런 교훈과 도덕이 향촌사족들에게는 생활의 전부로 느껴진 것은 중앙과 멀리 떨어진 '향촌'에서 살고 있었기 때문이다. '향촌'은 경제적으로 뒷받침해줄 만한 것도 없고, 사회적으로 어떠한

---

28) 위백규, 〈戒辭〉, 《家中四時會飮規》; 是會也。父子夫婦兄弟叔姪。團會一室。飮酒歡愉。人生樂事。百年好日。因作戒辭。庶成家法。夫鷹鸇之鷙。馴之卽順。犬牛之昏。語之卽諭。若過而能改。如磨塵鏡。人皆仰之。傲以敗善。如毀寶玉。天亦厭之。苟戒之而弗迪。告之而不知。自甘犬牛之不若。則雖聖人亦如之何哉。但各念其子孫。各應其將來。必怳然自悟。不待人言矣。

관직이나 권력을 가지지도 못한 공간이다. 그렇기 때문에 그들은 그들만의 사회를 만들고, 그 사회에서 지켜야 할 법률과 규칙을 만들어 활동하게 된 것이다. 두 번째는 규율과 규범으로 인한 장흥위씨만이 가질 수 있는 단결력을 보여주기 위함이다. 그럼에도 불구하고, 장흥위씨의 동족집단은 규약과 교훈으로 조직적인 규범을 촌락 전체의 구성원들에게 교화시켰다. 이러한 규범들은 장흥위씨의 집단적 특성으로 말미암아 이루어졌다. 그렇기 때문에 위씨문중의 조직체계를 계승하게 된다. 이 현상은 이 시기 향촌의 사정을 그대로 보여주는 경우이다. 이는 다른 집단적 특성과 특이성을 드러내는 반면, 그들만의 폐쇄성을 드러내기도 한다. 이렇게 동족부락인 향촌공간이 강화되고 발달하게 되는 데 목적을 두어 이루어졌던 작품들을 알아보자.

> 제자백가(諸子百家) 통사류(通史類)은 박람(博覽)으로 보아두고 사서삼경(四書三經) 예기등(禮記等)은 기업(基業)으로 강습ㅎ소 성훈(聖訓)을 쫏나고듸 가훈(家訓)을 이질손야 세인헌(世忍軒) 참는뜻과 일성재(日省齋) 살핀닐과 날날로 짜라항코 듯듸로 본배오며 구세동거 나도ㅎ이 빅항원을 뉘 못홀가 수졸당(守拙堂)의 졸(拙)흔뜻과 서암(恕菴)의 졉든마암 은정(隱亭)의 수문지취 일체로 쏜바드면 늬몸에 병(病)이업고 남안이 미어홀리

〈인일가〉의 한 부분이다. 시적 화자는 《제자백가(諸子百家)》와 같은 모든 역사류의 책들을 넓게 살펴보고, 《사서삼경(四書三經)》, 〈예기(禮記)〉 등의 책들을 학문의 기초로 두라고 한다. 또한, 성훈(聖訓)과 가훈(家訓)을 예로 삼아 그 근본에 대해 언급한다. 기본은 성훈을 좇아 몸을 닦는 것이라 하고, 수신(修身)으로 나아가 가훈을 본받아 근심 수행하라 한다. '구세동거(九世同居)'는 집안의 화목을 가

리키는 말이다. 세상을 참는 집인 '세인헌(世忍軒)'의 참음과 하루를 살펴 가지런히 한다는 '일성재(日省齋)'의 살핌을 나날이 따르고 대대로 본받으라 한다. 시적 화자는 집안의 화목함은 누구나 다 할 수 있음을 돌려 말한다. 또한, 본받아 익히고 집안이 화목함을 두루 살피면 못할 것이 없다며 배움의 중요성을 언급한다. '수졸당(守拙堂)'의 졸한 뜻과 '서암(恕菴)'의 헤아리는 마음, '은정(隱亭)'의 숨은 자취라는 글자풀이를 한 것이다. 이러한 것들은 모두 본받게 되면 몸에 병이 없어지고 남을 미워하지 않을 것이라며 근본적으로 갖춰야 하는 교훈적인 내용을 강조하고 있다.

> 어와 이흔몸을 내몸으로 아지말라 보는것도 부모의 눈 듯는것도 부모의 귀 말ᄒᆞᄂᆞᆫ 것도 부모의 닙 먹는 것도 부모의 닙 손발다리풀과 머리수염 ᄀᆞᄂᆞᆫ터리 낫낫치 부모의 스리라 듕흠도 듕홀시고 내라셔 조심안여 늠의 손의 샹ᄒᆞ면 비셜위낫튼슈고 슬드리도 원통홀셔 다시곰 허망코 손발을 슬허놀녀 먹을것 젼혀업서 뉴리ᄒᆞ야 굴머지면 부모의 가슴우히 무근풀뉘쌴흐리 힝ᄉᆞ올 조심ᄒᆞ고 ᄆᆞ음을 곳게 먹어 헛긔신좀과기강을 다쓸어 잡아두면 힝허나 우리부모 너시이셔 깃불넌가 힝여나 하나님도 죄나 아니 주실넌가

〈자회가〉 중에서 '효'를 가장 강조한 부분이다. 위백규가 〈자회가〉에서 효를 강조하게 된 이유는 동족적(同族的) 유대를 강화하기 위함이다. 장흥의 위씨문중들은 모두 조직화되어 유력한 성씨로서 그 면모를 드러낸다. 그렇다면 왜 '효(孝)'를 강조했을까? 동족부락에서 가장 중요하게 여기는 것은 부자(父子) 관계이다. 유교사상을 드러내는 '삼강오륜(三綱五倫)' 중에서도 가장 강조하고 있는 것 또한 '효'이다. 향촌사족은 중앙집권체계 내에서 임금의 명령에 따라 일하는 관료들도 아니고, 그 동족부락으로 형성된 향촌사회에서 그들의 윤리

에 더 힘을 쏟아야 하기 때문이다. 그러므로 위계질서의 유지를 위해 임금의 '충'을 드러내기보다는 부모의 '효'를 중시여기는 것은 당연하다.

위씨가문의 윤리 공간을 지향하는 예는 위백규의 글에서 찾아볼 수 있다. 위백규의 ≪위씨충의록(魏氏忠義錄)≫ 서문에 보면, 충절을 오랫동안 지켰으나 가난하고 변변치 못한 가문의 위상을 나타낸다. 위씨문중은 여러 대에 이르러서도 중앙에서 큰 직분을 맡지 못했다. 그 이유는 궁벽한 '향촌'의 특성 때문이다. 그러므로 한 마을에 사는 향촌사람들은 각각 그들만의 규칙과 법칙으로 그 사회를 이끌어 나갔다. 이로 인해 동족마을은 문중활동의 실체가 분명해졌고, 그들 가계의 지위를 확보하는 데 큰 힘을 쏟게 됐다. 〈사약(社約)〉에서도 마찬가지다. 1760~1770년 사이에 수정과 보완을 거쳐 위씨문중 규약의 하나로 완비됐다. 집안에서 대대로 전해 내려오는 가훈과 유계에서는 위씨문중뿐만 아니라 여러 동족마을에서도 '농사'를 강조했다.

〈자회가〉나 〈인일가〉는 장흥위씨 향촌사족들이 가문의 몰락을 막고 자신들의 계급적 지위를 유지하기 위해 가문구성원들에게 교화를 강화한[29] 가사작품이다. 장흥의 동족마을인 '방촌'은 지리적으로 그 시대에 주를 이루었던 중앙 정계나 정치로부터 멀리 떨어진 외진 곳이었다. 이렇게 중앙세력의 간섭이 없는 곳에서 살아남기 위해서는 문중사회의 유대감이 필요했다. 따라서 향촌사족들은 그들 스스로 정한 규칙과 윤리로 문중활동을 더욱 활성화시켜 발전해 나아가는데 주력했다.

---

29) 박연호, 앞의 논문, 1996, 35면.

  이상으로 장흥지역 가사작품들을 정리하면 다음과 같다. 장흥의 가사문학 정의를 주체, 행위, 권력 등으로 나타낼 수 있다. 즉, 그 지역에서 태어나고 자란 사람을 '주체'라 하고, 그 '주체'가 거주하는 공간에서 일어난 '행위', '대상', '권력'의 관계를 드러내서 작품화한 것이다. 여기 언급한 작품들은 어느 공간에서 일어난 문화적, 역사적인 것을 토대로 지은 가사들이다. 지역, 지형적 아름다움을 그린 작품이 있는가 하면 사회적 기능을 강조한 작품들도 나타났으며, 집단윤리 의식을 강조한 작품과 현실사회에 대한 불만을 드러낸 작품도 나타났다. 이를 바탕으로 살펴본 문화지리적 표상은 ① 문화중심부로서의 자부, ② 욕망의 현실화, ③ 애향 의식과 긍지로 나눌 수 있었다. 세 가지 현상들은 모두 한 공간에서 발생하는 서로 대립되는 양상을 그렸다. 대립되는 양상들은 지배층에 대한 비판의 문제를 자아내게 되었고, 더불어 피지배층의 소외의식이 나타나게 되었다. '현실'과 '욕망' 사이의 대립양상은 욕망의 현실화를 이루기도 했다. 게다가 종속 공간의 현실비판 양상 역시 지배층과 피지배층 사이의 괴리 현상에서 얻어진 결과였다. 이렇듯 위에서 언급한 작품들은 하나의 공간을 드러낸 작품들이라는 점에도 불구하고 이항 대립되는 관점으로 갈등양상을 묘사한 작품들로 등장하게 되었다.

VI
장흥지역 가사문학의
문화지리학적 의의

　이 장에서는 장흥지역 가사문학의 주제적 특징과 문화지리학적 표상으로서의 문화지리적인 의의를 살피고자 한다. 문화지리적인 측면에서 환경은 공간으로 지리적인 부분과 주체, 그리고 가사문학이라는 텍스트의 연관성을 따져보는 데 큰 의의가 있다.

　따라서 '장흥'이라는 하나의 공간에서 이루어진 주체, 권력, 행위, 목적, 표상체계 등을 살피고자 한다. 각각 작품들의 기능들에 따라 작품의 주체와 권력, 행위, 목적, 표상체계와 창작시기가 달라진다. 이 특성은 16~19세기까지 향촌사족이 처한 상황이 강하게 반영되었음을 나타낸다. 그러므로 이렇게 만들어진 주체, 권력, 행위는 불가분의 관계에 놓이게 되어 한 공간에서 발생하는 주체와 권력, 행위와의 관계를 다양화한 것이라 볼 수 있다.

　주체는 권력에 따라 행위를 변화시키기도 하고, 행위에 따라 권력이 형성되기도 한다. 그러나 주체, 행위, 권력 사이에서의 순서는 중요하지 않다. 다만, 이들은 그 관계들의 결합 양상에서 서로 다른 목적과 표상체계를 만든다. 이 관계들을 간단히 표로 정리하면 다음과 같다.

주제	기행(紀行)	교훈(教訓)/도덕(道德)	현실비판(現實批判)
창작시기	16~17세기	17~18세기	18~19세기
주체	장흥의 향촌사족	장흥의 향촌사족	장흥의 향촌사족
권력	中	上	下
행위	유명한 장소 소개	규범, 규율의 작성	중앙과의 대립
목적	애향심, 문화의식 강화	결속력, 윤리의식 강화	비판의식의 강화
표상체계	메타포	이념적 표상	알레고리
공간	유람, 풍취	교육, 도덕	부정, 반항

위 작품군들에서 주체들은 '장흥' 공간을 배경으로 한다. 그러므로 그 주체는 '장흥'과 관련된 사람들이어야 한다. 여기서는 구체적으로 이름을 밝힌 인물도 있지만, 그렇지 않은 경우도 있다. 그러나 그들은 모두 글을 아는 선비집안의 사람들인 향촌사족에 속한 인물들로 '장흥사족'들이라 한다. 공간의 특성으로 〈관서별곡〉을 창작한 백광홍을 제외하고 〈금당별곡〉, 〈천풍가〉, 〈인일가〉, 〈초당곡〉, 〈자회가〉, 〈장한가〉들은 위세직, 노명선, 이상계, 위백규, 이중전에 의해 창작되었다고 전한다. 그들은 모두 '장흥'이라는 향촌에서 태어나서 향촌(鄉村)에 기반을 둔 인물들이다. 또한, 향촌을 지배하는 향촌사족의 신분이다. 물론, 경제적으로도 농민들과 서로 통할 수 있는 정도인 향촌사족들은 작품들의 작가이면서 주체가 된다. 이 모두는 그 지역의 생활상과 밀접한 관련이 있다. 그러므로 이러한 가사 작품은 향촌사족들의 삶을 토대로 창작되었고, 그들에 의해 발전되었다.

또한, 향촌사족들의 작품들은 공간에서 권력을 행사하는 기준에 따라 세 부류인 상, 중, 하로 나누었다. '권력'은 대상과의 관계로 형성된다. 그러므로 같은 계급인 향촌사족이라 할지라도 타자가 누구

냐에 따라 권력이 변주되기도 한다. 중앙의 양반과 견줄 때는 장흥
사족의 권력은 하류에 포함되고, 같은 부류의 향촌사족들과 견줄 때
에는 중류에 속하며, 향촌사족들이 아닌 평민 혹은 천민들 또는 향
촌사족들이 누군가를 가르칠 때에는 상류가 된다.

　장흥지역뿐만 아니라 다른 지역 향촌사족들 역시 벼슬에 나아가
이름을 드높이고 나라에 이바지하고자 한다. 그러나 향촌사족들은
'향촌사족'이라는 신분의 한계 때문에 자신이 원하는 벼슬에 나갈 수
없는 경우가 많다. 그러므로 그들은 향촌사족이라는 신분사회에 대
한 불만을 가진다. 이에 그 고장의 아름다움을 벗 삼아 그들의 집단
에서 지켜야 할 질서와 규범을 만들어 지키며 살았던 것이다. 이렇듯
주체는 질서와 규범을 정하거나 만들기 위해 권력을 필요로 한다.
〈자회가〉와 〈인일가〉 두 작품은 모두 교훈을 바탕으로 한 것이다.
두 작품을 지은 향촌사족들은 향촌에서 지켜야 할 질서와 기본 규범
들을 만들어 향촌사족이라는 주체로서의 위치와 권력을 지키고자 한
경우라고 할 수 있다. 가사작품 이외에도 〈방촌 상하계〉나 〈동약〉은
공동조직을 이끄는 데 필요한 규범들이다.1) 그 가운데서도 〈자회
가〉는 유교윤리의 기본사상을 중심으로 형제와의 우애와 부모님에
대한 효도를 담고 있다. 그러므로 작자는 참회(懺悔)의 뜻을 전하며,
도덕적 관념을 중요하게 생각한 경우로 '효'를 중시했다. 〈인일가〉는
동족마을에서의 우애하고 화합을 그리며, 협동정신을 키우도록 권

---

1) 〈傍村 上下契〉, 〈洞契〉, 〈講契〉 등은 동일한 구성원들이 중복되어 복잡하게 조직
　되어 있었다. 이러한 조직체제 아래에서 장흥위씨 문중은 향촌내의 이주성씨로서
　기존 세력들에게 협력체계를 유지하다가 점차 방촌이 유력성씨로 성장하면서 향촌
　내 제반사는 물론 방촌마을을 장흥위씨 동족마을로 변형시켰던 것으로 전해진다.
　이해준 외, 앞의 책, 1994, 127면.

고한 작품이다. 향촌사족들은 그들만의 향촌사회를 구성하고 그들
만의 규범을 만들어 엄격하게 지키게 했다. 이는 동족마을 지식층이
후학들과 제자들에게 권력을 행사하는 상층 부류에 해당된다. 동족
마을 사람들 중에서도 지식층은 동족마을 사람들을 대상으로 규범과
체계로써 이들을 구속하기도 했다.

그러나 권력이 중간에 속한 향촌사족의 입장을 드러낸 경우는 지
역성을 드러낸 아름다운 자연을 대상으로 서로 동등한 입장에 놓인
다른 향촌사족들에게 장흥의 아름다운 자연을 소개하기도 한다. 이
는 장흥의 지역성을 부각시키므로 그 지역을 잘 아는 사람이 더 유
리한 조건을 갖는다. 이 부류들은 대체적으로 아래로는 지배적 속성
을 드러내고, 위로는 지배당하는 '지배–종속'의 양면성을 내포한다.
〈천풍가〉와 〈금당별곡〉이 여기에 해당된다. 작품의 주체는 향촌사
족이다. 두 작품에 드러난 '초려'와 '포의', '향관'의 모습들은 '향촌'
인 고향을 나타내기도 하고, 그들인 '향촌사족'을 가리키기도 한다.
그렇기 때문에 작품에서는 그들이 겪어야 했던 억울함을 표현하기
도 한다. 두 작품의 첫머리는 '공명(功名)의 빅명(薄明)ᄒ고 부귀(富
貴)예 연분(緣分) 업셔', '일신(一身)의 병(病)이 드어 만사(萬事)에 흥황
(興況) 업셔'라며 모두 가난한 삶에 대한 처지와 출세하지 못한 안타
까움을 드러냈다. 이 작품들은 아름다운 자연풍광(自然風光)을 소개
하고 있으면서도 그 내면에 향촌사족들의 심정을 대변하고 있다. 아
무리 열심히 노력해도 사회적 현실은 꿈을 이루지 못하며, 이로 인
해 작품에서는 이룰 수 없는 꿈을 표출한다. 따라서 현실의 소외는
좌절한 현실로 드러나고, 이러한 불만은 자연의 아름다움으로 표현
하여 작품으로 승화하는 은유적 공간을 형상화한다. 향촌사족을 통

한 향촌사회는 아름다운 자연과 더불어 살아가는 것으로 표현하고, 이를 다시 신선세계로 형상화한다. 즉, 향촌사족들이 사는 '향촌'은 신선들이 머무는 공간으로 나타낸다. 그렇기 때문에 향촌사족들은 '신선'으로 묘사되기도 한다. 그러나 향촌사족들은 현실에 대한 불만을 자연 공간에 은유적으로 표현하여 인식한 것으로, 자연은 현실 도피의 공간으로 활용되기도 한다. 그들은 대상이 되는 다른 향촌사람들에게 마을의 아름다운 자연을 소개한다. 동시에 향촌사족들은 향촌사회에서 일어나는 고민과 걱정을 작품에 녹여 공감을 형성하도록 노력한 흔적들을 찾을 수 있다. 이는 고향을 사랑하는 향촌사족들의 생활상을 나타낸 것이다.

  마지막으로 가장 낮은 권력을 형성하는 경우는 중앙과 대립되는 향촌사족들이다. 중앙과 멀리 떨어져 경제적, 문화적 혜택도 없이 혹은 관심의 이목에서 벗어난 공간으로 관리가 소홀한 틈에 지방 관리의 부정부패에 시달리게 되는 등 다양한 문제를 거론할 수 있다. 〈임계탄〉은 부조리한 세력에 대한 불만을 드러낸 작품으로, 대부분 백성에 대한 수탈상을 진술한다. 가장 잘 드러난 장면을 서술하면 다음과 같다. '진휼청(賑恤廳)이 불휼(不恤)하니 해현청(解懸廳)이 도현(倒懸)이라/ 대동청(大同廳)을 근피(謹避)하야 서역청(書役廳)을 살펴보니/ □고한 져환채(債)가 어디어디 싀어진고'라는 부분이다. '진휼청', '해현청', '대동청'은 조선시대 나라에서 주관하는 구휼(救恤)기관이다. 그러나 향촌사람들은 나라에서 도움을 받기는커녕 도리어 백성들은 지방 관리들에게 극심한 고난을 받게 된다. 향촌은 중앙과 멀리 떨어져 있다는 지리적, 지형적 특성으로 인해 많은 피해를 입는다. 그러므로 향촌사족들은 중앙집권에 대한 부조리함과 불평등으로 불만을 토로하게 된다. 작자들이 장흥 향촌이 아닌 중앙세력과 조금 더 가까운 곳에 있었더라면 중앙권력에 갖는 적대심과 장흥 향촌이 갖는 소외감은 조금이라도 덜 느꼈을지도 모른다.

권력은 그 층위에 따라 주체의 대상들이 달라지며, 주체의 행위 또한 달라진다. 작품에 드러난 표상체계 역시 주체, 대상, 주체의 행위에 따라 달라지며, 작품의 주제에 따라 메타포와 이념적 표상, 알레고리로 나눌 수 있다.

작품의 주제에 따른 달라지는 요인들을 살펴보자. 첫 번째는 '메타포'다. 이것은 구체적인 것에서 관념적인 것으로의 변화를 나타낸다. 여기서 주체의 대상은 '자연'이다. 이 자연은 양면성을 갖는다. 주체인 향촌사족은 자연 공간에서 '현실'과 '환상'의 괴리현상을 형성한다. 이러한 현실의 자연은 대부분 아름다운 지리적, 지형적인 특징으로 이루어진다. 하지만 환상의 자연은 작가의 내면의식을 포함한 관념적인 대상으로의 의미를 나타낸다. 그러므로 권력이 없는 주체는 대상으로의 자연을 드러내고, 그 대상을 바탕으로 현실 공간의 아름다움을 재현해낸다. 그리고 풍경 좋은 유명한 장소를 소개하는 행위는 향촌사족의 내면을 환상 공간으로 대체하고자 한 것으로 보인다. 그러므로 향촌사족들은 자연을 중시한 경우에 기행, 유람이라는 큰 주제로 작품군을 표출하게 된 것이다.

두 번째는 '이념적 표상'이다. 향촌사족들은 동족마을을 형성하고, 그들만의 규범과 질서를 만들어 생활한다. 여기에 드러나는 향촌사족들의 규범과 질서는 도덕적 이념이다. 향촌사족이라는 주체는 집단사회에서 공동체적인 생활을 강조한다. 또한, 그들의 행위에 따라 조선시대의 유교적 사상을 바탕으로 한 규범과 질서를 작성한다. 이는 집단생활의 단결력과 함께 유교윤리의 강화를 가져온다. 집단생활을 하는 향촌사족들은 특히 '효(孝)'와 매우 관련이 깊다. 이러한 까닭에 향촌사족들은 규범과 질서를 중시하여 교훈적인 주제를 소재로 한 작품군들을 형성하게 된다.

마지막으로 '알레고리'이다. '알레고리'는 인간사회의 한 단면을 극적으로 제시하여 하나의 교훈적 주제를 표출하고 있는 수많은 우화와 비유담을 드러낸[2] 것이다. 이러한 알레고리는 모호한 의미를 나타내며, 어떤 사물 하나를 말하고 다른 의미를 덧붙인 것을 의미한다. 장흥 향촌사족들은 '중앙'과 대립되는 양상을 보인다. 작품에서 구체적으로 따져본다면, 중앙세력을 얍삽한 '쥐'로 묘사한 부분이다. 작품에서 쥐는 진휼청 창고의 진곡미를 훔치고, 배급받은 곡식에는 빈 곡식을 섞어 분배하는 것으로 은연 중 백성들을 착취하는 모습의 주체로 드러난다. 비록 쥐를 인용한 이야기지만, 실제 현실에서는 지방 관리들이 백성들에게 수탈하는 행위를 풍자한 것이다. 따라서 이는 현실비판이나 혹은 현실의 염원을 담은 풍자적 작품들을 주제로 한 작품군들을 형성하게 된다.

이러한 주체와 대상, 행위의 관계에 따라 작품들의 목적이 달라진다. 첫 번째는 부모를 섬기고 형제와 우애하며 지내야 한다는 유교윤리를 바탕으로 한 교훈의 글이다. 이글은 올바른 윤리의식을 키우는 것이 목적이다. 그러므로 나라를 다스리기 위해서는 법이 필요하듯, 동족마을이 형성된 공간에서도 마을을 다스리기 위한 법으로 나라를 근간인 유교적 질서와 규범을 바탕으로 그들만의 새로운 규범을 만

---

2) 정끝별, 「현대시에 나타난 알레고리의 특징과 유형」, 『한국문학이론과 비평』 21집 (한국문학이론과 비평학회, 2003), 307면.

든 것이다. 이것은 동족집단 사이의 단결력을 강화시키는 데 큰 의의를 갖는다. 두 번째는 자연을 유람하여 장흥의 아름다움을 전하고자하는 기행의 글이다. 이글은 아름다운 산수유람을 통해 애향심과 포부를 드러낸 것이다. 이는 같은 입장에 처한 향촌사족들을 헤아리는 마음과 자신의 고향인 장흥지역의 애향심과 자긍심을 드러내는 데 의의가 있다. 더불어 문화의식을 강화하고 고취시키고자 하는 목적이다. 세 번째는 현실사회에 대한 불만을 토로하는 비판의 글이다. 이글은 잘못된 정치에 대한 쓴 소리를 담고 있다. 향촌사족들에게는 재정적인 지원뿐만 아니라 소외감에서 벗어날 수 있는 중앙관리들의 관심이 필요했다. 따라서 이글은 중앙과 차별된 소외감을 극복하고, 지방 관리들의 부조리한 현실에 대한 인식을 바로 새우기 위한 비판의식으로 올바른 정치를 유도하는 데 의의가 있다.

'장흥'은 문화를 담은 하나의 작은 공간이다. '장흥'은 유명하지도 크지도 않은 아주 작은 시골마을이다. 고려시대에는 이름을 널리 떨쳤고, 조선시대에는 도호부에 이르렀다. 하지만 그곳에 사는 '향촌사족들'은 스스로 주체가 되어 그들만의 사회를 형성했으며, 그 사회에 맞는 규율과 의례를 만들어 사용했다. 이는 다시 '가사'라는 형식으로 지어졌다. 이러한 현상은 그전에 형성된 가사의 영향을 받았다고 볼 수 있다. 작품에 대한 주제는 다르지만, 이러한 가사문학의 영향은 상호관계를 이루고 있음을 나타낸다.

16~17세기의 작품에서 '장흥'은 지형적으로 매우 아름다운 곳으로 묘사된다. 그러므로 작가들은 산수를 노래할 수 있는 풍경을 위주로 기행가사나 강호가사를 형성하게 된다. 강호가사는 아름답고 신비

한 풍경을 소재로 신선세계에 빗대어 표현했으며, 기행가사는 '여행의 구조'에 녹여 가사문학을 형성했다. 아름다운 자연을 즐기고자 하는 기행가사의 경우는 호남문학의 특징을 대변했다. 하지만, '장흥'이라는 아름다운 산수를 즐길 수 있는 공간의 풍족함으로 인해 시가문학이 형성·발달하게 되었음을 알 수 있다. 이는 많은 가사 작품들이 형성된 원동력이 되었다. 또한, 17세기 중엽에 이루어진 동족마을은 '장흥'에 큰 영향을 미쳤다. 동족마을인 '방촌'을 통해, 중앙과의 거리가 멀어짐에 따라 중앙과 대립되는 '향촌'이 형성되었다. 지리적으로는 중앙의 간섭이 없고, 정계나 정치로부터 멀리 떨어진 외진 곳이었으나 이들은 스스로 의지하며 문중사회의 유대감을 느꼈다. 따라서 그들은 그들 스스로가 정한 이러한 규례와 질서는 윤리로서의 문중활동을 더욱 활성화시켜 발전하는 데 주력했다. 또한, '향촌'은 신분적 권력관계를 보여준다. 중앙의 관료들에게는 비판과 풍자의 모습으로 사회에 대한 불만을 토로하면서도, 향촌의 후학과 백성들에게는 도덕과 교훈의 모습으로 유교적 사상을 따르게 했다. 이렇게 창작된 교훈가사는 한 향촌사족들은 가문구성원들에 대한 교화를 강화하는 의도로 사용된다.

이러한 향촌사회에서 현실을 비판하는 작품들이 많을 수밖에 없다. 그들은 스스로 중앙과 타협하지 않았고, 교류도 원활하지 못했다. 그들은 대체로 향촌의 지식인들로, 이러한 작품은 중앙에 대해 불만이 있는 향촌사족들이 창작한 경우가 많다. 왜냐하면 향촌의 문제를 정확하게 꿰뚫어볼 수 있는 능력을 지닌 사람이 창작해야 했고, 그런 사람들이 바로 향촌의 지식인들이었기 때문이다.

아름다운 산수를 지닌 '장흥'은 참으로 매력적인 곳이다. 작가들은 '천관산'을 신선세계로 빠져들게 했고, 다시 찾아오고자 하는 안타까움을 표출하기도 했다. 방촌지역의 향촌사족들은 스스로 문화중심적인 의식을 갖게 했다. 방촌사람들에게 문화중심적인 의식은 지방의 작은 마을을 지키는 하나의 의미라기보다는 예전의 화려한 때를 기억하고자 하는 염원의 마음이 담겨져 있다. '장흥'에 살고 있는 향촌사족들은 스스로 중앙과의 대립적인 모습을 드러낸다. 그런 반면, 더불어 중앙을 지향하고 따르려는 모습 또한 작품을 통해 나타난다. 이 모습은 스스로 이중적인 모습을 형상화한 것이다. 지리적으로 이렇게 아름다운 공간에 형성된 동족마을은 '향촌'이라 불리면서도 내면적으로 이상을 추구하고자 하는 목표로 활용된다. 중앙과 먼 거리에 있는 작은 지방 공간에서도 이렇듯 이중적인 면모를 드러냄을 알 수 있다.

여기서 말하는 문화지리학적 관점은 '작품에 드러난 주체'와 '장흥의 공간에서 발생한 문화'가 '가사작품'으로 어떻게 형상화되었는지 살피고자 했다. 따라서 필자는 공간으로서의 향촌과 중앙, 주체로서의 향촌사족과 경화사족을 중심으로 하여 서로 대립되는 4개의 요소들을 가지고 어떤 관계들을 맺고 있는지 살펴보았다.

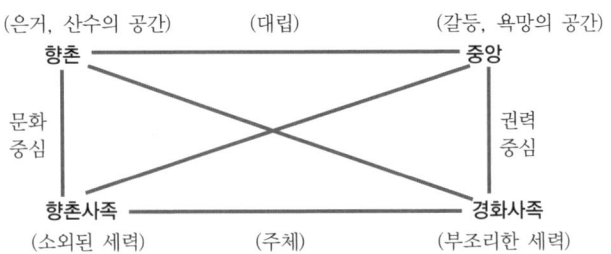

위 그림은 주체들이 생각하는 공간 활용에 따라 대상과 행위의 상황을 나타냈다. '향촌'은 '향촌사족'이 주체가 되며, '중앙'은 '경화사족'이 주체가 된다. '향촌'과 '중앙'은 서로 이항대립적인 공간으로 표현했으며, 이러한 이질적인 공간에서 드러나는 현상들을 체계화하고자 했다. 경화사족이 주체라면 '향촌'이라는 공간은 '산수'이자 '은거'의 공간으로 설명할 수 있다. 경화사족의 눈에 비친 향촌은 아름다운 자연을 감상하는 공간이 되기도 하고, 죄를 짓고 쫓겨난 곳으로 귀양의 공간이 되기도 하다. 그런 반면, 향촌사족들이 본 향촌은 아름다운 자연을 가진 낙원으로 그려지며, 고향을 자랑할 수 있는 곳으로 안빈낙도의 삶을 영위하는 모습으로도 그려진다.

이와는 달리 '향촌사족'이 주체가 되는 경우를 살펴보면, '중앙'은 권력의 공간이자 갈망의 공간으로 나타난다. 향촌사족들은 어릴 때부터 경제적 능력, 지위, 명예, 권력 따위의 것들을 키우지 못했다. 그러므로 그것들을 얻기 위해 많은 노력을 해왔다. 그러나 '향촌' 혹은 '향촌사족'이라는 지역적, 신분적 특성으로 과거에 급제하지 못하고 그대로 낙향하거나 나이가 들어 오랜 세월이 지난 경우가 되더라도 수십 번, 수백 번을 시험에 응시하고도 포기하지 못한 채 계속 과거에 얽매이는 이유도 여기에 있다. 따라서 향촌사족들은 향촌을 중앙 벼슬에 진출하고자 하는 꿈을 키우는 갈망의 공간으로 드러냈고, 현실의 꿈을 이루는 욕망의 공간으로 그려냈다.

공간의 측면에서 살펴볼 때, '중앙'은 향촌사족을 소외된 세력으로 취급한다. 각 도마다 여러 부류의 향촌이 존재함에도 불구하고, 중앙은 지형적으로 중앙과의 거리가 먼 곳에 존재할수록 소외되는 기준이 점점 커지게 됐다. 왜냐하면 중앙과의 거리가 멀다보면 중앙에서 내려지는 관례나 법규들은 느리게 전파될 수밖에 없었고, 그러다보면 영향을 미치는 범위 또한 작아지기 때문에 점점 더 소외될 수밖에 없었기 때문이다. 따라서 장흥사족들이 겪는 소외감 역시 이루 말할 수 없이 컸음을 알 수 있다. 현실비판가사의 작자층을 '지방의 하층사족층'이라 일컫는다.3) 경화사족들이 향촌사족들을 가리키는 '지방하층사족'이라는 용어에서도 알 수 있듯이 경화사족들은 '향촌'을 바라보는 시각에서나 용어에서도 소외 혹은 멸시하는 태도를 나타냈다. '지방'은 중앙과는 다른 소외됨을 포함하고 있으며, '하층사족'은 상층부류에서 도외시하는 경향을 드러내고 있다.

이에 반해, 향촌의 사족들은 중앙 아전들을 부조리한 세력으로 취급한다. 조선후기에는 사회적으로나 정치적으로 큰 변화가 일어났다. 이렇게 혼란한 시기에 이르러서 중앙에서 벼슬하고 있는 아전들은 민심을 수습하고 경제를 회복해야 했다. 하지만, 중앙 아전들은 그들의 이익을 위해 탐욕에 휩싸여 부조리한 행동을 서슴지 않고 해왔다. 이 시기 향촌사족들은 현실비판 작품들을 많이 창작했다. 향촌 주체인 향촌사족들은 그들이 살고 있는 공간인 향촌을 배경으로 가사라는 표현수단으로 향촌의 피해양상들을 바로잡고자 했던 것이다. 어떠한 이유보다도 의식이 깨어 있는 서민들이 많아지면서 부당한 권력을 행사하는 중앙권력층은 비판의 대상이 됐다. 이는 곧 향촌사족들이 따끔한 충고를 던져 부조리한 행동을 할 수 없게 하는 의도였다. 이 작품들은 향촌에 살고 있는 여러 사람들의 안녕(安寧)

---

3) '향촌(鄕村)'에 사는 사람들은 향민들의 이해와 경제적 지위, 그리고 향촌 내 지배력을 잃지 않았던 사회적 신분을 아울러 나타내주는 것으로 '지방하층사족층'이라는 용어를 사용한다. 고순희, 앞의 논문, 1990, 71면.

과 기본적인 권리에 대한 보장을 위해 지어졌다. 그러므로 향촌사족들은 현실비판의 작품을 통해 부조리한 중앙 관리들의 모습을 낱낱이 파헤쳤다고 볼 수 있다.

  마지막으로 향촌사족들이 바라본 향촌의 모습과 중앙 관리들이 바라본 중앙의 모습을 살펴보자. 향촌사족들에게 '향촌'은 고향 이상의 기대를 갖게 한 공간이다. 또한 향촌사족들에게 고향은 향수만 불러일으키는 공간이 아니다. 향촌사족으로서 힘든 상황일 때 위로의 공간이 되기도 했고, 아름다운 자연을 지닌 긍지와 자부심을 느끼게 해주는 공간이 되기도 했다. 또한, 고려 때의 가장 화려했던 모습을 기억하는 '문화중심'의 공간으로도 그 의미를 더했다. 이와는 반대로 중앙관리들이 바라본 '중앙'은 권력중심의 공간으로 그려졌다. 그들은 관직에 오르고 싶어도 오를 수 없는 향촌사족들의 안타까운 상황을 드러내기도 했고, 중앙에서 권력과 명예를 거머쥔 아전들의 권력 중심적인 모습을 보여주기도 했다.

  장흥의 향촌사족들에게 가사문학은 아름다운 고장을 소개하고 유람하게 하는 목적이 있었다. 혹은 집단의식을 강화시키는 도구이면서 현실사회를 비판하는 수단으로도 사용되었다. 이 가사텍스트는 장흥의 향촌사족들이 자부심을 드러낼만한 표현방식 중의 하나였던 것이다. 이렇게 작품의 주체와 권력, 행위, 공간, 가사텍스트 등의 관계는 상호역동적으로 이루어졌다. 이는 향촌사족들의 의식과 표상체계를 드러내는 데 중요한 역할을 했다. 따라서 장흥지역의 가사뿐만 아니라 다른 지역문학에서도 문화지리적 적용이 가능하리라 본다.

VII
장흥지역 가사문학에 대한 논의

　지금까지 장흥지역의 가사문학에 나타난 주체로 문화지리학적 표상과 담론 등을 사회적, 지리적 맥락 속에서 살폈다. 이 글에서는 단순히 작품에 드러난 공간만을 바라보지 않고, 주체, 가사텍스트, 공간이라는 세 층위에서 '문학'이 '문화'로서의 해석이 가능한지 언급코자 했다.

　필자는 전체 논의의 토대로 작자층의 특성과 가사의 전승양상을 검토했다. 16세에서부터 19세기에 이르기까지 필자가 연구대상으로 삼고자 했던 가사작품을 중심으로 그 작가들의 특성을 논했다. 또한, 장흥지역의 가사문학은 초기 기행가사를 중심으로 산수의 아름다움을 즐기면서 강호가사의 느낌을 묘사했다. 그 이후에는 신선세계의 동경으로서 신성하고 황홀한 산수의 풍경을 드러냈다. 그러면서 현실세계와는 다른 분위기를 창조했다. 17세기 중반부터는 동족마을이 형성됨에 따라 큰 틀은 중앙집권체제인 유교윤리에는 크게 벗어나지 못했다. 그러나 그 지역사람들 스스로가 규범과 질서를 만들어 그들만의 교훈과 경계를 선정하여 그들만의 집단의식을 강화하고자 했다. 그들이 강조하고자 하는 교훈과 경계의 내용은 대부분

충효와 관련된 것이었고, 이는 유교의 가르침에서 벗어나지 못한 것
이었다. 그들은 스스로 소외된 향촌계층이라 생각할지 모르나, 나라
에 대한 걱정과 안위 문제에 대해서는 많은 관심을 보였다. 18세기
향촌사족들은 서울이 아닌 향촌에서 일생을 보내면서 중앙집권체제
의 불만을 토로하기도 했다. 즉, 이러한 불만에 대한 폭발은 향촌사
족 및 백성들을 괴롭히는 부조리한 관리들에 의해서였다. 이에 향촌
사족들은 가사작품을 통해 중앙 관리에 대한 불만을 토로했다.

또한, 향촌지역의 특성과 관련해 지역문학의 개념을 정리했다. 장
흥지역이 속한 향촌지역의 특성을 살폈고, 장흥지역의 특성을 선별
하기 위해 장흥의 지리적, 역사적 인식과 문화적 인식까지도 살폈
다. 지리적인 특징으로 서울의 정남쪽에 위치하는 곳으로 서울에서
멀리 떨어져 있다. 3면이 육지이고, 1면이 바다인 자원이 풍부한 곳
이라 했다. 이에 자원이 풍부하며 경제적으로 부유한 곳임을 나타냈
다. 또한 사람들의 정서도 활발하여 시가가 발생하고 발달하기에는
아주 좋은 조건임을 드러냈다. 그러나 서울과의 먼 거리 때문에 중
앙에서는 소외되기 쉽다는 단점을 지니고 있다. 그러므로 정서적으
로 '한(恨)'의 감정이 짙다고 언급하기도 했다. 17세기 중반에 이루어
진 동족마을의 형성으로 장흥지역에는 위씨 집성촌을 형성·발달시
켰다. 역사적으로 고려시대에는 공예태후의 친정이라는 명목으로
장흥지역의 사람들은 스스로를 토호세력의 문반에 올려놓았으나,
조선시대는 이와는 반대로 소외된 향촌사족 집단으로서의 모습을
보였다. 이러한 상황에서도 이들은 유교적인 실천 규범을 지켰고,
가문의 번성을 위해 결속하고 강화했다. 또한 권농(勸農), 치산(治産)
등으로 인해 그들 스스로 경제적 기반을 유지하기도 했다. 이들은

향촌에서 발생하는 문제에도 관심을 가져 이를 해결하기 위해 많은
노력과 수고를 아끼지 않았다.

지역문학의 쟁점에서는 다양한 지역문학의 개념들을 새롭게 재정
립하고자 했다. 이전의 지역문학은 중앙문학과 대립되는 관계였으
나 더 이상 중앙문학과 대립되는 개념이 아니라 동등한 입장에서 발
전해야 함을 나타냈다. 그러므로 소외된 지역문학의 발전을 위해 더
많은 지역문학이 연구돼야 함을 강조했다. 향촌지역의 특성을 살피
기 위해 경기, 경상, 충청지역에 나타난 동족집단을 소개했다. 이에
필자는 전라도의 장흥지역과 비교하여 장흥지역의 특성을 드러내고
자 했다. 동족마을의 형성되는 과정이나 발전되는 부분에서 장흥지
역만의 특별한 동족마을의 특이성은 발견할 수 없었다. 다만, 17세
기 이후에 형성된 동족마을에서 유교윤리를 가사라는 양식으로 표
현해 지향하는 경우가 드물었다. 다른 지방의 동족마을을 보더라도
가사작품으로 유교윤리를 내세운 경우는 거의 없었다.

다음으로는 장흥지역의 가사의 주제적 특징을 논했다. 위에서 살
핀 작자들이 지은 가사작품의 주제적 특징을 찾아서 작품의 동기들
을 설명하면서 작자와 주제와의 관계에 대해 생각해 보았다. 초기에
유행했던 가사작품의 주제적 특징으로 자연 유람을 들었다. 아름다
운 자연을 자랑하는 장흥지역의 유람과 자연풍광의 흥취를 바탕으
로 장흥의 향촌사족들이 유람한 공간을 위주로 '장흥'과 '장흥이 아
닌 곳'으로 나누어 그곳의 풍경과 작자들의 생각을 정리했다. 두 번
째는 유교윤리 강화와 고양으로 향촌사족들의 큰 특징으로 꼽히는
동족마을의 집단의식을 보여주었다. 그들은 스스로 경제적 지원이
없었던 그때 자급자족하는 생활을 강조해야만 했고, 가문구성원들

의 문중활동을 활성화하고자 하여 가사라는 작품을 가지고 그들을
교화했다. 동족마을의 특성인 집단문화로 '집단 유교윤리의 강화'와
'경계·계몽으로서의 유교윤리'로 나누어 그 특징을 작품에 비춰 잘
드러냈다. 이 부분은 유교윤리의 기본이라 할 수 있는 삼강오륜과
관련해 집단 윤리를 강화하고자 하는 부분과 권학·권농의 형태로
하는 일반적인 윤리의식으로 설명했다. 세 번째는 부패한 관리에 대
한 비판이다. 이는 다시 향촌사족들의 눈에 비친 중앙집권세력인 관
리들의 부조리한 부분에 대한 풍자적인 면을 설명했다. 또한, 자연
재해로 인해 굶주림에 허덕이는 불쌍한 농민들의 삶과 그곳에서 드
러나는 폭정의 모습을 통해 나타난 부조리한 관리들의 모습에 대해
서도 논했다. 향촌사회의 특징을 잘 보여주었다고 할 수 있다. 장흥
은 서울과 멀리 떨어진 곳으로 소외된 향촌으로서의 면모를 잘 드러
냈다. 이에 서울 즉, 중앙에 대한 불만을 토로할 방법을 찾지 못함에
표출할 수 있는 가사작품을 통해 현실을 비판하는 수단과 도구로 사
용했던 것이다. 네 번째는 안빈낙도 삶의 추구이다. 벼슬에 나가지
못한 향촌사족들은 과거에 미련을 버리지 못하기도 했지만, 그들 스
스로는 위안으로서 자연과 벗 삼아 세속에 묻혀 사는 은일자(隱逸者)
의 삶을 택하기도 하였다.

또한, 필자는 가사작품 속에 드러난 문화지리적인 표상에 대해 검
토했다. 이는 위에서 살핀 장흥지역 가사의 주제적 특징들을 토대로
장흥지역에서 발생한 주제적 특징이 공간과 어떤 연관성을 갖고 있
는지를 살폈다. 필자는 장흥이 가지고 있는 공간사적 명제들을 뽑아
위의 작품들에 나타난 주제들을 살펴 다음과 같은 특징들로 선별했
다. 그 첫 번째가 '문화 중심부로서의 자부'이다. 이는 지형적인 공

간의 다양한 의미 가운데서 그 특징들을 토대로 중심과 주변의 입장
에서 드러냈다. 중심과 주변의 관계를 정립하고 있는 '장흥'에서 보
이는 중심의식의 강화 의식과 더불어 소외된 주변부 의식을 논했다.
장흥이라는 한 공간임에도 시간의 경과에 따라 달라진 사회현상을
이해하고자 했던 것이다. 고려시대 화려한 공간의 모습을 조선시대
에 이르기까지 추구하려는 모습을 찾아보았다. 그러나 이와는 반대
로 중심과 멀어진 공간에 대한 소외감을 드러낸 모습 역시 작품 속
에서 찾아볼 수 있었다. 두 번째는 '욕망의 현실화'이다. 이를 두 부
분으로 나누었다. 그 하나는 '현실과 환상 사이의 괴리 현상'이다.
시적 화자는 현실에서의 산수자연과 현실에서의 신선세계의 관계를
언급했다. 같은 하나의 공간임에도 불구하고 어느 한쪽은 현실을 토
대로 했고, 어느 한쪽을 환상을 체험하는 공간으로 시적 화자의 태
도를 살폈다. 또한, '종속된 공간의 현실비판 의식'을 통한 저항과
반발의 양상들을 드러냈다. 한 나라 안에 있는 자그마한 사회로 이
공간은 종속된 공간이다. 그럼에도 불구하고 종속된 공간에서 그 독
립된 하나의 공간에 대한 비판의식을 드러냈다. 세 번째는 애향의식
과 긍지를 언급했다. 작품에서 언급한 향촌사족들은 그들이 가지고
있는 고향의 애착과 자부심을 드러냈으며, 사회 기능을 강화하고 경
험을 반영하여 가문 중심의 생활상도 살폈다.

　마지막으로 장흥지역의 가사문학의 주제적 특징과 문화지리학적
표상으로서의 의의를 나타냈다. 작품을 지은 주체인 작가의 대부분
은 향촌사족들이었다. 그들은 그들이 사는 공간에 대단한 자부심을
갖고 있었다. 호남의 명산이라는 천관산을 통해서 스스로 그 신성성
을 드러내고자 작품을 만들기도 했다. 또한, 그들은 그들만의 공간

인 동성마을을 형성하여 집단의식을 고취시키고자 많은 노력을 했다. 가문구성원들은 자급자족을 하는 데 서로 힘을 합하여 화려한 때를 갈망하며 고장의 발전을 염원했다. 이를 토대로 그들 스스로는 대단한 자부심을 가지고 자신만의 세상을 만들어 가사작품을 통해 잘 드러냈다. 환경 즉, 공간과 주체, 그리고 가사문학이라는 텍스트가 서로 상관관계에 있는지를 논하며, 장흥지역 가사문학뿐만 아니라 다른 지역문학에서도 문화지리를 바탕으로 한 문학연구가 필요하리라고 본다. 그러므로 필자는 이러한 문화지리적인 연구의 중요성을 밝히고, 이에 대한 방안을 드러내고자 한다.

장흥가사에 드러난 공간은 시기별로 장흥이라는 공간을 대신하고 있는 듯하다. 16~17세기는 장흥으로서의 아름다운 산수를 체험하는 경험의 공간을 그렸으며, 18세기는 향촌사족들의 의식 공간인 유교윤리의 강화와 현실비판의식의 공간으로 그렸다. 또한 19세기 초에는 향촌사족의 생활공간으로서 이 모두를 포함하는 복합적인 공간을 드러냈다. 이를 토대로 장흥의 공간을 활용한 다양한 주제를 가지고 더 많은 작품들이 지금에 이르기까지 창작되고 있다. 물론 어떤 작품 하나만을 보고, 공간에 대해 단정 지어 말할 수는 없다. 하지만, 장흥지역 가사문학에 드러난 장흥의 공간은 향촌사족에게 산수를 체험하는 경험의 공간으로서의 기능과 유교윤리를 지향하는 교훈적 공간으로 실현되었던 것이고, 나아가 19세기에 이르러서는 이를 모두 포함하는 복합적인 공간의 모습을 드러냈던 것이다.

위에서 언급한 장흥지역 가사문학의 문화지리학적 연구는 단순히 문학작품을 현장이나 지역과 연관하여 평면적으로 해석하지 않았다. 그보다는 주체, 대상, 행위, 권력, 표상체계를 종합하여 지역문

학의 총체적인 모습을 입체적, 역동적으로 드러내고자 했다. 이 작
업은 '장흥'이라는 지역뿐만 아니라 다른 여러 지역문학에도 적용이
가능하리라 본다.

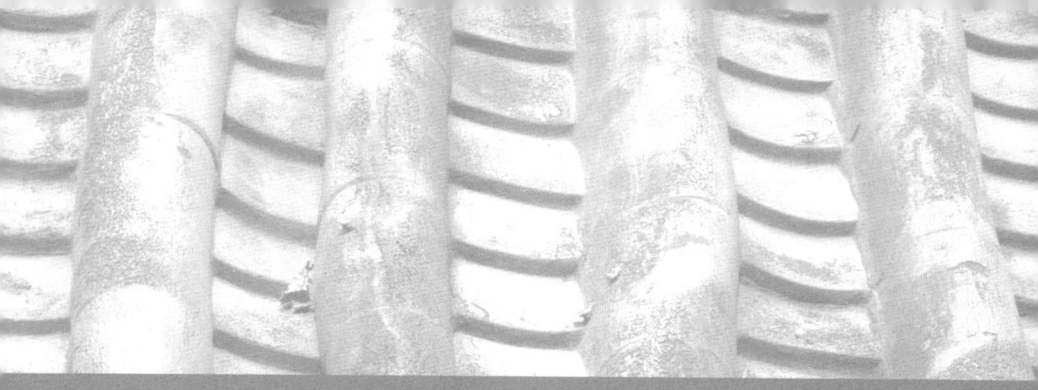

제2부
장흥지역 가사문학의 작품세계와 문학적 성격

〈천풍가〉의 表現양상과 공간인식

　　이글은 장흥의 기행가사인 〈천풍가〉의 표현양상과 공간인식을 살펴고자 한다. 〈천풍가〉는 이종출[1]이 처음 학계에 소개했다. 작가는 노명선(盧明善)이다. 『광산 노씨 웅(光山 盧氏 雄)』에 그의 후손이 쓴 행장 〈청사공가장(淸沙公家狀)〉이 있고, 거기에 노명선의 행적이 기록되었다. 노명선의 호는 청사(淸沙)이며, 전남 장흥에서 태어났다. 집안은 대대로 중앙정계로 진출하였던 사대부 집안이었다. 그러나 그의 고조(高祖)에 이르러서 지방 관리에 머무르면서 집안이 한미해진 것으로 나타났다. 부친인 상충(相忠)에 이르러서도 말단 지방관에 머물렀고, 이에 점차 가세(家勢)는 약화되어갔다. 노명선은 문장으로 이름을 날렸으나 일찍 과거공부를 폐하고, 당시 장흥의 향리로 유배왔던 노봉(老峯) 민정중(閔鼎重)에게 수학했다. 만년에 그는 금장산에 들어가 은거했으며, 평생 출사하지 않았다고 전한다. 노명선 역시 관직에 진출하지 못한 것은 집안의 몰락 때문이라 한다. 이로 말미암아 노명선에 관한 문집이나 연보는 전하는 것이 없으며, 그 행적 역시 이 기록이 전부다.[2] 노명선의 〈천풍가〉의 선행연구는 창

　1) 이종출, 「〈천풍가〉 해제」, 『한국언어문학』 4집, 한국언어문학회, 1966.

작시기와 작자의 생몰연대를 논했다. 하지만 기록의 부족으로 작자의 생몰연대에 대한 의견들이 일치하지 않았다.[3] 작자의 생몰연대가 어긋나다보니 작품의 창작연대까지 큰 영향을 받았고, 필자는 여러 의견들 중에서도 정한기[4]의 논의가 가장 타당하다고 본다.

〈천풍가〉는 호남의 5대 명산 중의 하나인 '천관산'에 관한 글이다. 이는 작가의 고향에서 유명한 산인 '천풍산'-지금 장흥의 천관산-을 유람하고 지은 작품이다. 〈천풍가〉에 드러난 여정은 '천관사-구정암-대장봉-빈바회-구용봉-아류왕탑-의상암-탑상암-영은사-창포봉-불영대-만심대-안초당-제일봉-동일암-망야루-벽송대-금수굴-반야암-문수암-거북봉'의 순서로 진행된다.[5] 그러나 위에서 언급한 공간은 모두 작가의 체험으로 이루어진 공간만은 아니다. 물론 실제 체험한 공간도 있으나 눈으로만 머무르는 공간도 있다. 그러므로 위의 언급한 공간들을 체험공간과 관찰공간으로 나누어 말할 수 있는지 생각해야 한다.

산은 인간에게 올라가야 하는 대상이라기보다는 명상과 교양, 지

2) 유정선, 「〈천풍가〉 연구」, 『이화어문논집』 15집, 이화어문학회, 1997.

3) 최강현, 『한국기행문학연구』(일지사, 1982), 234~244면에서는 1647년에서 1715년으로 창작시기는 1691년으로 보는 것이 타당하다고 언급한다. 이상보, 『18세기 가사전집』(민속원, 1991), 37면에서는 1707~1775년으로 창작시기는 1775년으로 보는 견해가 있다.

4) 정한기, 『기행가사의 진술방식 연구』(서울대 박사논문, 2000), 11면에서 부친과 모친의 생애가 맞지 않는 점을 착안하여 족보를 뒤져 노봉 민정중을 좇아 놀았다는 기록을 찾아 노명선의 생몰연대를 1647~1715로 보는 것이 타당하다고 보았다. 그러나 아직까지 어떤 논의가 정확히 맞다고 할 수 없으나, 논자 역시 정한기 의견에 따르는 것이 타당하다고 본다.

5) 김태준 외, 〈장흥, 천관산〉, 『문학지리, 한국인의 심상공간 국내편 1』(논현, 2005), 351면.

혜, 초탈(超脫), 안주(安住), 무욕(無慾)의 온갖 의미를 깨닫게 하는 수
양의 근거가 된다. 동시에 산은 자연과의 융합을 구하는 가장 구체
적인 장소이기도 하며, 예술적인 미적 공간의 대상이 되기도 한다.
산은 그대로 공양(供養)의 정신이고, 고양(高揚)이며, 종교(宗敎)이고,
미학(美學)이다. 산이 진작부터 수도(修道)의 장소와 산수화의 기본
대상이 된 것도 바로 이 때문이다.6) 그리고 작품에서 '천관산'의 지
명을 통해 '장흥'의 공간성을 드러냈다. 하지만, 그 공간이 어떤 의
미를 지니고 있는지에 대해서는 아직 밝혀지지 않았다. 따라서 이글
에서는 〈천풍가〉의 표현양상을 통해 드러난 공간인식을 살펴볼 것
이다. 또한, 이 작품이 18세기 시가문학사에서 혹은 장흥지역의 가
사작품에서 〈천풍가〉가 지니는 의의에 대해서도 논의코자 한다.

1. 〈천풍가〉의 표현양상

　　노령산맥의 한 자락으로 남해를 안고 우뚝 솟은 산이 천관산(723m)이
다. 장흥군 관산읍과 대덕읍을 경계하며 위치한다. 호남의 5대 명산(지리,
월출, 천관, 가야, 내장)으로 알려졌으며, 불교와 많은 인연을 가진 산이다.
천관산의 옛 이름은 천풍, 지제, 불두 등으로 불렸고, 가끔 흰 연기와 같은
서리가 서린다하여 신산으로 통하기도 한다. 김유신과 천관녀에 대한 애절
한 전설, 그리고 무등산과 함께 이태조의 등극에 불복하여 흥양으로 귀양
갔다는 구전 등이 전하여 산을 더욱 신비롭게 느끼게 한다.7)

---

6) 이재선, 「韓國文學 山岳觀」, 『韓國文學 主題論』(서강대학교 출판부, 1989), 272면.
7) 양기수, 「신들과 함께 진불(眞佛)을 찾는 천관산」, 『문림고을 장흥』(장흥문화원, 1999), 20면.

위는 장흥의 천관산을 소개한 글이다. 이는 천관산의 위치와 높이라는 외형적 특징뿐만 아니라 종교적인 특성, 명성, 여러 옛 이름들, 전설과 구전(口傳) 등 천관산이 가지는 내적 특징까지 포함하여 산의 신비롭고도 기이한 모습들을 드러냈다. 이 한 편의 글로도 천관산을 짐작할 수 있다. '흰 연기와 같은 서리가 서린다 하여 신산으로 통하기도 한다'며, 천관산이 신비한 곳임을 드러냈고, 곧 신산(神山)임을 나타냈다. 이는 곧, 장흥에서의 천관산은 유명하고도 신비로운 산임을 나타낸다. 이는 〈천풍가〉를 통해 자세히 살펴보자.

1) 감각적 풍경묘사

〈천풍가〉는 '기행가사'다. 작품의 작가 노명선은 '천풍산'에 대한 풍경을 글로 경험과 관찰, 느낌을 하나의 큰 풍경화로 만들어냈다. 이 작품은 여행을 소재로 한 것인 만큼 경치를 묘사한 장면들이 많은 것이 당연하다. 이 경치 묘사는 실제 그곳의 체험을 바탕으로 공간의 의미를 나타내기도 한다. 이는 실제 느끼지는 않았으나 주시(注視)하여 관찰한 것을 묘사하는 방식으로 이루어낸 공간의 의미를 나타낸다. 또한, 작가가 느낀 감정들을 드러내기도 한다. 따라서 필자는 작가가 특별하다고 느끼는 '천풍산'에 드러난 감각적 묘사를 통해 풍경의 세밀함을 언급코자 한다. 구체적으로 작품을 통해 살펴보자.

> 청녀장(靑藜杖) ᄀᆞ는 딕로 구정암(九精庵) 드러가니/ 첨단(簷端)의 자던 구름 석정(石井)을 더퍼 잇다/ 학골(鶴骨)은 어딕 가고 벽도(碧桃)만 나만난고/ 단익(斷崖)을 빅기 건너 수층(數層)을 올나가니/ 원통(圓通) 빈 암자(庵子)의 운학(雲鶴)이 직키엿다/ 옥정(玉井)의 연만(連滿)ᄒᆞ고 가난 길로 도라가니/ 영축(靈築)은 터만 잇고 수목(樹木)이 자쟈 잇다

위에 언급된 공간은 '구정암'이고, 그곳 주변 환경을 묘사하고 있다. 이 부분은 시각적 이미지가 대부분을 차지한다. 먼저, 시적 화자의 시선이 향한 곳은 처마 끝이다. 거기서 때마침 지나는 구름이 처마 끝에 걸린 것을 보고, 그곳에서 움직이지 않은 구름이 잔다고 묘사한다. 구름이 잔다는 것으로 의인법을 사용하여 그 주변을 묘사한다. 시적 화자는 그냥 스쳐 지나가는 구름임에도 불구하고 구름을 그냥 흘러 보내는 것이 아니라 구름이 돌우물을 덮었다며 우연을 강조한다. 특히, 이 부분은 시적 화자만의 감각적 묘사를 잘 드러냈다.

여기서 '학골'과 '벽도'는 대립적인 개념으로 사용했다. 즉, '학골 (鶴骨)'은 세속세계를, '벽도(碧桃)'는 신선세계를 의미한다. 시적 화자는 '구정암'의 신성한 모습을 표현한 부분이며, 신선세계에 대한 동경을 극대화하는 효과까지 얻어낸다. 위험하지만 신비로운 모습은 끊어진 절벽을 비껴 건너고, 여러 층의 계단을 올라가 빈 암자에 도달하는 광경으로 알 수 있다. 험하디 험한 산중이기 때문에 속세에 때 묻지 않은 모습을 엿볼 수 있다. '기둥만 남은 빈 암자'는 오랜 시간의 흐름과 더불어 적막한 분위기를 자아낸다. '운학(雲鶴)'은 '벽도'와 같은 신선세계의 한 부분이며, 시적 화자가 속세에서 벗어나 신선이 된 모습을 그린다. '구정암'은 눈에 보이는 자연이지만 그 모습은 마치 신선세계로 형상화한다. 그러나 시적 화자는 신선세계에 사는 신선의 모습이라기보다는 속세에 사는 사람의 형상을 벗어나지 못한 듯하다. 그러므로 이는 신선세계의 동경(憧憬)이라 말할 수 있다. 시적 화자는 '구정암'을 지나 돌아가는 길을 옥 모티브를 이용하여 신선세계의 표상을 드러낸다. 예전에 누렸던 화려하고 웅장한 모습과는 달리 터에 나무만 울창한 쓸쓸함을 드러낸다. 이 풍경에서는 예전 불교가 번창하였을 때의 모습과 지금의 황폐하고도 허전한 모습과는 대조적이다. 이는 적막하고 쓸쓸한 모습을 더욱 효과적으로 드러낸 부분이라 하겠다. 이 구문은 화려한 그때를 생각하며 아쉬움을 표출한 부분이다.

> 비회(徘徊) 빙목(聘目)ᄒ야 딕장봉(大壯峰)을 ᄇ라보니/ 연(連)ᄒᄂᆫ가 자개ᄂᆫ가 엄ᄂᆫ 닷 잇ᄂᆫ 닷/ 빅보(百步) 구절(九折)을 촌촌(寸寸)이 올나가니/ 구만리(九萬里) 장천(長天)이 막씩 슷티 다허 잇다

이는 '대장봉'을 바라본 전경이다. 시적 화자는 '구정암'에서 슬슬 배회하다가 눈에 띄게 된 '대장봉'을 바라보며 놀란다. '대장봉'의 모습을 '연(連)ᄒᄂᆫ가 자개ᄂᆫ가 엄ᄂᆫ 닷 잇ᄂᆫ 닷'이라 하며 대구와 대조의 형식으로 '대장봉'의 모습을 형상화한다. 여기까지는 시적 화자가 바라본 대장봉의 모습이고, 다음 구절은 직접 올라가서 본 '대장봉'을 경험하여 느낀 모습이다. '빅보(百步) 구절(九折)'은 백 걸음 가는데 아홉 번 꺾였다는 뜻으로 산의 험준한 모습을 통한 범접할 수 없는 위엄성을 드러낸다. 또한 시적 화자는 멀고도 먼, 길고도 긴 하늘이라며 '대장봉'의 신성성을 부여한다. '구만리', '막씩 슷티'라는 단어는 멀고도 험한 대장봉의 모습과 신성하고도 아름다운 산으로 형상화한다. 이는 시적 화자의 시각·촉각적 부분을 활용하여 아름다운 풍경묘사를 극대화한다.

> 고로봉(古老峯) 천주봉(天柱峯) 동편봉(東便峯) 모든 봉(峯)이/ 전후(前後) 좌우(左右)의 닷토와 버려시니/ 나난 닷 뛰난 닷 틱도(態度)도 ᄒ고 만타/ 청풍(淸風)이 건 듯 부러 호흥(豪興)을 도도오니/ 송등(松藤)의 바람긋 틱 비바회 올나괘라 / 돗틱난 소리 되고 딤틱난 돌이 된다/ 팔만경(八萬景)

이러흔 줄 뉘라셔 자세(仔細)알가

이는 '빈바회'로 올라가는 여정을 묘사한 부분이다. '대장봉'에서 바라본 '고로봉', '천주봉', '동편봉'이 다투어 서있는 듯하다며 그 모습을 형상화한다. 여기 '천주봉'을 제외한 '고로봉', '동편봉'의 지명은 현존하지 않는다. 그러므로 필자는 이곳은 명칭이 아니라 가장 '높은 봉우리', '동쪽에 있는 봉우리'의 의미라 여기는 이유이다. 주변의 모든 봉우리들의 모습 중에도 자유분방하게 널브러진 봉우리들을 나타내고 있다. '나는 듯 뛰는 듯'은 원래 '빨리'라는 의미가 일반적이지만, 여기서는 산의 형세를 표현한 것이다. 봉우리가 날렵하여 그 모양이 마치 나는 것처럼 뛰는 것처럼 하고, 그런 형상이 하나가 아니라 많이 모여 여럿을 나타낸다. 그 사이 산에서 불어오는 시원한 바람은 시적 화자를 호탕한 흥취에 빠지게 한다. 시적 화자의 시선은 소나무, 등나무의 가지 끝에 살포시 스치는 바람에 머물고, 이를 따라 '빈바회'에 올라간다. 이는 시적 화자의 시각과 촉각을 이용한 감각적 표현으로 천관산에서 내려다본 풍경의 아름다움을 표현한다.

위에서 언급한 '빈바회'는 '바틀바위'를 가리킨다. '바틀바위' 위에서 바라본 자연은 참으로 아름답다. '돛대는 소리가 되고 딤대는 돌이 된다'는 아름다운 경치의 모습을 자세히 묘사한다. 시적 화자는 그 풍경을 '팔만경'이라 하여 훌륭하고 아름다운 경치에 감탄한다. 또한, 시적 화자는 그 경치를 자세히 아는 사람이 있지 않다며 단정지어 말한다. 그러나 그 표현은 의문으로 나타내어 바로 본인 스스로 최고의 아름다운 자연과 풍치를 즐기는 사람임을 강조한다.

사양(斜陽)과 함끽 나려 의상암(義尙庵) 들려가니/ 빅석(白石) 창틱(蒼苔)예 구름이 쥬인(主人)이다/ 션이(仙崖) 션제(仙梯)의 역역(歷歷)키 지닉보니/ 종성(鐘聲)을 겨오 차자 탑선암(塔仙庵) 드러가니/ 암만(暗滿) 초목(草木)은 지닉난 곳 갓건니와/ 누각(樓閣)이 몇 층(層)이며 동학(洞壑)이 황홀(恍惚)ᄒ다

  글의 공간적 배경은 '의상암'과 '탑선암'이다. 이 부분은 시간적 배경도 함께 드러난다. '의상암'은 백석창태(白石蒼苔)의 모습이고, 그 주인은 구름이라 한다. 이곳 '의상암'은 '탑선암'을 가기 위해 잠깐 머무는 곳이다. 시적 화자는 '의상암'을 묘사한 부분에서 색깔의 감각적 사용을 통한 시각적 이미지를 한껏 사용했다. 태양의 붉은 색, 돌의 흰색, 이끼의 푸른색을 통해 자연 중에서도 하늘과 땅의 조화로움을 드러낸다. 주변 풍경은 선애(仙崖), 선제(仙梯)라 하여 신선세계를 비유하여 자연의 신성한 아름다움을 표현한다.

  작품의 두 번째 공간은 '탑선암(塔仙庵)'이다. 이곳은 지금의 '탑산암(塔山庵)'을 가리킨다. 이 구절에서는 청각적 이미지를 사용한다. 겨우 찾아 들은 종소리는 '탑산암'의 신성함을 나타내고, 종소리를 따라 '탑산암'을 찾아가는 시적 화자의 모습도 눈에 보이듯 묘사한다. 이때 '탑산암'은 '암만(暗滿)'이란 단어로 시간적 배경을 드러냈다. 초목이 지나는 곳마다 같은 것은 어두운 저녁에 길을 묘사하고 있는 형상이며, '탑산암' 누각의 묘사는 어두워 자세히 보이지 않아 누각이 몇 층인지 알 수 없다고 한다. 그러나 그곳에서 바라본 어둑해진 마을 풍경은 적막하기만 하다. 하지만 평화로움이 넘치는 모습을 묘사하며 시적 화자의 느낌을 황홀하다고 표현한다.

> 쟝공(長空)의 긴 바람이 양액(兩腋)의 깃이 되며/ 탈건(脫巾) 노발(露髮)
> ᄒ고 창포봉(菖蒲峯) 올나가니/ 창포(菖蒲) 푸른 닙피 구절마다 고시 피고/
> 굴곡(屈曲)ᄒ 늘근 솔은 하날 다혀 못커 잇다

이는 '창포봉'에 올라간 시적 화자의 모습을 신선으로 형상화한 부분이다. '창포봉'으로 올라가는 모습은 마치 날개가 생겨 날아올라가듯 하다고 표현한다. '창포봉'은 말 그대로 창포가 많이 피는 곳이다. 창포 푸른 잎은 구절마다 꽃이 핀다고 하여 창포가 피어 있음을 묘사한다. 또한 굴곡이 많은 늙은 소나무는 하늘이 닿아서 더 크지 못했다고 하여 웅장한 모습을 대변한다. 창포는 원래 6~7월에 피는 꽃이다. 그러나 서암에는 눈을 쓸고 계시는 스님이 계시니 계절은 겨울을 의미한다. 그런데 여기서는 창포잎과 꽃이 핀다고 했으니, 앞뒤 맥락이 맞지 않다. 따라서 창포봉에 피는 꽃은 우리가 알고 있는 창포꽃이 아닌 신선세계의 신비로움을 나타내는 매개물이라고 볼 수 있다.

> 창망(滄茫)ᄒ 운무간(雲霧間)의 화윤(火輪)이 소사나니/ 부상(扶桑)의 찐
> 난 비시 양곡(暘谷)도 못비칠 졔/ 졔 쓸는 블근 비시 만학(萬壑)의 능는(凌
> 亂)ᄒ다

이 부분은 마지막 구절로 회귀(回歸)의 여정을 드러낸다. 시적 화자는 집에 돌아가야 한다는 생각에 잠을 이루지 못한다. 즉, 시간의 경과는 잠을 이루지 못한 상황을 드러내며, 자연 현상으로 창망한 구름 안개 사이에 해가 솟아오르는 장면을 묘사한다. '해'를 '불바퀴'라고 비유하며, 구름과 안개로 가려져 있는 하늘을 나타낸다. 지평

선 위로 올라오는 해의 둥근 모습을 비유한다. 다음 구절은 해의 움직임을 통한 시간의 변화를 말해준다. 해 뜨는 동쪽 바다를 시작으로 시간이 흘러 조금씩 움직이는 해는 그곳을 떠난다. 빛은 해 뜨는 동쪽바다를 비치지 못할 때, 붉은 햇빛은 겹겹의 골짜기에 어지러이 흩어져 비친다. 해가 솟는 모습을 '계명봉 빅옥계난 나래도 주죠 친다'며 새벽 동틀 때의 장면을 형상화한다. '계명'은 닭 울음소리를 가리킨다. 따라서 새벽을 알리는 닭 울음소리와 관련지어 봉우리 이름을 설명한다. 이는 해를 맞이하는 것을 설명한 부분이다.

2) 전거(典據)의 인용

〈천풍가〉는 묘사뿐만 아니라 인접 장르의 인용도 함께 나타난다. 설화(說話), 한시(漢詩), 고사(故事), 경전(經典) 등을 많이 인용하고 있다. 이러한 인용은 작품의 친밀성을 높일 수 있고, 작품에 쉽게 다가가게 하는 장점을 갖는다. 그렇다면 작품에 나타난 인용 부분을 찾아 어떤 의미로 쓰였는지 알아보자.

> 천관(天冠)은 고찰(古刹)이라 사젹(史蹟)이 긔이(奇異)ㅎ다/ 딤씌봉(峯) 나린 활기 가다가 도로 도라/ 용비(龍飛) 봉무(鳳舞)ㅎ야 불국(佛國)을 딍근 후에/ 통영화샹(通靈和尚) 어느 씌예 잇 터흘 아라보고/ 쇠막닥 쎠진 잣최 어졔란닷 그졔란 닷

이 부분은 천관사에 관한 이야기다. '천관'은 천관사를 가리킨다. 천관사는 고찰(古刹) 즉, 오래된 사찰이라 했다. 이는 '천관'이라는 산 이름이 불교에서 나온 용어이다.[8] 위 내용은 역사적 자취의 기이함을 드러낸다. 여기서 말하는 '딤씌봉'은 천관산 꼭대기인 연대봉

을 말한다. 꼭대기에서 내려와 활기찬 기운에 도로 돌아 용이 날고, 봉황이 춤추는 것 같음으로 산의 형상을 비범한 동물로 형상화한다. '불국을 만들었다'는 것은 이곳이 신성한 곳임을 다시 한 번 강조한 부분이다. 이부터 천관사의 창건설화[9]를 나타낸다. '통영화상'은 스님으로 공식적으로 밝혀진 이 절의 창건자이다. 그 역시 일찍부터 천관산이 좋은 곳임을 알아 극락세계(極樂世界)라 하는 사찰 지을 터로 정한다. '쇠막뒤'는 통영화상이 짚고 다녔던 지팡이를 의미하기도 하나, 사찰 건물 터를 나타내기도 한다. 시적 화자는 절을 창건한 자취가 어제인 듯 그제인 듯 얼마 되지 않은 듯하다고 표현한다. 하지만, 오랜 시간이 흘러 기이한 흔적이 여기 저기 있음을 나타낸다.

　　석노(石路) 흘니쉬여 반산(半山) 올나가니/ 딘짐(塵心)이 소산(消散)ᄒ니 우화(羽化)ᄒ기 거의로다

이는 천관산으로 올라가는 돌길을 묘사한 부분이다. 시적 화자는

8) 천관이라는 산이름 역시 천관보살이라는 불교 용어에서 나왔기 때문에 불국을 만들었다고 함은 불교와의 연관성이 있음을 알 수 있다. 천관산의 불교종파는 화엄종이다. 화엄경을 통해 천산이라는 산 이름이 유래되었다. 변동명, 「천관산과 불교신앙」, 『장흥 천관산 천관사』(순천대 박물관 장흥군, 1999), 67~68면.
9) 다음은 위백규의 『지제지』의 내용이다. '천관사'는 천관보살이 거처함으로써 이 이름을 얻었다. 신라 애장왕 때니 즉 당나라 덕종조에 해당한다. 득도한 통령화상이라는 스님이 있어 이기를 바라보고 오대산으로부터 수령현 남쪽 고개에 이르러 졸면서 걷기를 또 수리, 비로소 말을 하면서 오차현 경계인 작은 산마루에 다다랐다. 문득 쇠지팡이를 세워 한번 웃으면서 크게 깨닫고 서쪽 봉우리에 올라서서 남쪽을 바라보더니 탄식어린 소리로 말하기를 서천의 진불이 모두 여기에 있구나 하였다. 지금의 면치, 어산, 오도치, 불용산 등이 모두 이로 연유하여 이름을 얻었다 한다. 화엄사 대가람을 창건함에 있어 그 터의 좌는 허하나 방향이 실하므로 바로 산중턱을 점거하여 세웠다 풍수가는 말하기를 행주형국(배가는 형상)이라 했다.

길을 홀로 쉬다 가다를 반복하여 산을 반쯤 오른다. 올라와 보니 세
속에 있었던 원망과 미움의 마음은 흩어져 사라지게 되게 된다. 시적
화자는 '우화' 즉 '우화등선(羽化登仙)'이라며 사람이 날개가 생겨 신
선이 되어 난다고 한다. 날개가 생긴 것 같다는 시적 화자의 한 가지
행위로 그곳은 신선세계가 된다. 이 부분은 도교적 사상이 강하게 드
러난 부분으로 다음 구절에서도 쉽게 찾을 수 있다.

> 빈회(徘徊) 빙목(聘目)ㅎ야 딕장봉(大壯峰)을 브라보니/ 연(連)ㅎ눈가
> 자개눈가 엄눈 닷 잇눈 닷/ 빅보(百步) 구절(九折)을 촌촌(寸寸)이 올나가
> 니/ 구만리(九萬里) 장천(長天)이 막씩 줏틔 다허 잇다/ 문삼(捫參) 역정
> (歷井)ㅎ야 자히(紫霞)의 비겻시니/ 옥황(玉皇)의 말삼이 지척(咫尺)의셔
> 들니난다

이 부분의 공간적 배경은 '대장봉'이다. 시적 화자는 목적 없이 어
슬렁거리다가 많은 산들 가운데서 직접 가보지 않고 눈으로만 '대장
봉'을 찾는다. 이는 대구, 대조의 형식으로 '대장봉'의 형상을 나타
낸다. 멀리 펼쳐진 아득한 대장봉의 모습이 높은 하늘과 막대 끝에
있는 닿아 있는 것 같다고 한다. '문삼(捫參) 역정(歷井)'은 이백의 〈촉
도난(蜀道難)〉에서 '문삼역정앙협식(捫參歷井仰脅息)'을 인용했다. 즉,
'산이 하도 높아 하늘에 닿을 수 있다'는 뜻이다. 그러므로 이 구절
은 산이 하늘에 닿을 수 있을 만큼 높은 모습을 형용하고 있으며,
자줏빛 안개 역시 비껴간다는 것으로 신성함을 담고 있다. 마지막
구절에서도 옥황의 말씀이 지척(咫尺)에서 들린다고 하여 하늘과 맞
닿아 산의 높고 아득한 모습을 표현한다.

선승(禪僧)이 손을 들러 구용봉(九龍峯) 가라치니/ 남국(南國)을 괴온 바회 적소(赤霄)의 다 올나/ 히천(海天) 반벽(半壁)을 틈 업시 괴와시니/ 긔국(杞國) 근심은 아조 알니로다/ 청동(靑童)이 손을 잡고 경각(頃刻)의 올나가니/ 표표(飄飄) 호호(浩浩)ᄒ야 우주(宇宙) 밧긔 형히(形骸)로다/ 구용(九龍)의 유적(遺蹟)은 옥담(玉潭)이 아홉이라

선승이 손으로 '구룡봉'을 가리키는 것은 시적 화자에게 산을 안내함을 시사한다. 남국을 받치고 있는 바위는 '구룡봉'이다. 시적 화자는 구룡봉에서의 시간적 배경을 '적소'라 하여 붉은 노을이 비치는 해질녘을 나타낸다. 해천 반벽(海天 半壁)은 반벽강산(半壁江山)으로 "절벽에 둘러싸인 산수"를 말한다. 하늘과 바다에는 위아래로 빈틈없이 붉은 빛으로 가득한 풍경을 나타낸다. 위의 '기국(杞國)'은 '기인유천(杞人有天)'을 인용한 것으로 "기(杞)나라 사람이 하늘을 걱정한다"는 뜻으로 쓰였다. 이는 쓸데없는 걱정을 비유하는 말이다. '청동(靑童)'은 신선을 나타낸다. 신선의 손을 잡고 잠깐 사이 구룡봉에 올라 그 형상을 드러내 우주 밖에서 보는 듯하다고 한다. 이는 높음을 가늠할 수 없을 만큼의 대단한 높이를 드러낸다. 또한 '구룡봉'의 유적은 옥담이 아홉이라 하여 남은 자취가 많음을 이야기하고 있다.

동남(東南) 오초(吳楚)난 반벽(半壁)의 여기 저긔/ 일편(一片) 건곤(乾坤)은 물 우희 평초(萍草)로다

'오초(吳楚)'는 나라이름이다. 시적 화자는 두보의 〈등악양루(登岳陽樓)〉[10]에서 '동남오초'라는 구절을 인용하고 있다. 시적 화자는 두

---

10) 昔聞洞庭水(석문동정수)   동정호 이야기야 예부터 들어온 터,

보의 시를 통해 천관산의 모습을 표현코자 했다. '악양루'는 중국 3
대의 누각이라 불리는 아주 유명한 장소다. 따라서 시적 화자의 눈
에 비친 천관산 역시 아름다운 경치를 지닌 유명한 곳임을 비유한
다. '반벽(半璧)'은 반쪽의 천하로, 적에게 빼앗기고 남은 조그만 땅
을 말한다. 이 구절은 동남쪽으로 끝없이 펼쳐진 오나라와 초나라가
하나의 천하가 아닌 두 개로 나눠졌음을 안타깝게 드러낸 부분이다.

> 진시황(秦始皇) 예을 닛고 서시(徐市)을 보닉연난가/ 동남(童男) 동여(童
> 女)는 어딕로 가든 말고/ 한무제(漢武帝) 구신선(求神仙)도 진지(眞智)는 안
> 니로다/ 문성(文成) 오이(五利)난 애미(曖昧)히 주겄도다

이는 중국의 유명한 인물을 인용한다. 황제인 '시황'뿐만 아니라
한나라 '무제'가 등장한다. '진시황'과 '한무제'에 관한 설화[11]의 한

今上岳陽樓(금상악양루)	오늘서야 악양루를 오르게 되었도다.
吳楚東南坼(오초동남탁)	오나라 초나라가 동남으로 갈라지고,
乾坤日夜孚(건곤일야부)	하늘과 땅 낮 과 밤이 그 속에서 뜨고 진다.
親朋無一字(친붕무일자)	친한 친척 친우들에게는 소식 한 자 오지 않고,
老病有孤舟(노병유고주)	늙고 병든 몸 외롭게 쪽배에 의지하고 있다.
戎馬關山北(융마관산북)	관산 북쪽에서는 아직도 전쟁 중,
憑軒涕泗流(빙헌체사류)	난간에 기대서니 하염없는 눈물만 흘러내린다.

-〈登岳陽樓〉, 杜甫(두보)-

11) 방사는 도교의 창시자하면 모두들 장도릉을 생각하지만 장도릉 이전에 이미 방사란
부류가 있었다. 송나라 장군방이 집필한 〈운급칠참〉에 도교의 기원은 천시보다 훨씬
이전이란 기록이 있다. 이는 내용이 황당무계하여 믿을 수 없다. 그러나 장자와 열자
의 서적 중에 언급된 막고야지산, 화서지구과 회상신선등의 우언들은 확실히 존재한
다고 믿어 결국 신선설이 생기게 되었다. 이런 신선설을 연구하는 사람들이 바로
방사다. 방사의 기원이 언제부터인가에 대해서는 알 길이 없다. 그러나 진한 이전부
터 이런 인물들이 존재했음은 틀림이 없는 사실이다. 진시황은 방사 서복의 바다
한가운데 삼신산이 있어 신선들이 살고 있다는 말을 믿고 동남동녀 오백 명을 보내

대목으로, 불로장생을 이루고자 하는 '진시황'과 '한무제'의 꿈 이야기를 인용한다. 시적 화자는 '한무제'가 신선을 구하는 일에 대해 진지(眞智)가 아니라고 말한다. 이는 '진시황'이 염원하는 불로장생과 '한무제'의 신선을 구하는 일이 참다운 지혜가 아님을 의미한다. 시적 화자가 말하는 진지는 영원히 사는 것과 신선을 구하는 것이 아니라 욕망, 욕심을 버리고 그곳에 묻혀 신선처럼 산다는 것이다. 즉, 이곳 '천풍산'이 바로 신선이 사는 곳이고, 불로장생의 길을 열 수 있는 곳임을 강조한다. 또한, 문성과 오리12)는 희미하고 분명치 않게 죽었다고 한다. 제나라 사람이었던 그들을 사신으로 보낸 삼신산을 찾게 하였다. 그럼에도 불구하고 이들을 찾지 못한 것을 애매하

신선과 불사약을 구해오도록 했었다. 이전 국책에는 형왕에게 불사의 약을 헌상했다는 기록이 있고 이 이후로는 한무제가 이소군 난대의 말을 믿고 높은 누각을 건립하여 신선을 찾았다는 기록이 있다. 또한 〈사기〉, 〈봉선서〉에는 한무제가 신선을 찾았다는 이야기가 매우 상세히 기록되어 있다. 그 내용은 봉래, 방장, 영주 세 섬 중에 신선이 살고 있어 불사약을 구할 수 있다는 것이다. 이는 실로 황제가 되니 이제 신선이 되려고 한다는 일종의 그칠 줄 모르는 인간의 욕심을 잘 나타내는 것이라 할 수 있다. 한무제는 후에 느낀 바 있어 "천하에 어찌 신선이 있을 수 있겠는가. 요망스런 일이로다. 절식하고 약을 먹으면 병을 줄일 수는 있을 것이다." 라고 말했다. 따라서 소위 신선이라는 것은 일종의 망상으로 옛사람들의 우언을 사실로 잘못 믿고 있었던 데서 비롯되었다고 할 수 있다. 박덕규, 『중국 역사 이야기 3』(일송북, 2005).; 정병헌 외, 『우리선비들은 역사와 전통을 어떻게 이해했을까』(사군자, 2004).

12) 무릇 제나라와 연나라의 선비들은 신비하고 괴이한 말에 깊이 현혹되고 또한 이를 높이 여겼다. 제나라의 위왕(威王)과 선왕(宣王) 및 연나라의 소왕(昭王) 때부터 사신을 보내 삼신산을 찾게 하였으니, 진(秦)과 한(漢) 때의 송무기(宋無忌)·정백(正伯)·교극(僑克)·상선(尙羨)·문자고(門子高) 같은 무리는 모두 연나라 사람이고, 문성(文成)·오리(五利)·공손경(公孫卿)·신공(申公) 등의 무리는 모두 제나라 사람이다. 옛날 태공(太公)이 제나라를 다스리며 도술을 닦았더니, 뒷날 그 땅의 사람들이 도술 부리는 것을 매우 좋아하게 되었다(강태공이 동방신교를 지나족에게 전하였음을 말함). 곧 이것은 또한 태공이 세상의 풍속을 그렇게 이끈 것이므로, 연나라와 제나라의 선비들이 어찌 괴이한 말들을 좋아하지 않았겠는가. (〈규원사화 단군기〉에서 인용)

게 죽었다고 한다. 이는 그 죽음을 안타깝게 할 수 있다.

소박(素朴)훈 이 닉 몸이 글자도 못호며는/ 요수(樂水) 요산(樂山)훈달 인지(仁智)을 어이 알니/ 빈발(鬢髮)이 호빅(晧白)호고 긔역(氣力)이 쇠진(衰盡)호니/ 공밍(孔孟) 안증(顏曾)은 쑴의도 못보니/ 서방(西方) 미인(美人)은 소식(消息)이 언제 오고/ 석실(石室) 운산(雲山)의 옥담(玉潭)이 천이로다

시적 화자는 벼슬하지 못한 자신을 '소박하다'고 말한다. 《논어(論語)》의 〈옹야편(雍也篇)〉에서 한 구절인 '지혜로운 자는 물을 좋아하고, 인자한 자는 산을 좋아한다(知者樂水, 仁者樂山)'를 인용한다. 시적 화자는 산수를 좋아하는 자신의 인지(仁知)를 강조한다. 나이가 들어 머리카락이 희고, 기력이 다하여 쇠했다고 하니 이 부분을 통해 시적 화자의 나이를 가늠할 수 있다. 또한, 공맹과 안증인 유학의 4대 성인이라는 공자, 맹자, 안회, 증자의 4명의 인물을 말하고, 그들을 꿈에 보지 못함을 매우 아쉬워한다. 시적 화자는 공맹안증처럼 여러 모로 뛰어난 사람의 소식을 기다리지만 언제 어떻게 올지 기약이 없다.

다음 부분의 '석실운산'은 『고문진보(古文眞寶)』 전집의 〈호호가(浩浩歌)〉의 한 부분이다. '석실운산(石室雲山)'은 바위동굴 구름 낀 산이라는 의미이다. 천관산 안의 동굴에서 본 구름 낀 산은 마치 옥담(玉潭)처럼 보인다. 그리고 그 옥담이 천 개나 되는 듯 아름다운 천관산의 모습을 드러낸다.

이러한 전거의 인용은 작품의 친밀성뿐만 아니라 천관산 속에 가려진 역사성과 신성성을 나타내기도 한다. 첫 번째로, 천관사의 창건설화에서는 절이 지어진 시대의 역사인 신라 애장왕 때의 역사인

당나라 덕종조의 역사를 내포하고 있다. 두 번째로, '우화등선(羽化登仙)'을 인용하여 신선이 되어 나른다고 하여 도교 사상으로 신성성을 강조했다. 세 번째로, 이백의 〈촉도난(蜀道難)〉이란 시의 한 구절을 인용하여 산의 높고 높은 모습을 형용하고, 자줏빛 안개보다 더 신성함을 나타냈다. 네 번째로, 신선의 손을 잡고 붉게 물든 구룡봉에 오른 형상을 드러내 신선세계를 드러냈다. 다섯 번째로, 중국 3대의 누각이라 불리는 아주 유명한 장소인 악양루를 천관산에 빗대어 아름다운 경치를 묘사했다. 또한, 동남쪽으로 펼쳐진 오나라와 초나라가 하나의 천하가 아닌 두 개로 나눠졌음을 안타까워하는 역사적 사실을 드러냈다. 여섯 번째로, 중국의 유명한 황제인 '진시황'뿐만 아니라 '한무제'를 등장시켜 삼신산에 대한 신성성처럼 천관산의 신성성을 나타냈다. 일곱 번째로, ≪논어≫의 〈옹야편〉에서는 유자적(儒者的) 성격인 '요산요수(樂山樂水)'를 강조하여 신선의 경지인 성인의 모습을 드러냈다.

2. 〈천풍가〉에 드러난 공간

1) 체험적 공간인식

여정을 통해서 드러난 공간은 풍경이라고 말한다. 풍경의 일차적인 의미는 주체에 의해 지각되고 체험된 공간[13]이다. 이러한 풍경을 통해 작가의 심상을 작품으로 표현한 것이 바로 기행이다. 〈천풍

---

13) 이형대, 「17, 18세기 기행가사와 풍경의 미학」, 『민족문화연구』 제40호(고려대 민족문화연구소, 2002), 121면.

가〉는 '천풍산'의 여러 곳을 체험하고 그곳의 풍경을 관찰, 묘사하여 기록한 기행가사다. 그러므로 이러한 기행문학은 작가의 감각과 감성에 의해 재탄생되었다고 할 수 있다.

위에서도 자세히 살펴보았듯이 〈천풍가〉는 '천풍산'에 대한 자연의 아름다운 풍경묘사를 조화롭게 잘 나타냈다. 이는 바로 인간이 자연의 한 부분이며, 체험의 공간이라는 점을 강조하고 있는 작품이다. 이러한 '기행문학'은 공간의 이동으로 인해 자연의 풍경을 묘사해야 하기 때문에 시각적 감각이 주로 사용된다. 그러나 이 작품은 시각적인 묘사뿐만 아니라 촉각적, 청각적 묘사를 이용한 감각적 표현을 사용하여 공간을 새롭게 인식하는 데 큰 몫을 했다. 또한, 사물의 비유를 통한 묘사 역시 공간인식을 통해 이루어졌으니 체험적 공간인식에서는 '천풍산' 풍경의 아름다움을 지극히 잘 표현했다.

이 작품에서 시적 화자가 느끼는 '천풍산'의 인식은 〈천풍가〉의 한 대목을 통해 알 수 있다. '천풍산(天風山) 팔만봉(八萬峰)은 각별(各別)한 천지(天地)로다'라며 '천풍산의 팔만봉'을 '금강산의 일만 이천봉'에 비유하여 아름답고 신비로운 산임을 상징적으로 나타냈다. 노명선뿐만 아니라 장흥 출신의 많은 작가들은 '천풍산'을 작품의 소재로 사용했다.14) 이렇듯 산을 소재로 삼는 작품은 옛 사람들이 생각하는 산의 신성성을 드러낼 수 있을 뿐만 아니라 그들의 고향에 대한 애향심을 발휘할 수 있어 그들에게는 좋은 소재로 이용되었다.

---

14) 『한국문집총간』에서 찾아본 결과 '천풍산'을 소재로 한 작품들은 제봉 고경명을 비롯하여 존재 위백규에 이르기까지 10여 편에 이른다.

2) 환상적 공간인식

산은 은거(隱居)의 공간으로 많이 알려졌으며, 선경(仙境)의 공간으로 묘사됐다. 〈천풍가〉에 드러난 '천관산'도 예외는 아니다. 〈천풍가〉는 기행가사에서도 어느 다른 작품보다도 '환상성'이 강한 작품에 속한다. 도교적, 풍류적인 면모가 강하면서도 그에 드러나는 신비로움은 이루 말할 수 없이 환상적이다. 〈천풍가〉에서는 여행의 노정 가운데서 환상적 공간인식을 드러내는 것이 대부분으로, 여행하는 노정 곳곳마다 환상성이 드러난다. '천관사'를 묘사하는 과정에서 '용'과 '봉황'이라는 동물을 비유하여 환상성을 끌어냈으며, 절의 창건설화를 인용하여 기이함을 도출했다. 또한, '우화(羽化)', '학골(鶴骨)', '벽도(碧桃)', '운휙(雲鶴)', 선궁(仙宮), 션승(禪僧), 도화(桃花) 등과 같은 단어들을 통해 도교적 신선사상을 표출했다.

시적 화자는 이러한 '환상성'의 적절한 묘사를 위해 고사를 인용했는지 모른다. 시적 화자는 역사적으로 위대한 인물들과 함께 호흡하는 것으로 설정하여 그 시대의 사회상을 반영시키고, 동시에 그 시대를 사는 인물에 대한 동경과 염원을 담고자 했다. 한시(漢詩)를 지은 중국의 인물들, 경서(經書)에 등장하는 인물들, 역사서(歷史書)에 기록된 인물들은 모두 위대하지만, 특히 고사(故事)를 인용한 인물들에 대해 시적 화자가 가진 '환상성'을 각별하게 드러내고 있는 듯하다. 위대한 역사는 고사와 한시 그 외에도 역사적 인물을 인용하여 단어에 함축성을 내포하여 '환상성'을 배가시키고 있다. 그러므로 필자는 '환상성'을 나타내는 적절한 인용으로 고사와 한시, 경서, 역사서를 들었다고 생각한다.

시적 화자는 산을 묘사한 대부분이 신비로움을 토대로 '환상성'에 초점을 맞춘다. 산을 떠나오면서 아쉬워하는 시적 화자의 모습을 통해 현실로 다시 돌아가기 싫은 모습이 역력했고, 이는 산 속에서의 환상적 모습을 기억하며 그 모습을 잊지 않으려는 것과 다시 산에 돌아오고자 하는 것으로 현실에 대한 불만의 모습을 나타냈다.

3. 〈천풍가〉의 의의

향촌사족으로서의 작자들이 경세적(經世的) 삶을 실현할 수 없는 처지에서 고안해 낸, 이 지상에서 찾을 수 있는 현실적 삶의 대안적 공간이었다. 현실적 삶의 무게로부터 다소나마 일탈을 꿈꿀 수 있는, 심리적 여유 공간으로 조형된 풍경인 셈이다.[15]

직접 경험할 수 있는 체험적 공간인식을 통해 환상적 공간인식을 창출할 수 있다. 즉, 현실공간은 신선공간이 되어 탈속적인 세계를 추구한다. 17세기 시가에 신선 모티프의 출현이 잦다는 점, 이곳이 풍류적 서정과 상상력이 넘치는 호남시단의 권역이라는 점을 감안한다고 해도 노명선의 작품에서 '도선적 환타지'는 매우 강렬하다.[16] 그러나 위에서 언급한 '도선적 환타지'는 매우 강렬하다고 하지만 이 작품은 환상적 공간인식에서뿐만 아니라 체험적 공간인식의 양상에서도 매우 잘 드러나고 있다. 그러므로 체험적 공간인식을 바탕으로 하는 감각적 공간인식은 바로 신선공간을 만들어낸 장소

---

15) 이형대, 위의 논문, 『민족문화연구』제40호(고려대 민족문화연구소, 2002), 138면.
16) 이형대, 위의 논문, 『민족문화연구』제40호(고려대 민족문화연구소, 2002), 137면.

라고 할 수 있다. 환상적 공간은 체험을 통한 공간에서부터 이루어
졌다. 이러한 체험적 공간인식은 작가에게는 그저 평범한 체험의 현
장이었을지 모른다. 그러더라도 체험적 공간이야말로 작가가 작업
을 통해 환상성을 지닌 문학으로 발전하게 되는 환상공간으로 재탄
생하게 되는 장소인 것이다. '천풍산'이라는 공간이 '도가적 환상성'
으로 형성된 것은 고사의 인용이 큰 역할을 한다고 해도 과언이 아
니다. 그럼에도 불구하고 환상에서 물론 체험이 중요한 역할을 차지
한다고 볼 수 있다. 하지만 상상을 통해 이루어내는 것은 체험을 통
한 작가의 의식에서 비롯된다. 작가는 유, 불, 도교의 융합적 세계
관을 가지고 있었지만 도교적 상상력에는 뛰어난 감각을 발휘하고
있었다.

장흥의 마을 중심에 위치한 '천관산'은 장흥지역에 사는 사람들의
안식처이다. 환상성을 지닌 공간으로서의 모습을 드러내 장흥사람
들이 자주 찾을 수 있는 지역 공간으로 인식될 수 있다.

4. 〈천풍가〉를 통해 본 천관산의 모습

〈천풍가〉는 체험을 통한 감각적 풍경을 묘사했다. '천풍산'은 노
명선 외에도 많은 문인들이 그들의 지방 향토문화를 알리기 위한 글
소재로 사용했다. 그러나 이글에서는 다른 문학 작품은 다루지 않았
고 '천풍산'을 소재로 한 가사 작품을 살펴보았다.

〈천풍가〉의 표현양상으로는 첫 번째가 감각적 묘사를 들 수 있다.
이 작품은 기행문학이다 보니 감각적 묘사가 필수적이다. 이러한 감

각적 묘사는 기행문학의 묘미를 살려주는 기능뿐만 아니라 섬세한 묘사로 인해 작가의 수사적 특성으로 미적 감각을 잘 드러냈다. 이 감각적 묘사가 도가적 환상의 밑바탕이 된다고 할 수 있다. 두 번째 는 전거의 인용이다. 전거로는 설화, 한시, 고사, 경전 등을 인용했 다. 이는 환상의 공간을 만들어냈고, 역사성을 포함한 신성함을 강 조했다.

〈천풍가〉에서는 체험적 공간과 환상적 공간으로 나누었다. 체험 적 공간은 작가의 미적 감각을 살린 묘사방식을 차용했다. 이에 반 해, 환상적 공간은 전거를 인용한 상상의 섬세한 묘사를 나타냈다. 작가는 체험적 공간을 바탕으로 환상적 공간을 만들었다. 즉, 하나 의 공간이 다른 하나를 만든 것은 아니라는 것이다. 이 두 공간의 조화야말로 '도선적 환타지'의 결정체라 할 수 있다.

조선시대 '천관산'의 공간 인식 양상

-유산문학을 중심으로-

    인간은 문학과 예술을 만들어내고 즐긴다. 이런 측면에서 인간은 스스로 문화적 존재라 한다. 그런 인간에게 산수자연은 문화를 형성하는 중요한 공간이다.[1] 롤랑 바르트는 "산이란 노력과 고독의 도덕성을 고문한다"고 지적하며, 한국인에게 산은 심미적인 감응과 종교적 경건성의 의미를 지닌다고 했다. 따라서 산은 우리의 오랜 심성에 내재하여 숭고와 해탈, 부동과 무욕의 대명사라고까지 이야기할 수 있다.[2]

    '산'은 사람에게 안식과 평안을 주는 공간이다. 또한 '산'은 무욕(無慾)과 수양(修養)을 쌓는 초탈(超脫)의 공간이기도 하다. 이러한 '산'은 대체적으로 동양인에게는 '정신'이며, 유교·불교·도교 등과 기타 우리 토속무속 문화의 공존 공간인 '종교의 모티브'라고 할 수 있다. 이렇듯 우리 문학에는 산과 관련된 글이 많다. 이를 '유산기(遊山記)'라 통칭한다. '유산기(遊山記)'는 유산의 동기와 과정, 산의 지리

---

1) 진재교, 「이조후기 문예의 교섭과 공간의 재발견」, 『한문교육연구』 21호(한국한문교육학회, 2003), 500면.

2) 이재선, 『한국문학의 주제론』(서강대학교출판부, 1989), 273~274면.

적 위치 및 산세(山勢), 산에 남아 있는 역사 문화유산, 산을 오르며 느낀 흥취를 빠짐없이 기록한 기행문학이다. 산수를 체험하고 중시하여 산을 사랑했던 유학자들에게 '유산(遊山)', '유수(遊水)'는 전통적으로 고상한 취미였고, 이를 기록한 것도 많았다. 그러나 실제 산을 유람한 경험을 바탕으로 기록한 '유산기'는 산을 관념적으로 인식하면서 막연히 산수(山水)를 동경하는 글과는 그 성격이 기본적으로 다름을 알 수 있다.3)

지방문학 중에서 가사문학은 호남문학을 융성시키는 데 큰 영향을 끼쳤다. 그 특성이 가장 달 드러난 작품군으로는 '강호가사(江湖歌辭)'를 꼽을 수 있다. 아름다운 자연을 소재로 한 작품들이 많이 형성되었고, 그중 산의 신성함을 드러낸 작품들이 많이 발생하게 되었다. 대표적으로 전남 장흥지역의 '천관산'을 노래한 작품들을 꼽아 그 아름다움을 살펴보기로 하자.

'천관산'은 전남 장흥의 관산읍과 대덕읍 사이에 위치한 산이다. '천관산(723m)'은 지리산, 월출산, 능가산, 내장산과 함께 호남의 5대 명산의 하나로 손꼽혔다. 천관산의 옛 이름은 '천풍(天風)', '지제(支提)', '불두(佛頭)' 등으로 불린다.4)

'천관산'은 고려, 조선을 포괄한 왕조의 수도와는 먼 거리에 있고, 떨어진 변방에 소재하고 있다. 그렇기 때문에 으레 주목받지 못했다. 그래서 산과 관련된 기록은 거의 찾아볼 수 없었다. 그럼에도 불구하고 '천관산'에는 많은 사찰들이 존재한다. 그 이유는 '천관산'이 명산(名山)으로 알려졌고, 절에 대한 창건설화가 존재하기 때문이

---

3) 이혜순, 『조선 중기의 유산기 문학』(집문당, 1997), 114면.
4) 양기수, 『문림고을 장흥』(장흥문화원, 1999), 20면.

다. 이를 토대로 이글에서는 문집에 나타난 '천관산' 관련 작품들을
찾아보고, 천관산을 소재로 한 가사작품인 〈천풍가〉를 바탕으로 작
품에 나타난 조선시대 천관산의 공간인식을 살피고자 한다.

1. 천관산 소재 작품들

　조선에서 다른 지역의 유명한 산에 비해 '천관산'을 소재로 한 작
품들은 손에 꼽을 만큼 많지 않다. 문집에 나와 있는 '천관산' 소재
작품들은 생각보다 많지는 않았다. ≪신증동국여지승람(新增東國輿地
勝覽)≫을 비롯한 여러 문집들에 작품들을 찾을 수 있다. 작가로는
그곳에서 태어나서 그곳에서 자란 실학 사상가인 존재 위백규
(1727~1798)를 대표적인 인물로 꼽을 수 있다. 그를 제외하고도 천관
산을 노래한 작품 혹은 산에 대한 에피소드를 가지고 글을 지은 작
품은 생각 외로 너무 많았다. 그러나 그 가운데서도 '천관산'과 관련
된 작품들을 살펴보니 다음 표와 같았다. 다음 표5)는 천관산을 소재
로 한 작품 가운데서 공간을 드러낸 작품들을 선별한 것이다.

번호	작가	생몰년	서명	작품명
1	석천인	1205~1248	≪동문선≫ 68권	〈천관산기〉
2	고경명	1533~1597	≪제봉집≫ 5권	〈증의원(贈義圓)〉
3	이순인	1543~?	≪고담일고(孤潭逸稿)≫ 권일	〈천관사(天冠寺)〉
4	이춘원	1571~1634		〈유천관산(遊天冠山), 취제희동암승(醉題戲東庵僧).〉

---

5) 한국 고전번역원사이트(http://www.itkc.or.kr)를 바탕으로 천관산 관련 작품들
　을 선별한 것을 표로 정리하였다.

번호	작가	생몰년	서명	작품명
5	심광세	1577~1624	《휴옹집(休翁集)》 권이	〈유천관산(遊天冠山)〉
6	허목	1595~1682		〈영대상우섬공(靈臺上遇暹公)〉
7	〃	〃		〈등구정봉운무작(登九井峰雲霧作)〉
8	〃	〃		〈천관산기(天冠山記)〉
9	〃	〃	《기언》 63권 습유	〈석범(石帆)〉 [천관산(天冠山) 꼭대기]
10	〃	〃	《기언 별집》 1권	〈신포봉(神蒲峯)〉[지제(支題)는 천관산(天冠山)의 별명이니, 장흥(長興) 남쪽 경계에 있어 바다로 들어간다]
11	노명선	1647~1715	《삼족당가첩》	〈천풍가(天風歌)〉
12	이해조	1660~1711	《명암집》 권4	〈천관산(天冠山) 탑산사(塔山寺)〉
13	이하곤	1677~1724	《두타초(頭陀草)》 책구(册九)	〈설후왕유천관(雪後往遊天冠), 마상구점(馬上口占)〉
14	〃	〃		〈입천관사(入天冠寺)용마힐향적사운(用摩詰香積寺韵)〉
15	〃	〃		〈천관사(天冠寺)〉
16	이만부	1664~1732	《식산집(息山集)》 별집(別集) 권(券) 4	〈천관(天冠)〉
17	위백규	1727~1798		〈영천관산유(咏天冠山遊)〉
18	〃	〃		〈차구룡봉운(次九龍峰韻) [관산(冠山)]〉
19	〃	〃		〈숙관사증승(宿冠寺贈僧)〉
20	〃	〃		〈영천관산정구암선생(詠天冠山呈久菴先生)〉
21	〃	〃		〈관산차조사문(冠山次曹斯文) [윤락(潤洛)]〉
22	〃	〃		〈차황지실(次黃芝室)[인기(仁紀)]지제일명천관산(支提一名天冠山) 시축운(詩軸韻)〉
23	성해응	1760~1839	《연경재전집》1	산수기(山水記)[하(下)] 기호남산수(記湖南山水) 〈천관산(天冠山)〉

위의 작품들 외에도 천관산을 언급한 작품은 훨씬 더 많았다. 그럼
에도 불구하고 필자는 다음 23개의 작품들을 선정했다. 그 이유는 이
글에서 공간인식 양상을 살펴보려 했기 때문이다. 그러므로 작가가 개
인적으로 스님과 혹은 지인들에게 주며 차운한 시나 그 외의 다른 작
품들은 다 배제했다. 위에서 언급한 다음 작품들을 가지고 필자는 천
관산에 나타난 공간인식을 살펴볼 것이다.

2. 작품에 드러난 천관산의 공간 인식 양상

표에서 언급한 대부분의 작품들은 '천관산'을 작중 공간으로 한다.
그러나 천관산 가운데서도 구체적으로 공간 즉, 실제 지명을 사용한
경우도 있고, 추상적으로 어떤 공간을 나타낸 경우도 있다. 또한,
추상적이면서도 구체적인 공간을 나타낸 경우도 있고, 공간에 대해
따로 설명하지 않고 나타내지 않는 경우도 있다.

기행가사인 〈천풍가〉는 청사(淸沙) 노명선(盧明善)의 작품이다. 그
는 말년에 '천관산'을 3일 동안 여행하고, 산의 매력에 빠져 자연 풍
경을 서경적, 환상적으로 읊은 작품이다. 이는 '천관사'를 시작으로
'구정암 → 대장봉 → 배바회 → 구용봉 → 아육왕탑 → 의상암 → 탑상
암 → 영은사 → 창포봉 → 부령대 → 만심대 → 안초당 → 제일봉 →
동일암 → 망야루 → 벽송대 → 금수굴 → 반야암 → 문수암 → 거북
봉'을 그렸다.[6] 기행가사에 나타난 공간은 기본적으로 경험에 의한
것이다. 그럼에도 불구하고, 작가는 상상으로 만들어진 추상·환상적

---

6) 유정선, 「〈천풍가〉 연구」, 『18, 19세기 기행가사 연구』(역락, 2007), 291면.

공간을 만들고, 작가가 생각하는 이상세계를 그 공간에 채우기도 한다. 또한, 경험에 의한 공간과 추상적 공간이 혼합된 하나의 공간을 만들어 새로운 공간으로의 창출을 가져오기도 한다. 이를 바탕으로 '천관산' 소재의 작품들을 공간 분류에 따라 나누어 그 공간이 어떤 인식들을 갖게 하는지를 알아보고자 한다.

1) 신성하고도 아름다운 총체적 공간

위의 작품들 중에 천관산의 전체적인 묘사를 드러낸 작품을 살펴보자. 작품들을 살펴보니, 천관산의 전체적 묘사를 언급한 작품들은 몇 되지 않았다. 몇 안 되는 작품이라도 천관산의 특징을 보자. 〈천풍가〉에서 '천관산'은

천풍산(天風山) 팔만봉(八萬峰)은 각별(各別)한 천지(天地)로다

라 했다. 시적 화자는 '천관산'을 '각별하다'고 언급한다. 그 이유는 1차적으로는 '천풍산'이 자신의 고향에 있기 때문이다. 또한 2차적으로는 높은 곳에 위치하고 있기 때문이다. 필자가 생각하기에 그곳의 아름다운 풍경을 자랑하고 싶어 조금 더 과장된 표현을 쓴 것 같다. 화려하고 아름다운 우리나라 금수강산의 대표적인 산이다. 금강산의 '일만 이천봉'의 아름다운 풍경에 장흥의 '천풍산'을 비유한다. '금강산'은 '일만 이천봉'이라고 불리고 있음을 토대로 장흥의 '천풍산' 역시 '팔만봉'이라 하여 아름다운 금수강산을 대표했다. 그러므로 시적 화자는 '천풍산' 풍경의 아름다움에 반해 '각별한 천지'라고 논했을 것이다.

『신증동국여지승람』7)에서 '천관산'은 산의 형세는 몹시 험하고, 경관 또한 몹시 높다고 전한다. 위태롭지만 빼어난 풍경을 지닌 산임을 알 수 있다. 이에 비해 뒷부분에는 '흰 연기'라 하여 흰 아지랑이로, 신비함과 아름다움을 연상케 하는 매개물로 사용한다. 앞에서도 언급했지만, '흰 연기'는 높고 험한 산임을 다시 한 번 강조하는 소재이다. 이는 하늘과 가까운 곳에 있는 신선과의 잦은 연결로도 설명할 수 있다. 그러므로 이 부분은 '신비롭고도 아름다운 자연'을 언급하며, '흰 연기'는 아지랑이가 아닌 구름으로 '높은 지경에 이른 모습'을 형상화한 것이다. 하늘 높이 우뚝 솟은 천관산에 구름이 그 아래 놓인 것처럼 보이는 광경을 연출했다. 이는 본문에 산세가 몹시 높은, 구름처럼 높은 곳의 '천관산'을 유추할 수 있다. 즉, 위의 작품에서도 알 수 있듯이 높고 험난함을 가지고 있는 천관산의 모습과 동시에 신성함을 표현한 신령스러운 산임을 나타내고 있다.

> '천관산'은 장흥부의 남쪽 사십리에 있다. 그 북쪽 산허리에는 천관사가 있다. 또 말하기를 '지제산'이라고 한다. 지제라는 것은 탑묘의 이름이다. 절정 아래 탑산사가 있다. 옆에는 허물어진 사찰이 있다. 이를 이르러 의상암이라 한다. 그 뒤쪽에는 구룡봉이 있다. 무릇 물이 가물어 문득 그곳에서 제사를 지낸다. 서쪽에는 통영대가 있다. 그 동령 위에는 신정이 있고, 탑산 앞에는 불영봉이 있다. 봉 위에는 때때로 자줏빛 기운이 있다. 혹자는 종소리를 들었다고 한다. 금강굴, 반야대, 신포, 석봉이 있다. 모두 산 속의 심오한 것들이다. 봉에는 세 개의 우뚝한 돌이 있다. 포천이라고 말한다. 거기에는 구절포가 자란다. 그 동령에는 신정이 있다. 그 동쪽 산기슭을 따라 종봉 아래에는 금수굴이 있다. 굴에는 샘이 있다. 금 기운이 둥둥 떠

---

7) 『신증동국여지승람』의 내용은 다음과 같다. "산세가 몹시 높고 험하여 더러 흰 연기 같은 기운이 서린다."

가득하다. 석대장은 탑산의 윗 봉우리에 돌이 겹쳐 있다. 돌은 모두 네모형
이다. 글자는 모두 범자로 되어 있으며, 그 옆에 봉우리를 석범(돌 돛)이라
한다. 또 그 옆에는 석당(돌 깃발)이 있다. 당(깃) 아래는 석주(돌배)가 있
다. 석주(돌배) 위에는 응석북갑상(돌이 엉겨 북쪽 산허리에 치마모양)이
있다. 구정사가 있다. 비로봉은 구용봉 뒤에 있다. 그 옆에 조금 낮은 곳에
석사나를 만들었다. 대장의 북쪽은 석문주다. 또 그 북쪽은 석보현이고,
그 북쪽 제일 아래 구정봉이 있다. 향로봉은 석비노가 있다. 또 그 아래는
석신상이다. 석지상은 구용 서쪽 통영대 옆에 있다.[8)]

성해응(1760~1839)의 호남의 산수를 기록한 작품 가운데서도 〈천
관〉의 전문이다. 그는 산에 있는 공간의 위치와 명칭을 간략하게 소
개한다. '천관사'를 시작으로 하여 '의상암', '구룡봉', '불영봉', '구
용봉', '구정봉', '석신상' 등의 위치와 생김새를 간단하지만 낱낱이
밝혀놓고 있다. 사물의 명칭과 설명은 누군가에게 들을 이야기를 그
대로 적어, 시적 화자의 주관적 내용은 거의 찾아볼 수 없다. 그러나
본문의 밑줄 친 부분을 주관적 묘사로 볼 수 있다. 시적 화자의 주관
적 관점이라기보다는 누군가에게 듣거나 책에서 본 것처럼 느껴질
수 있다. 그렇다고 이 작품이 단순하게 나열만 나타낸 것은 아니다.
이는 단순한 공간의 나열로 보이기 때문에 직접 경험하지 않은 일이

---

8) 『研經齋全集』 권51, 「山水記」下, 《記湖南山水》, 〈天冠山〉; "天冠山在長興府治
南四十里。其北岬有天冠寺。又曰支提山。支提者。塔廟之名也。絶頂下有塔山寺。側
有廢利。謂之義相菴也。其背曰九龍峯。凡水旱輒祀之。西有通靈臺。其東嶺上有神
井。塔山前曰佛影峯。峯上時有紫氣。或聞鍾鼓聲。金剛窟、般若臺、神浦、石峯。皆
山中之奧也。峯有三石玕。曰蒲泉。産九節蒲。其東嶺有神井。從其東麓鍾峯下窺金
水窟。窟有泉。金氣浮滿。石大藏在塔山之上峯疊石。石皆有方函形。有文皆梵字。其
側峯曰石帆。又其側曰石幢。幢下有石舟。石舟上有凝石北岬裳。有九精社。毗盧峯
在九龍峯後。其側差卑者爲石舍那。大藏之北石文殊。又其北石普賢。又其北最下有
九精峯。香鑪峯在石毗盧。又其下石神象。石地藏在九龍西通靈臺側。"

라고 생각할 수 있다. 천관산을 소재로 삼은 다른 작품도 살펴보자.

　　천관은 남해 위의 신산이다. 장흥부의 남쪽 사십리에 있다. 그 북쪽 산허리에는 천관사가 있어서 산명으로 불리었다. …… 반야대를 따라 신포석봉으로 올라가니, 돌 세 개가 우뚝히 있는데, 포천이라 말하는데 아홉 마디 부들풀이 자라고 있다. 동령에서 각원과 더불어 올라 신정을 보았다. 물의 무게(수량)는 백근(170리터)이다. 동쪽 산기슭을 따라 종봉 아래로는 금수굴이 보인다. 굴은 돌 절벽 사이에 있다. 가운데 차가운 샘물이 있다. …… 북쪽 산허리 동쪽에는 구정사가 있다. 산 사람(스님)이 꿈에서 해와 달과 별들을 보고 도기(道氣)를 성취하였다. 산은 육지의 경계고, 바다의 모서리여서 왕의 교화가 미치지 못하는 바다. 그러므로 그 고적은 모든 부도의 괴탄한 것들이다. 그 봉우리의 이름은 보현, 비로, 노사나, 문수, 지장과 같다. 모두 부도의 이름이다. 비로봉은 구룡봉 뒤에 있다. 그 옆에 조금 낮은 것이다. 돌로 된 것이 노사나이고, 그 북쪽에는 돌로 된 돛대봉이 있고, 또 그 북쪽에는 돌로 된 당번이 있다. 돌 돛대의 서남에는 석대장이 있고, 그 북쪽에는 석문주가 있다. 또 그 북쪽에는 석보현이 있다. 또 그 북쪽 제일 낮은 곳에는 구정봉이 있다. 향로봉에는 석비로 아래에 있고, 또 그 가장 낮은 곳에는 석신의 무리가 있다. 석지장에는 구룡봉 서쪽으로 통하는 영대 옆에 있다. 13년 9월 16일[9]

---

9) 天冠者。南海上神山。在長興府治南四十里。其北岬。有天冠寺。因號爲山名。浮屠覺圓曰。見華嚴經。又曰。支題山。支題者。塔廟之名。絕頂下。積三大石。方而高。各數丈餘。相傳古初。得此爲山名云。下有塔山寺。其側有廢利。新羅時有浮屠浮釋者居之。謂之義相庵云。後頂曰九龍峯。凡有水旱祀之。西有通靈臺其東嶺上煙臺。傍有神井塔山。前峯曰佛影峯。峯上時有紫氣。山中或開鐘鼓響云。從北岬登九龍峯。望瀛洲。其夕塔山西巖賞月。朝日觀金剛窟。從般若臺。上神蒲石峯。有三石圩曰蒲泉。産九節蒲。登東嶺與覺圓。觀神井。水重百斤。從東麓鐘峯。下窺金水窟。窟在石壁間。中有寒泉。有金氣浮滿。西日光耀巖窟。登石大藏。在塔山上。峯皆疊石。石方而皆石函形。有文皆梵字。其側石帆。又其側石幢幡。下有石舟。石舟上有凝石。形如手。北岬東。有九精社。山人夢日月星辰。成道氣云。山在絕域窮海之陬。王化之所不及。故其古蹟皆浮屠怪誕。其峯名如普賢, 毗盧, 盧舍那, 文殊, 地藏。皆佛號。毗盧峯。在九龍峯後。其側差卑者。爲石盧舍那。其北石帆。又其北石幢幡。石帆之西南。

허목(1595~1682)의 〈천관산기(天冠山記)〉이다. 이 작품 역시 성해
응의 작품과 비슷하게 공간의 명칭과 위치를 소개한다. 그러나 성해
응의 〈천관〉보다는 작가 자신의 주관적 경향이 좀 짙다고 할 수 있
다. 밑줄 친 부분은 단순한 나열을 벗어난 작가의 주관적 경향을 이
야기한다. 이 역시 다른 사람에게 들을 이야기도 있고, 책에서 본
것처럼 느껴지는 구절도 있다. 그러나 위의 작품과는 다르게 작가의
주관적 관점을 나타낸다. 이 작품은 산의 개괄적인 모습을 형상화하
고 있다. 하지만 이 작품은 작가의 경험을 포함하고 있어 위의 작품
들과는 다른 면을 갖게 한다. 이 작품에서 천관산을 표현한다면 작
품의 첫 구절에 언급하고 있듯 '남해 위의 신산'이라 할 수 있다. 장
흥에서뿐만 아니라 남해에서도 그만큼 신령스러우면서도 아름다운
자연의 모습인 것이다. 위에서 언급한 세 작품의 개괄적 모습을 볼
때, '천관산'은 모두 '신성하고 아름다운 모습'을 지닌 곳이다.

또한, 이만부(1664~1732)의 〈천관(天冠)〉10)도 위와 다르지 않다. 천
관산 안의 여러 구체적 공간들을 간단히 이야기하며, 간혹 시적 화자의
주관적 감상을 활용한다. 이외에도 석천인(1205~1248)의 《동문선》
68권에 실린 〈천관산기〉도 있다. 이 역시 천관산의 개괄적인 부분을

石大藏。其北石文殊。又其北石普賢。又其北最下。有九精峯。香爐峯。在石毗盧下。
又其最下石神衆。石地藏。在九龍西通靈臺側。十三年九月旣望。

10) 天冠山, 一名天風, 或云支提. 北距定安治五十里, 南海上神山也. 北岬有天冠寺,
其上有三大石. 高各丈餘, 是謂天冠. 石下有塔山寺, 塔山對佛影峰. 峰上時有紫氣,
從北岬上九龍峰. 水旱禱之 其上望瀛洲. 東嶺煙臺, 傍有神井, 水重百斤. 塔山西, 有
通靈般若臺金剛窟 從船若上神蒲石峰 有三石圷日蒲泉 産九節蒲 東嶺上鐘峰下 有金
水窟 其傍石帆, 石幢, 石舟, 石鼓, 九龍北毗盧, 石廬舍耶, 石帆西南, 石大藏, 石文殊,
石普賢, 普賢北九精, 峰下有九精下 有九精杜 山人夢日月星辰, 成道氣云. 石香爐在
毗盧下, 最下石神衆, 石地藏. 이만부, 《息山集》 別集 券 4, 〈天冠〉

소개한 작품이다. 그러나 이 작품은 작가의 주관적 감상을 많이 포함하고 있어 천관산에 대한 작가의 생각을 엿볼 수 있다.

위는 '천관산'을 개괄적으로 소개한 작품들이다. 작품에서 '천관산'의 외면(外面)은 '아름다운 풍경'을 산이라는 좋은 글감으로 사용했다. 그에 반해, 내면(內面)은 '산의 신성함'으로 산의 영험함이 짙게 묻어난 도교와 불교의 절묘한 융합을 실감케 한다.

2) 신선세계를 표현한 경험·실제 공간

시적 화자는 도가(道家)의 보편적 유토피아 관념을 강호자연 속에서 혹은 정치현실 속에서 자신들이 꿈꾸는 한국적 유토피아 관념으로 치환시키려 한다. 이런 의미에서 신선 관념은 자신들의 유가사상과 상치된다는 의식을 곤두세울 필요가 없었다.[11] 이렇듯 신선 모티프를 이용한 작품에는 사상과 관련된 문제가 아닌 미학적 접근에 따를 수 있다. 그렇지만, 여기서는 사상과 미학적 문제를 함께 어우러지게 함이 아니라 미학적 문제를 더 중히 여기는 경우라 볼 수 있다. 이런 신선 모티프를 어떻게 표현하느냐에 따라 작품은 달라지게 마련이다. 공간을 예로 들어 작가의 신선 모티프를 이야기하고자 한다. 작가가 작품 안에서 구체적인 지명을 사용하여 공간에 대한 작가의 생각을 나타내는 경우이다. 그 가운데서도 작가가 말하고자 하

---

11) 성기옥,「사대부 시가에 수용된 신선모티프의 시적 기능」,『국문학과 도교』(태학사, 1998), 29면. 여기서 말하는 작가는 대부분 사대부들이다. 그 이유는 조선시대 문집을 위주로 작품을 선택하였고, 문집을 엮었다면 그만큼 사회적 위상이 있었던 작가가 여겨지기 때문이다. 그러므로 여기서 말하는 작가는 대부분의 사대부들이라 말할 수 있는 것이다.

는 공간이 현실·실제 세계에서의 구체적인 지명을 통해 신선세계로 어떻게 표현되었는지 알아보자.

　　내가 여러 해 전에 바다 가에 놀러갔다가 천관산에 오른 적이 있다. 반야 남쪽 석봉에 올라 패인 돌을 보니, 샘에는 찬 물 기운이 가득하였고 이끼는 언제나 젖어 있어 큰 가뭄에도 마르지 않았다. 그 가운데에서 창포가 자라는데, 그 뿌리가 마치 교룡이 휘감고 있는 듯 돌을 감싸고 있었다. 언제인지는 모르겠지만, 산 속의 사람들이 이를 가리켜 신령스런 풀이라 하였다. 이 풀은 이른바 '요임금의 부추'라는 의미이다. 오랫동안 복용하면 몸이 가벼워지고 총명해지며, 늙지 않는다 한다. 한 치에 아홉 마디가 있는 것은 신선의 심령으로 통하게 한다. 내가 이를 캐서 동쪽으로 사 백리 가서는 도굴산의 학봉 아래 암벽의 샘물 바위 사이에 심었다. 스님 영운이 이를 얻어 영각동 바위 샘 가에 심었다. 내가 또한 와정에 이를 심어두고서 항상 이를 즐겼다. 기와 위가 적당하며 하늘의 비로 물을 삼는 것이 마땅하니 하천이나 도랑, 더러운 우물에서 키워서는 안 된다. 성정이 깨끗함을 좋아하기에 세속의 더러운 기운이 미칠까 걱정하였다. 남방산의 돌 사이에서 손초가 자라는데, 이를 계손이라 한다. 그 줄기와 잎은 향기롭고 차가워 추위에 잘 견디고 얼음과 눈 위에서도 언제나 푸른빛을 띠고 있다. 그 뿌리는 창포와 유사하지만 잎에 척이(?)가 없는 것이 특징이다. 마을의 의원들이 이를 잘못 알고 이용한다. 이상 정자의가 고서를 읽고 박학과 단아함을 좋아하여 초목의 습성을 두루 알고 있기에 석창포설을 지어 질정을 하노라.[12]

---

12) 余數年前。遊海上。登天冠山。於般若南石峯上。窺石圩。泉洌水氣盛。苔蘚常濕。大旱不潤。其中產菖蒲。其根蟠結石上如虯結。不知歲月。山中人指爲神卉。此草木志所謂堯韭。久服。輕身聰明。不老。一寸九節者。通僊靈。余採之。東行四百里。種之闍崛山鶴峯陰崖泉石間。浮屠人靈運得之。種之靈覺洞巖泉上。余又得瓦鼎種之。常玩焉。宜瓦石上。宜天雨水。不宜河渠汚井。性好潔。怕煙塵氣。南方山石間。產蓀草。謂之溪蓀。其莖葉香洌。耐寒。氷雪上常靑。其根類菖蒲。特其葉無脊耳。鄉醫誤用之。伊上鄭子儀讀古書。好博雅。通知草木之性。作石菖蒲說以問之。

이 작품은 허목(1595~1682)이 지은 《기언(記言)》 21 중권에 있는 〈석창포설(石菖蒲說)〉이다. 〈석창포설〉의 공간은 '천관산'이고, 이는 실제 공간이다. 천관산 가운데서도 '반야 남쪽 석봉'이라는 실제적이면서 구체적 공간을 언급했고, 주변의 묘사 또한 빼놓지 않았다. 그러나 이 작품은 어떤 한 공간에서 일어난 사건을 위주로 쓴 글이 아니라 '창포'의 신령스러움을 드러낸 글이다. 이렇듯 현실·실제 공간의 모습을 설정하여 그곳에서 작가의 구체적 경험과 사실을 이야기한다. 이를 통해 작품의 현실적인 모습을 한층 더 사실적으로 그려냈다고 본다. 또한 다른 공간으로는 '도굴산의 학봉 아래'와 '와정'을 든다. '도굴산의 학봉 아래'는 반야 남쪽 석봉의 동쪽 400리에 있는 곳으로, 작가가 '반야 남쪽 석봉'에서 창포를 캐어 '도굴산 학봉 아래'에 심는다. '영각동 샘'과 '와정'도 창포를 심은 공간이다. 작품에 나타난 창포의 특징은 다음과 같다. 기와 위에 살고, 하늘에서 내린 비로 물을 삼으며, 하천이나 도랑과 우물 같은 더러운 곳에는 자라지 않는다. 창포는 성정이 깨끗하여 세속의 더러운 기운이 미칠까 걱정된다고 한다. 그러므로 이는 더러운 기운이 미치면 자라지 못하는 창포의 특성을 바로 신령스러운 것으로 생각했다. 또한, 창포의 효능으로는 오래 복용하면 몸이 가벼워지고 총명해지며, 늙지 않는다고 했다. 이를 복용하여 인간인 작가가 신선이 되고자 하는 마음을 드러냈다.

이렇듯 작가는 '도굴산 학봉 아래'와 '영각동의 샘가', 자신의 '와정'이라는 구체적 공간을 언급하여 그곳 역시 신령스러운 곳이라 강조한다. 즉, 창포가 가진 신령스러움으로 '도굴산', '영각동', '작가 자신의 집'은 신성한 공간이 된다. 또한, 신선의 약초라 불리는 창포

를 키워 신선세계를 향유하고, 이를 복용하여 자신도 신선이 되고자
하는 염원을 담는다.

支提山中百丈石　　　천관산 속에는 백길의 돌이 있으니
上有仙井之水泓且淸　위의 신선 우물이 있는데 물이 맑고 많다네.
菖蒲十丈九千節　　　창포가 열 길 키에 구천 마디가 자라
盤生屈曲蒼苔老　　　소반이 생겨나고 굽은 것은 이끼 속에 늙었구나.
蛟螭糾結鬐鬣靑　　　교룡이 뒤엉킨 것처럼 수염도 푸르다네
我來採得神如旺　　　내가 뜯어오니 정신이 번뜩 나는 것이
服之可以通僊靈　　　그것을 먹는다면 신선이 신령하게 통하리라.

허목(1595~1682)의 작품으로 작중 공간은 '천관산 안'이다. ≪기언
별집(記言別集)≫ 1권에 수록된 '신포봉' 역시 천관산에 있는 하나의
공간이다. 1~2연은 '신포봉'으로 가는 천관산 안 모습을 볼 수 있고,
3~5연은 창포가 자란 자연환경과 그 모습을 묘사한다. 또한, 6~7
연은 '신포봉'에서 채취한 창포에 대한 에피소드를 나타낸다.

이 작품은 '신포봉'을 제목으로 삼았고, 소제목을 덧붙이기를 '지
제(支題)는 천관산(天冠山)의 다른 이름이다. 장흥(長興) 남쪽 경계에
있어 바다로 들어간다'라 했다. 여기서 '신포봉'은 천관산 안에 있
고, '천관산'은 장흥의 남쪽 경계에 있음을 드러낸다. 작가는 '신포
봉'을 드러내고자 '천관산 속'이라는 공간을 활용하며, '천관산'에 대
해 언급한다. 그렇기 때문에 천관산이 위치한 '장흥의 남쪽 경계'이
라 표현할 수밖에 없다. 여기 나타난 '신포봉'은 창포가 자라는 곳이
다. 창포는 신선의 우물에서 자라며, 창포 모양은 '소반이 생겨 굽은
것은 이끼 속에 늙었다', '교룡이 엉킨 듯 수염도 푸르다'고 비유한

다. 또한, 창포를 먹으면 신선이 신령하게 통한다고 하여 신령스러운 풀인가를 알게 해준다. 이렇듯 시적 화자는 구체적인 공간인 '신포봉'을 통해 신령스러운 곳임을 드러낸다. 시적 화자는 이렇게 신령스러운 곳에서 자신 역시 신선과 통하게 될 것이라 하여 '신포봉'을 신선공간으로 착각한다.

古寺知何處。	옛 절은 어느 곳에 있는가
居僧寄上峯。	절집은 높은 봉우리에 있다네.
杉梢盤一逕。	삼나무 끝 길은 구불구불
雲外落淸鍾。	구름 밖에서 맑은 경쇠소리 울리네.
雪立千尋石。	눈속에 천길 암벽 서 있고
天陰數里松。	몇 리의 소나무는 하늘을 뒤덮었네.
禪門閱幾世。	절문을 몇 해마다 다시 찾았나?
木老盡如龍。	나무는 용처럼 모두 다 늙었구나.

이하곤(1677~1724)의 작품이다. 1, 2연은 천관사의 위치를 말한다. '높은 봉우리'를 통해 천관사가 있는 공간을 알려준다. 3~8연까지 모두 그 공간으로 다가가는 풍경들을 읊고 있다. 그 주변에는 삼나무가 있고, 길은 구불구불하다. 그리고 하늘에서는 경쇠소리 울리는 듯하다는 절 주변의 상황을 묘사한다. 5연을 통해 이 작품이 시간상 겨울임을 알 수 있다. 절 주변은 '천길 암벽'이라며 험한 곳, 높은 곳임을 다시 한 번 이야기한다. 또한 '소나무'로는 신선하고 아름다운 환경을 만든다. 구체적으로 절집, 높은 봉우리라 하여 공간을 드러낼 뿐만 아니라 암벽, 소나무 등으로 공간을 나타낸다고 볼 수 있다. 앞부분은 절집의 풍경을 드러낸 반면, 뒷부분은 그 절집이 바로 신선 공간으로서의 아름다운 공간임을 강조한다. 절집은 제목에도

나타났듯이 '천관사'다. 〈입천관사(入天冠寺) 용마힐향적사운(用摩詰
香積寺韵)〉로, 공간적 배경은 절집을 나타낸다. 제목이 없었다면 '옛
절', '절집'의 정확한 장소가 어디인지는 모른다. 하지만, 제목을 통
해 현실·실제 향유 공간임을 알 수 있었다. 이처럼 현실·실제 공간
이 직접 작품 안에 드러나지는 않는다. 그러나 그 공간으로 작가는
우리의 공간이 바로 "경험·실제 공간 = 신선 공간"임을 나타내고자
했다.

九龍興雲雨	구룡은 구름과 비가 흥하나
常時寂若無	평소 고요하여 없는 것과 같구나.
神工人不識	신공은 인간을 알지 못함에
遇旱方祈雩	가물면 기우를 바라네.

　이 작품의 실제 공간은 '구룡봉'을 말한다. 첫 구절에 나오는 '구
룡'은 '구룡봉'을 나타낸다. '구룡봉'의 신비한 경관, 신성성을 강조
하기 위해 지은 글이다. 이 역시 위백규의 작품으로, 제목은 〈차구
룡봉운(次九龍峰韻)〉[관산(冠山)]이다. 1~2연은 '구룡봉'의 자연환경
을 묘사한다. 그런 반면, 3~4연은 신선세계를 그리고 있다. '비와
구름이 흥하다'는 것이 실제 공간임에도 불구하고, 신성성을 돋보이
게 하는 효과를 드러낸다. 이는 또한, 하늘과의 거리가 그만큼 가깝
다는 뜻이다. 높으면서도 험한 모습을 언급하면서 인간의 발길이 없
는 신성함이 함께 드러날 수밖에 없다. 그렇기 때문에 2연에서의
'고요하다'는 의미는 두 가지로 해석할 수 있다. 첫 번째 의미는 신
성성의 강조를 의미한다. 이는 신선들만 갈 수 있는 곳이기 때문에
고요하다고 언급한 것이다. 그러나 두 번째 의미는 높고 험한 공간

임을 나타낸다. 이는 사람들이 쉽게 오르지 못하기 때문에 자연 그
대로의 모습으로 고요함을 표현했다. 3~4연은 신공이 '구룡봉'이라
는 실제 공간을 관장하고 있는 듯, 그곳을 신선 공간이라 생각하고
있다. 따라서 이는 실제 공간에서 작가가 느끼는 심정으로 고요함을
강조했다. 반면, 뒷구절은 현실 공간을 마치 신선세계라고 생각했
다. 이 '구룡봉'은 구름과 비가 많은 고요한 땅이지만, 신공이 축복
받은 땅으로 설정하여 그곳이 바로 신선 공간이라는 의미를 더하고
있다.

發跡冠山寺。	관산사에 발길을 옮기니
梯空上春昊。	구름 다리로 봄 하늘에 올랐네.
俯視人間世。	인간 세상을 굽어보니
塵埃三萬里。	티끌 삼만리.

위백규(1727~1798)가 천관산을 노닐다가 읊었다는 작품이다. 이
작품의 공간은 '관산사'라는 실제 공간을 나타낸다. 제목 역시 〈영천
관산유(咏天冠山遊) [구세을묘(九歲乙卯)]〉로 선생의 나이 9세인 을묘
년에 지었다고 전한다. 이 작품은 '천관산'에 올라 '천관사'로 발을
옮기고, 세상을 바라본 작가의 감정들을 적은 것이다. 그러나 3연에
서 '인간 세상'이라 하여 천관산 밖의 세상을 이야기한다. 4연은 그
런 인간 세상의 모습을 '티끌 삼만리'라 하여 인간 세상의 불만을 비
유한 것이다.

이 작품에서의 '천관산'은 '인간 세상'과는 다른 공간이다. 이는 작
가가 바라고자 하는 이상 세계를 의미한다. 반면, '천관산'이 아닌
곳은 '인간 세상'이라 하여 속세의 탐욕과 부조리를 '티끌 삼만리'라

는 단어로 표현한다. 마지막 구절에서 티끌은 〈상춘곡〉에서 말하는 '티끌'과 다를 바 없다. 원래 이는 구체적 사물을 말하지만, '시끄럽고 변화한 속세'를 비유한 것이다.[13] 작가는 스스로 '천관산'에서 바라보는 인간 세상을 '티끌 삼만리'라 했고, 작가 역시 시끄럽고 변화한 속세인 인간 세상에 다시 돌아가고 싶지 않은 소망과 다시 돌아가야 하는 안타까움을 드러냈다. 즉, 천관산과 인간 세상은 서로 대립되는 공간으로 언급한 것이다. 그럼에도 불구하고 '티끌 삼만리'와 대립되는 공간으로서의 '천관산'은 신선 공간으로 염원코자 한다.

3) 대립적 양상에 나타난 관념·추상 공간

작품에 드러난 공간은 '천관산'의 어느 한 공간의 특징을 이야기한 것이 아니다. 하지만, 작중 공간은 '천관산'임이 확실하다. 천관산 역시 실제로 경험을 통한 공간만 말한 것은 아니다. 그렇기 때문에 경험·실제 공간 이외에도 다른 공간이 작품에 쓰이게 되었는지 살펴보아야 한다.

龍頂招提闢	용의 정수리에 사찰을 만들어
新披靈隱圖	새로이 신령스런 모습 펼쳐졌네.
天低臺縹緲	하늘은 낮아 누대는 아득하고
峰折海虛無	봉우리 꺾이어 바다는 하늘과 맞닿았네.
落日雙松靜	저물녘 두 소나무에 고요해지자
秋風一塔孤	가을바람에 탑만 외롭구나.
雲邉漢挐色	구름 끝에 보이는 한라산의 빛깔
依舊泛蓬臺	예부터 봉대에 떠 있다네.

13) 김광조, 「강호가사의 작중 공간 설정과 의미」, 『한국시가연구』 23집(한국시가학회, 2007), 119면.

　이 작품 역시 천관산을 작중 공간으로 설정한 작품이다. 하지만 그 가운데서도 어떤 곳을 이야기하였는지 자세히 설명하지 않았다. 이는 작품의 공간에 대한 작품의 구체적 지명이 언급되어 있지 않았기 때문이다. 그러나 작중 공간이 '천관산'이다보니, 작품의 내용에서 살펴보면 '사찰', '탑'으로 보아 천관산 안에 있는 절임을 짐작할수 있다. 그러나 이를 분명하게 나타내는 것이 바로 작품의 제목이다. 이는 이해조(1660~1711)의 ≪명암집(鳴巖集)≫ 권4에 실린 〈천관산, 탑산사〉라는 시다. 이는 천관산의 '탑산사'를 공간적 배경으로하고 있다. 이 '탑산사'는 관념·추상적인 모습으로 그려진다. 시적화자는 탑산사의 모습이 신령스럽다고 했으며, 그 주변 상황에 대한아름다움과 외로움을 전하고 있었다. 이 작품의 공간은 어떤 구체적인 지명이나 공간이 아닌 관념·추상적 공간으로 드러난다. 이를 통한 신령스러운 천관산의 모습과 현실 세계라는 대립적인 모습을 보이며 오묘한 조화를 나타낸다.

我性喜山水。	나는 본래 산수를 좋아하여
平生已成癖。	평생도록 미치광이가 되었다네.
自從來南方。	절로 남방으로 쫓아 와서는
到處理輕屐。	도처에 가벼운 발길 옮기었었지.
巖巖天冠山。	가파른 천관산은
盤屈在海域。	굽이굽이 바다에 이르렀네.
夙昔久聞名。	예전부터 그 명성 오래도록 들었는데
今朝欣一覯。	오늘 아침에서야 흔쾌히 구경하였네.
初到山底寺。	처음 산 아래의 절에 이르니
群巒森在目。	빽빽한 나무들이 눈이 비쳤네.
屹屹大藏峯。	대장봉은 우뚝히 솟아 있고

亭亭立墻石。	입장석은 총총이 박혀 있네.
爭奇競秀拔。	기이함과 빼어남을 다투는 듯
雲霄去咫尺。	구름과 하늘이 잇닿아 있다네.
翌日始躋攀。	다음날 비로소 부여잡고 올라
絕頂散遐矚。	꼭대기에서 멀리까지 바라다보았네.
仰觀天宇大。	우러러 우주의 광대함을 바라보고,
俯見邦域窄。	굽어 인간세상 협소함을 보았다네.
縹緲漢挐山。	아득한 한라산은
波間一點碧。	파도 넘어 한 점 푸르구나.
三洲杳何許。	삼주(삼신산)는 아득히 어느 곳에 있는가?
滄海望不極。	창해는 바라보다 끝이 없구나.
塵胸一洗盪。	번잡한 마음 한바탕 씻어내노니
習習風生腋。	살랑이는 바람이 겨드랑이에 불어오네.
幽尋意雖愜。	그윽한 곳 찾아 마음은 비록 상쾌하나
王事見羈束。	나라 일에 구속된 몸이라서
不可久淹留。	오래도록 머무를 수 없기에
歸路復杖策。	돌아갈 길에 다시 발길 옮기네.
林間夕鳥喧。	수풀 사이 저녁 새들 시끄럽고
落日半天赤。	해 떨어져 하늘 반은 붉구나.

　심광세(1577~1624)가 지은 작품으로 ≪휴옹집(休翁集)≫ 권지이(卷之二)에 실린 〈유천관산(遊天冠山)〉라 한다. 작품의 공간은 '산 아래 절'과 '산꼭대기'다. 이 두 공간 모두 천관산의 어떤 하나의 공간이라는 것 외에는 구체적인 지명에 대한 언급은 없다. 하지만, '산 아래 절', '꼭대기'라는 추상적 공간을 드러낸다. '산 아래의 절'에서는 그 주변의 풍경을 그렸고, 기이하고 빼어남을 산 아래에 위치한 절의 특징으로 꼽았다. 또한, 구름과 하늘이 잇닿아 있다고 하여 그 풍경의 아름다움을 표현하기도 했다. 그런 반면 다음 날에 오른 '꼭

대기'에서의 풍경은 아득히 보이는 한라산의 푸르름과 끝없는 바다의 모습을 그렸다. 또 이곳에서는 우주의 광대함과 인간 세상의 협소함을 이야기했다. 이 부분은 공간에 대한 풍경의 아름다움은 없다. 하지만 산의 아득함과 편안함으로 번잡함을 씻게 한다는 '신비로움과 영험함을 지닌 산'임을 말해준다. 시적 화자는 천관산의 아득한 풍경을 보면서도 오래 머물 수 없는 이유를 '나라일'이라 했다. 그렇지만 우주의 광대함과 인간 세상의 협소함을 말하는 시적 화자가 인간 세상의 협소함보다 더 작은 '나라일'로 인해 천관산에 오래 머물 수 없다는 것은 무엇을 말하는 것인가? 이는 나라일이 작지만 시적 화자가 인간 세상의 미련이 남아 있음을 드러내는 구절이다. 아름답고 기이하며 빼어난 산이나 과감하게 떨쳐버릴 수 없는 현실과 이상 사이에서 갈등하는 부분이다.

暹公不飢仍不老	섬공이 굶지도 늙지도 않은 것은
學道西山八十年	서산에서 팔십 년 도 닦은 때문이라.
逃名絕俗竄巖谷	속세의 명리를 떠나 바위 골짜기에 숨어
草衣木食形貌姸	풀옷 입고 열매 먹어도 외모 곱다.
心如枯木無所慕	마음은 고목인 듯 그리워함 없으니
寂然神完而氣專	고요한 정신 기운도 온전하도다.
申申眷我授祕訣	거듭 나를 좋아해 비결 전해 주니
我亦與世長遺捐	나 또한 세상을 영영 잊으라네.
回頭一笑隨烟霧	머리 돌려 한 번 웃고 안개 따르니
手持芙蓉參列仙	손에 부용꽃 들고 뭇 신선을 찾아간다.

이는 허목(1595~1682)의 〈영대상우섬공(靈臺上遇暹公)〉이다. 미수 허목이 천관산에 올라 정상에 있는 영대에서 섬공을 만나 지은 7언

10구시[14])라 한다. 위의 경우와 마찬가지로 작중 공간이 '천관산'임을 감안할 때, 이 작품 내용으로는 '천관산'의 어디인지 알 수 없다. 다만, 제목을 통해 '영대 위'라는 구체적 공간임을 알 수 있다. 그러나 작품 내용에서는 '바위 골짜기'로 표현한다. 그러나 '속세의 명리'라 하여 바위 골짜기와 대립되는 모습을 나타내고 있다. 여기서 '영대'라 나타내지만, 짐작하건대 이곳은 천관산 안의 '영취대'라는 곳이다. 이 작품은 '영대'라는 곳에서의 시적 화자가 경험한 사건을 이야기하고 있다. 시적 화자는 그곳에서 80년 동안 도를 배운 어떤 사람을 만나고 주리지도 늙지도 않는다고 한다. 그 사람은 속세의 명리를 떠나 바위 골짜기에 숨어사는 사람들이 있고, 그 사람들을 신선이라 생각한다. 시적 화자는 섬공처럼 신선이 되고자 하며, 이에 섬공은 미수에게 신선이 되는 비결을 알려 주며 세상을 잊으라 한다. 이 작품의 마지막 두 구절에서 보이는 미수의 모습은 손에는 연꽃을 들고 여러 신선들과 함께 가고 있는 모습으로 신선세계에서의 '신선'을 나타낸다. 이렇듯 어떤 구체적 지명을 이용하지 않고 만난 사람에 의해 신선 공간임을 묘사한다. 이런 신선세계는 시적 화자가 염원하고 추구하고자 하는 이상 공간임을 알게 해준다.

3. 공간의 부재에 나타난 새로운 창조

위에서도 언급했듯이 이 작품들의 작중 공간은 '천관산'이다. 그 천관산에 있는 구체적인 지명을 사용하여 공간을 나타낸다. 그런 반

---

14) 최강현, 『미수 허목의 기행문학』(신성출판사, 2001), 98면.

면, 다른 공간은 지명을 사용하지 않았다. 하지만 추상적으로 어떤
곳임을 지목하여 공간을 언급했다. 그러나 이는 위에서 살펴본 두
경우와는 다르게 지명에 대한 언급 없이 공간을 이야기하고 있다.

邃古旣朴蒙	아득한 옛날엔 아주 질박해
侄侗而鴻荒	어리석음 그대로 미개했었지
況玆荒服外	더군다나 이곳은 황복 밖이라
初不知昊黃	애당초 호황도 알지 못했네
異哉西方敎	이상하다 서방에서 들어온 종교
空門遂開張	불교가 드디어 크게 펴져서
大藏八萬經	팔만대장경이
流播逮東方	우리나라에 전파되었네
厥初誇靈異	처음엔 신비함을 과장하여서
萬里窮梯航	만리의 험한 뱃길 건너왔도다
祥飇送海帆	세찬 바람에 떠오는 그 돛
婀娜飄幡幢	아리따운 깃발이 펄럭펄럭 나부낀다
旣而化爲石	얼마 후 그것이 돌로 변했다니
事怪名仍彰	해괴한 일이라 그 이름 알려졌네
尾閭泄海波	바닷물은 미려로 새어 들건만
騰卓出蒼茫	그것은 까마득하게 솟아올랐다
流傳萬古石	전하기를 만고에 그 돌이
礌磈摩靑蒼	웅장하게 하늘과 맞닿았다네
聖人不語怪	성인은 괴이함 말을 않는 법
理外事難詳	이치 밖에 일들은 알기 어렵지
夷俗尙怪誕	괴이하고 허황됨을 오랑캐는 숭상하여
誇矜競張皇	다투어 장황함을 과장하여라
昧者踵前惑	어리석은 사람은 현혹을 탈피 못해
至死迷趨蹌	죽기까지 갈 길을 헤매고 있네
題詩諷其事	시를 써서 그 일을 풍자함이지
非祖述荒唐	황당함을 조술하려 함은 아니네

허목(1595~1682)의 《기언》 63권 습유(拾遺)에 있는 〈석범(石帆)〉 [천관산절정(天冠山絕頂)]라는 작품이다. 이 작품은 확실한 실제 공간, 관념 공간이 아닌 공간을 언급하지 않았다. 작중 공간이 '천관산'임을 감안할 때, 천관산에서 바라본 속세의 모습을 그린 작품이다. 그럼에도 불구하고 작품의 공간을 찾아보자면 '이곳은 황복 밖이라'라는 구절로 천관산 자체가 바로 추상적인 공간임을 말해주고 있다. '황복'은 천자가 감화되지 않은 나라로 '황복 밖'이라며 그보다 더 먼 곳에 있음을 언급한다. 즉, 우리나라에 있는 천관산이 중국과의 거리가 멀리 있음을 간접적으로 나타낸다. 그러나 작품 제목에서 '석범' 즉, 천관산 절정이라는 '천관산 꼭대기'라는 공간을 제시한다. 이런 공간에서 시적 화자는 무엇을 말하고자 하는 것인가? 불교 설화까지 언급하여 예전 불교를 숭상했던 우리나라의 모순을 말했고, 이에 벗어나지 못하는 안타까움을 글로 전했다. 즉, 시적 화자의 사상 자체가 불교를 배척하는 것을 직접 혹은 간접적으로 드러냈다. 그러면서 이 공간에 대한 아름다운 풍경들을 이야기하여 도교적 아름다움을 창조하는 새로운 공간을 연출한다.

山籟引風生夜壑	산울림 바람 끌어 밤 골짜기 나오고
磬聲和月隱虛櫳	경쇠소리 응답함에 달은 빈 우리에 숨네.
須看感應皆由動	모름지기 감응을 보니 모두 말미암아 움직이니
然後方知靜不空	그 후 바야흐로 고요히 모자라지 않음을 아네.

이 작품은 위백규가 지은 것이다. 작품 중에 언급한 공간은 없다. 다만, 위의 모든 작품의 작중 공간이 '천관산'임을 고려할 때, '산울림', '골짜기', '경쇠소리' 등의 단어들로 보아 '어느 사찰'임을 짐작

케 한다. 그러므로 이 작품의 제목에서 〈숙관사증승(宿冠寺贈僧)〉라
한 것으로 이 작품의 공간은 '관사(冠寺)'로, '천관사'를 나타낸다. 시
적 화자는 그렇게 나타낸 공간인 '천관사'의 아름다운 풍경과 작가
의 사상을 이 글에 담고자 했다. 천관사의 아름다운 풍경은 산울림,
바람, 밤 골짜기, 경쇠소리, 달 등으로 모두 천관사 주변의 상황을
묘사하고 있다. 특히 경쇠소리는 바람 부는 대로 움직이는 풍경소리
임을 알 수 있다. 그런 반면, 시적 화자의 감성을 드러내는 부분으로
'경쇠소리 응답함에 달은 빈 우리에 숨네'라며 하여 달의 감응을 느
낄 수 있다. 이에 모두 움직이며, 고요히 모자라지 않음으로 작품의
공간 자체의 멋스러움을 드러낸다. 이렇듯 작품 가운데서 뚜렷한 구
체적 공간이 드러나지는 않지만, 작품의 소재들로 공간을 유추할 수
있다. 그러므로 이는 새로운 공간으로 탄생했음을 알 수 있다.

4. 유산문학에서 찾은 천관산의 공간 인식

'유산문학(遊山文學)'은 '산'을 보고 즐긴 작품이라 한다. '유산문학'
에서 느껴지는 기본적 인식은 작가의 세계관에 영향을 미친다는 것
이다. 이런 차이는 각 '유산문학'에서 보이는 '유산'의 행태가 풍류
위주의 산행, 역사 문화 체험의 산행, 도(道)의 실천으로서 산행, 실
용적 목적하의 산행 등 각기 다르게 나타나기도 한다.[15] 이렇게 산
의 행태가 많이 나타나는 것은 산을 인식하는 사람들 또한 많음을
알 수 있다. '산'은 안식과 평안의 공간이며, 무욕과 수양을 쌓는 초

---

15) 이혜순, 위의 책(집문당, 1997), 119면.

탈의 공간이다. 이렇듯 산은 위대한 문화유산이라 생각할 수 있다.

이 글은 조선시대 '천관산'에 대한 공간 인식을 알아본 것이다. 조선에서 '천관산'을 나타낸 작품은 문집을 통해 알 수 있었고, 손에 꼽을 만큼 많지도 않았다. 천관산에 대한 공간인식으로는 크게 세 가지로 나누었다. ① 경험·실제의 공간, ② 관념·추상의 공간, ③ 부재의 공간이다. 이렇게 '천관산'이라는 하나의 공간을 작가의 사상이나 의도에 따라 나누었으며, 이를 바탕으로 시적 화자가 느끼는 공간에 대한 생각들을 정리해 보았다. 경험·실제 공간에서의 산은 대부분 신선세계를 그렸다. 관념·추상 공간에서는 신선세계를 포함하여 이상 공간으로서의 시적 화자의 소망이자 염원을 담았다. 그리고 부재의 공간에서는 어떤 곳인지 나타나지 않는 공간에 대한 아름다움과 동시에 그 공간에 대한 작가의 사상을 담아 새로운 곳으로서의 창출을 가져왔다.

이렇게 다른 인식을 가지고 있는 것을 보면 '산'은 대부분 속세와 단절의 공간이라 생각하는 경우가 많다. 하지만 이는 신선들이 사는 공간으로 이야기할 수 있다. 이는 그 신선공간을 다시 경험·실제 공간에서는 신선세계로, 관념·추상적 공간에서는 이상 공간으로 표현했고, 공간이 드러나지 않는 작품에서는 이상과 현실의 갈등에 대한 갈등이 이루어졌음을 발견할 수 있었다.

장흥지역 기행가사의 공간인식과 문화양상

 이글은 장흥지역 기행가사에서 '공간 인식'과 '문화 양상'을 살펴 보려 한다. 필자가 '장흥'을 선택한 이유는 호남지역 가사작품이 다 른 지역보다 많이 창작되었기 때문이다.[1] 지역문학을 논의한 글들 은 많이 발표되었다. 하지만, 지역문학에 대한 관심은 그다지 많지 않다. 이글은 지역문학이라는 경계를 다시 설정하여 이에 속하는 작 품들로 그 공간적 의미를 밝히고, 이를 토대로 문화적 양상을 살피 고자 한다.

 '공간'은 '장소'와 구분되며, '장소'에 비해 역동적이지 않다. '장 소'는 특수하고 예외적인 속성으로 주관적·개성적이며 독특한 것을 담고 있다. 이에 반해, '공간'은 보편적이고 일반적인 것을 담아낸다 고 볼 수 있다. '공간'은 텅 비어 있는 자리나 빈 곳이 아닌 '상징'과 '의미'로 가득한 곳이다. 또한, 단순히 대상이나 실체가 존재하고 배 열된 공간이 아닌 인간 주체가 기억을 통해 재현하고 구성하는 텍 스트를 말한다.[2] 이러한 특징으로 장흥지역 기행가사 작품을 분석

---

1) 이에 대한 설명으로는 김석중, 백수인, 『장흥의 가사문학』(장흥군, 2004)에 자세하 다. 또한 김성기, 「장흥지역의 가사연구」, 『韓國古典詩歌論攷』(역락, 2004)가 있다.

할 것이다.

  '장흥'은 지형적으로 삼면이 육지고, 한 면이 바다인 곳으로 서울 정남쪽에 위치한다. 이곳의 특징은 농업과 어업이 공존한, 자원이 매우 풍부한 곳이라는 것이다. '장흥'은 이름난 산이 많고, 풍광이 수려한 곳으로 '산수(山水)'를 즐기기에 가장 좋은 곳이다. 탐진강 주변은 경치가 뛰어나 그 주변에 정자들이 많다.3) 이 경관에서 핵심적인 요소는 '자연'이다. 특히, 풍수지리적 측면에서 '자연'은 그 자체가 배산임수(背山臨水)의 입지 형태를 드러내지 않는다. 다만, 인간이 살기에 추위와 배고픔을 피할 수 있는 가장 좋은 조건이 된다. 이는 '자연'이 다양한 장소를 부여하며, 구체적인 경관에서도 다양한 방식과 형태로 그 역할을 다 하는 것이다. 이 아름다운 지형을 지닌 '장흥'은 서정적 시가들이 많이 발달되었다. 따라서 산수유람, 기행과 관련된 작품들이 많이 형성되었던 것이다. 사대부에게 지역은 고향, 임지, 유배지, 은거지 등과 같이 여러 의미로 구분된다.4) 따라서 이글은 작품의 구체적인 구조를 살피고, 구조를 통해 작품에 나타난 공간인식을 알아보겠다. 또한, 공간인식을 통한 작품의 지역적 문화양상에 대해서도 살피고자 한다.

---

2) 이도흠, 「서울의 사회문화적 공간과 그 재현 양상 연구」, 『기호학연구』 25집(한국기호학회, 2009), 47면.

3) 양기수, 『문림고을 장흥』(장흥문화원, 1999), 15면.

4) 안장리, 「16세기 팔경시에 나타난 미의식의 양상-〈면앙정삼십영〉을 중심으로」, 『열상고전연구』 25집(열상고전연구회, 2007), 15면.

1. 장흥지역 기행가사에 대하여

장흥지역 기행가사 작품은 〈관서별곡〉, 〈천풍가〉, 〈금당별곡〉이 있다. 그 가운데서도 〈천풍가〉와 〈금당별곡〉은 '장흥'의 지역적 특성을 드러내고 있다. 즉, 두 작품은 장흥지역의 '천관산'과 그 주변 섬이면서 장흥도호부 소속인 '만화도', '금당도'를 유람하며 쓴 글이다. 그렇다면 〈관서별곡〉은 장흥지역 가사일까? 이는 지역문학의 범주 설정에 대한 문제다. 이는 성범중[5]의 논문에 나타난다. 그러나 논문에서 언급한 지역문학의 범주 역시 완벽하다고 할 수 없다. 그 이유는 문학이라는 것 자체가 지역성만을 강조하고 있다고 느껴지기 때문이다. 물론 지역문학이기 때문에 지역성을 강조해야 하는 것은 당연하다. 무조건 그 지역의 문학적 소재만으로 쓴 글을 그 지역의 문학이라고 언급한다면 이 역시 위험한 오류일지도 모른다.[6] 따라

---

5) 성범중은 지역문학의 경계 설정에 따른 몇 가지 문제를 검토하고, 범주 설정으로 4가지로 나누었다. 1. 그 지역 출신의 인사가 2. 그 지역 내에서 3. 그 지역의 언어를 제대로 활용하여 4. 그 지역의 문학적 소재를 이용하여 제작한 작품이라는 조건이다. 그러나 이런 조건을 완비한 작품을 찾기에는 무리가 있다고 했다. 따라서 이를 고려하여 종합적으로 정리하면 1. 그 지역의 출신의 인사가 아니라 하더라도 2. 그 지역에서 벗어난 장소에서라도 3. 그 지역의 언어를 제대로 활용하지 않고 있더라도 4. 그 지역의 문학적 소재를 이용하여 제작한 작품이면 지역문학의 범주에 들어갈 수 있을 것이다. 또한, 그 지역에서 나고 자라서 그 지역의 언어와 자연환경과 풍속 등을 잘 아는 인물이 향토애를 바탕으로 지역적 소재를 사용하여 토속적 표현을 활용하여 제작한 작품은 중앙의 문학작품이 간과하기 쉬운 지역적 정서에 바탕을 둠으로써 생활환경과 문화적 배경을 공유하고 있는 지역민들에게 주는 감동의 폭과 깊이를 더할 수 있을 것이다. 성범중, 「고전문학과 지역성의 문제」, 『국어국문학』 144호(국어국문학회, 2006), 121~122면. 이렇게 정의한다면, 〈관서별곡〉뿐만 아니라 〈금당별곡〉 역시 지역문학이라 말할 수 없을 듯하다. 그 이유는 그 지역 출신의 작가지만, 장흥에서 출발했다는 것만으로 장흥가사라 말할 수 없다. 따라서 위에서 언급한 하나의 조건만 가지고 있다고 해도 그 지역의 문학작품이라고 말할 수 있을 듯하다.

서 필자는 지역문학의 경계를 설정한 문제들 가운데 어느 하나만이
라도 만족한다면 지역문학의 관점에서 크게 벗어나지 않았다고 보려
는 것이다.

  여러 학자들은 〈관서별곡〉이 '장흥가사가 아니다'고 한다. 이 작품
은 장흥이 아닌 관서지방을 소재로 했기 때문에, 관서지역의 가사라
는 것이다. 〈관서별곡〉은 '장흥'에서 쓴 글도 아니고, 그렇다고 '장흥'
을 공간으로 설정하지도 않았기 때문이다. 그러나 필자는 〈관서별
곡〉이 '장흥가사다', 혹은 '장흥가사가 아니다'라는 것도 쉽게 정의할
수 없다고 판단한다. 그렇게 본다면, 송강 정철의 〈관동별곡〉도 전남
지역의 문학이라고 말할 수 없지 않은가?

  위의 세 작품들은 장흥이 고향인 작자가 그의 가치관을 가지고 창
작한 글들이다. 그 가운데서 〈천풍가〉와 〈금당별곡〉은 장흥의 공간
을 노래하고 있으므로 장흥지역 가사라 분명히 말할 수 있다. 하지
만, 〈관서별곡〉은 공간이라는 소재에서 다른 두 작품들과는 다르다.

  그러므로 필자는 〈관서별곡〉 역시 '장흥지역의 기행가사'라고 생
각한다. 필자의 논리대로 지역문학을 논한다면 〈관서별곡〉, 〈천풍
가〉, 〈금당별곡〉 모두 장흥지역 기행가사라 볼 수 있다.

---

6) 만약, 이 경우 외국인이 자신의 나라 말을 가지고, 우리나라의 문학적 소재로 글을
   썼다 해도 이 글을 우리나라 지역문학으로 인정할 수 있다는 말이 된다. 그렇다면
   한국인이 외국의 문학적 소재로 글을 썼다면 그 나라에서는 한국인이 쓴 문학을 외국
   의 그 나라의 지역문학이라고 할 수 있는가? 이렇듯 이는 지역문학 혹은 문학을 정의
   하는 문제에 오류가 생길 수 있다는 말이다. 문학적 소재만으로 지역문학이냐, 아니
   냐에 대해 글을 평가한다면, 위의 문제처럼 그 지역 사람이 쓴 글이 다른 소재를
   사용하고 있다고 그 지역문학이 아니라는 문제가 발생하게 된다.

번호	작품명	연대	작자	실린 곳	서지사항
1	〈관서별곡〉	1556년	백광홍(1522~1556)	기봉집	86행/ 172구
2	〈천풍가〉	1698년경	노명선(1647~1715)	삼족당가첩	166행/ 332구
3	〈금당별곡〉	1707년 이전	위세직(1655~1721)	삼족당가첩	100행/ 200구

위 작품들에 대한 개별 논문들은 다음과 같다. 〈관서별곡〉은 '우리나라 최초의 기행가사'라는 명성에 맞게 이주홍7)의 〈관서별곡〉의 자료 소개를 시작으로 〈관서별곡〉의 많은 연구8)가 이루어졌다. 몇 해 전에는 장흥지역에서 기봉 백광홍에 대한 집중 검토가 이루어졌다.9) 〈금당별곡〉10)과 〈천풍가〉11)의 개별 논의들 역시 많지 않다. 두 작품들을 논한 것으로 〈금당별곡〉과 〈천풍가〉를 비교한 논문12)

----

7) 이주홍, 「자료 〈관서별곡〉」, 『국어국문학』 13호(국어국문학회, 1955).

8) 이상보, 「〈관서별곡〉연구」, 『국어국문학』 26호(국어국문학회, 1963).
   김동욱, 「〈관서별곡〉고이」, 『국어국문학』 30호(국어국문학회, 1965).
   김성기, 「백광홍의 〈관서별곡〉과 기행가사」, 『고시가연구』 14호 (한국고시가문학회, 2004).

9) 정민, 「岐峯 白光弘의 人間과 文學世界」, 『한국학논집』 38집(한양대학교 한국학연구소, 2004).
   김종서, 「岐峯 白光弘과 湖南詩壇」, 『한국학논집』 38집(한양대학교 한국학연구소, 2004).
   박종훈, 「岐峯 白光弘의 시세계와 '仁'사상」, 『한국학논집』 38집(한양대학교 한국학연구소, 2004).

10) 이종출, 「위세보의 〈금당별곡〉고」, 『국어국문학』 34, 35호(국어국문학회, 1967).
   박일용, 「〈금당별곡〉에 그려진 선유체험 양상과 그 의미-관동별곡에 나타난 선유체험과의 비교를 통해서」, 『한국기행문학작품연구』(국학자료원, 1996).

11) 이종출, 「노명선의 〈천풍가〉」, 『한국언어문학』 4호(한국언어문학회, 1966).
   유정선, 「〈천풍가〉연구」, 『18, 19세기 기행가사 연구』(역락, 2007).

12) 김석회, 「≪위문가첩≫을 통해본 조선후기 호남 사족층 문학의 사회적 성격」, 『존재 위백규 문학 연구』(이회문화사, 1995).
   이지영, 「기행가사 〈금당별곡〉과 〈천풍가〉의 대비적 연구」, 『한국언어문학』 39집이 있다.

위에서 언급한 세 작품의 공간은 모두 다르다. 〈관서별곡〉은 '관서지방'이라는 다소 큰 공간을 배경으로 그곳 풍경을 다루었다. 〈천풍가〉는 장흥의 '천관산'이라는 특정 공간을 배경으로 산과 주변의 풍경뿐만 아니라 지명, 유래 등을 함께 적었다. 〈금당별곡〉 역시 '금당도'와 '만화도'라는 특정 공간을 그렸다. 특히 '금당도'를 중심에 두었다. '금당도'와 '만화도'는 장흥도호부에 속해 있다. 따라서 큰 의미로는 장흥의 공간을 다루었다고 볼 수 있다. 〈관서별곡〉, 〈천풍가〉, 〈금당별곡〉은 작품 내용에 드러난 공통된 지역적 특성은 없다. 하지만, 필자는 장흥지역의 기행가사라 불리는 세 작품을 통해 작품에 드러난 공간들이 갖는 공간인식의 특성을 파악해 볼 것이다.

위의 세 작품들은 '장흥지역의 기행가사'라는 공통점을 가졌다. 그러나 다른 지역을 유람한 〈관서별곡〉은 '장흥의 공간'과는 연관이 없다. 그러므로 〈관서별곡〉은 소재에서 장흥이 아닌 다른 공간을 나타내므로 공간의 공통점을 찾기는 쉽지 않을 것이다. 그러나 다른 공간을 나타냈다 하더라도 작가의 가치관이 장흥의 공간에 기반을 두고 있기 때문에 공간을 그리는 인식에는 별 차이가 없다고 본다. 따라서 '장흥'만의 특성을 찾아 공간의 의미를 추출하여 문화적 양상을 살피고자 한다.

(한국언어문학회, 1997).

2. 작품 구조와 공간인식 양상

'기행'은 여행을 통한 인간 이동의 지리적 공간 변화를 시간적 변이와 연관하여 기록한 것이다.13) '기행'은 '행위를 기록한다'는 의미다. 이런 기록은 일상적 행위의 기록뿐만 아니라 여행한 것을 바탕으로 그곳의 일정과 여정을 생각하며, 글로써 그곳의 여행을 다시 생각하게 하는 과정이라 말한다. 이렇듯 '여행'은 경험을 통해 이미 알고 있는 세계에 대한 확인과 품평 과정이면서 동시에 미지의 세계에 대한 탐색과 인식 과정을 나타낸다.14) 기행가사의 독특한 진술 과정은 '준비-도정-도착-회정'의 과정과 함께 이루어지는 것이 일반적이다. 이는 '여행 체험의 양식화'라고 말할 수 있다.15) 따라서 기행의 구조인 '기(起, 준비)-승(承, 도정)-전(轉, 도착)-결(結, 회정)'이라는 기행구조에 맞춰 〈관서별곡〉, 〈천풍가〉, 〈금당별곡〉의 구조를 나누어 살펴보았다.

---

13) 최강현, 『한국 기행가사 연구』(신성출판사, 2000), 7면.

14) 사람들은 여행이라는 체험을 통하여 산수의 아름다움, 당대인의 생활과 풍속은 물론이고 해당지역에 얽힌 역사적 사실과 유적, 인물 등 다양한 상황을 견문하고, 이를 통하여 삶의 지평을 넓히고 새로운 인식을 하게 된다. 이때 여행자는 기본적으로 당대라는 시간 선상에서 자연과 인문 환경을 만나지만 그들은 동시에 과거와 미래를 넘나드는 초월적인 시공을 경험하기도 한다. 김남기, 「여행을 통한 산수와 생활공간의 인식」, 『한문학보』17집(우리한문학회, 2007), 28면.

15) 이 같은 단계적 과정에서 환기되는 심경과 여정에서 포착된 다양한 경물과 풍정 체험을 '관찰-소회-표백'의 재현과정을 통해 형상화함으로써 하나의 짜임새 있는 언어구조체를 만들어 나간다. 박영주, 「기행가사의 진술방식과 문학적 형상화 양상」, 『한국시가연구』18집(한국시가학회, 2005), 223면.

	〈관서별곡〉	〈천풍가〉	〈금당별곡〉
기(준비)	관서 명승지예~ 고향을 사념ᄒ랴	공명의 빅명ᄒ고~ 셰속애 마즐소야	이 한 몸이~ 반세를 늙어 있다
승(도징)	벽제에 말가라~ 버들마저 푸르렀다	연희예 고질되고~ 디기만 니로리라	전산 아츰 비얘~ 잇닿아서 나실세라
전(도착)	감송정 돌아들어~ 대궐문에 아뢰리라	천관은 고찰이라~ 옥담이 천이로다	평사의 닻을 주고~ 의사도 끝이 없다
결(회정)	X	초려의 도라드니~ 산수도 붓글업다	애도를사~ 절로 가게 하는가?

〈관서별곡〉는 기행의 일반적인 구조와 다르다. 이 작품에는 회정 (回程)이 존재하지 않는다. 준비와 도정의 과정을 제외하고 후반부인 도착과 회정의 과정이 어긋난다. 여행의 목적지가 명확하게 나타나 지 않았기 때문이다. 또한, 회정은 기행 동기와 관련된다. 일반적으 로 기행을 목적으로 하는 작품들은 여행의 동기가 분명하다. 〈관서별 곡〉은 다른 기행 작품들의 창작 동기와 다르다. 이 작품의 동기는 왕의 명령이다. 작가는 왕의 명령으로 평안도평사가 되어 임무를 수 행하기 위한 여정을 글로 엮었던 것이다. 따라서 이 작품에서 회정이 없는 이유는 유람이 목적이 아니기 때문이다. 그러나 이 작품은 유람 으로 재탄생되어 기행가사로 창작되었고, 그 결과 회정이 없게 된 것이다. 결론이 자세히 기록되지 않은 대신 유교사상을 기반으로 결 론을 맺고 있다. 그러나 다른 두 작품, 〈천풍가〉와 〈금당별곡〉는 조 선 후기 거의 같은 시기에 이루어졌을 뿐만 아니라 불우한 처사로 평생을 보낸 장흥지역에 세거하던 향촌사대부들에 의해 지어졌다는 점에서 주목된다. 이 작품들은 17세기말 이후로 점차 농부화 되어가 는 가난한 향촌사대부의 의식이 반영되었을 것으로 믿어진다.16)

　기행가사는 공간의 변화에 따라 작가의 공간 인식이 달라진다. 기
행의 체험을 통해 가사의 양식적 특성으로 다시 그 상황을 정리하여
생각하게 하는 재현[17]이 기행의 특징이다. 기행가사의 내용적 특질
은 출발, 노정, 목적지, 견문, 귀환 등으로 볼 수 있다. 작품들의 노
정은 다음 표와 같다.

	〈관서별곡(關西別曲)〉	〈천풍가(天風歌)〉	〈금당별곡(金塘別曲)〉
노정	서울(연조문)-모화고개-벽제-임진-천수원-송경-황강-구현-생양관-감송정-대동강-연광정-부벽루-능라도-풍월루-칠성문-백상루-결승정-철옹성-약산(영변)-벽산-수항정-비파관-파저강-구룡소-통군정	장흥-천관사-구정암-대장봉-빈바회-구용봉-아류왕탑-의상암-탑상암-영은사-상일암-잘포봉-부령대-만심대-안초당-제일봉-동일암-망야루-벽송대-금수굴-반야암-문수암-거북봉	장흥-산길(前山)-물길(海川)-돌길(石路)-반산-제일봉-만화도-삼화루

　'장흥'은 서울과 멀리 떨어졌다. 그러므로 이곳에 사는 향촌사족
들은 경화세족과 취미가 다를 수밖에 없었다. 이에 아름다운 산수를
경험하고 지은 글들이 형성되었음을 알 수 있다. 〈천풍가〉와 〈금당
별곡〉은 그 부류 중의 하나다. 그러나 여기 등장한 〈관서별곡〉은 예
외이다. 작가인 기봉 백광홍은 '장흥'에서 나고 자랐지만, 벼슬하지
않고 그곳에서 지낸 인물 향촌사대부가 아니기 때문이다. 그는 사마
시시에 급제했고, 호당에 뽑혔으며, 평안도 병마평사의 자리에까지
오른 인물이다. 평안도 병마평사 시절에 관서지방의 향촌사정과 자

---

16) 이지영, 위의 논문, 『한국언어문학』 39집(한국언어문학회, 1997), 387면.
17) 박영주, 위의 논문, 『한국시가연구』 18집(한국시가학회, 2005), 220면.

연풍물을 음영하던 중 국문가사 〈관서별곡〉을 지었다고 전하니 〈관
서별곡〉이 향촌에 대한 문학은 아닌 것은 확실하다. 그러나 장흥에
서 어린 시절을 보내 그들 무리에서 수학하였기에 그 토대가 장흥에
있다고 할 수 있다.

〈관서별곡〉의 공간은 매우 구체적이고, 실제적이다. 구체적 지명
을 사용하여 작가의 이동경로를 자세히 표현했다. 이것은 사실성을
뒷받침해주는 근거가 된다. 이것은 초기 기행가사의 특징이다. 그에
비해 〈금당별곡〉은 구체적 지명을 언급하지 않고 있을 뿐만 아니라
작품에 대한 공간 역시 매우 소략하며, 추상적이다. 〈천풍가〉는 〈관
서별곡〉보다는 구체적 공간을 드러내지는 않았다. 다만 〈금당별곡〉
보다는 구체적이며, 실제적 공간을 제시했다. 시대적으로 봤을 때,
16세기에 지어진 〈관서별곡〉을 비롯하여 17세기에 쓰여진 〈천풍가〉,
그리고 18세기에 만들어진 〈금당별곡〉을 볼 때, 〈천풍가〉는 〈관서별
곡〉과 〈금당별곡〉의 중간 단계이다. 이에 세 작품을 더욱 자세히 언
급하고, 작품에 드러난 공간인식을 알아보자.

1) 자연, 유람의 풍취

옛 문인들은 자연을 다양한 모습으로 묘사했다. 특히, 지명에 대한
역사적 비정, 지명의 개명과 작명, 산수와 산수의 아름다움에 대한
품평(品評), 산수의 아름다움에 대한 찬탄(讚歎), 산수에 자신의 처지
를 비의(比擬)하는 등 수많은 인식들이 혼재했다. 이는 심성을 수양하
는 것과 호연지기(浩然之氣)의 함양 공간 내지는 은거(隱居)의 공간으
로 인식하기도 했다.[18]

감송정(感松亭) 도라드러 대동강(大同江) ᄇ리보니/ 십리파광(十里波光)
과 만중연류(萬重烟柳)ᄂᆞᆫ 상하(上下)의 어리엿다/ 춘풍(春風)이 헌ᄉᆞ하야
주선(舟船)을 빗기보니/ 녹의홍상(綠衣紅裳) 빗기안자 섬섬옥수(纖纖玉手)
로 녹기금(綠綺琴)니이며/ 호치(皓齒) 단순(丹脣)으로 채연곡(采蓮曲) 브르
니/ 태을진인(太乙眞人)이 연엽주(蓮葉舟)ᄐ고 옥하수(玉河水)로 ᄂᆞ리ᄂᆞᆫ듯/
셜미라 왕사미감(王事靡監)혼들 풍경(風景)에 어이ᄒᆞ리/ 연광정(練光亭) 도
라드러 부벽루(浮碧樓)에 올나가니/ 능라도방초(綾羅島芳草)와 금수산연화
(錦繡山烟花)난 봄비슬 쟈랑ᄒᆞ다

〈관서별곡〉의 한 구절이다. 작품의 여정을 드러냈다. 실제 공간으
로 '감송정', '대동강', '연광정', '부벽루', '능라도', '금수산', '풍월
루', '칠성문' 등의 여러 지명을 사용했다. 그리고 그 실제 지명의 풍
경을 묘사했다. 시적 화자는 '감송정'에서 '대동강'의 모습으로 강 물
결이 널리 퍼져 있는 모습과 안개 사이의 버드나무는 겹겹이 쌓인
모습을 드러냈다. 또한, 봄바람이 부는 물가에 아리따운 젊은 여인
들의 모습과 듣기 좋은 음악이 함께 어우러져 있다. 그 둘의 결합은
자연의 아름다움을 한층 높여준다. 이 부분에는 나라 일과 아름다운
풍경 사이의 고민 양상이 안타까움으로 드러났음을 알 수 있다. 또
한, '부벽루'에서 멀리 보이는 '능라도'와 '금수산'의 봄빛을 자랑한
다. 아름다운 산수 자연 가운데서도 가장 황금기인 봄빛이라는 시간
적 배경과 함께 자연의 풍취를 한껏 고취시키고 있다.

누대(樓臺)도 만ᄒᆞ고 산수(山水)도 하건마ᄂᆞᆫ/ 백상루(百祥樓)에 올나안
ᄌᆞ 청천강(晴川江) ᄇ라보니/ 삼차(三叉) 형세(形勢)난 장(壯)홈도 가이없다
/ ᄒᆞ믈며 결승정(決勝亭) ᄂᆞ려와 철옹성(鐵甕城) 도라드니/ 연운(連雲) 분첩

18) 김남기, 위의 논문, 『한문학보』 17집(우리한문학회, 2007), 31면.

(粉堞)은 백리(百里)에 버려잇고/ 천설(天設) 중강(重崗)은 사면(四面)에 빗
것도다/ 四方巨陣과 一國雄觀이 八道이 爲頭로다

윗 구절의 공간은 '백상루', '청천강', '결승정', '철옹성'다. 이곳은
누대도 많고 산수의 풍경도 아름다운 곳이다. 시적 화자는 맨 처음
'백상루'에 도착한다. 그리고 그곳에 오른다. 이렇게 아름다운 공간
에서 '청천강'을 바라본 풍경으로 세 갈래로 갈라진 산과 널리 퍼진
강물이다. 그 형세는 너무도 웅장하다. '감송정' 역시 '대동강'을 바
라보는 풍경 또한 끝없는 장관에 장엄함만을 드러내고 있을 뿐이다.
'하물며'라는 말은 더 좋은 장관이 펼쳐져 있음을 의미한다. '철옹성'
에서의 풍경에서부터 시적 화자는 자연 풍경에 흠뻑 빠진다. 그리고
는 임금의 명을 잠시 접어둔다. 이런 '철옹성'의 모습은 다음에 나올
'약산 동대'를 더욱 아름다운 공간으로 만드는 역할을 하게 된다. 관
서지방의 아름다운 광경의 한 부분으로 여러 누대들을 언급했다. 시
적 화자는 누대도 많고 산수도 많다고 하여 자연, 산수의 풍취를 느
낄 수 있는 공간임을 스스로 자부하고 있다.

천관(天冠)은 고찰(古刹)이라 사젹(史蹟)이 긔이(奇異)ᄒ다/ 딤셕봉(峯)
나린 활기 가다가 도로 도라/ 용비(龍飛) 봉무(鳳舞)ᄒ야 불국(佛國)을 밍근
후에/ 통영화상(通靈和尙) 어느 찍예 잇 터흘 아라보고/ 쇠막듸 써진 잣최
어졔란닷 그졔란 닷

〈천풍가〉의 한 부분이다. 천관이라는 땅이름과 사찰에 대한 내용
이다. 오래된 사찰이라는 천관사는 '천관'이라는 산 이름으로 인해
지어진 사찰이다. 이는 불교에서 나온 용어19)이기도 하다. 역사적

자취가 기이하다고 하여 평범하지 않음을 드러냈다. '딤씬봉'은 천
관산 꼭대기인 연대봉을 말하고 있다. 산의 형상으로 담대봉에서부
터 내려온 활기가 다시 돌아 용이 날고, 봉황이 춤추는 것 같다고
했다. 또한 불교를 이루는 나라라 일컫는 천관산에서도 가장 좋은
위치에 있는 천관사의 모습을 드러냈다. 이는 천관산의 신성성을 강
조한 부분이라 할 수 있겠다. 산의 형상은 비범한 동물들로 활기를
드러냈고, 산의 오묘하고도 기이한 품격을 형상화하였다. '통영화
상'은 스님이다. 그는 공식적으로 밝혀진 이 절의 창건자다. 또한,
그는 일찍부터 천관산의 가장 좋은 터에 자리를 잡아 극락세계라 하
는 사찰을 짓고자 한 것이다. '쇠막딕'는 통영화상의 지팡이를 의미
하기도 하나, 사찰의 건물의 기둥을 나타내기도 한다. 절을 창건한
자취가 어제인 듯 그제인 듯 얼마 되지 않은 듯하다. 하지만, 오랜
시간이 흘러 기이한 흔적이 여기 저기 있음을 암시해 주기도 한다.
또 다른 부분을 살펴보자.

> 사양(斜陽)과 함끠 나려 의상암(義尙庵) 들려가니/ 빅석(白石) 창틱(蒼苔)
> 예 구름이 쥬인(主人)이다 /션익(仙崖) 션계(仙梯)의 역역(歷歷)키 지닉보니
> / 종성(鐘聲)을 겨오 차자 탑선암(塔仙庵) 드러가니/ 암만(暗滿) 초목(草木)
> 은 지닉난 곳 갓건니와/ 누각(樓閣)이 몃 층(層)이며 동학(洞壑)이 황홀(恍
> 惚)ᄒ다

이 역시 〈천풍가〉의 한 구절로 '의상암'과 '탑선암'으로 가는 과정

---

19) 천관이라는 산 이름 역시 천관보살이라는 불교 용어에서 나왔기 때문에 불국을
만들었다고 함은 불교와의 연관성이 있음을 알 수 있다. 천관산의 불교종파는 화엄
종이다. 화엄경을 통해 천산이라는 산 이름이 유래되었다. 변동명, 「천관산과 불교
신앙」, 『장흥 천관산 천관사』(순천대학교 박물관 장흥군, 1999), 67~68면.

을 그렸다. 날이 저물 때 즈음에야 이르러서는 '의상암'에 갔다. '의
상암'에 있는 흰 돌에는 이끼가 가득하며, 그 이끼는 구름이 만든 모
양으로 '백석창태(白石蒼苔)'라 했다. 시적 화자는 '의상암' 주변을 통
해 자연에 의해 만들어진 아름다운 풍경을 만끽하였다. 시적 화자는
선애(仙崖), 선제(仙梯)라는 단어로 자연의 아름다운 모습 그대로를
표현하였다. 이에 '탑산사'의 종소리를 따라 이동 경로를 드러냈고,
어둠이 가득하다는 뜻의 '암만(暗滿)'이라는 단어로 시간적 배경을
드러내기도 했다. 그 어두운 길을 가면서 느끼는 시적 화자의 느낌
도 적고 있다. 누각은 몇 층인지 알 수 없다. 그곳에서 바라본 마을
의 모습은 황홀하다고 표현했다. 이렇듯 자연, 산수의 풍경을 그대
로 읊으면서도 구절 중간 중간에 드러난 신선적 풍류는 〈천풍가〉를
나타내는 특징이기도 하다.

> 강산 풍월(江山風月)이 한가(閑暇)흔지 여러 해여/ 분분셰사(粉粉世事)
> 나오슬여(나도슬여) 풍월주인(風月主人) 되랴 흐야/ 명구선경(名區仙境) 반
> 세(半世)를 늙어 잇다

〈금당별곡〉의 한 부분이다. '강산풍월'은 '자연'을 의미한다. 자연
은 여러 해 동안 사람의 발길이 닿지 않은 한가함을 느낀다. 이는
아마도 시적 화자가 한가했기 때문에 자연 또한 한가하다고 느꼈을
것이다. '슬다'는 '스러지다', '사라지다'라는 뜻이다. 시적 화자는 어
지러운 속세에서 벗어나 자연과 함께 하는 '풍월주인'이 되고자 한
다. 이 아름다운 자연에서 시적 화자는 이름난 선경(仙境)을 보고 살
았다. 이 지역은 '명구(名區)'라는 용어를 사용하여 직접 산수가 좋아

널리 이름난 지역임을 나타냈다. 또한, 반세(半世)라고 하여 시적 화자가 살아온 반 세상동안 이곳에서 자연과 함께 살았음을 드러내는 구절이기도 하다.

이상은 작품들에 드러난 자연, 산수의 공간을 서술했다. 시적 화자는 땅이름의 유래와 그 주변 배경들을 언급했고, 아름다운 자연을 추구했다. 그렇지만, 이런 것들을 드러내는 대부분의 공간들이 신선의 풍류를 언급했음을 알 수 있었다. 이는 그만큼 현실세계의 자연을 언급하고, 다시 그 자연은 신선세계와 함께 하고 있음을 드러낸 것이다.

2) 신선세계의 동경

강호가사 혹은 기행가사 그 이외에도 '자연'과 관련된 글에는 조선 전·후기를 막론하고 신선사상을 동경하고 있다. 신선사상에 주로 사용되는 신선 모티프는 강호자연 안에서 시인이 꿈꾸는 유토피아적 상상력을 무한하게 뻗어 나가게 해 주는 매개자로서 자리하고 있다. 유토피아 공간은 '무릉도원(武陵桃源)'이 가장 널리 알려졌다. '무릉도원'은 노자의 '소국과민(小國寡民)'에 그 사상적 연원을 두고 있다. 이 공간은 모두 현실 어디엔가 위치한다. 다만 사회로부터 먼 곳에 있을 뿐이다. 멀다는 것은 물리적이기보다는 심리적 거리를 반영한다. 이 세계는 언제나 깊은 산속이나 바다 저 멀리 있는 섬에 있다. 여기와 저기, 현실계와 이상향 사이에는 의식적으로는 건널 수 없는 차원의 이질성이 놓여 있는 것이다.[20] 시인의 진선(眞仙)체

20) 이종은 외, 「한국문학에 나타난 유토피아 의식연구」, 『한국학논집』 28집(한양대학

험이 주로 사대부 특유의 풍류와 관련되어 있으므로 시조, 가사에서 수행되는 이러한 신선 모티프를 풍류적(風流的) 기능이라 부를 수 있다.[21] 신선은 산과 밀접한 관련이 있다.[22] 산수 자연을 벗하며 강호에 은거한 사림들이 스스로 신선으로 자처할 여지는 충분히 마련되어 있다.[23] 대표적인 공간은 '산'이다. '산'은 신령스럽고, 산 정상은 언제나 더욱 성스럽게 여겨진다. 탈속적인 다른 세계나 성역으로 이해된다. 산 정상이 이처럼 신성하다는 사고는 높은 영산의 산정에 더러운 주검을 묻으면 그 지역에 한재가 든다는 금제의 속신에서 현재에도 남아 있다.[24]

위의 세 작품에 모두 산이 등장한다. 〈관서별곡〉은 '약산', 〈천풍가〉는 '천풍산', 〈금당별곡〉은 '앞산'으로 표현했다. 이러한 '산'은 상징적으로 은거(隱居)의 공간으로 '탈속(脫俗)'의 이미지를 갖는다. 작중 화자는 아름다운 경치를 바라보고 계속 그곳에서 살고 싶다는 은거의 마음이 아닌 다시 오고 싶다는 마음으로 표현하고 있다. 즉, '산'은 선경(仙境)을 묘사하고 있으며, 산수 유람은 실경에 대한 관심보다 신선적인 흥취를 드러낸 것이 목적이다. 필자는 세 작품에 드러

교 한국학연구소, 1996), 45면.

21) 성기옥, 「사대부 시가에 수용된 신선모티프의 시적 기능」, 『국문학과 도교』(태학사, 1998), 29면.

22) 老而不死日仙, 仙僊也, 僊入山也, 故其制字, 人傍作山也. 『釋名』, 이종은, 『한국 시가의 도교사상연구』(박사학위논문, 동국대학교, 1978)에서 재인용하였다. "늙었으나 죽지 않는 것을 仙이라 한다. 仙은 신선이다. 신선이 산에 들어간 것이다. 그러므로 그 글자를 만들 때 사람 옆에 산을 만든 것이다."

23) 이상원, 「조선중기 시조의 신선모티프 수용과 그 역사적 의미」, 『17세기 시조사의 구도』(월인, 2000), 305면.

24) 이재선, 『한국문학주제론』(서강대 출판부, 1989), 275면.

난 산의 모습으로 그 특징을 살피고자 한다.

　　이원(梨園)의 꽃피고 두견화(杜鵑花) 못다진제/ 영중(營中)이 무사(無事)
커늘 산수(山水)를 보랴ᄒ야 약산동대(藥山東臺)에 술을 실고 올나가니/
안저(眼底) 운천(雲天)이 일망(一望)에 무제(無際)로다/ 백두산(白頭山) 느
린물이 향로봉(香爐峯) 감도라/ 천리(千里)를 빗기흘너 대(臺)압츠로 지ᄂᆡ
가니/ 반회굴곡(盤回屈曲)ᄒ야 노룡(老龍)이 소리치고 해문(海門)으로드난
ᄃᆞᆺ/ 형승(形勝)도 ᄀᆞ이업다 풍경(風景)인달 안니보랴/ 작약(綽約) 선아(仙
娥)와 선연(嬋妍) 옥발(玉髮)이 운면(雲綿) 단장(端粧)ᄒ고 좌우(左右)에 버
려이셔/ 거믄고 가야고(伽倻鼓) 풍생용영(風笙龍營)을 부ᄅᆞ거니 니애거니
ᄒᄂᆞᆫ양은 주목왕(周穆王) 요대상(瑤臺上)의/ 서왕모(西王母) 만나 백운곡
(白雲曲) 브르난ᄃᆞᆺ/ 서산(西山)에 히지고 동령(東嶺)의 달을아(안)고/ 녹빈
운빈(綠鬢雲鬢)이 반함교태(半含嬌態)ᄒ고 잔(盞)밧드ᄂᆞᆫ 양은/ 낙포선녀(洛
浦仙女) 양대(陽臺)에 ᄂᆡ려와 초왕(楚王)을 놀ᄂᆡᄂᆞᆫ닷/ 이경(景)도 됴커니와
원려(遠慮)인들 이즐쇼냐

〈관서별곡(關西別曲)〉에 드러난 '약산 동대'라는 공간의 모습이다.
시적 화자는 관영(官營)에 일이 없음을 알리고 산수 구경을 하고자
한다. 이는 곧 평안도가 태평한 공간임을 알리는 동시에 자연 역시
수려한 곳임을 드러낸 것이다. 시적 화자가 산수를 보러 가는 곳이
'약산 동대'다. 그곳은 아름다운 풍광을 대표하는 공간이기도 하다.
이에 흥을 더하고자 술을 싣고 올라간다. 아름다움에 흥을 더하기
위해 사용한 것은 '술'이다. 약산 동대에서 바라본 풍경은 눈 아래에
구름 하늘이 펼쳐진 황홀한 광경으로 묘사된다. 또한, 시적 화자는
한눈에 바라보기에 넓고도 끝없는 아득함으로 신비롭고 아름다운
풍경을 소개한다. 시적 화자는 자연의 풍경을 비유적 표현으로 아름
다운 풍경을 표현했다. '약산동대'라는 공간은 아름다운 산수를 간

직한 공간으로 표현되지만, 아름다운 풍경의 묘사보다는 비유의 표
현이 더 많이 등장하고 있다.

> 청녀장(靑藜杖) 그는 뒤로 구정암(九精庵) 드러가니/ 첨단(簷端)의 자던
> 구름 석정(石井)을 더퍼 잇다/ 학골(鶴骨)은 어듸 가고 벽도(碧桃)만 나만난
> 고/ 단이(斷崖)을 빗기 건너 수층(數層)을 올나가니/ 원통(圓通) 빈 암자(庵
> 子)의 운학(雲鶴)이 직키엿다/ 옥정(玉井)의 연만(連滿) 호고 가난 길로 도라
> 가니/ 영축(靈築)은 터만 잇고 수목(樹木)이 자쟈 잇다

〈천풍가(天風歌)〉는 천관산의 기행을 읊은 글이다. 그렇기에, 산에
관한 직접적 표현은 사용하지 않았다. 따라서 산의 구체적 공간을
언급하고자 한다. 〈천풍가〉에서는 신선적 이미지가 많이 등장한다.
이 부분 역시 그 가운데 하나다. '구정암'에 들어선 주변 상황을 묘
사하였다. '학골(鶴骨)', '벽도(碧桃)', '운학(雲鶴)'과 같은 단어들을 나
열함으로 신선세계를 비유했다. 여기에 드러난 '학골'은 속세를 나
타내고, '벽도'는 신선세계를 의미한다. 작중 화자는 서로 대비되는
구절을 통해 '구정암'에 올라온 작가의 심정을 표현하여 신선세계에
대한 동경을 극대화하는 효과까지 얻어냈다. 끊어진 절벽을 비껴 건
너고, 여러 층의 계단을 올라가야만 빈 암자에 도달할 수 있다. 곧,
'험하디 험한 산중'임을 보여주는 구절이기도 하다. 또한, 기둥만 남
은 빈 암자라 하여 적막함을 느끼게 했다. 여기 등장한 '운학'은 '벽
도'와 마찬가지로 신선세계의 한 부분을 의미한다. 이를 통해 작중
화자는 속세에서 벗어난 모습을 그려내고 있다. 즉 다시 말해, 신선
세계에 대한 동경을 말하는 것이다. '구정암'을 지나 돌아가는 길에
는 옥 같은 우물이 가득 차 있다. 그 길에는 암자의 화려하게 쌓아올

린 건물의 모습은 없고, 터에 나무만 울창하게 자란다고 한다. 이는
예전과 대비되는 모습에서의 적막함과 쓸쓸함을 자아낸다. 이 구문
에서 작가는 '구정암'을 찾았을 때의 기분과 다시 돌아갈 때의 기분
이 사뭇 다른 감정으로 심화된 분위기를 말해주고 있다.

> 쟝공(長空)의 긴 바람이 양액(兩腋)의 깃이 되며/ 탈건(脫巾) 노발(露髮)
> 호고 창포봉(菖蒲峯) 올나가니/ 창포(菖蒲) 푸른 닙피 구절마다 고시 피고/
> 굴곡(屈曲)혼 늘근 솔은 하날 다허 못커 잇다

　이 역시 〈천풍가〉의 한 구절이다. '창포봉'에 올라가는 작가의 모
습을 신선으로 형상화하고 있다. 시적 화자는 산에서 부는 바람을
양쪽 겨드랑이의 날개를 단 것 같다고 표현했다. 여기에는 두 가지
의미가 있다. 첫 번째는 유교적인 이념을 타파하고자 함이다. 따라
서 머리에 두른 건을 풀어헤치고 머리를 드러내 '창포봉'에 오른다.
얽매인 유교사상에 대한 자유로움을 선포하는 행위라고 말할 수 있
다. 두 번째는 신선세계를 동경한다는 것이다. 양쪽 어깨에 날개를
달고 아무 것도 구속받지 않고 날고자 한다. 세속에서 벗어나 자연
그대로 자유를 느끼기 원한다. 이것이 바로 신선의 모습인 것이다.
위의 공간은 '창포봉'이라 했다. 그리고는 그곳의 창포의 잎과 꽃이
아름답게 피어있음을 묘사했다. 굴곡이 많은 소나무는 역경과 시련
을 겪은 세월의 오랜 흐름을 느낄 수 있다. 또한, 하늘에 닿아 크지
못했다는 것 또한 무수한 세월의 흔적과 기이함을 표현한 구절인 것
이다.

전산(前山) 아츰 비얘 봄빛이 빼여나니/ 산화(山化) 피은 곳이 홍미(興味)
도 하고만타/ 학우(鶴友)의 신선(神仙)들을 이 쌔예 만나보아/ 황금단(黃金
丹) 여지내여 삼동계(參同契) 뭇쟈 호야

이는 〈금당별곡〉의 한 부분이다. 작가가 있던 그 앞산에는 아침이
되어서야 비가 내린 모양이다. 그 비로 산의 푸른 봄빛은 더욱 푸르
게 되고, 세월을 한탄하고 있는 동안 봄이 되어버렸다. '봄'은 풍월
주인이 된 작가의 홍미를 더해주고, 신선을 친구라 하였다. 작중 화
자는 신선과 함께 학을 맞이하는 반가운 마음을 드러내는 표현이다.
기행의 동기에 대해 진술한다. '황금단'은 신선이 먹는 알약[25]이라
고 풀이하였다. 그 신선의 약을 얻고, 신선들과 함께 하고자 하는
마음이 절실하게 드러낸 구절이다. 작가 자신이 신선으로 태어나 신
선들만이 먹는다는 약을 먹고 스스로 신선이 되었음을 언급했으며,
더불어 신선들만 모인다는 모임을 만들어 유람을 떠나고자 하는 작
가의 내면의식을 표현했다. 즉, 이는 유람의 이유를 설명하는 부분
이라 언급해도 될 듯하다. 금당도를 유람하는 이유는 선경을 찾아가
신선들과 함께 만나고, 신선이 되는데 필요한 단약을 얻어 신선이
된 뒤, 신선들과 참(삼)동계를 묻고는 신선세계에서 살기 위해서라
고 명시적으로 이야기[26]했다. 이 역시 현실을 초월하고 싶은 화자
의 강한 욕망에서 비롯된 것이라고 설명할 수 있다. 여기서는 진정
한 신선세계로 '금당도'를 꼽았다. 다음 구절의 '금당도'를 살펴보자.

---

25) 임기중, 〈금당별곡〉, 『한국가사문학주해연구』권 4 (아세아문화사, 2005), 176면.
26) 박일용, 위의 논문, 『한국기행문학 작품 연구』(국학자료원, 1996), 301면.

> 평사(平沙)의 닷슬 주고 치하(彩霞)을 햇쳐 보니/ 밋 알에 물 우희 그 스이 쳔쳑(千尺)이라/ 긔상(氣象)이 만쳔(滿天)이라 파능(巴陵)이 이갓든가/ 대귤은 그 일홈이 이졔보니 과연(果然)ᄒ다/ 연하(烟霞)와 홈긔 ᄂᆞ려 셕노(石路)로 올나가니/ 경화뇨초(瓊花瑤草)ᄂᆞᆫ 곳곳의 깁퍼 잇고/ 옥뎐금깅(玉殿金莖)은 골골이 널러 잇다

작중 화자는 '금당도'에 도착한다. '채하', '파능', '경화요초', '옥전금경'과 같은 단어들은 신선세계를 표현했다. 평평한 모래사장에 닻을 내리매, 보이는 광경은 고운 빛깔의 노을이다. 그 고운 빛깔의 노을은 모래알과 물 위 사이에 높게 드리워져 있으며, 그 기상은 하늘에 가득 찼다고 한다. 중국의 아름다운 풍경을 자랑하는 '파능(巴陵)'과 우리나라 '금당도(金堂島)'의 아름다운 풍경을 비교하고자 했다. 작중 화자는 금당도 역시 '이제 보니 과연 그러하다'라 하여 뛰어난 조망을 자랑하는 중국 못지않게 우리나라의 아름다운 풍광에 대해 감탄하고 있다. 또한 그 풍경은 '연하(烟霞)'를 내리고 '석로(石路)'로 올랐다고 하니, 그야말로 신선세계가 펼쳐진다. '경화요초(瓊花瑤草)'는 옥 모티브로, 신성과 고결을 나타내는 색채의 이미지이다. 이는 화려하고 사치 고을 나타내기도 한다. 여기에 나오는 '풀'은 신선의 풀이다. 또한, '옥전금경(玉殿金莖)'은 단어 속에 옥 모티브를 드러낸다. 따라서 이는 모두 신선세계를 가리키는 단어이다.

신선세계는 꿈과 술이라는 매개체로 인해 환상성을 표상화하기도 한다. 꿈은 현실과 선계 혹은 초월적 공간으로 이어주는 매개체다. 꿈은 현실의 경험법칙과 인과적 논리성을 넘어선 초자연적이고 상상적인 세계이다. 하지만, 여기서는 실제를 표현하는 전통적인 환상 양식으로 사용되었다. 꿈은 현실원칙이 아니라 쾌락원칙이 지배하

는 상상계로의 진입을 가능케 하는 환상의 입구이다.[27] 이와 더불어 술 역시 흥을 돋아주어 환상성을 한층 더 가깝게 하는 매개체다. 그러나 위의 세 작품 가운데서 술과 꿈에 관한 언급이 없는 작품은 〈천풍가〉다. 〈천풍가〉를 제외한 〈관서별곡〉과 〈금당별곡〉에 대해 살펴보자.

> 약산동대(藥山東臺)에 술을 실고 올나가니/ 안저(眼底) 운천(雲天)이 일망(一望)에 무제(無際)로다/ 백두산(白頭山) 닉린물이 향로봉(香爐峯) 감도라/ 천리(千里)를 빗기흘너 대(臺)압츠로 지닉가니/ 반회굴곡(盤回屈曲)ᄒ야 노룡(老龍)이 쇠리치고 해문(海門)으로드난듯/ 形勝도 ᄀ이업다 風景인달 안니보랴/ 작약(綽約) 선아(仙娥)와 선연(嬋妍) 옥발(玉髮)이/ 운면(雲綿) 단장(端粧)ᄒ고 左右에 벼러이셔/ 거믄고 가야고(伽倻鼓) 풍생용영(風笙龍營)을 부르거니/ 니애거니 ᄒᄂ양은 주목왕(周穆王) 요대상(瑤臺上)의/ 西王母 만나 白雲曲 브르난듯/ 서산(西山)에 히지고 東嶺의 달을아(안)고/ 녹빈운빈(綠鬢雲鬢)이 반함교태(半含嬌態)ᄒ고 잔(盞)밧드는 양은/ 낙포선녀(洛浦仙女) 양대(陽臺)에닉려와 초왕(楚王)을 놀닉는닷/ 이경(景)도 됴커니와 원려(遠慮)인달 이즐쇼냐

〈관서별곡〉의 구절이다. '약산 동대'에 술을 가져간다. 눈 아래에 비친 구름 하늘은 끝이 없다고 표현했다. 술을 마신다는 표현은 없으나 술을 싣고 올라간다. 작가는 봄날의 자연풍경을 운치 있게 만들어낼 무언가가 필요했다. 이러한 빼어난 경치가 끝이 없다는 아름다운 장관을 연출하고자 하는 시적 화자의 모습을 발견할 수 있다. 이런 빼어난 경치에 술과 음악이 빠질 수 없다. 그러나 약산 동대에 술을 가지고 올라가는데도 불구하고 술을 즐겼다거나 마셨다는 구

---

27) 심진경, 「환상문학소론」, 『한국문학과 환상성』(예림기획, 2001), 35면.

절은 찾아볼 수 없다. 그렇다고 그 높은 곳까지 그저 폼으로 갖고 가지는 않았을 것이다. 이곳에서는 '녹빈 운환이 반함 교태하고 잔 받드는 양은 낙포선녀 양대에 내려와 초왕을 놀래는 듯'으로 검은 머리의 아름답고 교태로운 모습을 지닌 젊은 여인이 잔을 받드는 모습에서 이미 상상의 공간으로 접목된 모습을 보이는 반면, 잔을 받드는 모습에서 술을 즐기는 작가 스스로가 신선이라도 된 양 그렇게 표현한 듯하다. 이는 그곳에서의 풍류를 즐기고, 풍경을 보고 신선세계에 빠져들고, 술로 인해 다시 한 번 신선세계에 도달했음을 드러낸다. 위에 언급한 구절 이외에도 술에 관한 내용은 또 다시 등장한다.

> 성관 월패(星冠月佩)을 꿈애나 보쟈ᄒ야 / 송근(松根)을 놉피 볘고 낮잠을 잠관(暫間)드니 / 청동(靑童)이 나을 잡여 봉내산(蓬萊山) 건너 뵈니 / 소뇨쥬(松醪酒) ᄀ득 부여 나 잡고 저 권(勸)홀 제 / 장생(長生)게 뭇쓴 말을 반튼 채 못들어 / 구고 일셩(九皐一聲)의 선몽(仙夢)을 놀나 씌이 / 장연(長烟)이 일공(一空)흔디 호월(皓月)이 쳔니(千里)로다 / 화졍(霞汀)의 멸파(滅波)ᄒ고 수로(水路)도 무변(無邊)ᄒ다

〈금당별곡〉의 한 구절이다. '성관월패'는 신선의 상징이라 해도 과언이 아니다. '성관'은 별빛 구슬로 머리꾸리개를 만든 것이고, '월패'는 허리에 차던 패옥이기에 그 '성관월패'는 신선의 모습을 나타낸다. 그러나 그 모습을 '꿈에나 보자'고 했으니 이는 현실에서 볼 수 없는 안타까움을 언급한 것이다. 그리고 이내 낮잠을 잠깐 청한다. 꿈에서는 불가능한 일이 없다. 그렇다면 꿈에서 언급한 내용을 살펴보자. '청동'은 신선세계를 의미하는 단어로, '선인'을 가리킨다.

선인의 시중을 드는 사동(使童), 선동(仙童), 혹은 청의동자(靑衣童子)라고도 한다. 그러나 여기서는 신선으로 보는 것이 가장 좋을 것 같다. '신선'은 나를 잡고 봉래산으로 건너간다. 그곳에서 신선들과 함께 송료주 마시기를 권한다. 이에 장생에게 묻고는 그 말은 못 듣게 되니 놀라 꿈에서 깬다. 오래도록 연기 즉, 안개가 피어난 물가는 안개로 모든 것이 비어있고, 흰 달빛은 천리같이 멀게만 느껴진다. 노을 진 물가에는 물결은 없고, 물길은 끝이 없다고 했다. 꿈이 깼음에도 불구하고 그 꿈에서 본 것과 비슷한 광경을 그리고 있다. 작가 스스로는 이 꿈을 '선몽'이라고 언급하였고, 그에 대해서는 꿈속의 풍경과 비슷한 장면들을 그렸다.

〈금당별곡〉에서는 술과 꿈이 함께 공존한다. 이렇게 여정의 정점에서 몽유체험을 설정한 것은 '분분한 세사'를 초월하여 명구선경에서 풍월주인 되려는 의지의 확대 연장이다. 그러므로 금당도 여행이 결국 화자에게 현실과 초월세계와의 거리가 먼 것임을 자각하게 해 준 계기였다. 이러한 몽유 장면은 금당도 유람의 현실적 의미를 화자에게 객관화하여 각인시켜주는 매개 장치인 것이다.[28]

신선적 흥취에 대한 구체적 현상은 기행가사에서 선명하게 드러난다. 백광홍의 〈관서별곡〉, 노명선의 〈천풍가〉, 위세직의 〈금당별곡〉은 모두 그곳의 승경과 흥취를 노래한다. 〈관서별곡〉에는 많이 발견할 수는 없지만, 작품 곳곳에서 신선적 흥취를 발견할 수 있었다. 이에 반해, 〈천풍가〉와 〈금당별곡〉의 경우는 유람의 공간이 바

---

28) 〈금당별곡〉에서 이후 부가되는 만화도 유람 내용은 구조적인 측면에서 본다면 군더더기에 해당하는 것이라고 할 수도 있는 것이다. 박일용, 위의 논문,『한국기행문학작품연구』(국학자료원, 1996), 306면.

로 신선세계의 공간임을 묘사하고 있다는 것도 발견할 수 있었다.

3) 도덕, 이념의 공간

조선의 기본 이념은 유교사상이다. 초기의 사대부 시가 문학에서
는 이러한 유교사상이 잘 드러나 있다. '도'가 글속에 존재하지 않은
문학은 문학이 아니라는 '도재론'을 근거로 하여 유교사상이 엄격하
게 실행되었었다. 강호시가의 경우도 마찬가지다. 자연을 노래하였
지만 아름다운 자연을 감상한 것도 모두 임금의 은혜라는 충의 개념
을 잊지 않고 드러냈다. 이렇듯 조선 전기의 문학에서는 충효를 기
본으로 삼강오륜을 강조한 경우가 대부분이었다. 서울에 있는 경화
사족뿐만 아니라 지방에 세거하는 향촌사족들에게도 해당된다.

향촌사족들 사이에는 경제적 층위가 다양하게 나타나고 있다. 그
렇지만 경제적 형편에 따라 이들 사족으로서의 위상이 달랐던 것은
아니다. 실제적으로 경제적 형편에 상관없이 이들은 향촌에서 존경
을 받았다. 또한, 그 영향력도 상당했던 것으로 확인되었다. 이것은
그들의 유가적 규범에 대한 철저한 실천과 학식을 기반으로 얻어진
것이었다. 향촌사족 가사 작자들은 비록 관직에 진출하지 못했지만
성리학적 교양을 갖춘 사족으로서의 면모를 굳게 지켜나가고자 했
다. 그들은 유가적 규범에 따라 자신의 몸가짐을 바르게 하는 것은
물론 형제와 우애가 깊었으며 친족 사이의 화목에도 적극 힘썼다.
특히 효(孝)의 실천에 있어서는 절대적이었다. 이들은 부모 생존 시
에는 그 봉양에 지극 정성을 다했다. 상(喪)을 당했을 때는 극진히
슬픔을 표시했고, 이후 묘소를 매일 돌보거나 제사에 쓰이는 제수에

도 일일이 신경을 다 쓰는 등 효의 실천에 있어 최선을 다했다.[29)]

> 관서(關西) 명승지(名勝地)예 왕명(王命)으로 보닉실식/ 행장(行裝)을 다
> 사리니 칼흔느 쑨이로다/ 연조문(延詔門) 닉달아 모화고기 너머드니/ 귀심
> (歸心)이 쏀르거니 고향(故鄉)을 사념(思念)흐랴 …… 사친객루(思親客淚)는
> 졀로 흘러 모로미라/ 서변(西邊)을 다보고 반패(返旆) 환영(還營)흐니/ 장
> 부(丈夫) 흉금(胸襟)이 져그나 흐리로다/ 셜믜라 화표주(華表柱) 천년학(千
> 年鶴)인들 날가타니/ 쏘보안난다 어늬제 형승(形勝)을 기록(記錄)흐야/ 구
> 중천(九重天)의 스로료 미구상달(未久上達) 천문(天門)흐리라

〈관서별곡〉에서 첫 구절에서 임금에 대한 충성된 마음을 나타냈
다면, 마지막 부분에서는 부모에 대한 효성스러운 마음을 볼 수 있
다. 첫 구절에서 시적 화자는 임금의 명령으로 인해 관서 명승지에
보내졌다. 행장은 칼 하나뿐이라고 했지만, 이는 왕명을 빨리 행해
야 하는 마음을 칼 하나라고 표현했다고 할 수 있다. 또한, 이는 충
성된 마음으로 나라를 위해 싸우고자 하는 의지의 표현이기도 하다.
집으로 돌아가고자 하는 마음 역시 원래 의미는 아니다. 임금의 명
에 의해 임지로 가고자 하는 마음을 드러냈다고 볼 수 있다. 그러나
마지막 구절에서는 고향에 계신 부모님을 생각하고 그 마음에 눈물
이 흐를 뿐이다.

> 소박(素朴)흔 이 닉 몸이 글자도 못흐며는/ 요수(樂水) 요산(樂山)흔달 인
> 지(仁智)을 어이 알니/ 빈발(鬢髮)이 호빅(晧白)흐고 긔역(氣力)이 쇠진(衰
> 盡)흐니/ 공밍(孔孟) 안증(顏曾)은 쑴의도 못보니/ 서방(西方) 미인(美人)은
> 소식(消息)이 언졔 오고/ 석실(石室) 운산(雲山)의 옥담(玉潭)이 천이로다

---

29) 안혜진, 『18세기 향촌사족 가사연구』(박사학위논문, 이화여자대학교, 2005), 51~
    52면.

〈천풍가〉의 한 구절로, 아름다운 산수를 유람한 끝에 찾아오는 감정을 읊었다. 여기서는 '슬픔'과 '안타까움'을 언급한다. 흥이 다하고 나면 슬픔이 오는 것처럼, 생각할수록 젖어드는 품은 회상들은 많기도 많다. 아름다운 산수를 계속 보고 싶은 안타까운 심정과 더불어 오랜 세월이 흘러도 그대로인 자연에 비해 인간이라는 존재는 유한하기 때문에 슬픔을 동반하게 된다. 이런 인간 존재의 유한성에 대한 인지는 초라한 자기 자신에 대한 지각으로 이어진다. 시적 화자의 하얗게 센 머리와 쇠진한 기력은 포부를 펼치기에 이미 너무 늦었음을 드러낸다. 벼슬하지 못한 자신을 겸손하게 '소박하다'고 말했으며, 《논어》의 〈옹야편〉의 한 구절인 '지자요수(知者樂水), 인자요산(仁者樂山)(지혜로운 사람은 물을 좋아하고, 인자한 사람은 산을 좋아한다)'을 인용하였다. 자신이 글자를 모른다면 인지를 알겠느냐며 산수를 좋아하는 자신이 인지함을 강조한다. 나이가 들어 머리카락이 희고, 기력이 다하여 쇠했다고 한 부분을 통해서 작가의 나이를 가늠해 볼 수 있을 법하다. 또한, 공맹과 안증 즉, 유학의 4대 성인이라 할 수 있는 공자, 맹자, 안회, 증자의 4명의 인물을 말하고, 그들을 꿈에 보지 못한 부분에 대해서는 많은 아쉬움을 토로하고 있다. 작가는 공맹안증처럼 여러 모로 뛰어난 사람의 소식을 기다리지만 언제 어떻게 올지 기약이 없다. 유자의 모습에서 신선의 경지라 할 수 있는 성인을 드러냈다. 그 다음 부분은『고문진보』전집의 〈호호가〉의 한 부분을 인용하고 있다. '석실운산(石室雲山)'은 바위동굴 구름 낀 산을 의미한다. 천관산 안의 동굴에서 본 구름 낀 산은 마치 옥담 즉 그 물이 마치 옥 같다는 뜻으로 맑은 연못을 의미한다. 그리고 그 맑은 연못이 천 개나 되는 듯 아름다운 천관산의 모습을 나타냈다.

여러 유교 경전들을 인용하기도 하고, 유명한 성인들을 전거로 들어 설명하는 것으로 여기 드러난 도덕, 이념적인 현실은 조선의 이데올로기인 유교사상을 작품 속에 잘 드러냈음을 의미한다.

> 일신(一身)의 병(病)이 드어 만사(萬事)에 흥황(興況) 업셔/ 죽림(竹林) 깁픈 곳의 원학(猿鶴)을 벗슬 삼마/ 십년(十年) 서창(書窓)의 고인시(古人詩) 쑨이로다

〈금당별곡〉의 한 구절로, 금당도로 떠나기 전에 작가의 심정을 토로하였다. 애당초 스스로 입신양명(立身揚名)에 뜻이 없음을 논하면서 그 분분한 세사를 멀리하고자 한 향촌사족들의 심정을 그래도 드러내고 있다. 시적 화자는 몸에 병이 깊어 모든 일에 흥미로움을 느끼지 못한다고 이야기하면서도 스스로 죽림의 깊은 곳에서 자연과 벗을 삼고자 하는 풍월주인의 면모를 보인다. 이는 곧 향촌사족 작자들의 내면심리를 잘 드러낸 구문이라 볼 수 있다. 향촌사족들은 비록 관직에는 진출하지 못했지만, 유교적 교양을 갖추고자 하는 향촌사족적인 면모를 지켜나가고자 했던 모습을 느낄 수 있는 구문이었다. 시적 화자는 공간적으로 '향촌'의 모습을 보이면서 향촌사족들의 성리학적 교양을 바탕으로 한 생활을 드러냈다. 이는 사상의 불만을 토로하면서도 이를 지켜가는 모습을 나타낸 것이다.

필자는 장흥지역의 기행가사인지, 아닌지에 대한 논란이 있는 〈관서별곡〉을 다른 작품들과 함께 주제적 특징들에 대한 논의를 전개하였다. 이는 장흥의 공간적 특징을 논하기 전에 장흥 기행가사라고 정의한 논자의 입장에서 작품에 드러난 주제적 특징을 논한 것이

었다. 〈관서별곡〉에서는 '장흥지역'이라는 특정한 공간적 특징으로
드러내지는 않았다. 하지만, 필자는 〈관서별곡〉을 주제적 특징으로
삼아야 장흥지역의 가사문학임을 증명하는 것이라는 생각했기 때문
에 〈관서별곡〉을 주제적 특징을 논하는 데 포함시켰다. 이에 다음의
세 가지 방법으로 다른 작품과 함께 언급했다.

3. 장흥 공간에 드러난 지역적 문화양상

장흥은 아름다운 자연 공간을 가졌다. 그렇기 때문에 '장흥'은 풍
족하고 평화로운 상태를 의미하는 '낙토(樂土)'라고도 불린다.30) 그
런 장흥 향촌사족들은 대부분 관직에 나간 경험이 없었으며, 일생을
향촌에서 보냈었다. 지역적으로는 호남출신의 작자들이 다수를 차
지하고 있는 특성을 보였다.31) 향촌사족들은 중앙집권에 대한 불만
을 토로하면서도 그들 스스로 중앙에 대한 정치적 소외감과 단절로
향촌에서 쉽게 벗어나지 못했다. 그러나 그들은 그 소외감에서 오는
고민들을 해결하지 못하고는 결국 도피를 목적으로, 혹은 그 소외감
을 달래고자 산수유람(山水遊覽)을 나서게 된다. 이를 바탕으로 쓴
글이 기행가사다.

위 작품들은 '장흥'이라는 어느 특정한 장소에서 태어나고 자란 작
가들이 썼다는 공통점이 있다. 하지만, 같은 지역을 유람하며 지은
작품들은 아니다. 〈관서별곡〉을 지은 백광홍의 경우는 태어나고 자

---

30) 양기수, 위의 책(장흥문화원, 1999), 15면.
31) 안혜진, 위의 논문(이화여자대학교 박사학위논문, 2005), 41~42면.

라면서 배우고 느낀 '장흥'이라는 공간을 기억 속에 인식하면서 자나 깨서 고향에 계신 부모님을 생각하는 마음이 글 속에 녹아 있다. 이에 비해 노명선은 '천관산'이라는 마을 중심에 있는 산을 유람하면서 그곳의 아름다움과 신비함을 〈천풍가〉라는 작품 속에 녹아냈다. 이 작품에서 천관산을 '신선공간'으로 표현했다. 풍광이 수려함을 뽐내는 명산들은 장흥의 공간적 특성을 잘 살린 작품으로, 탐진강과 함께 경치 좋은 곳임을 드러냈다. 이 작품이야말로 '장흥'의 공간인식을 잘 설명한 작품이다. 마지막으로 〈금당별곡〉을 지은 위세직은 장흥 지역 중에서 동족마을인 '위씨집성촌'의 부락을 이루면서 살아가는 향촌지역의 토호세력인 중 하나다. 위 작품은 멀리 떠나지 않고, 삼면이 육지며 한 면이 바다라는 장흥의 지형적 특성을 살려 그 주변 섬을 유람하면서 지은 글이다. 이 역시 '금당도'와 '만화도'의 아름다운 경치에 감동하여 장흥의 지형적 특성과 지역적 특성을 신선모티브에 적용시켜 환상적인 분위기를 드러냈고, 신선적 풍취를 강하게 묘사했다. 그러나 〈금당별곡〉과 〈천풍가〉의 두 작품은 신선세계를 지향하며 세상과의 단절을 드러낸 작품들이다. 그럼에도 불구하고 자신이 신선이 된 듯, '장흥'이라는 공간 역시 신선세계로 묘사한다. 반면에, 작품에서는 작자의 내면세계를 드러내면서 그들이 처한 현실의 불만과 처지의 갈등을 보인다. 〈천풍가〉는 자연이 시적 화자에게 자신의 신세를 더욱 초라하게 하는 역할을 한다고 했다. 이에 〈금당별곡〉 역시 〈천풍가〉에 비해 신선세계에 대한 동경을 더욱 잘 묘사하고 있다. 반면, 작품의 첫 구절에서 살펴볼 수 있는 작가의 심정은 반대로 병들고, 만사에 흥황이 없는 모습이다. 두 작품 모두 산수유람을 마음껏 자랑하면서도 그곳에서 지워지지 않는 정치적 갈등과 소외감을 극복하지 못하는 향촌사족의 심정을 잘 나타냈다. 향촌사족은 아름다운 풍취에 대한 신선세계를 지향하면서도 아름다운 경치를 보면서 느끼는 현실에 불만인 이중적인 모습에서 '장흥' 공간 역시 하나의 공간임에도 불구하고 서로 다른 두 공간으로서의 면모를 여실히 잘 드러냈다.

4. 장흥지역 기행가사의 가치와 의의 – 결론을 대신하여

장흥은 아름답고도 풍부한 자원이 있다. 또한, 왕권의 교체에 따라 그 소속도 많이 변했고, 지리·역사적 인식도 많이 바뀌었다. 그럼에도 불구하고 장흥이라는 고장은 두드러지게 큰 빛을 바라지 못했다. 이는 아마도 서울과 거리가 멀다는 지형적 특성 때문일 것이다. 즉, 이는 중앙정부 통제가 낙후된 주변부였음을 드러낸 것으로 중앙에 속하고 싶지만 그럴 수 없는 그들의 심정을 대신했다고 본다. 또한 다른 지역에 있었던 백광홍 같은 경우는 이와는 반대 입장이다. 하지만, 타향에 있으면서도 고향에 계신 부모를 걱정하고 염려하는 모습으로 고향인 '장흥'을 늘 생각하는 모습으로 드러냈다. 향촌사족들이 생각하는 이념과 사상은 항상 '중심'을 지양한다. 따라서 향촌사족들은 그들 스스로 '주변'이든, '중앙'이든 간에 그들 기억 속에 내재된 장흥이 항상 중심을 나타낸 공간이라 했다.

중앙 집권에서 벗어난 '장흥'은 그 지역의 토호세력들이 세력이 커짐에 향촌이라는 거대사회를 형성했다. 그러므로 그 지역을 유람하면서 느끼고 보았던 일들에 대한 기록들을 남겨놓았고, 이는 그 지역의 지형적, 문화적 특성과 작가 의식을 짐작할 수 있었다. 이것이 장흥뿐만 아니라 다른 지역의 문학에 이르는 것이었으면 한다. 장흥이라는 풍족하고 평화로운 지역에서 중앙정부 통제의 간섭과 관심을 받지 않는 낙후된 지역에서의 소외된 사람들이지만, 그들은 항상 '중심을 지양한다'는 생각으로 삶을 살아왔을 것이다.

지금까지 지역문학 측면에서 조선시대 문학 가운데서 공간적으로 장흥의 특정한 지역문학을, 장르적으로 기행가사라는 문학을 언급하였다. 지역문학의 정의를 규정하기는 쉬운 일이 아니다. 하지만, 필자가 생각하는 지역문학을 살펴보았다. 또한 작품을 선별하여 작품에 드러난 기행구조를 나누어서 그 특징들을 맞추었다. 이 기행가사는 16세기~18세기로 갈수록 구체적이었던 자연 묘사가 점점 추상적으로 묘사되기 시작하였다.

〈관서별곡〉은 다른 기행가사들과 다른 구조를 가졌다. 즉, 기행동기가 다르며, 회정(回程)이 없는 점이 그러하다. 또한, 그 아름다운 풍경과 흥취를 동기와 결부시킨 미의식 역시 왕명으로 인한 높은 자긍심이라는 작가 의식과 연결시켰다. 이와 다른 〈천풍가〉와 〈금당별곡〉은 지방 향촌사족으로서 관직에 나가지 못하는 아쉬움은 여행을 통한 탐승(探勝)으로 작가 의식과 관련지어 설명했다.

위의 작품들에서 드러난 공간은 산수(山水), 선계(仙界), 현실(現實)로 재구성했다. 산수 그 자체가 신선세계와 현실이 함께 공존하고 있다는 사실도 작품을 통해 알 수 있었다. 그 시대를 살아간 소외된 향촌사족들은 아름다운 풍취에 대한 신선세계를 지향하면서도 현실세계에 대한 불만을 '장흥'의 작은 지역공간에 드러냈다.

참고문헌

1. 자료

《高麗史》

《光山盧氏世譜》

《新增東國輿地勝覽》

《輿地圖書》 上下, 국사편찬위원회

《魏氏世譜》

《長興郡誌》

《存齋全書》 上下

《存齋集》〈戒辭〉,〈家中四時會飲規〉

《支提誌》

《止止齋遺稿》

《韓國地名總攬》 4〈忠南〉下, 한글학회, 1874, 170면.

白光弘, 정민 역, 『岐峰集』, 역락, 2004.

2. 단행본

강인호 · 한필원, 『거주의 문화적 의미』, 세진사, 1999.

김석중 · 백수인, 『장흥의 가사문학』, 장흥군, 2004.

김석회, 「≪위문가첩≫을 통해본 조선후기 호남 사족층 문학의 사회적 성격」, 『존재 위
　　백규 문학 연구』, 이회문화사, 1995.

김석회, 『存齋 魏伯珪 문학연구』, 이회문화사, 1995.

김석회, 『조선후기 詩歌 연구』, 월인, 2003.

김성기, 「장흥지역의 가사연구」, 『韓國古典詩歌論攷』, 역락, 2004.

김성우, 「조선시대 사족의 개념과 기원에 대한 검토」, 『조선후기사 연구의 현황과 과제』, 창작과비평사, 2000.

김수복, 『한국문학공간과 문화콘텐츠』, 청동거울, 2005.

김신중, 『전남문학변천사』, 전남문화백년사업추진위원회, 한림, 1997.

김종태, 『정지용 시의 공간과 죽음』, 월인, 2002.

김창원, 「18~19세기 향촌사족의 가문결속과 자아의 소통」, 『19세기 시가문학의 탐구』, 고려대학교 고전문학, 한문학연구회 편, 집문당, 1995.

김창원, 『강호시가의 미학적 탐구』, 보고사, 2004.

김태준, 『문학지리·한국인의 심상공간』 상·중·하, 논형, 2005.

김현정, 「지역문학에 대한 소고-소수자 문학과 관련하여」, 『경계와 소통, 지역문학의 현장』, 국학자료원, 2007.

남기택 외, 『경계와 소통, 지역문학의 현장』, 국학자료원, 2007.

동아시아고대학회, 『동아시아의 공간관』, 경인문화사, 2007.

박덕규, 『중국 역사 이야기 3』, 일송북, 2005.

박명희, 『호남 한시의 공간과 형상』, 경인문화사, 2006.

박용숙, 『조선후기 향촌사회사 연구』, 혜안, 2006.

박일용, 「〈金塘別曲〉에 그려진 선유체험 양상과 그 의미-〈關東別曲〉에 나타난 선유체험과의 비교를 통해서」, 『한국 기행문학 작품연구』, 국학자료원, 1996.

박준규, 『호남시단의 연구』, 전남대학교 출판부, 1998.

박태일, 『한국근대시의 공간과 장소』, 소명, 1999.

박태일, 『한국지역문학의 논리』, 청동거울, 2004.

변동명, 「천관산과 불교신앙」, 『장흥 천관산 천관사』, 순천대 박물관 장흥군, 1999.

성기옥, 「사대부 시가에 수용된 신선모티프의 시적 기능」, 『국문학과 도교』, 태학사, 1998.

소재영, 『조선조 문학의 탐구』, 아세아문화사, 1997.

손오규, 『산수미학탐구』, 제주대학교 출판부, 2006.

신영명 외, 『조선중기 시가와 자연』, 태학사, 2002.

심진경, 『한국문학과 환상성』, 예림기획, 2001.

양기수, 『문림고을 장흥』, 장흥문화원, 1999.

역사문화학회, 『지방사연구입문』, 민속원, 2008.

오영교, 『조선후기 사회사 연구』, 혜안, 2005.

유정선, 「〈천풍가〉 연구」, 『18, 19세기 기행가사연구』, 역락, 2007.

이기봉, 『지리학교실』, 논형, 2007.

이기봉, 『조선의 도시, 권위와 상징의 공간』, 새문사, 2008.

이무용, 『공간의 문화정치학: 공간, 그곳에서 생각하고, 놀고, 싸우고 만들기= Cultural politics of space』, 논형, 2005.

이상보, 『18세기 가사전집』, 민속원, 1991.

이상원, 「조선중기 시조의 신선모티프 수용과 그 역사적 의미」, 『17세기 시조사의 구도』, 월인, 2000.

이어령, 『공간의 기호학』, 민음사, 2000.

이재선, 『한국문학의 주제론』, 서강대학교출판부, 1989.

이종묵, 『조선의 문화공간: 조선시대 문인의 땅과 삶에 대한 문화사』 1~4권, 휴머니스트, 2006.

이중환 지음, 이익성 옮김, 『택리지』, 을유문화사, 2008.

이진경, 『문화정치학의 영토들』, 그린비, 2007.

이푸 투안, 구동회 역, 『공간과 장소』, 대윤, 1999.

이해준, 『전통문화마을 장흥 방촌』, 장흥군 방촌마을지편찬위원회, 1994.

이해준, 『조선시기 촌락사회사』, 민족문화사, 1996.

이해준, 『호남사회의 이해』, 풀빛, 1996.

이해준, 『역사속의 전라도』, 다지리, 1999.

이해준, 『조선후기 문중서원 연구』, 경인문화사, 2008.

이현식, 『문화도시로 가는 길-지역문학과 문화에 대한 성찰』, 다인아트, 2004.

이혜순, 『조선 중기 유산기문학』, 집문당, 1997.

임기중, 『한국가사문학주해연구』 권4, 아세아문화사, 2005.

임덕순, 『문화지리학』, 법문사, 2000.

장보윤 외, 『월경하는 지식의 모험자들』, 한길사, 2006.

장석주, 『장소의 탄생』, 작가정신, 2006.

정만조, 『지방촌과 사족』, 국민대 출판부, 2004.

정병헌 외, 『우리선비들은 역사와 전통을 어떻게 이해했을까』, 사군자, 2004.

정진용, 『조선시대 향촌사회사』, 한길사, 1998.

정흥모, 『조선후기 사대부 시조의 세계인식』, 월인, 2001.

조동일, 『지방문학사－연구의 빙향과 과제』, 서울대학교 출판부, 2003.

철학아카데미, 『공간과 도시의 의미들』, 소명출판, 2004.

최강현, 『한국기행가사 연구』, 신성출판사, 2000.

최강현, 『미수 허목의 기행문학』, 신성출판사, 2001.

최강현 외, 『한국기행가사 작품연구』, 국학자료원, 1996.

최상은, 『조선 사대부가사의 미의식과 문학성』, 보고사, 2003.

최상은, 『가사문학의 이념과 정서』, 보고사, 2006.

최영준, 『한국의 짚가리－사라지는 민속경관의 문화지리학적 해석』, 한길사, 2002.

최재남, 『사림의 향촌생활과 시가문학』, 국학자료원, 1997.

한국문화역사지리학회, 『우리 국토에 새겨준 문화와 역사』, 논형, 2003.

한국역사연구회, 『조선은 지방을 어떻게 지배했는가』, 아카넷, 2000.

후자오량 지음, 김태성 옮김, 『중국의 문화지리를 읽는다』, 휴머니스트, 2005.

Pamela Shurmer-Smith, 『Doing Cultural Geography』, 2002.

Norton, William, 『Explorations on the Understanding of Landscape: A Cultural Geography』, New York, Greenwood Press, 1989.

Samuel R. Levin, 「Allegorical Language」, Morton W. Bloomfield, ed., 『Allegory, Myth, symbol』, Harvard University Press, 1983.

3. 논문

강학순, 「지리학과 문학의 접점」, 『지리학논집』 10·11집, 한국지리학회, 1990.

고순희, 「19세기 현실비판가사연구」, 이화여자대학교 박사학위논문, 1990.

고순희, 「민란과 실전 현실비판가사」, 『한국고전연구』 5집, 한국고전문학회, 1990.

고순희, 「〈合江亭歌〉의 작품세계와 역사적 성격」, 『비교한국학』 6집, 국제비교한국학회, 2000.

권경록, 「조선후기 한강유역의 문학지리 연구－양근, 여주, 광주 지역을 중심으로」, 동국대학교 박사학위논문, 2009.

권내현, 「조선후기 지방사의 모색과 과제」, 『조선후기사 연구의 현황과 과제』, 창작과 비평사, 2000.

김광조, 「강호가사의 작중 공간 설정과 의미」, 『한국시가연구』 23집, 한국시가학회, 2007.

김남기, 「여행을 통한 山水와 생활공간의 인식」, 『한문학보』 17, 우리한문학회, 2007.

김남춘 외, 「외암리 민속마을의 취락경관과 외부공간구조에 관한 연구」, 『단국대 논문집』 30, 1996.

김대현, 「지역문학 연구에 대한 몇 가지 문제」, 『동방한문학』 21, 동방한문학회, 2001.

김동욱, 「〈關西別曲〉고이」, 『국어국문학』 30, 국어국문학회, 1965.

김명자, 「조선후기 안동 하회의 풍산류씨 문중연구」, 경북대학교 박사학위논문, 2009.

김석회, 「≪魏門家帖≫을 통해 본 조선후기 호남지방 향촌사족층 문학의 사회적 성격」, 『국어교육연구』 7집, 인하대 사범대학 국어교육과, 1995.

김성기, 「백광홍의 〈關西別曲〉과 紀行歌辭」, 『고시가연구』 14, 한국고시가문학회, 2004.

김성룡, 「고소설의 환상성」, 『고소설연구』 15집, 고소설학회, 2003.

김영훈, 「〈關西別曲〉과 〈關東別曲〉의 비교연구」, 목포대학교 교육대학원 석사학위논문, 1999.

김종서, 「16世紀 湖南詩壇과 唐風」, 성균관대학교 박사학위논문, 2004.

김창원, 「지역문학 연구의 방법과 방향」, 『우리문학연구』 29집, 우리어문학회, 2007.

김창원, 「조선후기 近畿 지역 강호시가의 지역성」, 『시조학논총』 28집, 한국시조학회, 2008.

민주식, 「풍경의 미학-풍경미의 원리와 구조」, 『미학』 31집, 한국미학회, 2001.

박 미, 「〈關西別曲〉과 〈關東別曲〉의 비교연구」, 조선대 석사학위논문, 2003.

박노준, 「시가연구 방법론 數題」, 『한국시가연구』 17집, 한국시가학회, 2005.

박덕구, 「〈關西別曲〉과 〈關東別曲〉의 비교연구」, 영남대학교 석사학위논문, 1994.

박수진, 「조선시대 天冠山의 공간인식 양상」, 『온지논총』 20, 온지학회, 2008.

박수진, 「〈關西別曲〉에 나타난 공간인식」, 『동방학』 16, 한서대 동양고전연구소, 2009.

박연호, 「조선후기 敎訓歌辭 연구」, 고려대학교 박사학위논문, 1996.

박연호, 「원림문학의 공간의 위상과 문화교육적 의미」, 『한국시가연구』 17집, 한국시가학회, 2005.

박연호, 「중원의 누정문학-괴산지역의 누정을 중심으로」, 『고전문학연구』 33집, 고전문학회, 2007.

박영주, 「기행가사의 진술방식과 문화적 형상화 양상」, 『한국시가연구』 18, 한국시가학회, 2005.

박일용, 「〈金塘別曲〉에 그려진 선유체험 양상과 그 의미」, 『한국기행문학 작품연구』, 국학자료원, 1996.

박종훈, 「白光弘의 시세계와 '仁'사상」, 『한국학논집』 38집, 한양대 한국학연구소, 2004.

박준규, 「한국의 누정고」, 『호남문화연구』 17호, 전남대학교 호남문화연구소, 1987.

박중렬, 「지방문학의 개념 범주와 연구방향」, 『고시가연구』 17집, 고시가학회, 2006.

박해영, 「문학과 공간: 이론적 접근1」, 『덕성여대 논문집』 25집, 1996.

성범중, 「고전문학과 지역성의 문제」, 『국어국문학』 144호, 국어국문학회, 2006.

손오규, 「山水文學에서 원림의 유형」, 『윤병로 교수 정년기념 국어국문학논총』, 2001.

송은영, 「현대도시 서울의 형성과 1960-70년대 소설의 문화지리학」, 연세대학교 박사학위논문, 2007.

송팔성, 「朝鮮時代 鄕村詩歌 談論의 구조 연구」, 서울대학교 박사학위논문, 2000.

심혜자·최기엽, 「전통촌락의 상징적 공간구조-충남 아산군 송악면 외암리를 사례로」, 『응용지리』 16호, 1993.

안동준, 「지역문학의 뜻매김과 갈래체계」, 『배달말교육』 27호, 2006.

안장리, 「16세기 팔경시에 나타난 미의식의 양상-〈면앙정삼십영〉을 중심으로」, 『열상고전연구』 25집, 열상고전연구회, 2007.

안혜진, 「강호가사의 변모 과정 연구-누정계와 초당계 가사를 중심으로」, 이화여자대학교 석사학위논문, 1998.

안혜진, 「18세기 향촌사족 가사연구」, 이화여자대학교 박사학위논문, 2005.

양영길, 「지역문학사 서술방법론」, 『영주어문』 3집, 영주어문학회, 2001.

엄은영, 「강원지역 歌辭의 연구」, 동국대학교 석사학위논문, 1998.

여중철, 「취락구조와 신분구조」, 『한국의 사회와 문화』 2집, 한국정신문화연구원, 1980.

오영교, 「조선후기 동족마을의 구조와 운영: 강원 영서지역의 사례를 중심으로」, 『담론 201』 6집, 한국사회역사학회, 2003.

위홍환, 「위백규의 시문학연구」, 조선대학교 박사학위논문, 2005.

유정선, 「〈천풍가〉 연구」, 『이화어문논집』 15집, 이화어문학회, 1997.

윤덕진, 「가사 양식의 다기화」, 『조선조 長歌 歌辭의 연원과 맥락』, 보고사, 2008.

윤석산, 「〈賞春曲〉 구조 연구」, 『고전문학연구』 13집, 고전문학회, 1998.

윤성근, 「〈合江亭歌〉 연구」, 『어문학』 18, 한국어문학회, 1968.

이도흠, 「서울의 사회문화적 공간과 그 재현양상 연구」, 『기호학연구』 25집, 한국기호
학회, 2009.

이도흠, 「마당: 열림과 닫힘의 세미오시스」, 『기호학연구』 27집, 한국기호학회, 2010.

이도흠·이병기, 「〈關西別曲〉, 〈關東別曲〉, 〈關東續別曲〉의 형태적 고찰」, 『국어문
학』 17, 전북대학교, 1975.

이상보, 「〈關西別曲〉 연구」, 『국어국문학』 26집, 국어국문학회, 1963.

이수건, 「양동의 역사적 고찰」, 『양좌동연구』, 영남대 인문과학연구소, 1990.

이연숙, 「양반마을의 문중의례와 종족의식－아산시 송악면 외암리 예안이씨의 사례」,
『사회와 역사』 75권, 한국사회사학회, 2007.

이은숙, 「지리학과 문학의 만남」, 『문화역사지리』 4집, 한국문화역사지리학회, 1992.

이종은, 『한국시가의 도교사상연구』, 동국대 박사학위논문, 1978.

이종출, 「〈勸學歌〉, 〈關里歌〉, 〈耕讀歌〉, 〈獨樂歌〉, 〈深樂歌〉」, 『어문학논총』 7, 조
선대학교 국어국문학연구회, 1966.

이종출, 「〈천풍가〉 해제」, 『한국언어문학』 4집, 한국언어문학회, 1966.

이종출, 「〈合江亭船遊歌〉고」, 『어문학논집』 7, 조선대국어국문학회, 1966.

이종출, 「止止齋 李商啓의 가사고」, 『국어국문학』 33, 국어국문학회, 1966.

이종출, 「魏世寶의 〈金塘別曲〉고」, 『국어국문학』 34, 35합병호, 국어국문학회, 1967.

이종출, 「〈草堂曲〉과 〈人日歌〉」, 『맥』 8, 조선대 이부대학 학생회, 1968.

이종출, 「魏伯珪의 가사 〈自悔歌〉에 대하여」, 『사대논문집』 4, 조선대학교, 1973.

이주홍, 「〈關西別曲〉－실전을 전해 오는 고전가사의 내용여하」, 『국어국문학』 13집,
국어국문학회, 1955.

이지영, 「기행가사 〈金塘別曲〉과 〈天風歌〉의 대비적 연구」, 『한국언어문학』 39집, 한
국언어문학회, 1997.

이태문, 「조선조 紀行歌辭의 갈래론적 접근」, 『동양고전연구』 3집, 동양고전문학회,
1994.

이해준, 「조선후기 長興 傍村의 촌락문서」, 『변태섭 박사 화갑기념사학논총』, 1985.

이해준, 「조선후기 촌락구조변화의 배경」, 『한국문화』 14, 서울대 한국문화연구소, 1993.

이해준, 「조선중기의 호남사림과 임억령」, 『석천 임억령의 문학과 사상』, 광주광역시 편, 1995.

이형대, 「17, 18세기 기행가사와 풍경의 미학」, 『민족문화연구』 제40호, 고려대 민족문 화연구소, 2002.

이형대, 「18세기 전반의 농민현실과 壬癸嘆」, 『민족문학사연구』, 민족문학사학회, 2003.

이힐한, 「향촌사회의 문화공간과 가사향유」, 경남대학교 석사논문, 2001.

전일환, 「송강사가와 그 이전 가사의 비교 연구」, 전북대학교 석사학위논문, 1979.

전일환, 「湖南詩壇의 詩歌文學」, 『고시가연구』 5집, 한국고시가문학회, 1998.

전정구, 「湖南지역 문학작품에 나타난 글쓰기의 특징」, 『현대문학이론연구』 26호, 현대 문학이론학회, 2005.

정 민, 「기봉 백광홍의 人間과 文學世界」, 『한국학논집』 38집, 한양대 한국학연구소, 2004.

정 민, 「湖南의 학문전통과 한문학: 한문학 遊山 속에 기려진 無等山의 표상―山水遊 記를 중심으로」, 『한국한문학연구』 21집, 한국한문학회, 1998.

정만조, 「朝鮮中後期 京畿北部地域의 士族變遷과 集姓村의 發達」, 『북악사론』 8, 북악사학회, 2001.

정승모, 『조선후기 지역사회구조연구』, 민속원, 2010.

정익섭, 「16세기 湖南歌壇 연구」, 『시조학논총』 제3·4집, 한국시조학회, 1987.

정익섭, 「愚谷의 〈長恨歌〉고」, 『한국언어문학』 26집, 한국언어문학회, 1998.

정한기, 『기행가사의 진술방식 연구』, 서울대 박사논문, 2000.

조규익, 「교훈의 장르론적 의미와 교훈가사」, 『고시가연구』 23집, 한국고시가문학회, 2009.

조동일, 「文學地理學을 위한 출발선상의 토론」, 『한국문학연구』 27권, 동국대 한국문 학연구소, 2004.

진재교, 「이조후기 문예의 교섭과 공간의 재발견」, 『한문교육연구』 21호, 한국한문교육 학회, 2003.

최상은, 「18세기 시가의 정서와 현실인식 지향」, 『반교어문연구』 24집, 반교어문학회, 2008.

최영희, 「전기 風流歌辭의 유형연구」, 『한국언어문학』 37집, 한국언어문학회, 1996.

최재남, 「16~17세기 향촌사림의 시가문학—문화생활공간의 미학을 중심으로」, 『한국
　　시가연구』 9집, 한국시가학회, 2001.

최현재, 「박인로 시가의 현실적 기반과 문학적 지향 연구」, 서울대학교 박사학위논문,
　　2004.

찾아보기

▌박수진

전북 전주 출생. 전주대학교 국문과를 졸업하고, 한양대학교에서 박사학위를 받았다.
공간과 문화를 결합한 문화지리학에 관심을 가지고 있으며, 소외된 지역문학에 특히
더 많은 애정을 가지고 있다. 현재는 한양대학교 등에서 강의를 하고 있다.
주요 논문은 「≪송여승답(送女僧答)≫에 나타난 욕망의 표출양상」, 「순창가의 구조와
인물의 기능」, 「옥국재 가사에 나타난 시·공간 구조 연구」 등이 있다.

문화지리학으로 본 문림고을 장흥의 가사문학

2012년 1월 6일 초판 1쇄 펴냄

지은이 박수진
펴낸이 김흥국
펴낸곳 도서출판 보고사

책임편집 이경민
표지디자인 윤인희

등록 1990년 12월 13일 제6-0429호
주소 서울특별시 성북구 보문동7가 11번지 2층
전화 922-5120~1(편집), 922-2246(영업)
팩스 922-6990
메일 kanapub3@chol.com
http://www.bogosabooks.co.kr

ISBN 978-89-8433-955-2 93810
ⓒ 박수진, 2012